JO THOMAS

Ein Sommer voller Schmetterlinge

Weitere Titel der Autorin:

Ein Sommer in Galway
Ein Sommer wie kein zweiter
Das kleine Château in den Hügeln
Sommerglück und Honigduft

Über die Autorin:

Jo Thomas arbeitet seit vielen Jahren als Journalistin für verschiedene englische Radiosender. Ihr Debütroman, *Ein Sommer in Galway,* wurde in England zu einem Bestseller und unter anderem mit dem *RNA Joan Hessayon Award* ausgezeichnet. Jo Thomas lebt mit ihrem Ehemann und ihren drei Kindern in Vale of Glamorgan. *Ein Sommer voller Schmetterlinge* ist ihr fünfter Roman.

JO THOMAS

Ein Sommer voller Schmetterlinge

Roman

Aus dem Englischen von
Gabi Reichart-Schmitz

lübbe

Dieser Titel ist auch als E-Book erschienen

MIX
Papier aus verantwortungsvollen Quellen
FSC® C014496

Vollständige Taschenbuchausgabe

Deutsche Erstausgabe

Titel der englischen Originalausgabe: »Sunset over the Cherry Orchard«
Originalverlag: Headline Review
An imprint of Headline Publishing Group, London

Textredaktion: Anita Hirtreiter, München
Titelillustration: © shutterstock: Liliya_K | pimlena |
Botanical decor | Sundra | Le Panda | Anastasia Lembrik
Umschlaggestaltung: Manuela Städele-Monverde
Satz: two-up, Düsseldorf
Gesetzt aus der Arno
Druck und Verarbeitung: GGP Media GmbH, Pößneck
Printed in Gemany
ISBN 978-3-404-17983-1

1 3 5 4 2

Sie finden uns im Internet unter www.luebbe.de
Bitte beachten Sie auch: www.lesejury.de.

Für meine Tochter Mali.
Deine Reise fängt gerade erst an … viel Spaß!
Ich werde dich immer lieben. x

Liebe Leserinnen und Leser,

tretet ein! Ich heiße Jo Thomas. Falls ihr meine anderen Bücher gelesen habt, wisst ihr, dass ihr euch auf eine Geschichte über Essen und Liebe mit einer guten Portion Sonne und einem Spritzer Spaß sowie auf Charaktere gefasst machen dürft, in die ihr euch hoffentlich verlieben werdet. Falls ihr neu in meiner Welt seid, herzlich willkommen! Ich hoffe, ihr werdet bleiben!

Ich war einmal in einem meiner Lieblingsrestaurants in Apulien in Süditalien, wo ich mein zweites Buch, *Ein Sommer wie kein zweiter*, schrieb. Nach dem Essen kam der Restaurantbesitzer an unseren Tisch und brachte Gläser für alle und eine Flasche *limoncello* mit, diesen wunderbaren italienischen Zitronenlikör. Er holte sich einen Stuhl und fragte mich, was für Bücher ich schriebe. Er sprach kein Englisch, und ich konnte nicht viel Italienisch, aber irgendwie erklärte ich ihm, dass meine Romane von Essen und Liebe handelten, weil ich immer schon fand, dass die beiden eng miteinander verbunden sind. Er wiederum erzählte mir, dass sein ganzes Leben sich um die Lebensmittel dreht, die er mit seiner Familie auf seinem Land anbaut, in seiner Küche zubereitet und dann auf den Tisch bringt. Mit ausgebreiteten Armen deutete er auf den Olivenhain, der uns umgab, zeigte auf den *forno* in der Küche, wo das Holzfeuer munter flackerte und Rauch aus dem Kamin aufstieg, und schlug dann mit der Hand auf den blank gescheuerten Holztisch, *la tavola*. »Für die, die wir lieben«, sagte er und legte sich die Hand aufs Herz. Und *genau* so ein Buch möchte ich schreiben: über die Lebensmittel, die wir anbauen, um sie zuzubereiten und auf den Tisch zu bringen –

für die, die wir lieben. Also, schnappt euch einen Stuhl und setzt euch an meinen Tisch!

Diesmal sind wir in Spanien. Ich habe die Recherchereise nach Andalusien geliebt. Es war Frühling, als ich mit zwei anderen Autoren, Katie Fforde und AJ Pearce, dorthin aufbrach. Am zweiten oder dritten Tag erwachte plötzlich die Natur zum Leben, in einer wahren Explosion aus Farben, Geräuschen und Lebensfreude, die wir mit einer spanischen Fiesta in Verbindung bringen. Der Himmel war während der gesamten Woche unseres Aufenthaltes traumhaft kobaltblau. Die Weinstöcke an den Hängen rundherum wurden schlagartig grün. Was wir bei unserer Ankunft für tote Reben gehalten hatten, war auf einmal mit jungen Blättern überzogen. Zahlreiche Vögel hüpften in den Bäumen und Sträuchern herum, machten sich gegenseitig den Hof, flatterten aufgeregt hin und her, flirteten und stritten. Die Glyzinie über der Terrasse stand in voller Blüte, und die Bienen flogen wie kleine Flugzeuge geräuschvoll von einer Blüte zur nächsten. Wildblumen aller Art erblühten über Nacht und säumten die kurvenreiche Straße zu unserer Villa mit roten, violetten und gelben Farbtupfen. In der Luft lag der wunderbare Duft des gelben Ginsters, der die Hänge überzog. Die Landschaft um uns herum sah wie das Kleid einer Flamencotänzerin aus, fröhlich, prachtvoll und atemberaubend schön. Der perfekte Schauplatz für meinen Roman! Ich hoffe sehr, dass euch diese Reise an meinen spanischen Tisch vor der Kulisse der herrlichen Kirschplantagen gefällt.

Con amor

Jo

xx

Prolog

»So, dann sehen wir uns Ihre Bestellung noch mal an.« Ich lese dem Kunden, der – obwohl es Mitte Februar ist – einen Strohhut, geblümte Shorts und eine Panorama-Sonnenbrille trägt – seine Bestellung vor. Am Flughafen ist viel los, es herrscht aufgeregtes Stimmengewirr, obwohl der Regen gegen die großen, getönten Fenster prasselt und wie große Tränen die Scheiben hinunterläuft. Man kann kaum noch die großen weißen Flugzeuge erkennen, die sich auf dem Rollfeld hin und her bewegen. Aber niemand im geschäftigen Terminal scheint sich Sorgen wegen des Wetters zu machen. Alle fühlen sich offensichtlich befreit wie am letzten Schultag, während sie sich auf den Abflug in den Mittelmeersonnenschein oder in richtigen Schnee auf sonnigen Pisten vorbereiten, wo Abenteuer auf sie warten.

Manche Leute lieben den Winter. Ich gehöre nicht dazu, obwohl ich Beti Winter heiße. Ich liebe das Lächeln, das der Sommer auf die Gesichter zaubert. Die Hoffnung und Vorfreude auf das, was kommen wird. Ich liebe das Gefühl der wärmenden Sonnenstrahlen auf meiner Haut. Seufzend betrachte ich die aufgeregten, strahlenden Mienen der Urlauber, die in wenigen Stunden am Strand liegen und die Sonne genießen werden. Das Seufzen kommt aus tiefstem Herzen. So tief, dass man es sich kaum vorstellen kann.

»Ein dreifacher Cheeseburger mit Bacon und extra Käse, aber ohne Zwiebeln und Gurke?«

»Und mit extra Bacon. Ohne Salat. Wer braucht schon Salat auf einem Burger?«, sagt der junge Mann Ende zwanzig und wühlt in dem Geldgürtel unter seinem schwabbeligen Bierbauch. »Könnten Sie bitte mal mein Pint festhalten?« Er hält mir sein großes Glas Lager hin.

Ich werfe einen Blick auf die Uhr an der Abflugtafel. Erst acht Uhr morgens. Das ist es, was die Reisenden sich unter »sich in Urlaubsstimmung bringen« vorstellen, wie ich festgestellt habe, seit ich hier arbeite. Ich halte das Bierglas fest, während der junge Mann in seinem Geldgürtel kramt.

»Mach schon, Tez! Unser Gate ist jetzt offen!«, ruft einer der Burschen hinter ihm. Die ganze Gruppe ist in ähnliche Shorts, Hüte und Sonnenbrillen gekleidet, und alle tragen T-Shirts mit der Aufschrift *Al's große Geburtstagssauftour* auf der Vorderseite und *Al's 30.* auf der Rückseite. »Jetzt komm!«, rufen sie und schubsen sich gegenseitig wie ausgelassene Bulldoggenwelpen.

»Ich brauch noch eine Grundlage!«, erwidert Tez, der endlich seine Bankkarte für kontaktloses Bezahlen ausgegraben hat. Ich gebe ihm sein Bier zurück.

»Eine Geburtstagsfeier, stimmt's?« Ich nicke in Richtung seines T-Shirts.

»Ja. Wir machen das jedes Jahr mit unserem Jahresbonus. Wir sind das beste Vertriebsteam in der Computerprogrammierung weit und breit!« Er hebt die Stimme und das Glas, woraufhin seine Kumpel mit rauen Stimmen laut jubeln.

»Extra Bacon, extra Käse, keine Zwiebeln, keine Gurken und ganz sicher kein Salat.« Lächelnd reiche ich ihm seine Bestellung.

»Tschüss, Süße!« Er nimmt den Burger, stellt sein Glas auf einem Tisch in der Nähe ab und beginnt gierig zu essen, während seine Freunde ihn zum Abflugsgate ziehen wollen.

»Viel Spaß!«, sage ich. Obwohl ich mir wünsche, dass ich es wäre, die in den Urlaub aufbricht, muss ich unwillkürlich schmunzeln, als sie den jungen Mann mit sich zerren. Ich stelle mir die warme Sonne vor, die sie bei der Landung begrüßen wird; den klaren blauen Himmel, das glitzernde Meer und den weichen Sand ...

»Zwei Kindermenüs mit dem gleichen Spielzeug, bitte.« Eine erschöpft wirkende Mutter holt mich wieder ins Hier und Jetzt zurück. Sie hat zwei kleine Kinder, die um sie herumtanzen, als wäre sie ein Maibaum, während sie versucht, die Kinder und die Ansammlung von Taschen zu ihren Füßen zusammenzuhalten, als müsse sie einen Sack Flöhe hüten.

Rasch bearbeite ich ihre Bestellung und reiche ihr das Tablett. »Ich habe noch zwei zusätzliche Spielzeuge dazugelegt – für den Fall, dass Sie diese schon haben«, sage ich und ignoriere den bösen Blick meiner Chefin. Sie ist ein bisschen jünger als ich, hat aber einen Stern mehr am Revers, der auf ihre Dienstjahre hinweist.

»Pro Menü ein Spielzeug!«, flüstert sie mir wütend zu. »Keine Ausnahmen!«

»Natürlich, Stacey.« Ich nicke lächelnd und lasse das zusätzliche Spielzeug trotzdem auf dem Tablett. Hoffentlich wird es der Frau auf ihrer Reise eine kleine Erholungspause verschaffen. Es ist anstrengend, mit Kindern zu verreisen. Nicht, dass ich das aus erster Hand wüsste. Ich habe keine Kinder, und ich bezweifle, dass ich mit meinen zweiunddreißig Jahren noch welche bekommen werde. Aber in den drei Jahren meiner Tätigkeit hier habe ich bereits viele Familien gesehen, die gestresst und angespannt in den Urlaub starten. Ich habe diesen Job nur zur Überbrückung angenommen, bis ich etwas Passenderes finde. Doch bisher hat sich nichts anderes ergeben.

Mit lautem Getöse startet das nächste Flugzeug. Ich kenne den Flugplan praktisch auswendig. Ich schaue auf die Uhr und zähle die Minuten bis zu meiner Pause.

»Einen einfachen Burger mit Pommes und ein Wasser, bitte«, sagt ein gut gekleideter Geschäftsmann, stellt seinen Koffer ab, zieht die Ohrstöpsel aus den Ohren und nimmt seine Geldbörse aus der Sakkotasche.

»Gute Reise«, wünsche ich, als ich ihm die Papiertüte gebe.

»Danke.« Er erwidert mein Lächeln. Dann steckt er sich seine Stöpsel wieder in die Ohren und wendet sich zum Gehen. Wieder seufze ich tief, als ich ihm hinterhersehe – voller Sehnsucht, diesem Ort ebenfalls zu entfliehen und an ein warmes und sonniges Ziel zu reisen.

»Sie müssen nicht jeden Kunden in ein Gespräch verwickeln«, sagt Stacey. »Wir sind ein Fastfood-Stand und keine Bar in Benidorm. Es gehört nicht zu unserem Job, dafür zu sorgen, dass alle sich prächtig amüsieren.«

Ehrlich gesagt würde ich lieber in einer Bar in Benidorm arbeiten, denke ich, als Stacey ihre Aufmerksamkeit auf ihr Klemmbrett richtet. »Ach, und Sie können Pause machen …«, sie wirft einen Blick auf ihre Uhr, »und zwar jetzt.«

Ich reiße mir die Kappe, die Schürze und das Namensschild runter, schnappe mir meine Handtasche und trete durch die Tür im hinteren Bereich der Küche in die überfüllte Abflughalle. Alle um mich herum schleppen große Taschen oder ziehen Rollkoffer hinter sich her. Die Leute tragen leuchtende Farben, glitzernde Flip-Flops und Strohhüte und schauen auf die Abflugtafel – voller Vorfreude auf ihre Reise. In der Luft liegt gespannte Erwartung. Dann brandet Jubel auf, als die Öffnung des nächsten Gates angekündigt wird. Wie ein Bienenschwarm bewegen sich die Menschen mit viel Lärm in dieselbe Richtung.

Offenbar wollen alle in diesen Halbjahresferien verreisen. Alle außer mir. Ich werde nach meiner Schicht in meine Wohnung zurückkehren. Was einer Reise in ausländische Gefilde noch am nächsten kommt, ist die Überlegung, von welcher Take-away-Speisekarte ich mir etwas bestellen soll. Wie an den meisten Abenden dieser Tage. Doch es war nicht immer so. Ich betrachte die glücklichen, gespannten Gesichter um mich herum. Will und ich waren auch einmal so. Ich weiß nicht genau, wann sich das geändert hat. Wann er aufgehört hat, Notiz von mir zu nehmen.

Schnell gehe ich die Treppen zu den Geschäften hinunter und verschwinde im nächstgelegenen Zeitschriftenladen, um ein günstiges Sandwich zu erstehen. Automatisch wandere ich an den Regalen mit den Zeitschriften entlang, den Hochglanzmagazinen, die alle möglichen Geschichten über Hoffnungen und Träume verkaufen. Ich würde alles dafür geben, wenn ich mein Leben sofort ändern und dringend benötigte Abwechslung ins Spiel bringen könnte. Unwillkürlich scannen meine Augen die Hochzeitsmagazine. Aber ich habe sie alle schon. Ich habe auch den Verlobungsring, obwohl es nur der schmale Ehering meiner Oma ist, eine dicke Mappe voller Pläne und den Schleier. Es fehlt bloß ein entscheidendes Detail: ein Termin.

Ich lasse meinen Blick zum obersten Regal wandern. Soll ich versuchen, ein bisschen mehr wie das Model auf der Titelseite auszusehen? Ist es das, was ich tun muss? Ganz kurz frage ich mich, ob ich es schaffe, diese Pose einzunehmen. Nein, ich habe schon genug neue Unterwäsche gekauft, sage ich mir und denke an meine Kreditkartenabrechnung. Mein Blick wandert weiter zu den Elternzeitschriften. Aber ich weiß, dass wir dafür auf keinen Fall bereit sind. Eigentlich bin ich mir gar nicht sicher, ob wir je Kinder haben werden, da praktisch jeder sein eigenes Leben lebt. Ich kann mich nicht erinnern, wann Will in letzter Zeit ins Bett kam, bevor ich eingeschlafen war – wir kuscheln kaum noch miteinander.

Meine Augen bleiben an einem Bild hängen: blauer Himmel mit weißen Schäfchenwolken, toffeebraune Natursteinhäuser an einem Berghang über einem herrlichen Strand, dahinter das Meer. Eine Zeitschrift über Lebensträume im Ausland, in der

Sonne. Ich nehme es in die Hand, als gerade das nächste Flugzeug mit Getöse in den Himmel steigt.

»Das hier ist keine Bücherei, wissen Sie! Sie müssen das jetzt kaufen«, ruft der Verkäufer mir zu.

»Wie bitte?«

»Es gibt nichts Schlimmeres, als eine aktuelle Zeitschrift zu kaufen, die schon jemand anders im Laden gelesen hat«, erwidert er in scharfem Ton und rückt seine Brille zurecht. Wenn er sich nicht so herablassend geben würde, wäre ich wahrscheinlich sogar seiner Meinung!

Ich sehe nach, wie viel das Magazin kostet, und bin entsetzt. Aber nicht einmal der Preis kann mich vom Kauf abhalten. Der bloße Anblick des Fotos gibt mir den Auftrieb, den ich unbedingt brauche.

Ich bezahle und drücke die Zeitschrift zusammen mit einer Packung Weingummi und einem Sandwich an die Brust, während ich mich auf den Weg zum Sitzbereich mache. Ich möchte mich hinsetzen, jede einzelne Seite auskosten und so tun, als würde ich tatsächlich in ein Flugzeug steigen und irgendwohin fliegen. Ich lege meine Kappe, die Schürze und das Namensschild neben mich, packe mein Eier-Kresse-Sandwich aus und teste durch rasches Drücken, ob es frisch ist. Dann nehme ich die Zeitschrift und stelle mich darauf ein, mich in den kommenden zwanzig Minuten in den Seiten zu verlieren. Aus meinem traurigen Seufzen wird ein zufriedenes. Ich beiße in mein Sandwich und lasse mich tiefer in den Sitz sinken.

Ich habe gerade die ersten drei Seiten gelesen, als ich es höre: eine Stimme, die ich immer und überall wiedererkennen würde, kreischend vor Lachen. Eine schrille Stimme, die den Lärm der aufgeregten Reisenden in der Abflughalle scharf durchdringt. Ich erstarre und fasse dann die Seiten meiner Zeitschrift fester, während ich über den Rand spähe und eine vertraute Gestalt in einer kleinen Gruppe Frauen durch die Halle gehen sehe. Sie sind alle Ende zwanzig, Anfang dreißig, tragen übergroße Handtaschen am Unterarm und haben teure Pudelmützen aus Kunstpelz auf dem Kopf, wie sie in den Flughafenshops zum Verkauf angeboten werden. Meine schlimmsten Befürchtungen bestätigen sich. Es ist meine Cousine Olivia mit ihren Freundinnen. Und sie kommen auf mich zu. Das Herz rutscht mir in die Hose.

Hektisch sehe ich mich nach einer schnellen und einfachen Fluchtmöglichkeit um. Die Toiletten befinden sich in Sprintdistanz. Ich sammle mein Sandwich, die Zeitschrift, die Kappe, die Schürze und das Namensschild ein und will gerade aufstehen, als Olivia mich entdeckt. Verdammt! Ich hätte mich hinter dem Magazin verstecken sollen. Eine klassische Fehlentscheidung. Aber jetzt ist es zu spät.

»Bet? Bist du das?«, sagt sie, als würde sie durch ein Megafon trompeten.

Olivia und ihr Vater, mein Onkel Paul, bestehen darauf, mich Bet zu rufen, obwohl ich ihnen immer wieder erklärt habe, dass ich lieber Beti genannt werden möchten. Onkel Paul und mein Vater haben ein schwieriges Verhältnis. Das reicht viele Jahre zurück – mein Onkel hat meiner Mom nie verziehen, dass sie ihm meinen Dad vorgezogen hat; Onkel Paul nutzt jede sich bietende Chance, meine Eltern zu übertrumpfen, was ebenfalls beinhaltet, dass er mich bei jeder Gelegenheit schlechtmacht.

Mein Herz schlägt heftig, und mein Mund wird trocken, als ich aufstehe und die Kappe, die Schürze und das Namensschild hinter der Zeitschrift verberge. Olivias Freundinnen starren mich an, als erwarteten sie, dass ich etwas Spannendes oder Lustiges sage.

»Die Welt ist klein!«, meint Olivia, beugt sich vor und berührt zur Begrüßung unbeholfen mit ihren Wangen die meinen. Ihre sind knochig und spitz. Meine Wangenknochen sind gut gepolstert und versteckt. »Das ist meine Cousine Elizabeth, aber wir nennen sie Bet«, erklärt sie ihren Freundinnen.

»Hi!« Ich nicke den Frauen zu, dann sehen wir uns verlegen an. Ich wünsche mir sehnlichst, dass Olivia nicht fragt, was ich hier mache.

»Was machst du hier?«, sagt sie prompt mit diesem vertrauten spöttischen Funkeln in den Augen. Sie wirft ihre Haare über die Schulter.

»Und ... habt ihr euch ein schönes Ziel ausgesucht?«, frage ich gleichzeitig. Die Frage ist lächerlich. Wir sind in der Abflughalle eines Flughafens. Natürlich sind sie unterwegs zu einem hübschen Ort. So wie jeder hier. Deshalb liegt ja diese gespannte Vorfreude in der Luft.

»Island! Reykjavík!« Sie lässt es sich nicht zweimal sagen, wenn die Chance besteht, ins Rampenlicht zu treten. Das war nie anders gewesen. Wir sind zusammen aufgewachsen, und man hat uns bei jeder Familienfeier und in jedem Urlaub zusammengespannt. Aber wir sind grundverschieden. Olivia gehörte schon immer zu den beliebten Mädchen, während ich ... na ja, ich nicht. Ich habe nie richtig dazugepasst.

Sie strahlt ihre Freundinnen an, die alle gleich aussehen. Die langen geglätteten Haare, die mit Kunstpelz besetzten Krägen, die dicke Make-up-Schicht und die konturierten Lippen im Nude-Look. Wenigstens unterscheiden sie sich durch die Mützenbommel in unterschiedlichen Farben.

»Es ist Georgias Junggesellinnenabschied!«, sagt Olivia. Die Frau mit der schwarzen Mütze mit dem pinkfarbenen Bommel sticht aus dem Haufen heraus, als wäre sie ein kostbares Juwel inmitten eines Bettes aus weichen pastellfarbenen Federn.

»Ach ja, die Junggesellinnenabschiedsparty«, sage ich. Natürlich. Seit Wochen haben sie auf Facebook nur noch darüber gepostet, seit die letzte Party vorbei war, eine Babyparty in einem schottischen Schloss.

»Jungesellinnenabschieds*wochenende!* Niemand macht mehr bloß eine Party«, stellt Olivia vergnügt fest.

Mit viel Mühe verziehe ich die Lippen zu einem Lächeln. »Nun, dann wünsche ich euch ein tolles Wochenende. Und Glückwunsch!«, füge ich hinzu in der Hoffnung, mich mit dem letzten Rest meiner Würde verdrücken zu können.

»Was? Das ist Bet, deine Cousine, die schon dreimal verlobt war?«, fragt die Frau mit der beigefarbenen Mütze – passend zu ihrem Make-up – mit hellblauem Bommel, zeigt mit ihrem Gelfingernagel auf mich und taxiert mich von Kopf bis Fuß. Die anderen folgen ihrem Beispiel. Plötzlich brennen meine Wangen, und ich wünschte, ich könnte mir mit der Zeitschrift kühle Luft zufächeln.

»Ja, genau die!«, scherze ich, doch innerlich sterbe ich tausend Tode. *So ist das nicht!*, möchte ich gerne erklären, aber ich finde nicht die richtigen Worte.

»Wir haben schon so viel von dir gehört!«, sagt die Frau mit dem silbernen Mützenbommel, und ich höre unterdrücktes Kichern. Plötzlich fühle ich mich zurückversetzt auf den Schulhof, wo meine Cousine und ihre Freundinnen mich immer gehänselt haben. Das werde ich nicht zulassen!

»Ach ja! Bestimmt nur Gutes!«, kontere ich.

»Also, Bet, was ist denn mit dem geheimnisvollen Will? Habt ihr endlich einen Hochzeitstermin festgelegt? Wie lange seid ihr jetzt bereits zusammen?« Olivia leckt sich förmlich die Lippen, wie eine Katze, die mit ihrem Opfer spielt.

»Äh, warte, ungefähr fünf Jahre«, antworte ich so entspannt wie möglich.

»Fünf Jahre!«, wiederholt die Gänseschar fast einstimmig.

»Und so geheimnisvoll ist Will gar nicht. Du hast ihn doch kennengelernt, Olivia«, fahre ich entschlossen fort.

»Seit fünf Jahren verlobt! Und es gibt noch keinen Hochzeitstermin?«, will die zukünftige Braut wissen.

»Ähm, nein.« Meine stolze Haltung gerät ein bisschen ins Wanken, und ich wünsche mir sehnlichst, dass der Flug nach Reykjavík aufgerufen wird. »Kein festes Datum, noch nicht.« Ich schlucke. »Wir sind noch in der Planungsphase. Ihr wisst ja, wie anstrengend diese Dinge sein können!« Ich straffe die Schultern und spreche die zukünftige Braut direkt an, die auch zustimmend nickt, als wäre ich auf einmal eine verwandte Seele.

»Oh, Bet plant ständig. Sie hat ganze Mappen voller Ideen. Und sie hat jede Menge Übung, weil sie schon drei Verlobungsfeiern hinter sich hat!« Alle lachen. »Sie kennt jeden Blumenhändler und jedes Geschäft für traditionelle Gastgeschenke und Brautzubehör in der Umgebung«, fährt Olivia fort. »Mein Dad hat immer gewitzelt, dass sie ihren eigenen Parkplatz bei diesen Hochzeitsmessen haben sollte – weißt du noch, Bet?« Wieder lacht sie, und diesmal kocht ein bisschen Wut in mir hoch.

Das ist das Problem, wenn man in einem kleinen Ort lebt: Jeder weiß über die Angelegenheiten von jedem Bescheid, und niemand vergisst etwas. Ja, ich war zuvor schon mal verlobt. Doch mit Will ist es anders. Wir haben uns auf Anhieb gut verstanden, und wir haben uns gesehen, sooft es ging, obwohl er in Bristol lebte und ich noch in West Wales. In jenen Anfangstagen konnten wir nicht genug voneinander bekommen. Er hat mich umständlich gefragt, ob ich ihn heiraten will, und so haben wir es dann beschlossen. Zwar haben alle mir gesagt, es wäre zu früh, aber es fühlte sich aufregend und spannend an, so impulsiv zu sein. War genau das, was ich nach dem Tod meiner Oma brauchte, nach all der Traurigkeit. Nicht lange danach zog ich zu Will nach Bristol, und da bin ich immer noch.

Bei meiner ersten Verlobung war ich gerade mal sechzehn. Auf meiner Schulabschlussfeier habe ich mich mit meinem ersten Freund Rhys verlobt, und wir wollten nach seinem Abitur zwei Jahre später heiraten. Ich sah mir das Standesamt an und beschloss, nach der Trauung eine Grillparty im Garten meiner Eltern zu organisieren. Alles sollte so kostengünstig wie möglich sein. Doch im folgenden Sommer schmiedete er Studienpläne, und ich blieb in Swn y Mor zurück, mit gebrochenem Herzen und einem Stapel Hochzeitsplänen, die ich zusammen mit meinen Kindheitserinnerungen in der untersten Schublade meiner Kommode versteckte.

Mit Anfang zwanzig lernte ich dann Tom kennen. Ich dachte, er wäre der Richtige. Tom war Koch und arbeitete in einem der großen Hotels am Meer. Wir waren glücklich. Und ich glaube, das hat Olivia am meisten gewurmt. Ich hatte mein Glück direkt vor der Haustür gefunden, und Olivia wollte immer schon das haben, was andere hatten. Also hat sie sich Tom geschnappt, und als sie feststellte, dass sie immer noch nicht zufrieden war, ließ sie ihn fallen. Danach haben Tom und ich versucht, uns zu versöhnen, aber es hat nicht funktioniert. Ich konnte ihm nicht wirklich verzeihen. Wir haben uns Mühe gegeben, doch schlussendlich wollten wir unterschiedliche Dinge. Er liebäugelte mit der Leitung eines Restaurants in Glasgow, ich träumte von einer Bar in Spanien; schließlich beendeten wir unsere Beziehung.

Dann lernte ich Will kennen und begriff, dass er alles vereinte, was ich mir je erhofft hatte. Alle lieben Will. Wie könnte man ihn nicht lieben? Er ist aufgeschlossen, freundlich, lustig, intelligent und hat eine gute Arbeitsstelle. Ganz abgesehen mal von seinem Aussehen: dunkelhaarig und fit … diese muskulösen Arme! Er spielt sogar als Leadgitarrist in einer Band in der Kneipe um die Ecke. Er sieht ein bisschen aus wie Danny O'Donoghue aus der Band *The Script*. Okay, er ist kein Ire, aber seine Augen funkeln genauso. Wenn er auf einer Party auftaucht, ist sofort mehr Stimmung. Deshalb war er so ein guter Animateur, als ich ihn kennenlernte. Er gab jedem das Gefühl, etwas Besonderes zu sein. Und wenn er mich damals ansah, kam es mir vor, als wäre ich der einzige Mensch auf der Welt.

»Dann gibt's also nach wie vor keinen Termin für den großen Tag?«, unterbricht Olivia meine Gedanken. Ihre Augen funkeln boshaft.

»Na ja, es war viel los in letzter Zeit«, lüge ich rasch. Es war überhaupt nichts los, abgesehen von aufstehen, zur Arbeit gehen, nach Hause kommen, essen, schlafen. Obwohl wir uns sechs Wochen, nachdem wir ein Paar geworden waren, verlobt hatten, legten wir uns nie auf einen Hochzeitstermin fest.

Wills Mutter lag mit einer Lungenentzündung im Krankenhaus, und wir besuchten sie gleich am ersten Tag. Es stand irgendwie alles auf der Kippe. An jenem Abend, nachdem wir unsere Käse-Makkaroni aus der Mikrowelle gegessen hatten und auf dem Sofa kuschelten, fragte Will mich, ob es in Ordnung wäre, wenn er ihr sagte, wir seien verlobt. Er glaubte, das würde sie aufheitern. Ich stimmte zu. Es fühlte sich aufregend an, so spontan zu sein. Und es heiterte seine Mutter tatsächlich auf. Er versprach mir einen richtigen Antrag, sobald es ihr wieder besser ginge, das volle Programm mit Niederknien an einem romantischen Ort, und er gab mir freie Hand, was das Organisatorische betraf.

Ich stürzte mich in die Vorbereitungen, um mir selbst zu versichern, dass es auch tatsächlich zu dieser Hochzeit kommen würde. Diese Mappe zu haben ließ mich immer wieder an die lustigen Zeiten denken, die noch kommen würden, während sich im richtigen Leben eine ernüchternde Alltagsroutine einstellte. Seine Mom liebte es, über meine Pläne zu reden, doch der richtige Antrag kam nicht, und es wurde auch kein Termin festgelegt. Wir glitten einfach nur in den »Verlobungsmodus«. Will fand, wir sollten warten, bis alles in »geordneten Bahnen« verlief – was auch immer das bedeuten soll. Und jetzt sind wir regelrecht in einer Sackgasse gelandet. Ich würde alles tun, um uns da rauszuholen.

Bing bong, ertönt die Lautsprecheranlage. Ich spitze die Ohren und hoffe auf den Aufruf für Reykjavík, doch es ist bloß eine Kundendurchsage. Bestimmt hat ein Fluggast seinen Pass an der Sicherheitsschleuse vergessen.

»Nun, Bet, was machst du denn eigentlich hier?« Erwartungsvoll blickt Olivia sich um, ob sie Will irgendwo entdecken kann. »Du arbeitest doch nicht etwa noch hier, oder doch?«

Ich kann ihr nicht sagen, dass ich tatsächlich noch hier arbeite. Ich bin zweiunddreißig, Herrgott noch mal! Kann es das sein? Burger zu verkaufen und zuzusehen, wie das Leben aller anderen Leute weitergeht, im wahrsten Sinne des Wortes? Ich schaue auf die Abflugtafel und scanne die Abflüge. Olivias Freundinnen beobachten mich wie Aasgeier, die auf ein Opfer warten.

»Ob ich hier arbeite? Meine Güte, natürlich nicht!« Meine Kiefermuskeln verkrampfen sich bei der Lüge. »Ich bin auf dem Weg nach Spanien, nach Malaga.« Ich nicke Richtung Abflugtafel. »Eine ... äh ... Recherchereise.«

»Sag bloß, du machst es tatsächlich! Du wirst deine eigene Bar haben! Bet hat immer schon davon geredet, in Spanien zu leben und eine Bar zu führen«, erklärt Olivia ihren Freundinnen. Es stimmt, das war mein Traum, seit ich zum ersten Mal in Spanien Urlaub machte. »Wo ist Will?«, fragt Olivia und sieht sich wieder um.

»Auf der Toilette«, lüge ich und spüre, wie mein Kopf zu schmerzen beginnt. Was rede ich da? Sag einfach die Wahrheit, Beti!

»Sie versteckt ihn immer gut«, sagt Olivia mit hochgezogenen Augenbrauen. Und wer könnte es mir verdenken nach letztem Mal? »Will und sie haben sich in Spanien kennengelernt. Er hat als Animateur gearbeitet«, erzählt Olivia ihren Freundinnen, die an ihren Lippen hängen. »Du kannst das bestimmt toll, eine Bar leiten.« Als sie mir zulächelt, verglühen die Flammen der Wut ein bisschen.

»Meinst du?«, antworte ich, und meine Wachsamkeit lässt ein winziges bisschen nach.

»Bet weiß, wie man Partys organisiert. Tabellen, Kostenaufstellungen, Partythemen ... na ja, mit ihren drei Verlobungen hatte sie ja schon jede Menge Übung!« Alle lachen schallend, und die Flammen der Demütigung in meinem Gesicht und die der Wut in meinem Bauch flackern erneut auf.

Und dann kommt endlich der Aufruf für den Flug nach Reykjavík. Ich atme erleichtert auf, obwohl meine Pause fast vorbei ist und ich noch kaum etwas von meinem Sandwich gegessen habe.

»Das sind wir!«, kreischt die künftige Braut.

»War nett, dich kennenzulernen, Bet«, sagt eine andere Frau.

»Hoffentlich klappt das mit der Bar!«, fügt die nächste hinzu, und die anderen nicken zustimmend, während sie sich alle gleichzeitig auf das Abfluggate zubewegen.

»Fliegst du wirklich nach Spanien, um eine Bar zu finden?« Olivias Augen sind ganz groß vor Bewunderung und einer gehörigen Portion Ungläubigkeit.

»So ist es«, antworte ich mit fester Stimme und überrasche mich selbst. Wieder werfe ich einen Blick auf die Abflugtafel und spüre, wie Erregung mich erfasst. Warum nicht? Ich erinnere mich an die junge Beti mit ihren Hoffnungen und Träumen, und plötzlich erwacht in mir ein Gefühl der Entschlossenheit.

»Poste es einfach auf Facebook, dann kommen wir dich besuchen!« Und damit rennen sie förmlich auf ihr Abfluggate zu, auf einer Welle der Vorfreude angesichts ihres nächstes Abenteuers reitend. In ihrem Leben gab es offensichtlich immer etwas Neues. »Drei Verlobungen, und trotzdem hat sie es nie vor den Traualtar geschafft?«, höre ich eine von ihnen fragen, dann kichern alle.

Als ich das Magazin aufschlage, bleibt mein Blick ganz vorne an einer Auflistung von Bars und Restaurants in Andalusien hängen, die zu verpachten sind. Mein Namensschild fällt runter und kullert unter die Räder eines Rollkoffers. Ich schaue wieder auf die Abflugtafel, dann auf die Anzeige. Was, wenn ich einfach einen Flug buche und eine Bar pachte? Ist es nicht das, was die Leute tun? Würde meine Oma es gutheißen, wenn ich das Geld aus dem Verkauf der Porzellankuh, die sie mir hinterlassen hat, dafür verwenden würde? Ich hatte eigentlich vor, es als Hochzeitsbudget einzusetzen. Ich kaue nachdenklich auf meiner Unterlippe. Wozu, wenn es keinen Hochzeitstermin gibt?

Ist es nicht genau das, was Will und ich brauchen, um uns aus der Sackgasse zu manövrieren und uns an das Paar zu erinnern, das wir einmal gewesen sind? Eine eigene Bar? Ein Neustart? Scheiß auf die neue Unterwäsche und das Chicken Biryani, das ich heute Abend bestellen wollte! Wir brauchen ein Abenteuer, einen Tapetenwechsel! Und wenn wir uns erst in Spanien häuslich niedergelassen haben, werden wir bestimmt bald einen Hochzeitstermin festlegen und ihn auf Facebook posten. Das ist es, was Oma für mich gewollt hätte. Und genau das werde ich tun.

Ich klemme mir die Schürze und die Kappe unter den Arm und sehe zu, wie der Rollkoffer mein Namensschild ausspuckt, verbeult und verbogen. Mit lautem Getöse startet das nächste Flugzeug, und gleichzeitig erwacht der kleine Funken in meinem Bauch zum Leben.

Wieder betrachte ich die Anzeigen in der Zeitschrift. Eine bestimmte spricht mich ganz besonders an – die Butterfly Bar. Sie liegt direkt am Hafen und bleibt in meinem Budgetrahmen. Ich schreibe Will eine Nachricht und verabrede mich nach der Arbeit mit ihm. Will ist gut in seinem Job, aber eigentlich würde er am liebsten als Gitarrist in einer Band spielen. Und wo könnte er das besser als in unserer eigenen Bar im sonnigen Spanien?

Ich bücke mich und hebe mein Namensschild auf. Dort, wo ich hingehen werde, werden alle meinen Namen kennen. »Gehst du in Betis Bar?« Ich stelle mir vor, wie die Urlauber sich diese Frage stellen. Ja, ich werde es tun! Ich werde keine Burger mehr zubereiten. Beti Winter hat endlich ein Ziel.

1. Kapitel

»Also, Sie möchten einen Burger mit Bacon, ohne Zwiebeln und ohne Gurken, dafür mit extra Käse, richtig?«

»Und eine Diät-Cola. Ich schütte einen Bacardi rein oder wie dieses spanische Zeug heißt«, sagt der Mann an der Theke und hält eine Flasche mit einer klaren Flüssigkeit hoch. Er ist in den Zwanzigern, trägt einen Strohhut und Blümchenshorts, und seine sonnenverbrannte Nase hat die Farbe eines gekochten Hummers.

»Okay. Bitte schön. Lassen Sie sich Ihr Frühstück schmecken. *Adiós!*« Ich reiche ihm die Papiertüte, an deren Seiten sich bereits Fettflecken ausbreiten.

»Hä?« Fragend sieht er mich an.

»Das heißt auf Wiedersehen … auf Spanisch.«

»Ach so, tschüss dann!« Er wendet sich ab und beißt herzhaft in seinen Burger.

»Würden Sie bitte zusammenfegen?«, weist mich Victoria an. »Und danach können Sie in die Pause gehen.« Victoria ist groß, blond und schlank und stammt aus Clapham. Sie ist zehn Jahre jünger als ich. Der Burger-Laden gehört ihrem Vater, und sie hilft aus, weil er einen Herzinfarkt hatte und sich einige Zeit schonen muss. Letztes Jahr hat sie ihr Studium in Publizistik mit einer Zwei abgeschlossen. Ich dagegen habe nur ein paar Abendkurse in Kunstgeschichte und Tourismus belegt. Selbst damals gefiel mir schon die Vorstellung, im Ausland zu leben.

Victoria hat mir erzählt, dass sie ihre Optionen abwägt. Anders ausgedrückt, sie bewirbt sich um »richtige« Stellen. Sie hat laut gelacht, als ich sie gefragt habe, wie lange sie in Spanien bleiben will. »Meine Güte, das hier will ich bestimmt nicht mehr machen, wenn ich erst mal dreißig bin!« Sie hofft, bei BBC oder Channel 4 unterzukommen, und möchte Dokumentarfilmproduzentin werden.

Ich fege zu Ende, dann nehme ich die Kappe und die Schürze ab. Es ist zwar erst Ende März, doch die Sonne wärmt bereits so stark wie zu Hause an einem sonnigen Maitag. Ich bin seit zwei Wochen hier, und es ist eine Qual, in einer Nylonhose hinter der Theke zu arbeiten. Ich knöpfe meine Bluse auf und ziehe sie aus. Darunter trage ich ein Trägertop. Als die leichte Meeresbrise meine Haut streichelt, seufze ich erleichtert auf. Der Himmel ist strahlend blau, wie die Plakatfarbe, mit der ich immer als Kind gemalt habe. Die wenigen Schleierwolken lösen sich schon in der Wärme auf, und die Urlauber nutzen den Sonnenschein. Daheim regnet es in Strömen, wie meine Mutter mir gesimst hat.

Ich nehme meine Tasche aus dem Schrank hinten im Laden und gehe zu der Snackbar auf der anderen Seite des Platzes, vorbei an den großen, sich sanft wiegenden Palmen in ihren Holzfässern.

»Hey, Beti. Wie immer?« Craigs tiefgebräuntes, schweißbedecktes Gesicht verzieht sich zu einem breiten Grinsen. Seine weißen Zähne habe die gleiche Farbe wie die Spitzen seiner stacheligen Haare. Er trägt ein ärmelloses weißes Shirt und Jeansshorts. Seine farbenfrohen Freundschaftsbändchen – er trägt viele davon – rutschen um seine Handgelenke, als er die knusprigen Baconstreifen auf dem zischenden Grill wendet.

»Ja, bitte, Craig.« Craigs bemehlte Speckbrötchen mit brauner Soße sind die besten – und mit einer Tasse Tetley-Tee sind sie noch besser. Craig hat einen kleinen Laden mit einem Kühlraum, einem Grill und einer Teemaschine, und wenn er seine Frühstücksbrötchen alle verkauft hat, verbringt er den Rest des Tages am Strand und sonnt sich.

»Was geht?« Er lächelt, bevor er etwas leiser fragt: »Gibt's Neuigkeiten?« Er neigt mitfühlend den Kopf, und obwohl er es gut meint, traue ich mich nicht zu antworten, sondern schüttele nur den Kopf, während ich in meiner Handtasche nach meinem Geldbeutel krame.

Er reicht mir mein Bacon-Brötchen in einem Stück Küchenrolle. Ich nehme es, als würde er mir ein Geheimmittel zum Heilen eines gebrochenen Herzens überreichen.

»Und vergiss nicht, deine Teetasse nachzufüllen!«, ermahnt er mich mit Nachdruck, wie er es täglich tut, seit ich vor einer Woche meine Arbeit bei Buster's Burgers aufgenommen habe, mitten im Herzen des Hafenbezirks. Lado del Puerto ist eher bekannt für seine vielgeschossigen Apartmentgebäude, die britischen Bars und den langen, überfüllten Strand als für seinen traditionellen Markt und den zurückgehenden Fischfang.

»Danke, Craig.« Ich möchte ihm für alles danken, nicht nur für Tee und Brötchen, sondern auch für sein Mitgefühl. Doch meine verräterisch zitternde Unterlippe lässt es nicht zu. Stattdessen nehme ich mein Frühstück und setze mich in den Schatten eines Bastsonnenschirms auf der anderen Seite der Palmen, so weit wie möglich entfernt vom Touristentrubel. Manche kurieren ihren Kater aus und lassen die Partys vom Vorabend Revue passieren, manche haben es – zumindest machen sie den Eindruck – gar nicht erst ins Bett geschafft. Ich schaue aufs Meer hinaus und betrachte die Fischerboote, die gerade hereinkommen, dann halte ich mein Gesicht in die Vormittagssonne, genieße die warmen Strahlen und hoffe, dass sie meine erschöpften Augen und meinen Lebensmut wieder zum Leben erwecken werden.

Ich packe mein Speckbrötchen aus und atme tief den Duft ein. Er erinnert mich umgehend an alles, was ich hinter mir gelassen habe. In Bristol hatte ich zumindest ein Zuhause, ein Leben, einen Job und Hochzeitspläne. Ich glaubte, dass die Reise nach Spanien alles besser machen und Will und ich nicht mehr auf der Stelle treten würden. Wir wollten einen eigenen Laden aufmachen und freuten uns auf die Zukunft. Ich dachte, dass für mich endlich eine neue Lebensphase kommen würde. Stattdessen habe ich alles verloren.

Ich trinke einen Schluck Tee. Craig macht einen richtigen Bauarbeitertee, wie mein Dad ihn nennen würde – stark, schwarz, mit Milch und Zucker. Gott, ist der heiß! Glühend heiß. Aber wenigstens lenkt er mich von meinem Herzschmerz ab. Ich nehme noch einen Schluck und beiße ein kleines Stück von dem weichen weißen Brötchen mit dem salzigen Bacon ab. Es ist seltsam, dass der Duft manchmal verlockender sein kann als der tatsächliche Geschmack. Ein bisschen wie das Leben, wo sich die Vorstellung, die man sich von einer Sache macht, so sehr von der Wirklichkeit unterscheiden kann, dass man sich schließlich fragt, warum man überhaupt im Vorfeld darüber nachgedacht hat.

Ich war der Meinung, dass der Umzug nach Spanien genau das wäre, was Will und ich brauchten, um den Alltagstrott hinter uns zu lassen. Dass er Schwung in unser Leben bringen würde, damit im Bett wieder etwas lief und wir endlich Heiratspläne schmiedeten. Ich meine, es heißt ja, dass man ständig an Beziehungen arbeiten muss, oder nicht? Ich wollte, dass er wieder Notiz von mir nahm und mich wieder ansah wie früher. Ich habe schon alles andere versucht: ein romantisches Candlelight-Dinner, sexy Unterwäsche, eine neue Frisur – was ich jetzt bitter bereue – mit blonden Strähnchen in meinen von Natur aus brünetten Haaren. Ich lasse die Strähnchen herauswachsen und kann meine Haare gerade wieder mit einem Haargummi zurückbinden, Gott sei Dank.

Will und ich lernten uns in Spanien kennen, als ich mit siebenundzwanzig dort Urlaub machte ... zusammen mit meinen Eltern! Mom und Dad hatten einen kleinen Gewinn mit Prämienanleihen erzielt und fanden, ich bräuchte eine Auszeit, nachdem ich meine Oma so lange gepflegt hatte. Ich hatte bei ihr gewohnt, nachdem sie gestürzt war und sich die Hüfte gebrochen hatte. Während dieses Urlaubs beschloss ich, dass ich eines Tages in Spanien leben und eine eigene Bar führen wollte. Ich sah mich selbst Drinks und Tapas servieren und jeden Tag den Sonnenschein genießen. Es gab eine leer stehende Bar, die ich jeden Tag betrachtete – ich träumte davon, was ich daraus machen würde, welches Farbkonzept und welche Einrichtung ich wählen würde. Nach meiner Rückkehr lernte ich sogar Spanisch mithilfe eines aus vier CDs bestehenden Sprachkurses. Ob ich wohl deshalb die Arbeit am Flughafen angenommen habe? Dort war ich meinem Ziel wenigstens einen Schritt näher. Ich musste nur noch irgendwann in ein Flugzeug steigen. Und dieser Tag ist schließlich gekommen.

Der Fairness halber muss ich sagen, dass Will überraschend einfach zu überzeugen war. Er hatte die Nase voll davon, im Reisebüro zu arbeiten und am Telefon Reisen und Versicherungen zu verkaufen, und hat die Gelegenheit zum Ausbruch beim Schopf gepackt. Man hat ihm sogar ein sechsmonatiges Sabbatical angeboten, nach dem er seine Arbeit zurückhaben kann, wenn er möchte. Was konnte da schon schiefgehen? Ich glaubte, ich wäre bereits am Ziel meiner Träume. Ein Sommer hier mit unserer eigenen Bar, und dann eine Winterhochzeit am Strand an einem warmen Ort. Wir kündigten unsere dunkle, laute Mietwohnung, die eigentlich nur eine Übergangslösung sein sollte, in der wir aber hängen geblieben waren.

Die nächsten Wochen verbrachten wir mit Entrümpeln und Packen, kämpften uns durch Webseiten, trafen eine kleine Vorauswahl an Bars und machten Besichtigungstermine für jene aus, von denen wir glaubten, es könnten die richtigen sein. Wir verbrachten mehr Zeit zusammen, fühlten uns wohl miteinander, lachten viel und freuten uns auf die Zukunft.

Wir haben sogar unsere Bar gefunden – die Butterfly Bar, auf die ich schon in der Anzeige in dem Reisemagazin gestoßen war. Ich kann die Bar von dort, wo ich gerade sitze, sehen, und sie ist perfekt: mit Blick auf den Hafen und ganz in der Nähe des Strandes. Harold und Brenda, die derzeitigen Eigentümer, sitzen gerade davor. Er trägt ein Hawaii-Hemd, das über seinem trommelähnlichen Bauch spannt, hat verblasste Tattoos und einen Schnurrbart. Er winkt mir zu, und ich lächele. Er trinkt um zehn Uhr morgens ein kühles Bier. Das scheint hier an der Tagesordnung zu sein! Brenda ist knackig braun und trägt ein geblümtes Kleid. Ich winke zurück, während mich eine heiße Woge der Scham überkommt, als ich daran denke, was ich ihnen gestehen muss.

Als ich die Butterfly Bar zum ersten Mal sah, war es sofort um mich geschehen. Ich wusste, es ist die richtige. Es gibt jede Menge Laufkundschaft. Es gibt genug Platz für eine kleine Band und genügend Tische und Stühle draußen. Und das gesamte Inventar wird mit verpachtet: die Gläser, die Ausstattung, alles! Wir müssten die Bar einfach nur wiedereröffnen und hätten alles im Handumdrehen im Griff. Über der Bar gibt es sogar ein kleines Ein-Zimmer-Apartment. Wir waren so begeistert, dass wir den Deal umgehend per Handschlag festgemacht haben. Harold und Brenda waren offensichtlich auch sehr angetan; sie sagten, sie wollen die Bar gerne einem jungen Paar übergeben, das sie an sich selbst erinnerte, vor allem, als sie hörten, dass ich aus Wales stamme – wie auch sie. Sie fanden uns perfekt. Wir gingen aus und feierten und posteten auf Facebook massenweise Selfies, auf denen wir jubelnd mit Sekt anstießen. Es ging bergauf! Endlich würde ich meinen Traum leben.

An jenem Abend fand im Hafen ein Osterfest statt. Überall wurden Feuerwerkskörper gezündet, Musik spielte, und es wurde getrunken. Eine Blaskapelle spielte, und auf einer Prozession von Flößen tanzten geschmückte Tänzer und Tänzerinnen. Ich habe keine Ahnung, was das alles mit Ostern zu tun hatte, aber egal. Da ich zu viel Sangria getrunken hatte, brachte Will mich irgendwann zu unserer Ferienwohnung zurück. Während ich ins Bett fiel und mein Gesicht ins Kissen drückte, ging er zum Hafen zurück, um noch ein paar Bier mit einer Band zu trinken, die wir im Nachtclub Pink Flamingo kennengelernt hatten. Und dann, na ja … Ich trinke noch einen Schluck von meinem Tee, der mittlerweile kalt geworden ist. Bei dem Gedanken wird mir immer noch schlecht. Irgendwann kehrte er ins Apartment zurück, packte seine Sachen und verschwand. Einfach so. Und später schickte er mir eine SMS.

Ich nehme mein Handy aus meiner Tasche, kontrolliere, ob neue Nachrichten eingegangen sind, und lese wieder jene letzte SMS.

Es tut mir so leid, Beti. Ich weiß, ich kann nicht erwarten, dass du mir verzeihst, was ich getan habe. Ich glaube, es wäre besser, wenn wir getrennte Wege gehen. Es tut mir leid.

Ich trinke wieder etwas, aber ich schmecke nichts.

Es war die Bank, die mich auf »verdächtige Kontobewegungen« auf unserem gemeinsamen Konto aufmerksam machte, und ich stellte fest, dass er es quasi leer geräumt hatte. Die Kaution für die Bar, die paar Tausend aus dem Erbe meiner Oma, waren verschwunden.

Ich habe seine Nummer bestimmt hundertmal angerufen und bin immer auf der Mailbox gelandet. Genauso oft habe ich seinen Facebook-Status überprüft. Nichts. Wie bei mir ist der Stand noch von jenem Tag, an dem wir das Finden unserer Bar und den Beginn unseres neuen Lebens in der Sonne gefeiert haben.

Natürlich habe ich mich umgehört. Es war Craig, der mir von Wills neuen Reisegefährten erzählt hat: einer Band namens Itchy Feet, die jeden Gig spielt, den sie bekommen kann – mit einer eins achtzig großen schwedischen Sängerin, die Freya heißt. Laut Craig hat Will mit einer Gruppe Schotten Karten gespielt. Die Sangria floss in Strömen, und an einem einzigen Abend war das Geld meiner Oma futsch. Will muss mindestens dreimal zum Geldautomaten gegangen sein. Ich kann immer noch das Surren des Automaten hören, als ich erfolglos versuchte, Geld abzuheben.

Das war es also. Will hat sich seine Gitarre und seine Siebensachen geschnappt, sich eine Mitfahrgelegenheit mit der Band in deren verbeultem Campingbus gesichert und ist verschwunden. Und ich bin nach wie vor hier, warte und erfinde Harold und Brenda gegenüber zunehmend unglaubwürdige Ausreden über Wills Verbleib. Inzwischen habe ich diesen Job angenommen. Ich dachte, Will käme irgendwann zurück, aber dem ist nicht so. Mittlerweile sind zwei Wochen vergangen. Vermutlich hat Freya etwas, was ich nicht habe ... Tja, jetzt auf jeden Fall: Sie hat meinen Verlobten.

Das bin also ich, Beti Winter. Ich komme mir absolut dämlich vor und habe Facebook für immer abgeschworen. Mein letzter Status war: »Habe meine Traumbar gefunden! Das Leben kann nicht besser werden.« Ich könnte es nicht ertragen, den Status auf »Single und pleite in Spanien« zu ändern. Onkel Paul hätte einen Heidenspaß daran! Er würde meinen Dad gnadenlos damit aufziehen. Natürlich würde er es als Scherz abtun, was es allerdings für meinen Vater nicht wäre. Er hasst die Art und Weise, wie sein Bruder auf meine Kosten Witze reißt. Doch ich habe ihm ja auch jede Menge Munition geliefert. Ich habe es nicht geschafft zu heiraten, und nun das hier, die Bar in Spanien, die niemals ihren Betrieb aufnehmen würde ... Das Allerschlimmste aber war das

Gefühl, meine Oma enttäuscht zu haben. Sie hat mir ihre Porzellankuh anvertraut, damit ich das Beste daraus mache, und jetzt ist alles futsch. Ich muss Harold und Brenda endlich sagen, dass ich ihre Bar nicht übernehmen kann, und davor graut mir.

Sie werden enttäuscht sein, das ist mir klar. Sie wollen wieder nach Großbritannien ziehen und dort ihren Ruhestand verbringen. Ihre Tochter erwartet ein weiteres Kind, und sie finden, es sei an der Zeit, bei ihrer Familie zu sein. Wenn es einen Weg gäbe, wie es funktionieren könnte, würde ich ihn einschlagen. Doch nachdem Will mich sitzen lassen hat, bin ich in einer ausweglosen Situation. Ich habe nicht die geringste Ahnung, wie ich wieder festen Boden unter die Füße kriegen soll, ohne mich zum Gespött zu machen.

Ich stehe auf und werfe das nicht gegessene Speckbrötchen in den Mülleimer in der Nähe. Es landet auf dem Abfall vom Vorabend. Die Ironie des Ganzen entgeht mir nicht. Ich schaue wieder zu Harold und Brenda; ich muss zu ihnen gehen und es ihnen erklären.

Meine Pläne, meine eigene Bar im sonnigen Spanien zu führen, haben sich zerschlagen. Ich bin wieder in der Realität angekommen. Der Traum vom Glück ist ausgeträumt.

2. Kapitel

»Beti, komm doch zu uns!« Brenda winkt mir begeistert zu, als ich näher komme. Die Sonne wärmt die Pflastersteine im Hafenbereich. Die Shops und Cafés haben geöffnet, und jede Menge Leute schlendern herum und bestellen Kaffee und Bier. Vor der Butterfly Bar sitzen Gäste an den verchromten Tischen und genießen die Sonne. Sie unterhalten sich, manche rauchen, und der weiße Rauch steigt in den azurblauen Himmel.

Ich werde langsamer und bleibe stehen, als ich erkenne, wie viel um diese Uhrzeit bereits in der Bar los ist. Vielleicht ist jetzt doch nicht der passende Zeitpunkt, um ihnen die Neuigkeit mitzuteilen.

»Ich komme später wieder!«, rufe ich ihnen zu. Meine Kehle ist wie zugeschnürt. »Nach meiner Schicht.« Ich zeige auf den Burger-Laden. Meine Arbeitszeit endet um zwei Uhr – nach der geschäftigen Mittagszeit.

»Nein, es ist schon in Ordnung. Hier sind ein paar Leute, die ich dir gerne vorstellen möchte.« Brenda schiebt ihre schmalen Hüften zwischen den Tischen hindurch, während weitere Gäste sich Stühle schnappen. Sie sorgt dafür, dass die ganze Gruppe Platz findet. Alle Blicke wenden sich mir zu. Ich schlucke, werde rot, und meine müden Augen brennen. Ich kann jetzt nicht einfach gehen.

»Hey!« Ein Arm legt sich um meine Schulter und lässt mich zusammenzucken; mein Herz macht einen Satz, und ganz kurz hole ich hoffnungsvoll Luft. Doch als ich mich umdrehe, strahlt mich Craig an, und mein Herz nimmt wieder seinen normalen, trägen Rhythmus auf, was sich auch in meiner Miene widerspiegelt.

»Tut, mir leid, Süße, ich wollte dich nicht erschrecken«, sagte Craig und lächelt freundlich. »Oder dass du glaubst … du weißt schon. Dass es dein Typ wäre.«

Ich tue seine Entschuldigung mit einer Handbewegung ab. Auch wenn ich für einen ganzen kurzen Moment genau das geglaubt habe.

»Sieht aus, als wolle Brenda dich mit ein paar Einheimischen bekannt machen.« Craig zieht mich aufmunternd näher zu sich hin. »Du Glückspilz! Schade, dass sie mich niemandem vorstellen kann. Vorzugsweise groß und gebräunt, so wie George Michael!« Er seufzt ein bisschen wehmütig. »Er war mein Traummann. Er hätte mir jederzeit sein Herz schenken können.« Er beginnt zu singen: »Last Christmas …« Ich muss lachen und vergesse meine Nervosität. In der kurzen Zeit ist er mir ein richtig guter Freund geworden. Anscheinend kennt er wirklich jeden in der Umgebung und weiß offensichtlich auch über alles Bescheid, was vor sich geht. Von seinem Standort hinter seiner Frühstückstheke hat er einen guten Überblick. Genauso hätte es mir hier in der Butterfly Bar gehen können, doch dazu wird es nicht kommen. Je eher ich es Harold und Brenda erzähle, desto besser.

»Komm.« Craig versetzt mir einen aufmunternden Schubs. Seine silbernen, schwarzen und farbigen Armbänder funkeln im Frühlingssonnenschein. »Es ist Zeit, das Begrüßungskomitee kennenzulernen.«

Brenda stellt mich ihren Bekannten vor, während sie sich die Bestellungen ins Gedächtnis ruft. »Einen großen Gin Tonic für dich, Moira. Es ist schließlich nicht mehr zu früh für einen Aperitif.«

»Gerade eben nicht mehr!«, wirft Craig laut ein, und alle lachen.

»Moira ist Schriftstellerin. Sie unterrichtet kreatives Schreiben und Spanisch und wohnt mit Eric in einem Apartment da drüben.« Sie deutet auf einen Mann mit einem Pferdeschwanz, dann auf einen Häuserblock am Hafen. »Einen Krug Sangria für Dan und Lynn – sie bieten Tagesausflüge per Boot vom Hafen aus an.« Sie zeigt mir eine junge Frau mit Hut und Sonnenbrille, die sich ein Tuch um die Schultern geschlungen hat, und einen jungen Mann in einem weiten, sonnengebleichten T-Shirt. Sie winken mir zu.

»Und für dich einen Cava, Maxine?«, fragt Brenda. »Maxine führt den Pink Flamingo. Sie arbeitet schon seit Jahren hier. Sie ist eine Doppelgängerin von Cher, wie man sehen kann. Donnerstags, freitags und samstags organisiert sie Flamenco-Abende.«

Craig setzt die Vorstellungsrunde an Brendas Stelle fort, damit sie ihre Bestellungen nicht durcheinanderbringt. »Das sind Pedro und Alexis, die in ihrem Familienrestaurant arbeiten. Sie gehören zu einer der ältesten Familien am Hafen.« Er zeigt mir zwei spanische Männer mit akkurat geschnittenen Haaren, die sie zurückgegelt tragen. Sie prosten mir mit ihren Kaffeetassen zu und lächeln freundlich. »Das hier ist Jackie, eine Friseurin aus Tyneside ... und Sue und Sandra, die einen Käse- und Honigstand auf dem Markt betreiben ... und Dick und Bev, die Fertiggerichte herstellen ...«

»*Hola!*«, ruft jemand. Ein Mann, der eine große Kiste trägt, steuert auf Pedros und Alexis' Restaurant zu. Dem Aussehen nach ist er ein Fischer, der geradewegs von seinem Boot kommt. Pedro ruft ihn zu sich und blickt in die Kiste. Sie nicken und schütteln sich die Hände, dann bestellt Pedro eine weitere Runde Kaffee und einen Weißwein für den Fischer.

»Das war ein Bier für Moira ... nein, ein Gin Tonic. Oder war es ein Kaffee? Ach, Mist!« Brenda wedelt mit ihrem Block und dem Stift und lacht herzlich. »Hört mal alle her!« Sie versucht, die Aufmerksamkeit der Anwesenden zu erlangen, um mich richtig vorzustellen.

»Brenda, ich muss mit dir reden«, sage ich rasch. Ich muss ihr beibringen, was passiert ist, bevor sie allen erzählt, wer ich bin … oder wer ich werden wollte. Aber es ist zu spät.

»Das ist Beti!«, verkündet sie. »Sie und ihr Verlobter, der großartige Will, werden diese Bar übernehmen. Ich möchte, dass ihr alle nett zu ihnen seid und euch benehmt!« Sie lacht lauthals, während verschiedene Leute Hallo sagen und freundlich lächeln. Harold hat feuchte Augen und tätschelt mir stolz die Schulter.

Oh Gott! Wenn doch mein Leben genauso hätte sein können. Meine müden Augen brennen noch mehr, und mein Gesicht scheint in Flammen zu stehen. Ich muss es ihnen jetzt sagen. Ich folge Brenda in den kühlen Innenbereich, gehe über den burgunderroten Fliesenboden und stelle mich an die hohe Theke.

»Du kannst mir mit den Getränken helfen«, sagt sie. »Dann gewöhnst du dich schon mal daran! Bald machst du das alleine.« Sie steht hinter der auf Hochglanz polierten Theke und der funkelnden Zapfanlage und strahlt mich an.

»Brenda«, sage ich, »ich muss dir was sagen.« Ich werfe einen Blick auf das Gedränge draußen und frage mich, wie ich anfangen soll. Auch der weiteste Weg beginnt mit dem ersten Schritt, wie meine Oma immer zu sagen pflegte. Ich hole tief Luft. »Es ist wahrscheinlich nicht der richtige Zeitpunkt, aber du musst es erfahren …«

Brenda lässt mich weiterreden, bis alles gesagt ist. Als ich fertig bin, zieht sie einen der leichten verchromten Stühle heran und lässt sich draufplumpsen. Sie legt eine Hand über den Mund, wobei das Schmetterlingstattoo auf ihrem Oberarm zittert.

Meine Gedanken überschlagen sich, als ich mir vorstelle, was hätte sein können. Ich sehe vor meinem geistigen Auge, wie ich morgens die Metallläden hochkurbele, die großen Glastüren zur Seite schiebe und mit einem *café con leche* in der Hand beobachte, wie die Welt aufwacht. Ich sehe die Nachtschwärmer nach Hause gehen, während der Montagsmarkt aufgebaut wird und die Fischer ihren Fang in den Hafen bringen. Ich würde mit einer einfachen Speisekarte anfangen: getoastete Sandwiches, Chickenwings, vielleicht Quiche – kleine Gerichte, die ich in der winzigen Küche zubereiten könnte. Ich würde Lichterketten und Girlanden am Eingang und an der Markise anbringen. Es gibt nichts, was sich nicht durch ein paar Lichterketten aufpeppen lässt; man bekommt sie heutzutage in allen möglichen Varianten – mit Blumen, Sternen und natürlich mit meiner Lieblingsdeko, mit Chilis. Chili-Lichterketten waren das Erste, was ich aufhängen wollte. Außerdem habe ich meine Hochzeitsmappe mitgebracht, weil ich dämlicherweise geglaubt habe, wir würden nach der Sommersaison unsere eigene Hochzeit planen. Ich bekomme kaum noch Luft, als mir auf einmal in allen Konsequenzen bewusst wird, dass sich mein Leben schlagartig geändert hat.

»Geht es dir gut, Liebes?«, höre ich Brenda fragen, aber ich kann sie nicht richtig sehen. Alles verschwimmt vor meinen Augen. Meine Brust schmerzt, und ich spüre, wie mein Herz nun von den Neuigkeiten eingeholt wird, nachdem ich sie laut ausgesprochen habe. Alles, was ich mir wünschte, war in Reichweite, und jetzt ist es buchstäblich über Nacht verschwunden.

»Hol ein Glas Wasser, Harold. Und Kirschlikör. Setz dich hin, Liebes. Wahrscheinlich stehst du unter Schock. Damit kenne ich mich aus, ich hatte in meinem Leben auch schon ein paar. Einer davon war unsere Tochter Mandy. Ich habe gedacht, ich könnte keine Kinder bekommen, weißt du. Aber dann … Simsalabim! Solche Dinge passieren immer, wenn man am wenigsten damit rechnet.«

»Bitte schön«, sagt Harold und stellt zwei Gläser vor mich auf den Tisch. Ich trinke zuerst Wasser, dann nippe ich an dem

Likör. Er ist süß, cremig und kühl und schmeckt nach Kirschen und Anis, irgendwie ungewöhnlich, aber wirklich köstlich. Und er scheint die richtige Wirkung auf meinen erhöhten Herzschlag zu haben.

»Er stammt oben aus den Hügeln, wo Kirschen angebaut werden«, erklärt Brenda. »Schwarzmarktware! Ein Vertreter bringt mir das Zeug immer mit. Er sagt, es sei edel. Der Likör wird aus einer bestimmten Sorte Kirschen hergestellt, die nach dem eigentlichen Pflücken noch an den Bäumen gelassen werden. Ich bekomme jedes Jahr eine Flasche.«

Ich denke daran, wie viele Jahre die beiden jetzt schon hier sind, und wünsche mir von ganzem Herzen, dass Will und ich die Bar hätten übernehmen können.

Nachdem das Wasser und der Likör ihren Zweck erfüllt haben, verabschiede ich mich von Harold und Brenda. Am nächsten Tag muss ich aus der Ferienwohnung ausziehen und Spanien verlassen. Bei dieser Vorstellung blutet mein Herz.

»Es tut mir so leid, dass es nicht sein sollte«, sagt Brenda. »Ich war mir so sicher, vor allem, weil du auch ein Waliser Mädchen bist. Du bist unserer Tochter so ähnlich. Ist es nicht so, Harold?«

»Doch«, stimmt er ihr mit feuchten Augen zu. »Genau wie sie.«

»Ein großartiges Mädchen, aber völlig unbedarft, was die Auswahl ihrer Männer angeht!« Brenda lacht.

Trifft das auch auf mich zu? Vermutlich schon. Schließlich habe ich jetzt bereits dreimal Pech in der Liebe gehabt. Jedes Mal dachte ich, endlich den Richtigen gefunden zu haben, und jedes Mal haben sie mir das Herz gebrochen.

Harold umarmt mich ungeschickt, was mich an die Umarmungen meines Vaters erinnert, und Brenda drückt mich kurz mit ihren knochigen Armen.

»Viel Glück, Liebes. Hier, nimm die Flasche mit. Ich habe noch eine.« Sie drückt mir den Kirschlikör in die Hand. Ich protestiere, doch sie will nichts davon hören. Gerührt von ihrer Herzlichkeit nehme ich das Geschenk an.

Mir bleibt nichts anderes übrig, als den Kloß in meinem Hals runterzuschlucken und wieder an die Arbeit zu gehen. Morgen muss ich nach Hause fliegen und allen beichten, was passiert ist. Mein Magen verkrampft sich, als ich mir Olivias und Onkel Pauls schadenfrohe Mienen vorstelle. Es tut mir in der Seele weh, Mom und Dad die schlechten Neuigkeiten zu überbringen – sie waren so stolz auf mich, weil ich meinen Traum leben wollte.

Während ich meine Schicht bei Buster's Burgers beende, versuche ich, nicht an die Butterfly Bar und meine gescheiterten Pläne zu denken. Nach der Arbeit kehre ich in die Ferienwohnung zurück. Je weiter ich gehe, desto weiter entferne ich mich von meinem kleinen Traum.

Erneut überprüfe ich mein Handy, wie ich es ungefähr jede halbe Stunde in den vergangenen zwei Wochen getan habe. Immer noch nichts. Er antwortet nicht auf meine SMS und auch nicht auf die Nachrichten, die ich auf der Mailbox hinterlassen habe. Ich bin so frustriert. Wenn es ginge, würde ich es sogar mit einer Brieftaube probieren.

Ich schreibe meiner Mom eine SMS, um ihr mitzuteilen, dass es mir gut geht. Ich sage ihr nicht, dass Will mich verlassen hat und ich mein ganzes Geld und meine Bar verloren habe. Irgendwie will ich ihr beibringen, dass ich morgen heimkomme, und schreibe den Text immer wieder um, aber ich kriege es nicht richtig hin. Schließlich gebe ich auf und stecke das Handy in die Tasche. Wie um alles in der Welt soll ich die Wahrheit sagen? Ich habe keine Ahnung ... Ich werde mir morgen auf dem Rückflug Gedanken darüber machen. Ich reibe mir die müden Augen; seit Will gegangen ist, habe ich kaum geschlafen.

Ich mache die Tür des Apartments hinter mir zu, ziehe den Korken aus der Kirschlikörflasche und nehme einen großen Schluck direkt aus der Flasche. Prompt muss ich husten. Vor dem Fenster spielen Kinder im Pool, Familien sonnen sich, und Grüppchen von Freunden treffen sich an der Bar.

Ich schaffe es, all das auszublenden, und lasse endlich meinen Tränen, die ich schon den ganzen Tag zurückgehalten habe, freien Lauf. Welle um Welle salziger Tränen, die unaufhörlich weiterströmen. Ich schwöre mir, mich nie wieder zu verlieben, denn falls Will der Richtige war, habe ich ihn verloren. Und falls nicht, will ich mir nicht erlauben zu glauben, dass es dort draußen einen anderen Mann für mich gibt.

Plötzlich kommen mir die Worte meiner Oma in den Sinn: »Auch wenn es kein Happy End gibt, ist es nicht das Ende!« Ich lächele schwach. Ich wünschte, ich könnte daran glauben.

3. Kapitel

Am nächsten Morgen ziehe ich meinen großen, holpernden, schwankenden Rollkoffer die Straße entlang. Ich komme mir vor wie eine erschöpfte Mutter mit ihrem widerspenstigen Kind. Ich musste bis spätestens zehn Uhr aus dem Apartment auschecken. Eine dunkle Sonnenbrille verbirgt meine vom Weinen geröteten und geschwollenen Augen. Unter Heulkrämpfen habe ich Wills Habseligkeiten, die er bei seinem heimlichen Auszug zurückgelassen hat, zusammengepackt: ein Paar seiner Lieblingssocken mit Batman-Motiven, die ich ihm aus Spaß zu Weihnachten geschenkt hatte; ein T-Shirt, Boxershorts, ein Paar Stiefel, die er unbedingt nach Spanien mitnehmen musste, und eine halb volle Dose Haarwachs. Vielleicht hat er es aufgegeben, seine stacheligen schwarzen Haare mit Wachs zu stylen, und bevorzugt inzwischen einen natürlichen Look. Oder er benutzt Freyas Wachs. Vielleicht hätte ich die Sachen einfach zurücklassen sollen, aber irgendwie habe ich es nicht übers Herz gebracht. Es hätte sich zu endgültig angefühlt. Allerdings würde ich dann jetzt nicht meine große Hochzeitsmappe unter dem Arm tragen und mich fragen, wie ich sie in meinem Handgepäck unterbringen soll. Es ist der 1. April, und ich kann ohne Einschränkung sagen, dass sich die ganze Situation wie ein schlechter Aprilscherz anfühlt.

Ich bin auf dem Weg zum Hafen, wo der Bus mich zusammen mit den anderen Touristen einsammeln wird, die ebenfalls zum Flughafen müssen. An der Haltestelle warten bereits Leute mit verbeulten Hüten und vom Schlafen zerzausten Haaren. Ich erkenne einige der Gesichter vom Hinflug wieder, auch wenn sie mittlerweile ein bisschen röter sind. Alle kehren in ihr normales Leben zurück, alle außer mir, denn ich hatte eigentlich gar nicht vor, zurückzufliegen. Wir hatten einen Pauschalurlaub gebucht, denn das Paket war günstiger als die Einzelbuchungen von Flügen und Apartment. Wir hatten nicht geplant, den Rückflug in Anspruch zu nehmen. Als ich an den leeren Sitz neben mir denke, winde ich mich vor Scham. Die Frau, die mit einem Verlobten und Plänen für ein neues, spannendes Leben nach Spanien reiste, fliegt allein nach Hause.

Ich suche in meiner Handtasche nach meinen Ohrstöpseln und hoffe, dass ich die fröhlichen Urlauber mit ein bisschen Amy Winehouse ausblenden kann. Ich finde den ersten Stöpsel und stecke ihn mir ins rechte Ohr, dann ziehe ich an dem anderen, doch daran hängen die Bänder meiner Schürze von Buster's Burgers, die ich gestern hastig in die Tasche gestopft habe. Das erinnert mich daran, dass ich die Schürze zurückgeben und im Burger-Laden Bescheid geben muss, dass ich nicht mehr arbeiten kommen kann. Der Schürze folgen mein Namensschild und die Kappe und außerdem ein Handyladegerät. Ich zerre immer noch an dem Kabel und versuche, es zu entwirren, während ich nach rechts blicke und auf die Straße trete. Mein Koffer gerät ins Taumeln und fällt beinahe um. Ich greife danach und stabilisiere ihn. In dem Moment lässt mich eine laute Autohupe zusammenfahren und erschreckt mich fast zu Tode. *Schau nach links!*, höre ich eine Stimme in meinem Kopf rufen. *Nicht rechts!*

Das Herz schlägt mir bis zum Hals, als ein staubiger Pick-up abrupt bremst, um einen Zusammenstoß zu vermeiden. Meine Habseligkeiten purzeln aus meiner Tasche und landen zusammen mit der Hochzeitsmappe im Rinnstein. Mein Herz rast, als hätte es eine Adrenalininjektion erhalten. Voller Wut auf mich selbst bücke ich mich, sammle meine Sachen ein und drücke sie an die Brust. Der Fahrer, ein Mann mit widerspenstigen schwarzen Haaren und dunkler, wettergegerbter Haut, hat auf der Stirn eine dicke, vor Ärger pulsierende Ader. Finster sieht er mich an, als er einen Bogen um mich fährt, dann ordentlich Gas gibt und in einer Staubwolke verschwindet.

Mein Herz pocht immer noch heftig, als ich die Schürzenbänder von den Kabeln des Kopfhörers und des Ladegerätes befreie. Wills Ladegerät, denke ich, typisch Will, der immer Chaos verursacht, das ich dann ausbaden muss.

Endlich finde ich den zweiten Ohrstöpsel, stecke ihn mir ins Ohr und gehe auf die Bushaltestelle und die schnatternden Urlauber zu, die direkt vor dem Burger-Laden warten. Mein Koffer hüpft gehorsam hinter mir her, als ich zu der Gruppe stoße. Jetzt muss ich nur noch Victoria mitteilen, dass ich kündige und nicht einmal mehr meine heutige Schicht übernehmen kann. Ich bin tief in Gedanken versunken, als plötzlich jemand meinen Namen ruft.

»Beti! Beti! Hallo! Beti, Liebes!«

Als ich aufblicke, entdecke ich Brenda und Harold vor der Butterfly Bar. Brenda winkt mir wie wild zu, und ich hebe grüßend eine Hand, denn ich bin wirklich nicht in der Stimmung für große Abschiedsszenen. In ein paar Minuten soll eigentlich meine Schicht beginnen, und ich muss Victoria die Situation erklären, bevor ich in den Bus steige. Trotzdem ziehe ich meinen Koffer mit der Hochzeitsmappe oben drauf rüber zur Butterfly Bar.

»Hey, ihr zwei.« Ich lächele schwach. »Alles okay?« Offensichtlich wollen sie mir unbedingt etwas erzählen. Das Herz rutscht mir in die Hose. Geht es um Will? Ist er zurück … ist er hier? Wissen sie, wo er steckt?

»Wir haben nachgedacht, nicht wahr, Harold?« Brenda wirkt total aufgeregt.

»Ja, wir haben nachgedacht«, wiederholt Harold, aber er bekommt keine Gelegenheit, weiterzusprechen.

»Wie gesagt, du erinnerst uns wirklich an unsere Tochter«, fährt Brenda fort. »Sie hat im Laufe der Jahre einige Male Pech gehabt, nicht wahr, Harold?«

Harold nickt und atmet tief durch.

»Zum Glück ist jetzt alles in Ordnung. Wir brauchen alle ab und zu mal Unterstützung. Du hast richtig Pech gehabt, Beti. Und wenn es unserer Mandy nicht gut ginge, würden wir uns wünschen, dass jemand ihr unter die Arme greift, nicht wahr, Harold?«

Harold will etwas sagen, doch Brenda ist schneller.

»Ich erkenne Mandy in vielerlei Hinsicht in dir wieder. Sie ist ein tolles Mädchen, aber keiner ihrer Freunde hat sie glücklich gemacht. Und die Mutter in mir will instinktiv helfen. Ich habe die ganze Nacht wachgelegen und über Mandy und dich nachgedacht. Stimmt's, Harold?«

Diesmal hält sie nicht einmal inne, um Luft zu holen.

»Wie gesagt, wenn es um Mandy ginge, würde ich wollen, dass jemand ihr hilft ... und ich will dir helfen, wenn ich kann.«

»Und außerdem bist du auch aus Wales, genau wie wir.« Harold hat offenbar einen Kloß im Hals. »Wir müssen zusammenhalten und uns in schlechten Zeiten gegenseitig helfen.«

»Ach, Harold.« Brenda stößt ihn freundschaftlich an. »Diese Bar bedeutet uns viel. Sie war unser Zuhause«, erklärt sie. »Ich möchte sie an jemanden übergeben, der sie genauso lieben wird wie wir. Und von allen Paaren, die wir kennengelernt haben, mochten wir Will und dich am liebsten. Ich glaube, du würdest das fortführen, was wir hier aufgebaut haben, und es nicht verändern wollen – wie zum Beispiel dieser Typ aus Newcastle, der eine Fußballkneipe daraus machen wollte. Ich möchte sicher sein, dass immer ein bisschen von Harold und Brenda in der Butterfly Bar zurückbleiben wird.« Diesmal ist es ihre Stimme, die ein bisschen bebt. »Ich kann mir niemanden vorstellen, der besser geeignet wäre, diese Bar zu führen, als du es bist.«

Ich nicke unwillkürlich, ich würde es wunderbar hinbekommen. Wenn ich noch Tränen übrig hätte, könnte ich weinen, weil sie so großes Vertrauen zu mir haben.

Aus dem Augenwinkel bemerke ich, dass Victoria rüberschaut und demonstrativ auf ihre Uhr zeigt. Ich muss los.

»Auch wenn dein Verlobter dir übel mitgespielt hat, wir möchten, dass du die Bar übernimmst.« Brenda strahlt mich an.

»Na ja, hm, liebend gern, Brenda, aber ganz alleine ohne Will ... nun, ich habe einfach nicht genug Geld.«

Brenda hebt die Hände, um mich zu unterbrechen. Ihre goldenen Ringe drehen sich um ihre langen, knochigen Finger. Victoria trommelt inzwischen ungeduldig mit den Fingern auf die Theke und starrt mich ungehalten an.

»Es dauert noch ein paar Monate, bis wir zu Hause sein müssen. Wir dachten ... wir könnten dir bis Ende Juni Zeit geben, also drei Monate von jetzt an, um das Geld aufzutreiben. Du brauchst eine Kaution in Höhe einer Monatspacht und die Pacht für den ersten Monat. Nach dem Sommer können wir dann über einen Kaufvertrag reden«, Brenda wedelt mit der Hand, »wenn du in der Saison Gelegenheit hattest, Gewinn zu machen. Was hältst du davon? Eine Monatspacht für die Kaution und die Pacht für einen Monat im Voraus? Glaubst du, das könntest du in drei Monaten schaffen?«

»Was, ich alleine?«

»Warum nicht? Du könntest diese Bar locker alleine führen. Dazu brauchst du keinen Mann an deiner Seite!«, schimpft Brenda, und natürlich hat sie recht. Es war immer schon mein Traum, nicht Wills. Will ist zwar mitgekommen, aber er ist abgesprungen und hat mich sitzen lassen, als es ihm in den Kram passte. Es ist immer noch *mein* Abenteuer.

»Du hast recht, ich brauche ihn nicht!« In der Asche meines Herzens beginnt ein Funke zu glühen.

»Gut!« Brenda nickt strahlend. »Du bist etwas Besonderes. Und du erinnerst mich ein bisschen an mich selbst, als ich noch jünger war.« Sie boxt mir leicht gegen den Arm. »Du kannst das schaffen. Das heißt, wenn du es willst?«

Ich schaue zum Burger-Laden und sehe, dass Victoria mittlerweile vor Wut schäumt. Mir wird klar, dass ich den Job jetzt mehr denn je brauche.

»Aber ich weiß nicht, wo ich wohnen soll.«

»Mach dir keine Sorgen. Craig fällt bestimmt was ein, wie immer! Ich werde ihn fragen.«

Ich werfe einen Blick zurück auf die Butterfly Bar. Ich werde alles tun, was nötig ist, denke ich. Mir wird klar, dass wegen meiner privaten Probleme mein Berufsleben und meine Träume in den Hintergrund gerückt sind ... Träume, für deren Umsetzung man weder einen Mann noch eine Hochzeit braucht. Bei der Bar ging es nicht nur um Will und mich als Paar, sondern auch darum, dass ich etwas tue, was ich immer schon tun wollte und immer schon mein Traum war. Ich will meiner Familie, Olivia und vor allem Onkel Paul beweisen, dass ich in der Lage bin, meinen Plan in die Tat umzusetzen. Ich will der Welt zeigen, dass ich endlich angekommen bin, dass ich Erfolg habe. Ich werde etwas haben, was ich auf Facebook posten kann. Ab Juni wird mein Status lauten: »Es geht aufwärts!«

»Also, was meinst du?«, fragt Harold. Sein Lächeln ist etwas verblasst, und er wirkt besorgt.

»Ja!« Ich schreie meine Antwort förmlich heraus, während eine Adrenalinwelle so rasch durch meinen Körper rast, dass mir beinahe schwindelig wird. Es ist Zeit, mich darauf zu besinnen, wer Beti Winter ist! Ich muss der Welt zeigen, dass mehr in mir steckt und ich nicht nur dicke Hochzeitsmappen anlegen kann. »Ja, bitte. Und danke. Ich werde euch nicht enttäuschen, versprochen. Ich treibe das Geld auf, ganz bestimmt. Danke!«

Ich habe Angst und bin gleichzeitig mehr als enthusiastisch und voller Dankbarkeit, eine zweite Chance zu bekommen. Meine Oma hat darauf vertraut, dass ich etwas aus dem Geld aus dieser Porzellankuh mache, etwas, was mein Leben verändert. Und ich habe das Geld verloren. Ich darf sie nicht noch einmal enttäuschen, ich muss das Geld verdienen und etwas auf die Beine stellen. Die Butterfly Bar ... meine Bar! Nicht Betis und Wills Bar – nur Betis. Will hat mir zwar das Herz gebrochen, aber mich wird er nicht kleinkriegen. Ich werde tun, was auch immer erforderlich ist. Kampfeswille steigt aus irgendwelchen Tiefen in mir auf, von deren Existenz ich bisher nichts wusste, wie ein winziger glühender Funke, der wachsen und schließlich tosend zum Leben erwachen wird.

4. Kapitel

Ich überprüfe nochmals das Bankkonto, um zu sehen, ob Will so anständig war, mein Geld wieder einzuzahlen. Aber er hat es nicht getan. Als ich voller Beklemmung auf den Bildschirm des Geldautomaten starre, wandern meine Gedanken zu Omas Porzellankuh. Jahrelang hat sie auf ihrem Fensterbrett gestanden. Onkel Paul hasste sie, doch Oma hat sie geliebt. Um ehrlich zu sein, sie sah tatsächlich irgendwie seltsam aus. Sie schielte, egal aus welchem Blickwinkel man sie betrachtete. Offensichtlich hat die Familie einer älteren Dame, für die sie geputzt hatte, ihr die Kuh geschenkt. Am Ende hat sie nicht nur für die alte Dame geputzt, sondern sie auch gepflegt, und die Familie wollte sich bedanken. Onkel Paul fand es empörend, dass sie ihr keine Barprämie gegeben hatte. Doch Oma sagte, sie habe die hässliche, alte Kuh immer geliebt, und zwinkerte mir dabei verschwörerisch zu.

Als Oma starb, hinterließ sie mir die Kuh als Dankeschön, weil ich mich um sie gekümmert habe, nachdem sie sich die Hüfte gebrochen hatte. Damals hatte ich gerade mit Tom Schluss gemacht, weshalb es das Sinnvollste war. Sie brauchte jemanden, der sie pflegte, und ich brauchte eine Bleibe. Ich habe es gerne getan. Ich liebte Oma, und wir waren gerne zusammen. Als ich zu Will zog und in seiner kleinen Wohnung nach einem Platz für die Kuh Ausschau hielt, hatten wir eine unserer seltenen Auseinandersetzungen. Er hasste die Kuh – ich übrigens auch, aber ich hielt liebevoll an ihr fest, da sie mich so sehr an Oma erinnerte. Und als die Trödel-Show *Dickinson's Real Deal* in unserer Stadt Station machte, begriff ich, was sie gemeint hatte, als sie sagte, ich solle die Kuh für etwas verwenden, was mich glücklich machen würde. Es stellte sich heraus, dass sie ein hübsches Sümmchen wert war. Ich zahlte das Geld auf ein Sparkonto ein und war fest entschlossen, meine Hochzeit mithilfe des Geldes zu einem unvergesslichen Tag zu machen.

Jetzt ist das Bankkonto fast leer, und ich hebe den Rest meines Geldes ab, um die Miete für die Unterkunft zu bezahlen, die Craig für mich organisiert hat. Wenigstens habe ich noch einen Job, obwohl Victoria wütend war, weil ich mich verspätet hatte. Ich muss einen Weg finden, das Geld für Kaution und Pacht aufzutreiben. Ich kann immer noch nicht fassen, dass Will mir das angetan hat. Ich bin unglaublich sauer auf ihn, aber ich werde nicht zulassen, dass er mir alles verdirbt. Heute fange ich ein neues Leben an. Er liebt mich nicht, er ist weitergezogen. Nun muss ich lernen, ihn auch nicht mehr zu lieben. Wenn ich bloß wüsste, wie das funktionieren soll!

Craig hat mir erklärt, wo ich auf den Bus warten muss, und ich steige mit meinem Koffer ein. Wir tuckern durch eine Siedlung aus neu errichteten, mehrgeschossigen Apartmentgebäuden in hellen Terrakottatönen und biegen in eine kurvenreiche Bergstraße ein. Am Straßenrand und an den zerklüfteten Berghängen blühen Wildblumen, die gelb, blasslila und rot aus dem Grün hervorblitzen. Wir tauchen in eine Hügellandschaft ein, durch die sich die Straße windet. Überall wachsen Olivenbäume mit silbrigen Blättern, Palmen, die sich in der Frühlingsbrise wiegen, und dunkelgrüne Koniferen. Als wir uns dem kleinen Ort mit den weißen Häusern nähern, den Craig mir beschrieben hat, sehe ich terrassenartig angelegte Felder mit Bäumen in geraden Reihen. An dem Bäumen entdecke ich jede Menge fest geschlossener Knospen.

Als der Bus an der Hauptstraße hält, dreht der Fahrer sich zu mir um und zeigt auf das *pueblo blanco*. Mit einem Lächeln und einem Schulterzucken gibt er mir zu verstehen, dass dies Colina de Flor ist. Er fragt sich eindeutig, warum ich in dieses winzige Dorf in den Hügeln will, weit weg von der Betriebsamkeit von Lado del Puerto. Das frage ich mich auch. Aber ich werde ihm nicht erzählen, dass ich mir keine andere Unterkunft leisten kann. Ich drehe mich um und betrachte den geschäftigen Hafen und das glitzernde Meer in der Ferne. So weit weg ist es gar nicht, sage ich mir. Nur die Straße runter, genau genommen.

»*Gracias.*« Ich danke dem Fahrer und zerre meinen Koffer aus dem Bus. Nachdem die Türen sich mit einem Zischen geschlossen haben, fährt der Bus weiter.

Craig wusste von dem zu vermietenden Häuschen, weil eine der Friseurinnen von Jackie's Salon direkt nach ihrer Ankunft dort gewohnt hatte. Allerdings konnte sie die Stille und das Vogelgezwitscher nicht ertragen und zog in ein möbliertes Zimmer über dem Irish Pub. Das Häuschen ist klein und sehr ländlich und wird daher bloß selten vermietet. Das Wichtigste aber ist, wie günstig es ist. Und der Bus fährt auf direktem Weg nach Lado del Puerto, wo ich in dem Burger-Laden arbeite. Alles ist gut, versuche ich mich selbst zu überzeugen, als ich über die Kopfsteinpflasterstraße zum Dorfplatz gehe und meinen Koffer polternd hinter mir herziehe.

Die Gebäude sind weiß gekalkt und mit Terrakottatöpfen voller roter Geranien geschmückt. Braun und blau geflieste Stufen führen zu den Häusern, und an manchen Wänden befinden sich Fliesenmosaike. Ich passiere einen kleinen Supermarkt, dann mündet die Straße auf einen Platz. Es gibt ein Café mit einer grün-weißen Markise, unter der Tische und schmiedeeiserne Stühle auf Gäste warten. Ich entdecke auch einen kleinen Andenkenladen, vor dem Schals und Tücher vor weißen Holzfensterläden wehen. Rechts von mir zeigt ein Hinweisschild in eine schmale Kopfsteinpflastergasse, die zu einer Bäckerei führt.

Das große Holzportal der Kirche am Rand des Platzes steht offen und gibt den Blick auf ein riesiges Gemälde an der Rückwand und wunderschöne Leuchten über den leeren Kirchenbänken frei. Und mitten auf dem Platz stehen in einem Kreis aus Pflastersteinen fünf Bäume von der Sorte, wie ich sie auf dem Hinweg gesehen habe. Darunter gibt es zwei Bänke, die sicherlich im Hochsommer einen angenehmen Platz im Schatten bieten. Die Luft ist vom frischen, würzigen Duft der samtigen Blätter der roten Geranien erfüllt. Hier oben in den Hügeln riecht es nach Erde und Staub, nicht nach der salzigen Seeluft des Hafens.

Ich studiere den Plan, den Craig für mich skizziert hat. Links neben der Kirche geht die Kopfsteinpflasterstraße in eine Fahrstraße über, die aus dem Dorf hinausführt. Ein Restaurant ist mit einem Kreuz gekennzeichnet – dort soll ich die Restaurantleiterin Valentina treffen, die mir die *finca* – das kleine Cottage – zeigen wird, die zu vermieten ist.

Laut Craig ist es nur ein Katzensprung bis zum Restaurant, aber als ich endlich keuchend die weißen Torpfosten erreiche, ist mir heiß, und ich bin ganz staubig. Ich bleibe einen Moment stehen, um zu verschnaufen. Das Restaurant liegt etwas versteckt, jedoch nicht vollkommen abgelegen. Ich betrachte das Schild, das aus einem Stück Baumstamm gefertigt wurde: Cortijo Ana. Es gibt eine lange, von Bäumen gesäumte Zufahrt, an deren Ende sich ein Bauernhaus mit einer großen Terrasse an der Vorderseite befindet. Die Terrasse ist von großen Natursteintorbögen und Säulen umgeben. Davor befindet sich ein Platz mit einem Grill unter einer Terrakottaüberdachung. Außerdem gibt es eine von Grünzeug überrankte Pergola mit verchromten Tischen und Stühlen.

Mit meiner Hochzeitsmappe unter dem Arm und dem Koffer im Schlepptau gehe ich die staubige Zufahrt entlang. Dabei atme ich die frische Luft ein, die wie eine Verheißung auf eine bessere

Zukunft ist. Rechts von mir befindet sich hinter einer weiß gestrichenen Mauer ein gepflegter Hof, umgeben von diversen Schuppen und offenbar Ställen. Jenseits davon sehe ich eine Koppel mit drei ... nein, vier wunderschönen Pferden, die im Sonnenschein dösen und hin und wieder mit ihrem Schweif die Fliegen vertreiben. Ein Pferd ist ein großer Rappe mit langer Mähne, eines ein Brauner mit schwarzer Mähne und schwarzem Schweif, dann gibt es noch zwei Graue. Der Braune sieht viel jünger aus als die anderen.

Der Weg führt seitlich an dem zweigeschossigen Gebäude vorbei und mündet in einen sanft ansteigenden Hang voller Bäume. Wo das Gelände steiler wird, wurde es leicht stufenartig angelegt, wie die Seiten eines Buches.

»Hallo? *Hola?*« Vorsichtig probiere ich es mit Spanisch, doch als keine Antwort kommt, strecke ich den Kopf durch eine der Türen, die von der gefliesten Terrasse ins Haus führen. Ich sehe einen kleinen Raum mit einer Feuerstelle an einer Seite und einer Reihe von weiß gekalkten Borden an der Wand; offensichtlich war das früher einmal die alte Küche des Bauernhauses. Dahinter liegt ein größerer Raum, wahrscheinlich ein ehemaliger Lagerraum. Ich gehe zur nächsten Tür. Drinnen ist es dämmrig und kühl, in einer Ecke erkenne ich eine Theke, die neu aussieht und irgendwie nicht richtig in die Umgebung passt. Es gibt Spiegel und eine Musikanlage und an der Wand einen großen Fernsehbildschirm. Hinter der Theke an der Rückseite des Gebäudes befindet sich eine große Küche mit modernen Edelstahloberflächen und heller Beleuchtung.

»*Hola? Sí?*« Plötzlich taucht eine Frau auf und stöckelt auf spitzen High Heels auf mich zu. Klick, klick, klick machen ihre Schuhe auf dem dunklen Fliesenboden. Sie ist klein und schlank und hat Haare bis zur Taille. Doch obwohl sie so klein ist, wirkt sie ein bisschen einschüchternd. Ich trete einen Schritt zurück hinaus auf die Terrasse, weil ich mich fühle, als wäre ich unerlaubt eingedrungen.

»Ähm, *hola*. Craig schickt mich, es geht um die ... äh ... *finca*, die zu vermieten ist. Sind Sie Valentina?«

Zuerst sagt sie nichts, stemmt eine Hand lässig in die Hüfte und mustert mich abschätzend von Kopf bis Fuß, als wolle sie ein Pferd kaufen.

»*Sí*«, erwidert sie endlich, »ich bin Valentina. Und Sie wollen die alte *finca* mieten, *sí?*«

Ich habe nicht das Gefühl, dass ich die *finca* besichtigen kann, bevor ich zustimme. Also hole ich tief Luft und antworte: »*Sí.*« Dann lasse ich den Blick durch die geräumige Küche schweifen. »Und ich suche auch Arbeit. Ich arbeite tagsüber in einem Burger-Laden am Hafen, aber abends hätte ich Zeit, falls Sie jemanden brauchen.«

Wieder taxiert sie mich, als glaube sie, dass ich für praktisch nichts zu gebrauchen sei. Schließlich meint sie: »Wir brauchen eine Küchenhilfe, jemanden, der abspült, die Mülleimer ausleert, abends nach der Schicht den Boden wischt. Aber wenn Sie nicht ...«

»Doch! Ich mache es!«, falle ich ihr rasch ins Wort. »*Gracias.*« Alles ist besser, als Abend für Abend allein zu Hause zu hocken, außerdem ist es ein zusätzlicher Verdienst. Ich brauche jeden Euro, den ich zusammenkratzen kann, für die Butterfly Bar.

Valentina bittet mich, kurz zu warten. Sie verschwindet und kommt bald mit einem großen Schlüssel an einer Kordel zurück. Sie erklärt mir, dass sich die *finca* neben der alten Scheune in der rechten oberen Ecke des Feldes hinter dem Bauernhaus befindet, den Fußweg hinauf. Nachdem ich ihr das Geld für die Miete gegeben habe, kehrt sie an ihre Arbeit zurück, was auch immer das gerade ist. Sie macht sich nicht die Mühe, mir den Weg zu zeigen, doch das ist mir egal. Ich umklammere den Schlüssel. Es ist nicht viel, aber immerhin habe ich jetzt eine Bleibe und einen weiteren Job gefunden, und ich werde alles tun, um diese Bar zu bekommen. Niemand zu Hause muss erfahren, dass es eine Planänderung gegeben hat. Es handelt sich nur um eine kleine … Verzögerung. Oh, und ich mache es alleine!

Draußen zwitschern die Vögel, und ich bin selbst überrascht, als ich zum ersten Mal lächele, seit Will mich verlassen und mir den Boden unter den Füßen weggezogen hat.

5. Kapitel

Ich wasche die Bettlaken in der Duschwanne aus und versuche, jeden Tropfen zu erhaschen – anfangs ist das Wasser noch heiß, doch es wird zunehmend kälter. Ich habe ziemlich vertrocknetes Waschpulver unter der kleinen Spüle gefunden, und jetzt spüle ich die sorgfältig gewaschene Bettwäsche aus, wringe sie aus, so gut es geht, und hänge sie dann draußen zum Trocknen über den alten Holzzaun vor der *finca,* wo die Nachmittagssonne darauf scheint. Die Laken flattern in der Brise, und ich muss einem hinterherjagen, das weggeweht wurde und nun in dem Baum direkt vor mir hängt. Ich lege es wieder über den Zaun und beschwere es mit ein paar Steinen, die ich mir zu diesem Zweck gesucht habe.

Craig hatte recht: Die *finca* ist klein und einfach. Offensichtlich war sie die ursprüngliche Behausung auf dem Grund und Boden, bevor das Bauernhaus, die Ställe und die Scheune errichtet wurden. Sie ist seit einer Weile nicht mehr bewohnt, aber jetzt habe ich mein eigenes Reich und sitze nicht zu Hause bei meinen Eltern im Gästezimmer. Das Gebäude wurde aus Naturstein erbaut – großen Steinen, kleinen Steinen, Steinen aller Größen. Das Dach ist mit Dachziegeln aus Terrakotta in allen möglichen Rot- und Orangeschattierungen gedeckt, und die kirschroten Fensterläden, deren Anstrich an den Kanten abblättert, hängen ein bisschen schief in den Angeln. Es gibt eine Natursteinterrasse mit einem wackeligen Holzzaun, über dem momentan die etwas verblichene, aber saubere Bettwäsche trocknet.

Zwei Stufen führen hinunter zu einem kleinen vernachlässigten Rasenbereich, der von ein paar großen Steinen begrenzt wird, und dahinter gibt es nichts als Bäume. Reihenweise Bäume, die mit winzigen, fest geschlossenen Knospen überzogen sind. Der Hang fällt stufenweise ab wie die Lagen des Rockes einer Flamencotänzerin. Meine Oma hatte eine spanische Puppe in einem viellagigen Rüschenkleid – sie diente als Abdeckung der Ersatzklopapierrolle im Badezimmer. In der *finca* fühlt man sich wie in einem Baumhaus mit Blick über die Baumkronen, die in sanften Abwärtswellen den Hang bedecken. Ich erspähe den Dorfplatz und den Kirchturm, und jenseits des grünen Tals voller Bäume schmiegt sich ein weiteres kleines weißes *pueblo blanco* an den Hang.

Neben der Tür ranken ein paar Sträucher, überhängend und wild: Lavendel und noch etwas anderes, was ich nicht benennen kann. Die Vögel lärmen, als würden sie in voller Lautstärke Spanisch sprechen – denn so sind die Leute hier in Spanien, wie ich festgestellt habe, laut und aufgeregt. Genau wie die drei Krähen, die sich am Fuß eines Baumes streiten und wie in einer angeregten Diskussion mit den Flügeln schlagen und herumtanzen. Es gibt auch jede Menge kleiner Vögel: Finken mit goldener Brust und roten Tupfen auf dem Kopf und sogar Spatzen. Doch außer dem Zwitschern der Vögel sind keine Geräusche zu hören. Es ist so friedlich, nur die Vögel und der Wind in den Bäumen. Ich bin fasziniert.

Aber ich kann nicht einfach hier rumstehen und die Aussicht genießen. Ich muss weiter, ich muss mich für meine erste Schicht im Restaurant fertig machen.

Ich spüle den Eimer aus, mit dem ich den abgenutzten Terrakottafliesenboden gewischt habe, und trockne das hölzerne Abtropfbrett ab. An dem einen Ende des Raumes, an der Steinmauer, die sich die *finca* mit der nicht mehr genutzten Scheune teilt, steht ein großes Bett aus dunklem Holz mit einem massiven Kopfteil und stabilen Füßen. Die Matratze ist dick und handgesteppt. Das Fenster bietet einen grandiosen Ausblick über die Bäume. An der gegenüberliegenden Seite betritt man ein kleines Badezimmer mit einer tropfenden Dusche. Aber wen stört das schon, wenn man aufwacht und diesen Ausblick genießen kann! Neben der Eingangstür befindet sich die gemütliche Küchenecke: ein Holztisch mit Stühlen, ein Bücherregal und ein durchgesessenes Zweisitzersofa vor einem kleinen Kaminofen. An der Decke verlaufen Holzbalken, die in den Wänden verschwinden, ungleichmäßig und knorrig. Rustikaler geht's nicht.

Als ich alles sauber gemacht habe, packe ich meinen Koffer aus und räume meine Sachen in den Schrank, der zum Bett passt; er ist aus altem tiefrotbraunem Holz, das etwas muffig riecht und wirkt, als hätte es allerhand Geschichten zu erzählen. Ich lasse die Schranktüren zum Lüften offen stehen. Als ich Wills Habseligkeiten zusammen mit meiner Hochzeitsmappe hinten im Schrank verstaue, fühle ich mich, als wäre ich völlig aus der Welt. Alles kommt mir so unwirklich vor. Eine Träne läuft mir über die Wange, aber ich wische sie schnell weg, schnaufe einmal laut auf und schiebe die Sachen so weit nach hinten, wie es geht.

Als ich fertig bin, trete ich hinaus auf die Terrasse, wo allmählich die Sonne untergeht. Ich will gerade die Tür zuschließen, als ich plötzlich ein zischendes Geräusch höre. Oh Gott! Sag bloß, hier gibt es Schlangen! Ich erstarre. Es ist direkt hinter mir! Ich wirbele herum und sehe keine Schlange, sondern eine Bewässerungsanlage am Fuße der Bäume, die die Wurzeln gießt. Die Anlage hustet, spuckt, stockt und beginnt dann wieder gleichmäßig zu zischen. Ich lächele erleichtert. Es ist nur eine Bewässerungsanlage. Auf einmal bemerke ich, dass meine Bettwäsche nass zu werden droht! Ich renne hin, reiße die Laken vom Zaun und drücke sie gegen die Brust, als trüge ich ein Kleinkind. Schnell bringe ich die Wäsche ins Haus, bevor sie völlig durchnässt ist. Obwohl sie bloß so kurz draußen hing, haben die warme Sonne und der sanfte Wind ganze Arbeit geleistet, und alles ist praktisch trocken. Ich vergrabe mein Gesicht im Stoff und atme die Frische ein. Nachdem ich das Bett bezogen habe, fühle mich bereit und mache mich auf den Weg hinunter zum Restaurant im alten Bauernhaus.

Valentina zeigt mir die Küche und den Gastraum. Während sie peinlich genau die eingedeckten Tische kontrolliert, erklärt sie mir, dass sie zwei Jobs hat: Tagsüber ist sie als Immobilienmaklerin in Lado del Puerto tätig, und abends leitet sie das Restaurant. Ihr Lebensgefährte ist der Besitzer des Restaurants, der aber momentan geschäftlich unterwegs ist, weshalb sie die alleinige Verantwortung trägt. Mein Arbeitsplatz an der Spüle im hinteren Bereich der Küche geht auf die Plantage mit den Bäumen hinaus. Am großen Herd steht die Köchin, die klein und untersetzt ist. Ihre Kochhose spannt über ihrem ausladenden Hinterteil. Sie begrüßt mich nicht, sondern starrt missmutig in den großen Topf, in dem sie gerade rührt. Ich drehe die Wasserhähne auf und lasse die Spüle mit warmem Spülwasser volllaufen.

»*Hola!* Ich bin Frank, der Kellner.« Ein Mann in schwarzer Hose und Weste, bewaffnet mit Block und Stift, hat die Küche betreten. »Hier gibt's den besten Service weit und breit!«, scherzt er. Er ist der Köchin wie aus dem Gesicht geschnitten, müsste allerdings in meinem Alter sein. Und er lächelt freundlich. Ich bin richtig froh, wenigstens ein fröhliches Gesicht zu sehen.

»*Hola!*«, erwidere ich lächelnd und will ihm die Hand geben. Da sie aber mit Seifenblasen bedeckt ist, winke ich stattdessen. Ein paar Seifenblasen lösen sich und steigen zur Decke.

»Und das ist meine Mutter Bonita. Das bedeutet die Hübsche!« Frank strahlt die Köchin an, die missbilligend mit der Zunge schnalzt, als er ihr ausgelassen einen Kuss auf die Stirn gibt. Sie schüttelt ihren Sohn ab, liest mit zusammengekniffenen

Augen in einem Kochbuch und murmelt auf Spanisch vor sich hin. Ganz offensichtlich ist sie nicht glücklich. Frank späht in den Topf, in dem seine Mutter mit einem großen Holzlöffel rührt, dann blickt er sie fragend an. Sie zuckt mit den Schultern, woraufhin er ebenfalls mit den Schultern zuckt und auf die Terrasse hinausgeht, wo Valentina Anweisungen erteilt. Die Stimmung in der Küche verdüstert sich wieder.

Ich stehe am Spülbecken und warte auf schmutziges Geschirr, ein bisschen besorgt, dass ich Valentinas hohen Ansprüchen möglicherweise nicht genüge. Ich beobachte, wie sie das von Bonita angerichtete Essen begutachtet. Obwohl offensichtlich nur wenige Gäste kommen, ist die Atmosphäre in der Küche angespannt und macht mich nervös.

»Tut mir leid, *lo siento*«, sage ich, als mir ein Topf aus den seifigen Händen gleitet und platschend im Wasser landet. Valentina dreht sich um und beobachtet mich streng mit Argusaugen. Als auch noch die Köchin die Augen verdreht, fällt mir mit einem lauten Klappern ein Teller in die Spüle.

Ich warte den ganzen Abend darauf, dass man mir mitteilt, meine Dienste seien nicht mehr erwünscht. Niemand spricht mit mir, abgesehen von Frank, wenn er die paar Teller der Handvoll Gäste in die Küche zurückbringt. Seine Mutter starrt böse auf die Teller, auf denen sich noch Essensreste befinden, und verzieht angewidert das Gesicht. Ich habe festgestellt, dass die Teller nicht in die Spülmaschine passen, weil sie quadratisch sind – daher muss jeder einzelne per Hand abgewaschen werden. Als es so aussieht, als kämen keine weiteren Gäste mehr, beginnt die eigentliche Arbeit, als ich die Töpfe und Pfannen einsammle, die Bonita benutzt und in der ganzen Küche verteilt hat. Ich spüle und schrubbe und putze, als würde mein Leben davon abhängen, bis der Schmerz in meinem Rücken mich meinen Herzschmerz vergessen lässt.

»Frank!«, flüstere ich gegen Ende der Schicht. »Was soll ich mit dem übrig gebliebenen Essen machen? Ich kann doch nicht alles wegwerfen, wie Bonita es mir gesagt hat.« Ich betrachte den großen Suppentopf und den Teller voller Hühnchen.

Er zuckt mit den Achseln. »Das Essen schmeckt den Leuten nicht!«, flüstert er zurück.

»Sie mögen das Essen nicht, das deine Mutter kocht?«

»Früher schon. Sie kocht bereits ihr ganzes Leben lang hier. Aber Valentina, na ja, sie will andere Gerichte haben, die die Touristen anlocken sollen. Feines Essen.« Er malt mit den Fingern Anführungszeichen in die Luft. »Nicht die bodenständige spanische Küche, für die meine Mama bekannt war. Die Leute sind von weither gekommen, um die Tapas zu essen, die sie aus saisonalen Produkten zubereitet hat. Und ihre Paella ...« Er wirkt ganz versonnen, während ich versuche, die mürrische Bonita und ihr durchschnittliches Essen mit Franks entrücktem Gesichtsausdruck in Einklang zu bringen.

»Warum geht sie dann nicht?«

»Es ist schwierig, in der Umgebung Arbeit zu finden. Und der Hafen ist für Leute wie meine Mama viel zu weit weg.« Wieder verzieht sich sein Gesicht zu einem ansteckenden Lächeln. »Sie arbeitet schon hier, seit sie ein junges Mädchen war. Und jetzt versucht sie, sich den Veränderungen anzupassen.«

»Und was ist mit dir, willst du nicht gehen?«

Er schüttelt den Kopf. »Ich liebe es hier. Warte ab, bis die Bäume blühen. Es gibt keinen schöneren Ort. Es ist mein Zuhause. Wir wollen alle, dass es gut läuft; es ist unsere Lebensgrundlage.«

Gemeinsam betrachten wir das trocken aussehende Fleisch.

»Was war das?«

»Chicken Tikka Masala!«, antwortet er. »Valentina glaubt, dass die Touristen kommen, wenn wir internationale Gerichte anbieten. Hauptsächlich solche, die die Briten auch daheim essen, mit einem modernen Touch.«

»Was ist der moderne Touch?«

»Ich habe keine Ahnung!« Als Frank ratlos den Kopf schüttelt, muss ich unwillkürlich lachen.

»Aber was mache ich jetzt damit? Ich kann es nicht wegwerfen.«

»Nimm es mit«, schlägt er vor und nickt. »Sonst landet das Zeug nur in der Mülltonne.«

Ich betrachte das Essen und schnuppere daran. Nun, ein Mädchen muss schließlich etwas essen, nicht wahr? Ich packe die Reste in ein Stück Alufolie ein.

»Warte!« Frank geht zu einem Regal und nimmt eine Kuchendose herunter. Er schneidet ein Stück Kuchen ab und wickelt es in eine Serviette. »Um den Geschmack des Essens zu kompensieren«, erklärt er. »Das ist der Orangen-Mandel-Kuchen meiner Mutter. Sie backt ihn nur für uns, manchmal auch Zitronenkuchen. Zur Kirschenzeit hat sie immer Kirsch-Mandel-Kuchen gemacht. Ahhh! Wir haben diesen Kuchen geliebt!«, sagt er mit einem sehnsüchtigen Lächeln.

Ich nehme den Kuchen und werfe rasch einen Blick über Franks Schulter, damit er auch nicht erwischt wird. »Danke, Frank.« Ich danke ihm für viel mehr als bloß für den Kuchen. Ich danke ihm, weil er mir das Gefühl gibt, willkommen zu sein, und für sein Lächeln. Weil er mir durch diesen ersten Tag geholfen hat, an dem mein Heimweh manchmal so stark wurde, dass ich dachte, ich halte es nicht aus. Weil seine Scherze dafür gesorgt haben, dass ich weitermache.

»*Buenas noches,* Beti.« Er strahlt mich an.

Ich wünsche Valentina und Bonita eine gute Nacht. Sie sind offensichtlich in eine hitzige Diskussion über die Reservierungen und die Speisekarte für den nächsten Tag verwickelt. Frank schneidet eine Grimasse und bringt mich zur Hintertür raus.

Draußen atme ich die frische, würzige Luft ein. Trotz der belebenden Wirkung bin ich erschöpft und bete, dass ich heute Abend einschlafen kann.

Ich leuchte mit der Taschenlampe meines Handys, um zwischen den Bäumen den Weg zur *finca* zu finden. Hin und wieder stampfen die Pferde, schnauben kurz und atmen geräuschvoll. Ich habe das Cottage fast erreicht, als es plötzlich ganz in der Nähe raschelt. Ich zucke zusammen und halte die Luft an, aber dann muss ich lächeln, und mein Herzschlag beruhigt sich wieder, als eine Katze von einem Baum springt und eine Acht um meine Beine beschreibt.

»Hallo, Mieze!« Ich bücke mich und streichle ihr den Kopf, was sie offensichtlich in Verzückung versetzt. Wenn meine Berührungen doch nur die gleiche Wirkung auf Will ausgeübt hätten! Es gelingt mir, über meinen eigenen Scherz zu schmunzeln.

Die kleine graue Katze folgt mir mit erhobenem Kopf und Schwanz zur *finca* und freut sich anscheinend über meine Gesellschaft. Mir geht es genauso. Ich nehme den großen Schlüssel aus der Tasche und schließe die Tür auf. Die Katze spaziert hinein und streift durch den Raum, als wolle sie sich vergewissern, dass alles in Ordnung ist. Zufrieden trottet sie schließlich wieder ins Freie und springt auf die wackelige Bank auf der Terrasse, wo sie sich zu putzen beginnt. Ich sage »sie«, obwohl ich eigentlich keine Ahnung habe, ob es sich um eine Kätzin oder einen Kater handelt. Aber ich habe das Gefühl, dass sie das Sagen hat und ich bloß die Untermieterin bin.

Lächelnd löffele ich ein bisschen Chicken Tikka Masala in eine Schale und gebe ein paar ausgewählte Hühnchenstücke auf einen kleinen Teller. Dann trage ich das Essen nach draußen und setze mich auf die Bank. Vorsichtig beschnuppert die Katze ihren Teller, hebt den Kopf und gibt mir zu verstehen, dass sie mit dem

Futter einverstanden ist und ich bleiben kann, solange ich weiß, wer hier der Boss ist.

»Gut«, sage ich, »dann ist das ja geklärt.«

Ich esse mein Essen auf, obwohl es ungewöhnlich schmeckt – vielleicht ist das ja der »moderne Touch«. Der Kuchen ist köstlich, und ich genieße jeden einzelnen Bissen des weichen, fluffigen Gebäcks, das intensiv nach Orange schmeckt. Ich lasse den Blick über die Bäume auf dem Feld unter mir schweifen. Inzwischen ist es richtig dunkel geworden, es muss ungefähr zehn Uhr sein. Als wolle sie meine Frage beantworten, läutet die Kirchenglocke. Das Dorf wirkt wie ausgestorben, ganz anders als der Hafen, wo die Leute um diese Uhrzeit erst ausgehen. Ich frage mich, wo Will wohl steckt und ob er sich je wieder bei mir melden wird. Ich nehme mein Handy aus der Hosentasche und überprüfe es, wie ich es in jeder freien Minute tue, seit er weg ist. Nichts. Ich simse Craig, um ihm mitzuteilen, dass ich in der *finca* bin und alles gut ist. Er antwortet mit einem Smiley, einem Glas Wein und einem Kuss.

Als ich die Nachtluft einatme, fällt mein Blick auf einen verbeulten, alten Kugelgrill in der Ecke der Terrasse. Ich hebe ihn hoch und trage ihn die Holzstufen runter auf die Wiese. Dann gehe ich ins Haus, um einen Kapuzenpulli und eine Schachtel Streichhölzer zu holen. Aus den Tiefen des Schrankes grabe ich meine übervolle Hochzeitsmappe hervor. Es wird keine Hochzeit geben. Will ist weg, und daran muss ich mich gewöhnen. Den Anfang mache ich mit dieser Mappe.

Draußen reiße ich die ersten beiden Seiten heraus, eine Zusammenstellung von Ideen für Tischdekorationen und Blumenarrangements mit verschiedenen Mottos und Farbkonzepten. Nachdem ich einen letzten Blick darauf geworfen habe, knülle ich die Seiten zusammen, werfe sie in den Grill und streiche ein Streichholz an. Ich warte, bis es richtig brennt, und halte es an das Papier im Grill.

Die tanzenden Flammen erfassen die Seiten und verwandeln sie in Asche, die wie graue Motten in der Nacht verschwindet. Ich schlage den Ordner auf und reiße eine Seite nach der anderen heraus. Die Flammen flackern fröhlich, und die sanfte Brise trägt die Asche über die Baumspitzen.

Ich reiße immer mehr Blätter heraus und zerknülle sie, bis nichts mehr übrig ist. Fasziniert beobachte ich die Flammen, in denen sich meine Pläne buchstäblich in Rauch auflösen. Während ich in die orangefarbene Glut starre, schwöre ich mir eins: Nie wieder werde ich so blöd sein zu glauben, dass es dort draußen ein »und sie lebten glücklich bis ans Ende ihrer Tage« für mich geben wird. Das ist vorbei, ein für alle Mal.

6. Kapitel

»Ich muss mehr übrig gebliebenes Essen mitbringen«, erkläre ich der Katze am nächsten Morgen, als ich den Rest des Hühnchens auf einen Unterteller gebe. Sie streicht schnurrend um meine Beine. Ich frage mich, ob es wieder Reste geben wird oder ob der gestrige Abend nur ungewöhnlich ruhig war. Zumindest ist das Essen – wie dubios es auch sein mag – hilfreich, weil ich sparen muss. Ich stelle den Unterteller auf die Terrasse, schnappe mir meine fröhlich gestreifte Strandtasche und ziehe die Holztür hinter mir zu. Ob die Katze nach meiner Mittagsschicht im Burger-Laden hier sein wird, um mich zu begrüßen? Schmunzelnd sehe ich zu, wie sie gierig die Hühnchenstücke verschlingt.

Ich betrachte den wackeligen Grill und die verkohlten Überreste meiner Hochzeitsmappe. Aber ich lasse mir keine Zeit, länger darüber nachzugrübeln. Heute ist ein neuer Tag. Die Vögel singen überall um mich herum: Blaumeisen, Goldfinken und Amseln. Die Luft ist frisch und rein. Der Himmel über den Hügeln auf der anderen Seite des Tales strahlt in tiefem Blau, und die aufgehende Sonne wirft ihre Strahlen über die Landschaft wie auf eine Malerleinwand. Ich kann hören, wie die Pferde sich bewegen, und in der Ferne kräht ein Hahn seinen Weckruf. Die Knospen der Bäume sehen aus, als wären sie über Nacht durch den Tau noch dicker geworden. Es ist ein klarer, sonniger Morgen, dennoch liegt eine knackige Frische in der Luft.

Als ich den Weg betrete, höre ich das Zischen und springe gerade noch rechtzeitig zurück. Die Bewässerungsanlage erwacht keuchend und hustend zum Leben – wie der alte Nachbar meiner Oma, der täglich vierzig Zigaretten in seinem Reihenhaus rauchte und morgens erst mal seine Lunge freihusten musste. Ich gehe ganz am Rand und schaffe es, ohne nasse Füße vorbeizukommen.

Ich nehme den Bus zum Hafen und absolviere meine Vormittags- und Mittagsschicht bei Buster's Burgers. Danach schaue ich in der Butterfly Bar vorbei, wo Brenda mir ein getoastetes Sandwich mit einem Kaffee bringt und mir sagt, dass ich bei Kräften bleiben muss. Ich erzähle ihr nicht von der riesigen Restemenge, die ich am Vorabend nach Hause mitgenommen habe. Sie zeigt mir die Immobilien-App auf ihrem Handy mit den Häusern daheim in England, für die sie sich interessieren. Ich nutze das WLAN in der Bar, um Kontakt mit meiner Familie und meinen Freunden aufzunehmen, und kann es mir nicht verkneifen, Wills Facebook-Seite aufzurufen. Wo steckt er? Was macht er? Warum ist er gegangen?

»Oh nein!« Ich schnappe nach Luft. Es gibt ein neues Foto, in einer Bar in einer anderen spanischen Stadt. So wie es aussieht, trinkt Will gerade ein Bier und spielt Gitarre in der Band. Er steht Rücken an Rücken mit Freya, die Bass spielt, und er lächelt – nein, er lacht sogar. Ich studiere das vertraute Grinsen. Ich denke, bis jetzt habe ich nicht wirklich geglaubt, dass er weg ist. Ich dachte, er käme zurück, um mir zu sagen, dass er eine Dummheit begangen hat. Aber als ich das sehe, begreife ich, dass es wahr ist. Es fühlt sich an, als hätte er mir die Brust aufgerissen, mir das Herz gestohlen und wäre dann darauf herumgetrampelt. Es tut so weh! Wie konnte er nur! Meine Augen brennen vor Zorn und Trostlosigkeit. Wie kann er lächeln und sich amüsieren und mich dabei völlig vergessen? Wie kann er ein neues Leben beginnen, obwohl ich noch hier bin und neben dem großen schwarzen Loch stehe, das er zuvor ausgefüllt hat? Während ich darauf warte, dass sich mein Herzschlag und meine Atmung beruhigen und meine brennenden Augen wieder klar sehen können, checke ich meine eigene Chronik. Es gibt ein Foto von einer ehemaligen Schulkameradin, die ihren fünften Hochzeitstag feiert; offensichtlich nennt man es »Hölzerne Hochzeit«, denn ihr Mann hat einen Aufenthalt in einem Holzpfahlbau direkt an einem Strand organisiert. Einige Fotos zeigen kleine Kinder, die selbstbewusst in Schuluniformen und übergroßen Osterhüten mit ihren stolzen Eltern posieren – noch mehr ehemalige Schulkameraden. Meine Cousine Olivia hat ein Album des Junggesellinnenausstandes in Reykjavík gepostet. Sie sind im Bikini in der Blauen Lagune, Dampf steigt auf, und es schneit; sie stehen neben einem riesigen Wasserfall und vor Geysiren, und sie fahren mit Schneemobilen durch die Gegend. Weit entfernt vom Burger-Servieren, denke ich. Wie würde sie lachen, wenn sie mich jetzt sehen könnte! Es gibt auch ein Foto von ihr und ihrem Freund Gavin, der ein Vermögen mit Autowaschanlagen verdient hat. Olivia und er haben sich offensichtlich beim selben Spezialisten die Zähne machen lassen.

Olivias Album hat 137 Likes, darunter eins von ihrem Dad, meinem Onkel Paul. Man kann sich keine zwei unterschiedlicheren Menschen als Dad und seinen Bruder vorstellen, und ich habe nie verstanden, warum Onkel Paul, Tante Rita und Olivia so viel Zeit in unserem winzigen Heim verbringen, vor allem nicht, da sie selbst ein großes modernes Haus besitzen. Onkel Paul scheint sich selbst für sehr lustig zu halten, wenn er mich und meinen Dad hänselt und uns schlechtmacht, während er sich gleichzeitig ständig mit seiner eigenen Tochter brüstet. Ich wünschte, ich könnte Dad etwas liefern, mit dem er angeben kann. Onkel Paul prahlt bestimmt mit Olivias Reise und erzählt jedes einzelne Detail – über den Schnee, das Hotel, das Essen –, als wäre er selbst dabei gewesen. Meine Eltern hören zu, und Mom stellt sicher alle richtigen Fragen.

Onkel Paul hat auch etwas gepostet und prahlt mit seinem neuen Golfschläger. Außerdem kommentiert er meinen Post, in dem ich mitteile, dass ich nach Spanien aufgebrochen bin, um ein neues Leben zu beginnen. »Hoffentlich klappt es endlich mal!« Ich habe keine Ahnung, warum er mich immer so blöd anmacht. Ich bin zweiunddreißig, Herrgott noch mal! Ich denke an meine arme Mom und meinen armen Dad, die ihn ertragen und sich ständig anhören müssen, dass mein Leben wieder mal an einem Tiefpunkt angelangt ist. Nun, diesmal nicht!

Schockiert stelle ich fest, dass meine Mom sich auch bei Facebook angemeldet hat. Die ganze Welt ist verrückt geworden! Sie hat Bilder gepostet von der Tasse Tee, die mein Dad ihr ans Bett gebracht hat, und von meinem Dad dösend im Garten. Der Garten ist sein ganzer Stolz. Er ist nur klein, aber Dad ist ständig draußen und kümmert sich darum. Ich lächele, und Heimweh durchfährt mich wie ein Stich; ich schicke meiner Mutter eine kurze Nachricht, um ihr mitzuteilen, dass es mir gut geht und meine Füße schmerzen, weil ich den ganzen Tag und auch den Abend über gearbeitet habe – was ja auch stimmt. Nur habe ich eben nicht in meiner eigenen Bar gearbeitet … noch nicht! Ich kann den Tag kaum erwarten, wenn ich meine Eltern endlich einladen kann, um ihnen meine Bar zu zeigen.

Als Craig sich zu mir gesellt, stecke ich mein Handy mit der gleichen Heftigkeit weg, mit der ich gerne den Hals von Wills Gitarre brechen würde.

»Immer noch nichts?«, fragt er, nachdem er mir einen Kuss auf beide Wangen gehaucht hat. Ich schüttele den Kopf. Ich finde es wunderbar, dass wir in so kurzer Zeit so gute Freunde geworden sind. Es fühlt sich an, als würden wir uns bereits seit einer Ewigkeit kennen. Und um ehrlich zu sein, er weiß mehr über mein Privatleben als irgendjemand zu Hause. Er schnalzt missbilligend mit der Zunge. »Sonne und Sangria … das habe ich schon so oft miterlebt.« Schließlich lebt er bereits seit Langem in Spanien und hat schon viel gesehen. Ich nicht. Es war keine flüchtige Affäre, wir waren Beti und Will. Wir waren fünf Jahre lang zusammen. Alle dachten, es wäre für immer.

Ich trinke meine Kaffeetasse aus, während Craig den ersten geeisten Weißwein des Tages bestellt. Ich denke wieder an das Foto von Will auf Facebook. Wenigstens habe ich jetzt Gewissheit. Er ist weitergezogen, und genau das muss ich auch tun. Aber zu Hause braucht niemand zu wissen, dass er weg ist – jedenfalls nicht, bevor ich das Geld für die Bar zusammenhabe. Und wenn ich erst meine eigene Bar besitze, werde ich es an die große Glocke hängen, damit die ganze Welt davon erfährt.

7. Kapitel

Ich esse mein Sandwich auf und bedanke mich bei Harold und Brenda, die keine Bezahlung dafür akzeptieren, sondern sagen, ich solle das Geld in meine Mietkasse tun. Ich küsse die beiden zum Abschied auf die Wangen, lehne Craigs Angebot ab, den Nachmittag in der Strandbar die Straße runter zu verbringen – »damit du auf andere Gedanken kommst« –, und laufe zur Bushaltestelle.

Während der Bus sich aus Lado del Puerto windet und den Hügel hinaufkeucht, betrachte ich die Landschaft. Immer mehr Wildblumen tauchen in den Spalten der cremefarbenen Felsen entlang der Straße auf, und der Blumenduft in der Luft wird stärker. Hier oben auf dem Weg nach Colina de Flor gibt es viele Felder mit gleichmäßigen Reihen von Bäumen, an die ich mich allmählich gewöhne. Jedes freie Stück Land ist überzogen, und die Baumreihen säumen auch den Weg ins Dorf.

Ich steige aus und spaziere die schmale Kopfsteinpflasterstraße hinauf, zwischen den weiß gestrichenen Häusern mit ihren sauber gefegten gefliesten Treppen, den Mosaiken in leuchtenden Farben und den Blumentöpfen mit den feuerroten Geranien. Es ist ganz still; niemand ist zu sehen. Die Tücher vor dem Souvenirshop flattern im Wind, und das Schild der Bäckerei schwingt hin und her. Das Café auf dem Dorfplatz ist fast leer, bis auf einen Tisch mit Wanderern mit Rucksäcken und festen Schuhen und einen anderen mit Einheimischen, die Kaffee trinken und bestimmt Neuigkeiten über ihre Familien austauschen. Sie reden eindringlich und ohne Unterbrechung aufeinander ein, untermalt durch erklärende Gesten. Sie betrachten mich, als ich vorbeigehe, und ich nicke und hebe grüßend eine Hand. Sie erwidern mein Nicken und mein Lächeln und winken zurück.

Beim Bauernhof biege ich in die staubige Zufahrt ein und spaziere zwischen den Baumreihen entlang. Eine Schar Spatzen schießt zwischen den Ästen hindurch und verfehlt mich nur knapp. Die Knospen an den Bäumen sehen aus wie in grünes und rosafarbenes Seidenpapier eingewickelte Marshmallows – oder wie Kopfschmuck für Brautjungfern, denke ich unwillkürlich, aber ich reiße mich sofort zusammen.

Das Restaurant liegt verlassen und still vor mir. Es hat mittags nicht geöffnet. Valentina konzentriert sich offensichtlich auf das Abendgeschäft, auf wohlhabende Touristen, die bereit sind, viel Geld auszugeben. Anders als das Café am Dorfplatz ist sie nicht daran interessiert, ein Mittagsmenü mit drei Gängen für acht Euro anzubieten.

Es ist wirklich schade, denn hier es ist wunderschön. Die Sonne wärmt mir das Gesicht, und ich spüre, wie ihre Strahlen meine Stimmung heben. Als ich den Weg hinter dem Restaurant zu meiner *finca* hinaufstapfe, verbessert sich meine Laune sogar noch mehr, denn die kleine graue Katze kommt mir laut miauend entgegen.

Ich atme tief ein und fülle meine Lunge mit der frischen Luft. Dann nehme ich meinen Lohn aus der Tasche und zähle das Geld. Im Schrank finde ich eine alte Kaffeedose, die ich auswasche, um alle Scheine und Münzen hineinzustecken. Nach Abzug der Miete und der Buskosten bleibt nicht mehr viel übrig. Mir ist bewusst, dass ich irgendwie mehr verdienen muss, wenn ich etwas ansparen will.

Ich mache die Augen zu. Ich bin zu unruhig, um vor meiner Abendschicht ein Nickerchen zu halten. Ich würde ja im Café im Dorf einen Kaffee trinken, aber ich will kein Geld verschwenden.

Also beschließe ich, stattdessen einen Spaziergang zu machen. Die kleine graue Katze folgt mir, empört, dass ich die Terrasse verlassen habe. Ich spaziere zwischen den Bäumen entlang, lasse die Hände über die dicken Stämme gleiten, betrachte die Blätter und frage mich, welche Früchte die Bäume wohl tragen werden. Langsam schlendere ich über die in Terrassen angelegte Plantage durch das hohe Gras, klettere über die niedrigen Mauern und genieße den fantastischen Ausblick auf den Hafen und das funkelnde Meer. Ich steuere auf die Pferdekoppel zu, wo ein großes schwarzes Pferd mit langer gewellter Mähne schnaubend vor mir zurückscheut, als ich es über den Zaun hinweg streicheln will. Das Tier trottet auf die andere Seite der Koppel, wo es im Schatten einiger Bäume stehen bleibt.

Auf einmal fühle ich mich sehr einsam. Bin ich verrückt geworden zu glauben, dass ich das hinbekomme? Für so wenig Geld zu arbeiten und genug für die Bar zur Seite legen zu können? Ich lehne nachdenklich am Zaun, als plötzlich etwas gegen meinen Ellbogen stupst. Ich werde aus meinen Gedanken gerissen und blicke überrascht auf. Die graue Stute steht da und stupst mich wieder an. Dahinter entdecke ich den Braunen. Ob das wohl ihr Fohlen ist? Ich streichele dem grauen Pferd die Nase, und da es ihm zu gefallen scheint, mache ich mit der Stirn weiter. Das jüngere Pferd bleibt im Hintergrund. Als ich dem Grauen den Hals tätschele, fällt mein Blick wieder auf die dicken Knospen an den Bäumen um uns herum, und ich beschließe, ein paar Zweige zu pflücken, um das Cottage zu dekorieren und mich aufzuheitern. Vielleicht öffnen sich die Knospen ja sogar über Nacht, wenn ich die Zweige ins Wasser stelle.

Ich ziehe einen Ast zu mir heran und schnuppere daran, doch er duftet nicht. Ich breche einen Zweig ab, dann noch einen, spaziere zum nächsten Baum und schnappe mir noch einen. Sie werden den kahlen kleinen Raum aufpeppen. Ich verstehe, warum die Leute gerne im Frühling heiraten, denke ich, bevor ich mich zusammenreiße und den Gedanken gleich wieder verdränge. Hochzeiten sind für mich kein Thema mehr! Als ich gerade einen vierten Zweig abbrechen will, wird eine Autotür zugeschlagen und jemand ruft etwas. Ich zucke zusammen und lasse die Zweige fallen.

Ein staubiger Pick-up hat unter den Bäumen angehalten, und ein junger Mann mit einem Rucksack in der Hand steht daneben. Ein wütend aussehender, etwas älterer Mann mit ungebärdigen schwarzen Haaren, die in alle Richtungen stehen, gestikuliert wild und marschiert auf mich zu. »Hey! *Qué estás haciendo?* Was machen Sie denn da?«

Oh Gott! Das hat mir gerade noch gefehlt!

»Sie können nicht einfach Zweige stehlen! Sie sind Engländerin, oder? Im Urlaub? Wollten Sie ein Andenken mitnehmen?«

»*Lo siento*«, sage ich. Ich bin ganz aus der Fassung geraten und schwenke auf meine Muttersprache um. »Tut mir leid. Hören Sie, es sind doch nur ein paar Zweige … Ich habe mir nichts dabei gedacht, ich wollte bloß …«

»Für Sie mögen es nur ein paar Zweige sein, aber diese Blüten werden zu Kirschen. Das hier ist eine Kirschplantage. Meine Kirschplantage! Wenn jeder die Blüten stehlen würde, gäbe es zur Erntezeit keine Kirschen!«, fährt er mit vor Wut gerötetem Gesicht fort.

»Es tut mir leid«, wiederhole ich mit hängenden Schultern.

Als ich mich zum Gehen wende, wird mir klar, dass mir irgendetwas an ihm bekannt vorkommt. Dann fällt der Groschen. Ich werfe einen Blick auf den staubigen Pick-up in der Zufahrt. Es ist der Wagen, der mich beinahe angefahren hat, als ich eigentlich nach Hause fliegen wollte! Plötzlich bricht sich die Wut über meine ganze Situation – im Stich gelassen von Will, ohne Geld und mit geplatzten Träumen – Bahn.

»Nun, hoffentlich sind Ihre Kirschen nicht so sauer wie Sie!«, platze ich heraus, ohne nachzudenken. Sofort tut es mir leid.

Wir starren uns an, seine dunklen Augen mustern mich von Kopf bis Fuß. Er muss Ende dreißig sein, vielleicht sogar schon Anfang vierzig. Er hat breite Schultern, aber schmale Hüften. Sein Kinn ist mit dunklen Bartstoppeln überzogen, und die dichten Augenbrauen sind vor Wut zusammengezogen. In dem großen Loch in meiner Brust, wo mein Herz saß, bevor Will es herausgerissen hat, schlägt es wie eine Trommel. Ich kneife die Augen zusammen und wende mich ab.

Der junge Mann mit dem Rucksack – dunkel, schlank, in Jeans und einem Langarmshirt, ist hinter dem Restaurant vorbei zu einer Außentreppe gegangen. Auf der untersten Stufe bleibt er stehen. Er lässt die Schultern hängen, hebt aber leicht einen Mundwinkel und nickt mir zu, als wolle er mir mitteilen, dass meine Aussage auf seine Zustimmung trifft. Irgendwie bauen wir für den Bruchteil einer Sekunde eine Verbindung auf, und ich lächele ganz leicht und zucke kaum wahrnehmbar mit den Schultern. Um ehrlich zu sein, das hier ist nicht das Schlimmste, was mir in den letzten Wochen zugestoßen ist. Es ist nur die Spitze des Eisberges in den wahrscheinlich schrecklichsten Wochen meines Lebens.

Von der Tür oben an der Treppe über dem Restaurant ist ein Ruf zu hören.

»Antonio!«

Es ist Valentina. Sie winkt und ruft dem Mann etwas zu, und schlagartig trifft mich die Erkenntnis, dass dies ihr Lebensgefährte sein muss. Was bedeutet, dass er auch mein Vermieter und mein Chef ist. Großartig, einfach großartig. Ich habe wirklich ein ganz besonderes Talent dafür, ins Fettnäpfchen zu treten.

Ich lasse den Kopf sinken. Meine Wangen brennen vor Verlegenheit, und ich drehe mich um und stapfe durch den feinen hellbraunen Staub, der um meine Füße wirbelt, zur *finca* zurück. Ich fühle mich sehr einsam und richtig, richtig dumm. Die Tatsache, dass ich gerade meinen Chef und Vermieter beleidigt habe, lässt mir alles andere momentan ziemlich unbedeutend vorkommen. Er wird es bestimmt Valentina erzählen, und dann verliere ich meinen Job und meine Unterkunft. An allem ist dieser verdammte Will schuld. Wieder steigt Wut in mir auf. Wie konnte ich diesen Fehler begehen? Warum lassen meine Instinkte mich immer derart im Stich?

8. Kapitel

Antonio blieb stehen und sah der Frau verwirrt hinterher. Anstatt die Kirschplantage zu verlassen und zum Dorfplatz zurückzukehren, wie er erwartet hatte, drehte sie sich um und schlug den Pfad zwischen den Bäumen ein. Dann begriff er.

»Oh, *mierda!*« Der heutige Tag konnte nicht noch unerfreulicher werden. Als wäre es nicht schon schlimm genug gewesen, die Nacht in einem der zwielichtigsten Viertel von Malaga in seinem Pick-up zu verbringen, wo er auf einen Jungen wartete, den er kaum kannte, kam jetzt noch das dazu. Sie war nicht nur eine Touristin, die sich verlaufen hatte und vom Dorfplatz den falschen Weg eingeschlagen hatte – in der Annahme, sein Hof sei eine Art offene Parklandschaft. Das passierte gelegentlich, wenn die Leute sich von den Ferienanlagen unten an der Küste in die Berge hinaufwagten, weil sie das »echte« Spanien kennenlernen wollten. Besonders zu dieser Jahreszeit, wenn man ihnen von dem Naturphänomen der Kirschblüte erzählt hatte.

Aber er hätte es wissen müssen. Er musterte die Bäume, vor allem die Zweige mit den Knospen. Für die Kirschblüte war es noch rund eine Woche zu früh. Abgesehen von den zehn Tagen, die die Kirschblüte dauerte, verirrten sich kaum Touristen hierher. Und das war in Ordnung für ihn. Er war nicht scharf auf das Touristengeschäft. Sein Restaurant in dem alten Bauernhof wurde hauptsächlich von Einheimischen besucht; so war es immer schon, trotz Valentinas Bemühungen und bester Absichten. Für ihn spielten bloß die Kirschen eine Rolle.

Er sah sich mit dem Gefühl des Stolzes um, das ihn immer

überkam, wenn er die Bäume auf seiner Kirschplantage betrachtete, der größten in der Genossenschaft des Dorfes. Gott, wie schön es war, wieder zu Hause zu sein! Er mochte die Dinge so, wie sie waren. Das Restaurant hielt sich gerade eben über Wasser. Den Kirschbäumen ging es momentan offensichtlich gut. Aber es konnte alles Mögliche passieren. Er wollte sein Ziel nicht aus den Augen verlieren – nicht wie früher schon einmal. Er musste sich voll und ganz auf die Ernte konzentrieren. Anders als Valentina wollte er nicht, dass im Restaurant etwas verändert wurde, um mehr Touristen anzulocken. Er brauchte nicht noch mehr Dinge, die ihm Kopfschmerzen bereiteten. Junge, Junge, gerade hatte er ein Riesenproblem! Er blickte der Frau hinterher, die den Pfad hinaufging – die, die er eben dabei erwischt hatte, wie sie Zweige von seinen Kirschbäumen abbrach. Offensichtlich war sie nicht nur die Mieterin der *finca*, sondern wohl auch die neue Mitarbeiterin, die Valentina eingestellt hatte. Er schüttelte den Kopf und rieb sich die Schläfen.

»Antonio, Antonio!« Valentina beugte sich immer noch über die Betonbrüstung vor der Wohnungstür und rief nach ihm. Er hatte gewusst, dass es Probleme geben würde, wenn er Miguel mitbrachte. Er hätte Valentina anrufen sollen, um sie vorzuwarnen. Doch er hatte die Entscheidung spontan getroffen. Die letzten Tage waren anstrengend gewesen.

Seine Ex Esmeralda, die Mutter seines Sohnes, hatte ihn ständig angerufen, offensichtlich am Rande der Verzweiflung. Er hörte normalerweise kaum etwas von ihr, außer sie wollte Geld. Natürlich zahlte er gerne für Miguel. Aber diesmal war es anders. Miguel steckte in Schwierigkeiten, er war in eine Schlägerei geraten. Inzwischen war er siebzehn. Es ging nicht mehr um Schulhofstreitigkeiten; er steckte richtig in der Klemme, trieb sich auf der Straße herum und war von der Polizei aufgegriffen worden. Er war in schlechte Gesellschaft geraten, und diese Schlägerei und eine Nacht in der Arrestzelle hatten das Problem offiziell gemacht.

»Es muss etwas passieren!« Esmeralda hatte geweint, als Miguel schließlich früh am Morgen mit Antonio, der ihn bei der Polizei abgeholt hatte, zu Hause aufgetaucht war. Miguel hatte geschwiegen. Esmeraldas Freund Felipe war ausgerastet und hatte sich auf den missmutigen, schweigsamen Jungen gestürzt. Antonio hatte genug. Als er darauf bestand, Miguel mit zu sich nehmen, hatte es eine schreckliche Szene gegeben. Die Klatschbasen in den Nachbarwohnungen hatten bestimmt tagelang ein Gesprächsthema. Felipe hatte Miguels Klamotten und die übrigen Habseligkeiten aus dem Fenster geworfen, wo der Junge sie von der Straße aufsammeln musste. Antonio konnte die Demütigung des Jungen nicht ertragen und half ihm, die Sachen aufzuheben, wobei er hoffte, ihm damit ein bisschen von seiner Würde zu bewahren.

Antonio hatte Miguel seit Jahren nicht mehr gesehen und kannte ihn kaum. Miguel hatte das Angebot seines Vaters, ihn auf seinem Bauernhof zu besuchen, nie angenommen. Esmeralda hatte ihm immer erzählt, der Junge wolle nicht kommen, und Antonio wiederum wollte seine Kirschbäume und seine Pferde nicht allein lassen. So waren die Jahre ins Land gezogen. Aber als er Miguel nun wiedergesehen hatte, war es, als blicke er in einen Spiegel. Der Junge war eine jüngere Version seiner selbst. Er erkannte die Wut, die in ihm tobte – genau so war er selbst als junger Mann gewesen, kurz bevor er Vater wurde. Seitdem hatte er versucht, die Wut zu unterdrücken und in den Griff zu bekommen.

Als er zu seinen Pferden ging, die am Zaun standen, um ihn zu begrüßen, ballte er die Hände zu Fäusten, weil er wieder an Felipes Gesichtsausdruck denken musste. Das Feixen, als der Mann endlich den letzten verbleibenden Teil von Antonio aus seinem Leben verbannt hatte: Antonios Sohn. Er hatte seine ganze Willensstärke aufbringen müssen, um Felipe nicht niederzuschlagen. Doch was hätte das gebracht? Er hatte es früher schon einmal gemacht. Felipe wusste, dass Antonio der Stärkere war. Aber man musste mehr als eine Schlacht gewinnen, um einen Krieg für sich zu entscheiden, und Antonio wollte wegen dieses Mannes nicht das aufs Spiel setzen, was sein Leben ausmachte.

Also biss er sich auf die Zunge, hob stolz den Kopf und legte seinem Sohn den Arm um die Schultern, als er ihn aus der schmalen Straße führte. Frauen standen mit vor der Brust verschränkten Armen in Grüppchen herum und tratschten. Keiner von beiden warf einen Blick zurück. Aber als sie das Ende der Straße erreichten, schüttelte Miguel Antonios Arm ab und trat ein Stück zur Seite. Der Moment der Solidarität war vorbei. Es würde dauern, das war Antonio klar. Er konnte sich auch lebhaft vorstellen, wie Valentina reagieren würde.

Er trat von den Pferden zurück, die im Frühlingssonnenschein schnaubten und prusteten, atmete tief ein und wandte sich zum Balkon, wo Valentinas lange dunkle Haare – der wunderschönen Mähne seines schwarzen Lieblingshengstes sehr ähnlich – im leichten Wind wehten. Valentina war schlank und sehr hübsch. Warum verspürte er dann nicht den Wunsch, sofort mit ihr ins Bett zu springen und ihr zu sagen, dass alles gut werden würde? Stattdessen drehte er sich wieder zu seinen Pferden um. Vielleicht würde ein Ausritt ja dafür sorgen, den Kopf frei zu bekommen. Er musste Valentina auf jeden Fall beschwichtigen, aber erst musste er selbst begreifen, was hier gerade geschah. Plötzlich lebte sein Sohn bei ihm. Die Rolle des Vaters hatte er bis jetzt noch nicht ausgeübt. Wie kam er bloß auf die Idee, dass er das überhaupt konnte? Was, wenn der Junge wirklich in Schwierigkeiten steckte? Er hatte instinktiv gehandelt, als er Esmeralda mitgeteilt hatte, dass Miguel künftig bei ihm leben würde. Nun musste er einen Weg finden, wie es funktionieren konnte.

Er streichelte den wunderbar geschwungenen Hals seines geliebten Pferdes und fuhr mit den Händen über die weiße Strähne in der schwarzen Mähne. Er hatte Miguel gesagt, er solle schon nach oben in die Wohnung gehen und sich häuslich einrichten. Er käme bestimmt noch eine Weile länger allein klar. Sie brauchten beide ein bisschen Zeit, um nachzudenken und sich mit der Situation zu arrangieren. Er ging zum Stall und öffnete die Tür. Der Stall wurde vom Nachmittagslicht erhellt, als er den hellbraunen Ledersattel und das Zaumzeug nahm, die dort hingen.

Das Pferd blieb geduldig stehen, als er es zügig sattelte, den Gurt anzog und dem Tier das Zaumzeug überstreifte. Dann nahm er die Zügel und schwang sich in den Sattel. Er wusste, er sollte sich bei der Frau in der *finca* entschuldigen. Er hatte einen schlimmen Tag hinter sich, er hätte es nicht an ihr auslassen dürfen. Doch sie hatte seine Kirschbäume beschädigt! Er dachte an ihren Kommentar, dass seine Kirschen hoffentlich nicht so sauer seien wie er. Ganz plötzlich stellte er fest, dass sein Mund sich zum ersten Mal seit Tagen zu einem Lächeln verzog.

Er warf einen Blick zurück zur Wohnung. Valentina rief immer noch, er solle zurückkommen und den Schlamassel wieder in Ordnung bringen. Er hob eine Hand und antwortete, dass er bald zurück sein werde. Er würde die Dinge mit ihr später wieder ins Lot bringen.

Er machte ein klickendes Geräusch mit der Zunge, und das Pferd trat an und lief eifrig den Pfad zwischen den Kirschbäumen zur *finca* rauf. Er würde allerdings nicht anklopfen, um sich zu entschuldigen. Er war nicht in der Stimmung, mit jemandem zu reden. Stattdessen hielt er an, stieg ab, hob die abgebrochenen Zweige auf und legte sie als Entschuldigung auf der kleinen Terrasse vor der Tür ab. So leise wie möglich schwang er sich wieder in den Sattel, trieb das Pferd sanft mit den Fersen an und verschwand zwischen den Bäumen.

9. Kapitel

Als ich auf die Terrasse trete, werde ich von der kleinen grauen Katze begrüßt. Um ein Haar wäre ich über ein Häufchen Zweige gestolpert. Ich atme scharf ein. Will mir da jemand etwas mitteilen? Als ich mich bücke, um sie aufzuheben, stelle ich fest, dass es sich um die Zweige handelt, die ich zuvor fallen lassen habe. Aber wer hat sie vor die Tür gelegt? Mein unfreundlicher Chef ganz bestimmt nicht, so viel ist sicher. Ich sehe mich nach einem Lebenszeichen um, entdecke jedoch niemanden. Ob es der junge Mann war, den ich am Pick-up gesehen habe? Ein winziger Glücksfunke in meinem Magen flackert auf und versucht, sich auszubreiten.

Ich wasche eine alte Plastikwasserflasche aus, schneide den Hals ab und arrangiere drei Zweige in der behelfsmäßigen Vase. Den vierten Zweig schneide ich in kurze Stücke und stecke sie in eine angeschlagene Tasse, die ich auf den kleinen Holztisch auf der Terrasse stelle. Ich muss unwillkürlich lächeln, weil die Zweige das Ambiente der kleinen *finca* derart aufheitern, und stelle sie mir als Herzstück der Tischdekoration einer Frühlingshochzeit vor … Ich halte inne und schimpfe mit mir selbst. Keine weiteren Hochzeitspläne mehr!

Am Abend glänzt Valentina im Restaurant durch Abwesenheit. Statt jede unserer Bewegungen zu beobachten wie am Vorabend und das angerichtete Essen, die eingedeckten Tische und meinen Abwasch zu kontrollieren, hält sie sich die meiste Zeit oben in der Wohnung auf. Und als sie dann auftaucht, blafft sie mit scharfer Stimme Befehle und verschwindet bald wieder. Ich ziehe den Kopf ein und konzentriere mich auf meine Seifenlauge.

Als das Abendgeschäft fast vorbei ist, stürmt sie die Treppe vor dem Küchenfenster hinunter. Ihre dunklen glänzenden Haare wehen, als sie mit ihrer Reisetasche am Arm ihre spitzen Absätze in den Boden bohrt und auf ihren roten Kleinwagen zusteuert. Sie knallt die Autotür zu und fährt mit durchdrehenden Reifen davon. Die wenigen Gäste auf der Terrasse halten erschrocken ihr Geschirr fest. Stille breitet sich aus, und die Gäste wechseln neugierige Blicke und zucken dann mit den Schultern.

Ich entschuldige mich und gehe zur Toilette. Auf dem Weg dorthin drücke ich auf den Knopf am CD-Player, um die unbehagliche Atmosphäre aufzulockern. Als sanfte Gitarrenmusik erklingt, schütteln die Gäste den Kopf und essen weiter. Frank wirft mir einen Blick zu und reckt den Daumen in die Höhe.

Als ich zu meinem Spülbecken zurückkomme, setzen Frank und Bonita ihre Arbeit fort, als wäre nichts Ungewöhnliches passiert, doch ihre Blicke zeigen mir, dass dieses Szenario alles andere als alltäglich ist. »Wer ist der Neuankömmling oben in der Wohnung, und was ist hier los?«, höre ich Frank seine Mutter fragen. »Ist er eine Vollzeit-Küchenhilfe anstelle des englischen Mädchens?«, fügt er hinzu und zwinkert mir scherzhaft zu. Aber ich frage mich, wie nahe er damit der Wahrheit kommt. Ist meine Zeit hier schon vorbei, bevor sie richtig angefangen hat?

In der Wohnung über dem Restaurant schenkte Antonio sich einen großen Anisschnaps ein, eine heilende, stärkende Mixtur. Miguel war im Gästezimmer und hatte die Tür zugemacht. Antonio fragte sich, ob er anklopfen und mit dem Jungen reden sollte. Aber vielleicht war er ja schon zu Bett gegangen. Leider war die Blumenbettwäsche alles, was Antonio finden konnte. Er würde neue Bettwäsche kaufen, wenn er in die Stadt fuhr. Etwas Passenderes. Nicht, dass es Miguel etwas ausmachen würde. Doch Antonio wollte, dass er sich wohlfühlte.

Was mochten junge Leute? Er wusste nichts über Miguel, kannte weder seine Interessen noch seine Hobbys. Seit seiner Ankunft hatten sie kaum miteinander gesprochen. Der Junge hatte seine Ohrstöpsel im Ohr und schaute mit gesenktem Kopf auf sein Handy. Gegessen hatte er nichts. Antonio hatte ihm die Speisekarte des Restaurants angeboten und gesagt, er könne sich aussuchen, worauf er Lust habe, aber der Junge hatte die Karte nur verwirrt betrachtet und geantwortet, er wolle nichts.

Antonio beschloss, am nächsten Tag Lebensmittel einzukaufen und die kleine Küche in der Wohnung zu benutzen. Normalerweise aß er Gerichte aus dem Restaurant, doch selbst er hatte oft Schwierigkeiten, Valentinas Speisekarte zu verstehen. Ganz anders als in alten Zeiten, als seine Großmutter noch das Zepter schwang. Vielleicht konnte er Bonita bitten, etwas für Miguel zu kochen – etwas wie die Gerichte, die seine Großmutter immer zubereitet hatte. Etwas Traditionelles ... nicht Chicken-Tikka-was-weiß-ich! Hoffentlich blieb Miguel und lief nicht davon, zurück in die Stadt. Zurück zu den Gangs, mit denen er in Schwierigkeiten geraten war. Er hatte noch nicht einmal ausgepackt, weshalb Antonio nach wie vor angespannt war.

Er nahm noch einen Schluck und spürte den Alkohol in seiner Kehle brennen. Er ließ den Blick über die Obstplantage schweifen. Seinen Bäumen ging es gut. Hoffentlich fiel die Blüte dieses Jahr üppig aus. Und hoffentlich gab es auch eine ergiebige Ernte. Bei seinen Bäumen wusste er, woran er war. Für Beziehungen dagegen war er offensichtlich nicht gemacht. Valentina war wütend davongestürmt, weil er sie nicht über Miguels Ankunft und seine weiteren Pläne informiert hatte. Doch das lag auch daran, dass Antonio selbst keine Ahnung gehabt hatte!

Eine Bewegung erregte seine Aufmerksamkeit, und er fragte sich, ob Valentina zurückgekehrt war, um einen weiteren Streit vom Zaun zu brechen. Er hatte keine Energie mehr übrig. Auch wollte er nicht, dass Miguel Zeuge einer weiteren Auseinandersetzung wurde. Für einen einzigen Tag hatte er genug Wirbel erlebt … es reichte eigentlich für ein ganzes Leben. Bei genauerem Hinsehen erkannte er mit schuldbewusster Erleichterung, dass es nicht Valentina war, sondern das Mädchen aus der *finca*, die Spülerin. Na ja, eigentlich war sie kein Mädchen mehr, obwohl sie jünger war als er. Mithilfe ihrer Handy-Taschenlampe ging sie den Weg zur *finca* hinauf. Er erinnerte sich an ihren Kommentar und musste lächeln. So etwas gefiel ihm.

Er hatte immer noch ein schlechtes Gewissen, weil er sie wegen der Zweige so hart angegangen war. Allem Anschein nach war sie eine zuverlässige Mitarbeiterin und eine anständige Mieterin. Sie hatte das kleine Häuschen gründlich sauber gemacht. Er war nicht gut darin, seine Gedanken in Worte zu fassen. Hoffentlich hatte sie verstanden, dass er die Zweige als eine Art Entschuldigung auf die Türschwelle gelegt hatte. Er wollte nicht, dass sie auszog und ging. Gute Mitarbeiter und gute Mieter waren schwer zu finden. Trotz der Bemühungen der Immobilienagentur, bei der Valentina arbeitete, kam es hier oben kaum zu einer Durchmischung zwischen aus dem Ausland Zugezogenen und Einheimischen. Alle blieben für sich. So war es immer schon gewesen. Das echte Spanien hier oben in Colina de Flor war ganz anders als das Spanien der Ferienwohnungen, Bars und Nachtclubs unten an der Küste.

Er seufzte. Wieder einmal hatte er Valentina enttäuscht. Kein Wunder, dass sie in ihr Apartment im Hafenviertel geflüchtet war. Er musste sich überlegen, wie er ihr zeigen konnte, dass es ihm leidtat. Er hatte keine Ahnung, wie sie es mit ihm aushielt. Sie wollte so viel mehr, als er ihr geben konnte.

Ich verlasse das Restaurant und spaziere mit den in Alufolie gewickelten Essensresten für mich und die Katze den Pfad hinauf. Frank hat ein Stück Zitronenkuchen in eine Serviette gewickelt und mir gegeben, als seine Mutter nicht hinschaute, und mir dabei frech zugezwinkert. Bei der *finca* angekommen, blicke ich zurück und betrachte das alte Bauernhaus. Es ist wunderschön mit den winzigen Zimmern und dem ursprünglichen Charakter. Ich verstehe nicht, warum die Zimmer nicht genutzt werden. Die Leute würden sie bestimmt lieben. Wenn ich eine Party geben würde …

Ich bremse mich sofort. In der Wohnung oben brennen zwei Lichter. Ich erkenne eine Gestalt und frage mich, ob es sich um den jungen Mann handelt, den ich heute gesehen habe. Warum ist er hier, und warum ist Valentina weggefahren? Er wirkte wie jemand, der fertig mit der Welt ist. Ich habe so eine Ahnung, dass ich vielleicht weiß, wie er sich fühlt: als wäre sein Herz eine Piñata bei einem Kindergeburtstag, wo es in Stücke gerissen wird, während alle rundherum applaudieren und es einem selbst überlassen, die Stücke wieder einzusammeln.

Nachdem ich am folgenden Morgen die Katze gefüttert und mir selbst eine Tasse Tee in Craigs Frühstücksbar versprochen habe, nehme ich den Weg, der am Rand der Kirschplantage vorbeiführt. Als ich die Pferdekoppel passiere, stampfen die Pferde nervös und wiehern. Ich zucke zusammen, als ich Antonio neben dem großen schwarzen Hengst stehen sehe, dessen Hals wunderbar geschwungen ist, die Mähne lang und gewellt – wie Haare, für die ein junges Mädchen sterben würde.

Als ich stehen bleibe, blickt Antonio auf. Niemand sagt ein Wort. Jegliche Worte der Entschuldigung bleiben mir im Hals stecken. Schließlich nickt er energisch, stellt den Fuß in den Steigbügel und schwingt sich in den Sattel. Ich erwidere das Nicken unwillkürlich, gehe rasch zwischen den weißen Torpfosten hindurch, passiere das Restaurant und biege auf die Straße ein.

Das Café auf dem Dorfplatz ist geöffnet. Die Tücher vor dem Souvenirshop flattern im Wind, und aus der Bäckerei kommen Leute mit frischen, warmen Brotlaiben unter dem Arm und bleiben stehen, um mit Nachbarn Neuigkeiten auszutauschen. Sie nicken mir zu und grüßen, als ich vorbeigehe. Erleichterung überkommt mich. Anscheinend sind mein Job und meine Unterkunft erst mal sicher. Antonio hätte es mir mitgeteilt, wenn er mich feuern wollte. Es sieht so aus, als habe mein Chef momentan dringlichere Sorgen. Ich nehme mir vor, in Zukunft meine Gedanken für mich zu behalten.

10. Kapitel

Als ich mit meiner Schicht im Burger-Laden fertig bin, ziehe ich die Schürze aus, nehme die Kappe ab und trete aus der Hintertür. Ein großer Regentropfen platscht mir mitten auf den Kopf.

»Ach, verdammt!«, höre ich Brenda fluchen. »Harold, es regnet!« Sie steht vor den großen Glasschiebetüren und blickt hinaus, genau dort, wo ich hoffentlich in ein paar Monaten stehen werde. Als der Regen stärker wird, fährt Harold die großen Markisen ein. Das muss ich mir merken: bei Regen die Markisen einfahren.

»Es ist April, Brenda. Da regnet es eben manchmal!«, ruft er ihr zu. »Sonst könnte ja nichts wachsen!«

Ich laufe zu ihnen rüber und helfe, die Tische und Stühle aus dem Regen zu tragen und vor den Glastüren zu stapeln.

»Bleibst du noch auf ein Glas?« Harold schwenkt eine Flasche Rosé in meine Richtung.

Ich schüttele den Kopf. »Ich muss heute Abend noch arbeiten, und ich bin ohnehin schon nicht sonderlich fit.«

»Probleme, mein Prachtstück?«, erkundigt er sich und hält die gekühlte Flasche Wein immer noch hoch.

»Ach, halb so wild. Ich hatte nur einen schlechten Start mit meinem Chef, ist aber nicht so schlimm. Ich schaff das schon. Ich muss los, der Bus kommt gleich«, antworte ich.

»Warte!«, ruft Brenda. »Wir haben später hier bei uns eine Pilates-Stunde, falls du Lust hast. Die ganzen Ladys aus England kommen.«

»Ich kann nicht, ich muss arbeiten!«, rufe ich zurück und lächele. Wir wissen beide, dass wir alle umso schneller bekommen, was wir wollen, je mehr ich arbeite. Ich winke und gehe zur Bushaltestelle. Pilates! Ich muss eine Liste wöchentlicher Veranstaltungen zusammenstellen. Vielleicht sollte ich eine Tafel aufhängen und Flyer in den Ferienanlagen verteilen. Mir schwirrt der Kopf vor lauter Plänen. Nun, wenigstens sind es jetzt keine Hochzeitspläne mehr, sondern Pläne für *meine* Bar!

Ich halte mir zum Schutz gegen den Regen meine Schürze über den Kopf, mache einen kurzen Umweg in den Souvenirshop und komme in dem Moment wieder raus, als der Bus hält. Während wir aus dem Hafen rollen, nehme ich mein neu erstandenes »Jetzt beginnt der Rest meines Lebens«-Notizbuch und eine Packung Stifte aus der Tasche. Auf der Vorderseite des Notizbuches taucht ein Delfin durch azurblaues Wasser. Ich reiße die Stiftepackung auf, schlage das Buch auf und streiche mit der Hand über die erste weiße Seite, die sich glatt und kühl anfühlt.

Ich schreibe »Pilates« auf und füge ein paar eigene Ideen hinzu: »Spanisch für Anfänger«, »Tapas-Abend mit Musik«. Das hätte Will gefallen, denke ich unwillkürlich, aber dann verdränge ich den Gedanken energisch. Vielleicht sollte ich auch Kontakt mit einem der Kajaktourenanbieter unten am Strand aufnehmen und einen Deal anbieten: Kajaktouren gefolgt von Sangria bei Sonnenuntergang. Die Ideen sprudeln nur so, und zum ersten Mal seit einer Ewigkeit habe ich ein gutes Gefühl. Im hinteren Teil des Notizbuches notiere ich mir meine Arbeitsstunden und meinen Lohn, und in einer separaten Spalte liste ich auf, was ich für Miete und Bustickets brauche. Die Zahlen sorgen dafür, dass mir schwindelig wird. Selbst wenn ich jede Schicht übernehme und kein Geld für Essen ausgebe, wird es knapp. Aber nicht unmöglich, sage ich mir. Ich kann es schaffen. Vielleicht kann ich noch ein paar Stunden mehr im Burger-Laden arbeiten.

Ich klappe das Notizbuch zu, schaue aus dem Fenster, beobachte, wie der Regen die Scheiben herunterläuft, und lächele beim Anblick der inzwischen vertrauten Kirschbäume. Ich habe ein Notizbuch und einen Plan, das ist alles, worauf es mir ankommt.

Als wir das Dorf erreichen, hat der Regen nachgelassen, und es nieselt bloß noch leicht. Ich spaziere zwischen den großen Bäumen mitten auf dem Platz hindurch – mittlerweile weiß ich, dass es sich auch um Kirschbäume handelt –, vorbei an den schmiedeeisernen schwarzen Laternen und dem Trinkbrunnen mit den braunen, weißen und blauen Kacheln. Ich gehe gerade die Straße zum Restaurant hinauf, als mein Handy klingelt. Es ist meine Mom. Beim Klang ihrer Stimme geht mir das Herz auf.

»Hi, Mom!«

»Hallo, Schätzchen, wie geht's? Ich habe auf diesem Facebook am Computer nach dir gesucht, aber ich kann nichts Neues finden. Ist alles in Ordnung?«

»Alles super, Mom.« Ich muss lachen. Meine Mutter beschäftigt sich mit Facebook, wer hätte das gedacht!

»Scheint die Sonne?«

»Natürlich! Na ja, jedenfalls meistens.« Ich betrachte die dicken Regentropfen, die wie große, schimmernde Kristalle an den Knospen hängen, und lächele.

»Oh, das ist toll! Ich sehe dich vor mir, die Sonne scheint dir ins Gesicht. Bestimmt bist du schon braun geworden. So viel besser als im trüben England! Erzähl mal, wie es aussieht, wo du gerade bist.«

»Es ist ganz wunderbar, Mom.« Ich drehe mich um und genieße den Ausblick. »Überall um mich herum sind Kirschbäume. Und es gibt eine kleine Bäckerei und einen Andenkenladen, außerdem einen Supermarkt, eine Post und sogar eine Schule. Und das Restaurant hat eine Terrasse, auf der die Gäste sitzen und essen können. Es gibt auch einen Außengrill« – nicht, dass er benutzt würde – »und überall Lichterketten«, füge ich hinzu und lasse meiner Fantasie freien Lauf. Dann reiße ich mich zusammen. Was tue ich da? Ich beschreibe Cortijo Ana anstelle der Butterfly Bar und des Hafens, wo ich angeblich derzeit lebe. Ich beiße mir auf die Unterlippe, bevor ich mich noch mehr verrenne. Ich möchte nicht, dass meine Mutter sich Sorgen macht.

»Ach, das klingt ganz entzückend. Ich bin so stolz, dass du das durchziehst.«

»Danke, Mom.« Die Worte bleiben mir fast im Hals stecken.

»Und wie geht's Will?«

»Will?« Meine Stimme schwankt, und bei der bloßen Nennung seines Namens beginnen meine Augen zu brennen. Verdammt! Es ging mir so gut. Ich habe wirklich geglaubt, ich hätte den Gedanken an ihn verdrängt.

»Ja, Liebes, du weißt schon – Will, dein Verlobter!« Sie lacht fröhlich.

Ich schlucke heftig und versuche, meine Lippen zu befeuchten. »Es geht ihm gut«, bringe ich hervor. Und wahrscheinlich stimmt das sogar. Ich kann ihr einfach nicht erzählen, dass er mich sitzen lassen hat und mit Omas Geld abgehauen ist. Mom und Dad fanden ihn perfekt für mich. Und das war er auch! Zumindest habe ich das geglaubt … Es wird ihnen genauso wehtun, wie es mich verletzt. Er wäre ihr Schwiegersohn geworden, der Sohn, den sie nie hatten, und – wer weiß – vielleicht eines Tages der Vater ihrer Enkel. Und nun wird es nicht dazu kommen. Der Gedanke bestärkt mich in meiner Entschlossenheit, alles dafür zu tun, meine Pläne in die Tat umzusetzen. Wenigstens haben sie dann etwas, worauf sie stolz sein können, nachdem ich sie in Bezug auf Will so enttäuscht habe.

»Er hat einen Gig mit einer Band. Es ist für eine Weile unterwegs … um Musik zu machen.« Ich hasse es, meine Mutter anzulügen. Wenn meine Eltern mich im Sommer besuchen kommen, werde ich alles geregelt haben. Dann werde ich ihnen auch die Sache mit Will erklären, aber nicht jetzt. Nicht, bevor ich in meiner eigenen Bar bin.

»Ich werd' nicht mehr! Das ist so aufregend! Und ist es in Ordnung für dich, allein zu sein?«

»Ja, Mom, das ist okay. Mir geht's gut.« Ich gehe auf den Restauranteingang zu; Frank und Bonita sind gerade auf der Terrasse und streiten sich. Die kleine graue Katze hat mich entdeckt und miaut laut, als wolle sie mit mir schimpfen, weil ich weg war. Sie reibt den Kopf an meinem Knöchel, und ich bücke mich, um sie zu streicheln.

»Ich mache dann mal Schluss«, sagt Mom. »Du hast wahrscheinlich sehr viel zu tun. Ich kann es kaum erwarten, ein paar Fotos zu sehen. Dad lässt dich ganz lieb grüßen. Wir sind sehr stolz auf dich.«

»Liebe Grüße zurück«, antworte ich und habe auf einmal große Sehnsucht nach den beiden. »Tschüss, Mom, hab dich lieb!«

»Und ich dich.« Sie schickt mir einen Kuss und legt auf.

Ich bleibe stehen und betrachte das Restaurant. Im Geiste sehe ich immer noch die Lichterketten, ein paar davon auch in den Bäumen. Es könnte märchenhaft aussehen, denke ich. Und dann fällt mir auf, dass etwas anders ist. Die Tische auf dem Hof unter der Pergola sind weg, und die Terrasse ist vollkommen vollgestellt. Bonita rudert mit ihren Winkearmen und deutet mit ihrem Küchentuch auf Tische und Stühle. Frank gestikuliert ebenfalls wie wild, redet schnell und laut und versucht gleichzeitig, Tische an Plätze zu bugsieren, wo sich nicht hinpassen.

»*Hola*«, sage ich und betrete die Terrasse. »Was ist denn los?«

»Valentina ist nicht da, und wir haben eine Geburtstagsfeier. Ein Familienfest, die Mutter des Bäckers wird achtzig. Er ist nicht nur der Bäcker, sondern auch der Bürgermeister von Colina de

Flor. Aber weil es regnet, müssen alle Gäste auf der überdachten Terrasse essen statt da drüben.« Frank zeigt auf die mit Bambus überdachte Pergola, wo kleine Rinnsale durch das Dach tropfen. »Antonio ist nirgends zu sehen.« Er zuckt mit den Schultern. »Bestimmt sorgt er sich um seine Kirschen. Das ist alles, worum er sich Gedanken macht – die Kirschen und seine Pferde. Wenn es regnet, kann die Ernte zerstört werden.«

»Oh nein!«, sage ich. »Ich hätte gedacht, ein bisschen Regen tut den Bäumen gut.«

Er zuckt mit den Schultern und grinst. »Ein bisschen Regen, ja. Aber nicht zu viel. Wenn es zu kalt ist oder zu viel regnet, gibt es weniger Kirschen. Wenn es zu trocken ist, bleiben die Kirschen klein.«

»Dann bist du also auch Obstbauer?«

»Ich habe ein paar Kirschbäume. Sie gehören meiner Familie.« Er nickt in Bonitas Richtung. »Alle hier haben ein paar. Aber Antonio besitzt die meisten Bäume innerhalb unserer Dorfgenossenschaft. Momentan ist die wichtigste Zeit des Jahres, um sich um die Kirschbäume zu kümmern, damit sie eine gute Ernte bringen. Wir sehen Antonio ohnehin schon selten im Restaurant, aber im März und April überhaupt nicht, auch nicht im Juni, wenn die Ernte ansteht.«

»Und sein Gast?«, frage ich und nicke in Richtung Wohnung.

»Er ist bisher noch nicht aus seinem Zimmer gekommen«, antwortet Bonita.

Frank versucht, einen weiteren Tisch in eine viel zu enge Ecke zu quetschen.

»Komm, ich helfe euch«, sage ich, ziehe den Riemen meiner Umhängetasche über den Kopf und lasse die Tasche auf einen Stuhl plumpsen. Mit vereinten Kräften schieben wir die Tische hin und her, doch es ist einfach zu wenig Platz.

»Und die Heizpilze müssen wir auch noch hier aufstellen«,

sagt Frank zweifelnd. Bonita wirft sich ihr Küchentuch über die Schulter und watschelt in die Küche zurück. Ihr ausladendes Hinterteil schwingt heftig hin und her.

Schließlich gelingt es uns, alle Tische um die Heizpilze zu gruppieren – wie bei einem Puzzle –, allerdings bleibt kein Platz mehr übrig, um sich zwischen den Tischen zu bewegen.

»Das ist lächerlich!« Ich stemme die Hände in die Hüften.

»Es ist die einzige Möglichkeit.« Frank zuckt mit den Schultern.

»Warum stellen wir nicht ein paar Tische ins Haus?«

Ungläubig sieht er mich an, dann schüttelt er den Kopf.

»Das würde Valentina niemals erlauben. Sie glaubt, die Leute kommen her, weil sie draußen sitzen möchten, wie in den Bars am Hafen: Essen im Freien mit Heizstrahlern und Cocktails.«

»Aber drinnen ist es wunderschön.« Ich werfe einen Blick in den kleinen Raum mit der alten Feuerstelle, dann trete ich durch die andere Tür in die Bar.

»Und niemand bestellt Cocktails.« Frank ist mir gefolgt. »Die Touristen kommen nicht zu uns. Hier essen die Einheimischen. Sie wollen Krüge mit Wein, aber Valentina bietet ihnen Flaschenwein von ihrem Erzeuger an. Es gibt so viele Winzer in der Gegend, die den Wein liefern könnten. So wie früher …« Er verstummt, als Bonita auftaucht, um zu sehen, was wir hier tun. Ich gehe wieder auf die Terrasse und betrachte die Tische.

»Hier, hilf mir mal hiermit.« Ich zeige auf einen kleinen Tisch. Frank runzelt zwar die Stirn, tut aber wie geheißen. Bonita legt sich die Hand auf die Stirn und verschwindet wieder in der Küche.

Wir tragen den Tisch in den kleinen Raum. In dem alten Lagerraum dahinter stehen Kisten mit alten Steingutkrügen und leuchtend bunten Schalen – blau, weiß und gelb. Ich trage die Kisten hinaus, und wir bringen einen weiteren Tisch in den Lagerraum.

Dann laufe ich den Weg entlang und pflücke ein paar Wildblumen vom Straßenrand, arrangiere sie in Gläsern und stelle eins davon auf jeden Tisch. Die Steingutkrüge und die Schalen verteile ich auf den weißen Regalborden in der alten Küche, danach trage ich die Hocker, die niemand benutzt, aus der Bar und platziere drei Tische vor der Theke.

Ich trete zurück und bewundere stolz unser Werk. »Ich kann es nicht fassen, dass Valentina nicht selbst auf die Idee gekommen ist.«

»Sie wird das niemals gutheißen!« Frank schüttelt beklommen den Kopf. Bonita hält sich fern und poltert schlecht gelaunt in der Küche herum; bestimmt sorgt sie dafür, dass ich jede Menge schmutzige Pfannen und Töpfe vorfinde.

»Aber es ist wunderschön!«, erwidere ich verwirrt. Draußen sieht es fantastisch aus, aber auch diese kleinen, weiß gestrichenen Räume strahlen ein unglaubliches Ambiente aus.

»Sie glaubt, die Gäste möchten draußen sitzen, und zwar bei jedem Wetter. Sie denkt, das ist es, was die Touristen suchen. Sie will keine einheimischen Gäste, weil sie ihrer Meinung nach nicht genug ausgeben.«

»Aber momentan sind sie die Einzigen, die überhaupt Geld ausgeben«, stelle ich nüchtern fest.

Er nickt zögernd.

Plötzlich habe ich eine Idee. »Noch eine Sache«, sage ich und laufe den ganzen Weg zu meiner *finca*, um die Lichterketten zu holen, die ich von zu Hause für die Bar mitgebracht habe. Ich arrangiere die Ketten in der Feuerstelle, entlang der Regale und um die Tür zum Lagerraum. Dann schalte ich sie ein. Es sieht toll aus.

Bonita kommt aus der Küche, murmelt ein Gebet vor sich hin und verschwindet direkt wieder.

»Falls Valentina zurückkommt, gib mir die Schuld. Sag einfach, ich war es«, sage ich zu Frank, weil ich Bonita und ihn nicht in Schwierigkeiten bringen will. »Und wenn sie nicht kommt, wird sie es nie erfahren. Wir stellen die Tische wieder raus, sobald es aufhört zu regnen. Und auf die Weise kannst du die Gäste viel leichter bedienen.«

Er wirft mir einen unsicheren Blick zu.

»Probier es einfach aus. Es gibt bloß die beiden Möglichkeiten: entweder so oder die voll gequetschte Terrasse.« Aufmunternd ziehe ich die Augenbrauen hoch.

Schließlich lächelt er zögernd.

»Okay, Spülerin, wir versuchen es. Und morgen stellen wir die Möbel wieder raus.«

»Abgemacht!« Ich erwidere sein warmes Lächeln und denke daran, was Harold zuvor gesagt hat: »Manchmal regnet es eben, sonst könnte nichts wachsen!« Und irgendetwas in mir fühlt sich an, als könne der Regen dafür sorgen, dass auch ich ein bisschen wachse.

Als ich am Ende des Abends den Fußboden fege, fühle ich mich ein bisschen wie Aschenputtel, die davon träumt, zum Ball zu gehen; nur dass ich träume, in ein paar Monaten in der Butterfly Bar zu sein, dort zu fegen und den Kassenabschluss für den Tag zu machen. Die letzten Verwandten der Bäckersfamilie gehen gerade, küssen sich zum Abschied und wünschen laut eine gute Nacht. Alle sind in Hochstimmung, schütteln Frank die Hand und danken Bonita, weil sie ihnen das gewünschte Menü gekocht hat: einfache spanische Gerichte, genau wie sie sie mögen. Eine kalte, erfrischende Gazpacho, fruchtig und mit Knoblauch und einem Hauch Chili, serviert mit frischem Basilikum und knusprigem *pan rústico,* das Bonita draußen im Brotbackofen gebacken hat. Danach gab es große Pfannen mit Paella: dunkelgelber Safranreis mit Miesmuscheln in der Schale, schmackhaften Tintenfischringen, saftigen Riesengarnelen, Paprikaschoten,

Tomatenstücken und Zitronenschnitzen. Als Nachtisch wurden Churros serviert, weiche, längliche, wurstförmige Krapfen mit Längsrillen – perfekt geeignet, um die reichhaltige Schokoladensoße aufzusaugen.

Ich lächele, während die Gäste sich zum Gehen wenden. Ich glaube nicht, dass es heute Abend viele Reste geben wird.

»Alles in Ordnung?«, frage ich Frank, als er in die Küche kommt. Ich räume die Pfannen weg, die ich in der Reihenfolge gespült habe, die Bonita bevorzugt.

»Super!«, antwortet er und wedelt mit einem Bündel Geldscheinen. »Sie haben ein großzügiges Trinkgeld gegeben. Hier, nimm.« Er gibt mir die Hälfte der Scheine.

Ich betrachte sie; eigentlich würde ich gerne ablehnen und ihm sagen, er solle das Geld behalten. Aber ich kann nicht, denn ich brauche alles, was ich momentan bekommen kann.

»Es war deine Idee, die Tische ins Haus zu tragen. Sie haben es geliebt. Pedro – das ist der Bäcker – war begeistert. Sein Neffe und dessen Freundin saßen in dem kleinen Raum, und sie haben sich verlobt. Die Familie war entzückt. Es muss an der romantischen Beleuchtung gelegen haben!« Er lacht. »Stell dir vor, wir hätten die Feier wegen des schlechten Wetters absagen müssen!«

Er schaut hinaus. Inzwischen hat es aufgehört zu regnen.

»Vielleicht darf ich dich mal ausführen, damit wir auch so einen Abend mit romantischer Beleuchtung genießen können.«

»Das ist sehr nett, Frank, aber ... na ja, ich muss über jemanden hinwegkommen. Mir geht's momentan besser, wenn ich allein bin.«

Wir lachen beide, und Bonita, die unsere Unterhaltung mitgehört hat, seufzt erleichtert auf.

»Ich werde es weiter probieren«, meint Frank mit einem verschmitzten Grinsen. »Der beste Weg, ein gebrochenes Herz zu heilen, ist eine neue Liebe. Ich kann da helfen.«

»Du bist ein guter Freund, Frank. Danke«, erwidere ich lachend. Wenn er mich nicht so herzlich aufgenommen hätte, wer weiß, vielleicht hätte ich schon am ersten Abend meine Sachen gepackt und wäre doch nach Hause geflogen.

Wieder betrachte ich das Geld in meiner Hand – fast so viel, wie ich am ganzen Arbeitstag verdient habe. Es wird geradewegs in die Spardose für die Butterfly Bar wandern. Ich bin mir jetzt ganz sicher, dass es das ist, was ich tun möchte. Vielleicht werde ich niemals meine eigene Hochzeit organisieren, aber eine eigene Bar ist auch nicht übel. Allmählich fühlt es sich an, als würden sich die Teile des Scherbenhaufens, den Will hinterlassen hat, wieder zusammenfügen.

»Geh du nach Hause, ich mache zu«, sage ich zu Frank, der gerade seinen Trinkgeldanteil in seiner Geldbörse verstaut.

»Wenn ich dich nicht überreden kann, mit mir auszugehen, werde ich mein Glück im Casino unten am Hafen versuchen«, erwidert er. Mit federnden Schritten überquert er die Terrasse und folgt Bonita die Stufen runter.

Ich nehme den großen schwarzen Müllsack aus dem Abfalleimer unter der Spüle, binde ihn zu und trage ihn durch die Hintertür ins Freie.

»Ach, verflixt!« Ich habe vergessen, die Speisereste für die kleine graue Katze herauszunehmen. Ich weiß, dass ein bisschen Huhn dabei war, vielleicht auch noch Reis vom Tajine des Vortags ... wenigstens glaube ich, dass das Gericht so hieß. Ich wünschte, Bonita könnte selbst entscheiden, was sie kochen will, so wie heute Abend. Regionale, frische Zutaten nach spanischer Art zubereitet. Ihren Kuchen und dem heutigen Geburtstagsessen nach zu urteilen kann sie hervorragende Hausmannskost zaubern – allerdings nicht dieses seltsame Zeug, das Valentina sie kochen lässt. Wenn Bonita es nicht hinbekommt, wird Valentina dann nach einem neuen Koch Ausschau halten? Kein Wunder, dass Bonita so miesepetrig ist. Sie macht sich Sorgen um ihren Job.

Ich greife in den großen Müllcontainer auf Rollen und knote den Müllsack auf. Ich kann fast nichts erkennen, weil es so dunkel ist. Oh Gott, hoffentlich lauern keine Ratten auf ihr Abendessen! Ich schalte die Taschenlampe meines Handys ein, beuge mich vor und schnappe mir ein zusammengeknülltes Stück Alufolie. Ich glätte sie, dann sammle ich vorsichtig die Hühnerfleischstücke und ein bisschen Reis aus dem Sack. Ich wickele alles in die Folie ein und gehe in die Küche zurück, um mir die Hände zu waschen. Danach trage ich einen weiteren Sack Müll nach draußen.

»Huch!« Das Herz rutscht mir in die Hose. Eine große, dunkle Gestalt lehnt am Müllcontainer. Ich erstarre zur Salzsäule.

»*Perdona.* Es tut mir leid«, sagt eine männliche Stimme. »Ich … ich wollte dich nicht erschrecken.«

»Ich …« Auf einmal wird mir bewusst, dass ich ganz allein irgendwo in der Abgeschiedenheit bin und keine Ahnung habe, wie ich gegebenenfalls Hilfe herbeirufen könnte.

»Ich bin Miguel«, sagt er und tritt ins Licht. Voller Erleichterung erkenne ich den jungen Mann, der gestern zusammen mit Antonio gekommen ist. »Komm, ich helfe dir.« Er nimmt mir den großen schwarzen Sack ab. »Hier rein?« Er zeigt auf den Container.

Ich nicke. »Ja. *Sí. Gracias.*«

»Ich bin …« Er sieht mich an und hält inne, als fehlten ihm die Worte.

»Du wirst hierbleiben?« Ich versuche, ihm dabei zu helfen, den Satz zu vollenden. Aus der Nähe sehe ich, dass er Antonio sehr ähnlich sieht. Breite Schultern, wenn auch nicht ganz so breit wie Antonios. Eine kleinere Nase. Die gleichen großen dunklen Augen. Seine Haare sind kürzer, aber genauso ungebärdig; er trägt sie aus dem Gesicht gekämmt, vereinzelte Strähnen lösen sich allerdings, als er sich mit der Hand durch die Haare fährt. Er ist jung, noch unter zwanzig, würde ich sagen, wenn ich ihn mit den vielen Teenagern vergleiche, denen ich im Laufe der Jahre Burger serviert habe.

Er nickt. »Ich bin Antonios …« Anscheinend sind die Worte neu und unvertraut für ihn. »Ich bin Antonios Sohn.« Er zuckt mit den Schultern, als wäre er sich nicht ganz sicher, was das bedeutet.

»Nun«, sage ich lächelnd, »ich bin Beti.« Ich strecke die Hand aus, ziehe sie zurück, um sie an meiner Schürze abzutrocknen, dann halte ich sie ihm wieder hin. »Sieht so aus, als wären wir beide neu hier.«

Als er meinen Blick erwidert, spüre ich eine Art von Solidarität zwischen uns. In diesen Augen liegt eine gewisse Traurigkeit, und ich habe das Gefühl, dass er etwas Ähnliches in meinen Augen liest.

»Freut mich, dich kennenzulernen, Beti«, sagt er und schüttelt mir die Hand. Einen Moment lang wissen wir beide nicht, was wir sagen sollen. »Ich dachte, alle wären weg. Ich wollte nur ein bisschen frische Luft schnappen … und habe gerade probiert, ob ich Empfang habe«, sagt er schließlich und hält sein Handy hoch. »Aber hier unten funktioniert es nicht. In der Wohnung ist der Empfang allerdings gut.«

»Ja, wir sind hier in einer Senke. Oben auf der Kirschplantage ist es am besten«, antworte ich. »In meiner *finca* habe ich ein Netz, weil ich ganz oben bin.«

»Seit wann bist du hier?«, will er wissen.

»Erst seit ein paar Tagen.«

»Ich bin gestern gekommen.«

Ich nicke. »Ich hab's gesehen.«

»Ich nehme an, du verstehst dich nicht mit Antonio.« Er wirft einen kurzen Blick zur Wohnung.

»Die Wahrheit ist, dass ich ihm vorher noch nie begegnet war. Ich wusste anfangs gar nicht, wer er ist.« Ich senke die Stimme.

»Nun, du hast ihm auf jeden Fall deutlich gemacht, was du von ihm hältst«, erwidert Miguel und lacht plötzlich. Unwillkürlich stimme ich mit ein.

»Ich bin mir nicht so sicher, ob ich nicht einen besseren ersten Eindruck auf meinen Chef hätte machen können«, sage ich trocken. »Ich hatte einen schlechten Tag. Ich bin mir nicht sicher, ob er mich sonderlich mag.«

»Ich weiß auch nicht, ob er mich mag«, meint Miguel, obwohl er immer noch lächelt, »und meine Mutter kann er nicht ausstehen. Ich glaube, er mag nur seine Pferde.«

»Na ja, in dem Fall sollten wir besser zusammenhalten. Ähm … du hast nicht zufällig ein paar Zweige vor meine Tür gelegt, oder doch?«

»Nein.« Er schüttelt den Kopf. »Warum?«

»Ach, nur so.« Vielleicht ist es Frank gewesen. »Nett, dich kennenzulernen, Miguel, *buenas noches*.«

»Finde ich auch, Beti.« Er dreht sich um und schlägt den Weg durch die Kirschplantage ein. Ich kehre in die Küche zurück, um fertig aufzuräumen.

Im Obergeschoss lehnt Antonio an der Betonbrüstung vor seiner Wohnung. Ach, das Mädchen, das ihm gesagt hat, er sei sauer. Ein trauriges flüchtiges Lächeln spielt um seine Mundwinkel. Dann glaubte sein Sohn also, dass er bloß Pferde mochte. Er warf wieder einen Blick auf sein Handy und die Nachricht von Miguels Mutter. In einer Sache hatte der Junge recht: Antonio hatte nicht viel für seine Ex übrig. Er mochte über die Jahre hinweg kein guter Vater gewesen sein, aber wie konnte er weiterhin zulassen, dass Miguel in einem Zuhause aufwuchs, in dem er unerwünscht war? Er musste einen Weg finden, es wiedergutzumachen. Er würde damit beginnen, Esmeraldas absurde Forderungen zu ignorieren.

Er drückte entschlossen auf »Löschen«, dann steckte er das Handy in die Tasche. Er beobachtete das Licht oben zwischen den Kirschbäumen, wo Miguel nach Empfang suchte, und entdeckte ein weiteres Licht, das den Weg zur kleinen *finca* hinaufwanderte. Er musste sich mehr Mühe geben, die beiden Neuankömmlinge besser kennenzulernen. Er hatte mitbekommen, was die Frau heute Abend im Restaurant geleistet hatte. Sie hatte die Lage in jeder Hinsicht gerettet. Warum arbeitete jemand wie sie als Spülerin in seinem Restaurant? Sie faszinierte ihn. Er musste sich bei ihr bedanken. Und er musste Valentina zurückgewinnen. Das Restaurant brauchte sie, und er musste sie dafür entschädigen, dass er sie mit Miguels Anwesenheit überrumpelt hatte. Er würde sich richtig ins Zeug legen müssen, wenn er seinen Sohn an sich binden und sein Zuhause und seinen Betrieb bewahren wollte.

11. Kapitel

Ich sitze auf der wackeligen Bank vor meiner *finca,* schlüpfe aus meinen Schuhen und lasse meine schmerzenden Füße kreisen. Die kleine graue Katze hüpft zu mir auf die Bank und versucht, meine Aufmerksamkeit auf sich zu ziehen. In der einen Minute drückt sie sich an mich, in der nächsten zuckt sie mit dem Schwanz und spaziert davon. Ich finde, ich sollte ihr einen Namen geben – vielleicht Ana nach Cortijo Ana?

»*Hola,* Ana«, sage ich und streichele ihr den Kopf. Dann schließe ich die Augen und atme tief durch. Es regnet nicht mehr, und es liegt etwas in der Luft. Es riecht anders, ein ganz besonderer Duft.

Ich schaue auf mein Handy: wie erwartet keine Nachricht von Will. Ich klappe die Hülle zu und drücke mir das Telefon gegen die Lippen. Es ist Zeit, dass dieser Wahnsinn aufhört. Er kommt nicht zurück. Wir waren so nahe dran, wir hatten es fast geschafft. Aber jetzt muss ich wieder ganz von vorne anfangen.

Ich stehe auf und gehe ins Haus. In der kleinen Küchenecke lege ich das Handy in eine Schublade und knalle sie zu. Ich lasse mich nicht länger zum Sklaven machen und werde nicht mehr darauf warten, dass Will sich meldet. Von nun an werde ich bloß noch einmal pro Woche einen Blick darauf werfen, um Mom und Dad Bescheid zu geben, dass es mir gut geht. In elf Wochen werde ich ihnen elf wöchentliche Updates schicken, bis ich die Butterfly Bar übernehme. Und dann werde ich sie einladen, mich zu besuchen.

Ich setze mich an den kleinen Holztisch, zähle meinen Lohn

und trage die Summe in mein Notizbuch ein. Dann stecke ich ein paar Euro für Bustickets in meine Geldbörse, tue den Rest in meine Kaffeedose und schraube den Deckel fest. Ich habe noch einen weiten Weg vor mir, aber wenigstens gehe ich in die richtige Richtung. Ich stelle die Dose ins Regal zurück, direkt neben die Tassen, und gehe ins Bett. Es fühlt sich an, als hätte ich wieder gewürfelt und wäre auf dem Spielbrett ein paar Felder weitergezogen, um hoffentlich bald das Zielfeld zu erreichen!

Am nächsten Morgen weckt mich die Sonne, die durch die dünnen Vorhänge meines kleinen Schlafzimmerfensters scheint. Ich klettere aus dem riesigen, hohen Bett. Es ist so bequem; ich habe noch nie in einem derart gemütlichen Bett geschlafen. Obwohl ich im Kopf immer wieder Zahlen addiert und darüber nachgegrübelt habe, wie viel ich verdienen und wie viele Stunden ich dafür arbeiten muss, bin ich eingeschlafen, sobald mein Kopf das Kissen berührte.

Ich setze den Kessel auf und öffne die Haustür, um die Morgensonne hereinzulassen. Ganz kurz blendet mich das helle Licht, doch als meine Augen sich angepasst haben, halte ich die Luft an und reibe mir die Augen, um sicherzugehen, dass ich richtig sehe. Vor mir liegt eine Schneelandschaft, ein ganzes Tal voller Schnee – wie eine Szene auf einer Weihnachtskarte. Aber nach einem kurzen Moment wird mir klar, dass es kein Schnee ist. Es sind Blüten, weiße Kirschblüten. Der Himmel darüber ist klar und kobaltblau. Ein paar Schleierwolken lösen sich gerade auf. Und um mich herum ist alles weiß. Die Zweige berühren die Nachbarbäume und schaffen auf diese Weise kleine Dächer, unter denen ich durchlaufen möchte. Und der Blütenduft – nach roten Mohnblumen, weißen und gelben Gänseblümchen, vermischt mit dem berauschenden, sinnlichen Duft von Jasmin, der gerade zum Leben erwacht ist –, es ist fantastisch! Als hätte Mutter Natur plötzlich wie eine gute Fee ihren Zauberstab geschwenkt und alles um mich herum verwandelt. Der süße Blumenduft erfüllt die Luft und meine Seele.

Rasch ziehe ich mich an und spaziere durch die Kirschplantage. Ich bewundere jede einzelne Blüte und genieße den Duft des lebhaft gelben Ginsters, der an den Hügeln wächst. Plötzlich fühle ich mich richtig lebendig und … na ja, glücklich. Glücklich, hier zu sein. Glücklich, diese Chance erhalten zu haben. Die Morgensonne wärmt mein Gesicht, und ich atme den berauschenden Duft ein – meine Stimmung hebt sich in ungeahnte Höhen. Mir kommt in den Sinn, wie gerne ich Oma davon erzählt oder sie sogar am liebsten hergeholt hätte. Sie liebte Blumen, vor allem Narzissen. Ihr kleiner Garten hinter dem Haus war voll davon. Im Frühling gab es immer genug Blumen, um die Vase auf dem Küchentisch zu füllen. Oma würde es hier himmlisch finden. Honigbienen sind fleißig bei der Arbeit, fliegen von Blüte zu Blüte und summen dabei laut vor sich hin. Die Glyzinie an der Pergola vor dem Restaurant ist ebenfalls zum Leben erwacht und öffnet ihre lilafarbenen Blüten. Und überall sind Vögel, die singend und zwitschernd ihre Liebe kundtun und ihre Rivalen herausfordern: Distelfinken, Blaumeisen, Spatzen und Amseln.

Schließlich kehre ich zur *finca* zurück, wo ich Ana füttere und mir dann meine Tasche schnappe. Es ist Zeit, zum Bus zu gehen und zum Hafen zu fahren. Ich nehme den Weg am Rand der Kirschplantage und gehe mit federnden Schritten an der Pferdekoppel vorbei.

»*Buenos días*«, sage ich zu der Stute und ihrem Fohlen.

»*Buenos días*«, antwortet eine tiefe Stimme und lässt mich zusammenzucken. Ich sehe Antonio, der gerade den großen schwarzen Hengst sattelt. Ich atme tief durch und halte Abstand von dem wunderschönen, aber ungeduldigen Tier. Antonio tritt zurück und sieht mich an. Ich fühle mich genauso nervös wie das Pferd.

»Die Kirschblüte ist wunderschön«, sage ich schließlich und deute mit einem Nicken auf die Bäume.

Er tätschelt dem Pferd die Flanke und betrachtet die Kirschplantage. »Stimmt, ja, *magnífico*«, erwidert er und nimmt sich Zeit, den Anblick zu genießen, als wären ihm die in voller Pracht stehenden Bäume gerade erst aufgefallen. Zumindest scheint sich die schwarze Wolke, die ihn umgab, etwas gehoben zu haben.

Unsere Unterhaltung beginnt und endet an diesem Punkt. Nicht, dass ich mehr erwartet hätte. Zweifellos möchte er seine Zeit nicht mit Small Talk mit dem Spülmädchen verschwenden – zumindest nicht mit einem, das ihn beleidigt hat! Ich nicke lächelnd und setze meinen Weg zur Straße fort.

»Es wird nur zehn Tage dauern!«, ruft Antonio mir hinterher. Ich bleibe wie angewurzelt stehen. »Kosten Sie es aus«, fügt er hinzu – ganz ohne seine bisherige Schroffheit. Es kommt mir so vor, als wolle er auf seine Art höfliche Konversation machen.

»Mache ich«, sage ich, als er schon den Fuß in den Steigbügel schiebt und sich in den Sattel schwingt.

»*Hola*, Beti.« Ich drehe mich um und entdecke Miguel, der gerade mit einem Stapel grüner Netze aus einem Schuppen kommt. Trotz des frühmorgendlichen Sonnenscheins hat er seine Kapuze aufgesetzt.

»*Hola*, Miguel!«, antworte ich strahlend und spüre Antonios Blick auf uns. Plötzlich wird mir heiß. Er kann doch nicht etwa glauben, dass ich mit Miguel flirte! Ich bin fast alt genug, um die Mutter des Jungen sein zu können!

»Antonio hat mir aufgetragen, die Netze zu entwirren und zu reparieren.« Miguel verdreht die Augen angesichts dieser öden Aufgabe, wirkt aber durchaus zufrieden, sich nützlich machen zu können.

»Dann gib dir mal Mühe!« Ich schenke ihm ein warmes Lächeln, seltsam froh, dass er sich aus seinem Zimmer gewagt hat, und zwar nicht bloß, um Handy-Empfang zu suchen. Voller Elan marschiere ich zur Bushaltestelle. Nicht nur dieser Tag wirkt auf einmal heller, sondern auch mein ganzes Leben.

»Was wollen Sie damit sagen, Sie lassen mich gehen?«, frage ich entsetzt, als ich nach der Busfahrt zum Hafen im Burger-Laden angekommen bin.

»Tut mir leid«, antwortet Victoria. »Die Schulferien in Großbritannien sind zu Ende. Ich fliege zurück, um auf Stellensuche zu gehen. Ich habe ein paar Vorstellungsgespräche vereinbart. Sorry, aber um diese Jahreszeit gibt es einfach nicht genug Kundschaft, um weiterhin alle zu beschäftigen. Im Juli zu Beginn der Sommerferien nimmt der Betrieb wieder zu. Bis dahin sollte Dad wieder auf den Beinen sein und den Laden führen, falls Sie dann einen Job suchen sollten.«

»Aber die Kirschblüte hat doch gerade erst begonnen!«, protestiere ich und denke an den Bauernhof oben in den Hügeln.

Sie zuckt mit den Schultern, schüttelt den Kopf und lässt den Blick über den Irish Pub, den Nachtclub und Craigs Frühstückslokal schweifen.

»Wegen der Kirschblüte kommt niemand her.« Sie lächelt ein bisschen herablassend, als wisse ich absolut nichts über das Leben in Spanien und die Urlauber.

Ich liefere meine Kappe, die Schürze und das Namensschild ab und nehme den Umschlag mit meinem Lohn. Brenda winkt mir zu. Ich seufze, schiebe das Kuvert in meine große Umhängetasche und gehe zu Brenda rüber. Craig trinkt einen Weißwein auf Eis, und Brenda schenkt mir auch ein Glas ein. Ich will schon ablehnen, doch Brenda wehrt meinen Protest und mein Geld mit einer Handbewegung ab.

»Du kannst mir einen Drink ausgeben, wenn wir dich später besuchen kommen«, sagt sie fröhlich. Das Lächeln erstirbt auf ihren Lippen. »Was ist los? Du siehst aus, als hättest du zehn Euro verloren und ein Pfund gefunden!«

Ich muss schmunzeln, weil sie mit einem Fuß in Spanien und mit dem anderen in England steht. Doch sie hat recht, genauso fühle ich mich. Ich habe meinen Mittagsjob verloren, aber trotzdem wärmt die Sonne mir das Gesicht.

»Victoria hat mir gerade gekündigt. Sie sagt, bis zum Beginn der Sommerferien gibt es nicht genug Arbeit für mich.«

Mitfühlend schüttelt Brenda den Kopf. »Bei uns ist es das Gleiche. Außerhalb der Ferien ist es immer sehr ruhig. Ich würde dir ein paar Schichten anbieten, wenn wir Gäste hätten, aber es ist einfach tot. Die Leute aus England, die jetzt hier in Spanien leben, sind natürlich noch da, und die Themenabende sind gut besucht. Die Pilatesstunde, der Bücherclub, der Tapas-Kochkurs, der Spanischunterricht und, ach ja, der Filmeabend mit der großen Leinwand.« Sie zeigt auf die zusammengerollte Leinwand und den Projektor an der gegenüberliegenden Wand. »Gibt es irgendwas, was du anbieten könntest? Vielleicht irgendeinen Abendkurs?«

Ich zerbreche mir den Kopf, doch leider ohne Erfolg. Ich habe nie etwas anderes getan, als Getränke und Burger zu servieren. Ich habe ein paar Abendkurse in Basteln und Werken besucht, aber das war nur, um zum Beispiel Hochzeitseinladungen zu gestalten und Deko zu entwerfen. Ich bin eindeutig nicht versiert genug, um so etwas zu unterrichten. Nicht wie Will; er hat wenigstens seine Gitarre und kann damit auftreten. Ich brauche unbedingt eine weitere Einkommensquelle … ich weiß bloß noch nicht, welche.

In dem Moment geht Valentina in Skinny Jeans, enger Bluse und High Heels an der Bar vorbei. Ihre glänzenden Haare schwingen hin und her, und sie hat offensichtlich ein Ziel. Im Gehen tippt sie auf ihrem Handy. Plötzlich habe ich eine Idee.

»Valentina!«, rufe ich. Sie bleibt stehen, sieht sich um, erkennt mich aber nicht auf den ersten Blick. Ich verlasse die Bar und laufe rasch zu ihr rüber. »Valentina!« Jetzt erkennt sie mich, doch sie lächelt nicht.

»Sie sind's«, sagt sie und mustert mich von oben herab.

»Hi! Ich habe mir Gedanken gemacht … über das Restaurant. Na ja, ich habe mich gefragt … ich habe ein bisschen Erfahrung in der Gastronomie …« Sie wirft einen Blick auf den Burger-Laden hinter mir. »Ich habe mich gefragt, ob Sie schon mal darüber nachgedacht haben, auch mittags zu öffnen. Ich könnte aushelfen, bedienen, spülen, was auch immer nötig ist. Vielleicht könnte man ein Tagesmenü anbieten wie das Café am Dorfplatz.« Ich begeistere mich immer mehr für meine Idee.

»Pah!« Sie unterbricht mich ruppig. »Das Restaurant wird niemals Erfolg haben, solange er es nicht modernisiert. Es muss komplett renoviert werden. Man müsste es trotz seines Protests in die moderne Welt katapultieren, wie diese Lokale hier.« Sie betrachtet die hell erleuchteten Bars am Hafen, die Happy Hours und Sangria in Krügen anbieten. »Das ist es, was die Touristen wollen, nicht die Küche seiner Großmutter!«

Ich denke daran, wie fantastisch der Bauernhof heute Morgen ausgesehen hat, und ein Hoffnungsschimmer keimt in mir auf. »Die Kirschblüte hat begonnen«, sage ich. »Es ist wunderschön. Warum kommen Sie nicht zurück und sehen es sich an?«

Sie starrt mich an, und ich denke schon fast, dass sie zustimmen wird, doch dann fragt sie: »Ist der Junge noch da?«

»Miguel?«

»Antonios Sohn. Der, den er einfach so mitgebracht hat, ohne vorher mit mir darüber zu sprechen. Von dem ich fast nichts weiß, aber trotzdem erwartet man zweifellos von mir, dass ich mich um ihn kümmere und ihn liebe«, fügt sie hinzu und schneidet eine Grimasse

»Ja! Ihm geht's großartig.« Ich denke daran, wie er sich heute

Morgen um die Netze gekümmert hat, die über die Bäume gebreitet werden sollen, um die Vögel fernzuhalten. »Er hilft Antonio auf der Kirschplantage. Er scheint sich allmählich einzugewöhnen.«

»Dann komme ich nicht, um mir die Blüte anzusehen«, sagt sie in scharfem Ton. »Solange er da ist, werde ich wegbleiben. Wenn er wieder dahin verschwindet, wo er hingehört, komme ich zurück.«

»Wie bitte? Aber Antonio ... er hat nur ...«

»Dieser Mann betrachtet mich als selbstverständlich. Wie kann er von mir verlangen, dass ich das Kind einer anderen Frau liebe, wo ich doch nicht mal selbst Kinder habe? Noch nicht mal einen Ring am Finger! Und jetzt, wo es einen neuen Menschen in seinem Leben gibt, wird er sogar noch weniger Zeit für mich haben.«

Ich kann es kaum fassen, dass sie wegen Miguels Ankunft eingeschnappt ist. Aber was weiß ich schon? Wenn ich ein bisschen entschlossener kommuniziert hätte, was ich mir von einem Leben mit Will erwartete, statt seine Aufmerksamkeit mit neuen Haarschnitten und Unterwäsche auf mich lenken zu wollen, wäre ich vielleicht jetzt nicht eine zweiunddreißigjährige Singlefrau, die als Spülerin arbeitet, um sich ihren Lebensunterhalt zu verdienen!

Valentina blickt wieder auf ihr Handy und geht ohne ein weiteres Wort weiter. Ich muss mit Antonio reden und ihn fragen, ob *er* mir mehr Arbeit verschaffen kann.

Die fantastischen weißen Blüten der Kirschbäume hauen mich um, sobald ich aus dem Bus steige. Sie sind überall: an den Hängen des Tals, die sie wie ein Brautschleier überziehen, in den kleinen Gärten hinter den Häusern, auf Feldern, die durch niedrige Mauern voneinander getrennt sind. Auch die Kirschbäume auf dem Dorfplatz sind über und über von schneeweißen Blüten bedeckt. So etwas habe ich noch nie gesehen. Ich muss ein Foto machen und es Mom schicken, denke ich, aber dann fällt mir ein, dass mein Handy in der Schublade liegt.

Ich gehe die Straße entlang und bleibe an den weißen Torpfosten stehen, die den Eingang zu Cortijo Ana bilden. Zu beiden Seiten der Zufahrt stehen Bäume, die sich in der Mitte berühren und einen Bogengang bilden. Es ist einfach wunderschön. Die Katze Ana taucht auf und miaut mich empört an. Ich bücke mich, um ihr den Kopf zu streicheln, dann betrachte ich wieder den von Bäumen gesäumten Bogengang. Ich kann nicht anders. Ich mache einen Schritt, dann noch einen und schreite langsam den duftenden Blütengang entlang und stelle mir vor, dass der Mensch, den ich liebe, am anderen Ende auf mich wartet. Doch da ist niemand. Wirklich niemand. Nur die leuchtende Bougainvillea, die rund um die Torbögen auf der Terrasse voller Leidenschaft zum Leben erwacht ist.

Ich öffne die Tür zum Restaurant.

»*Hola!* Hallo? Antonio?«

Ein Windstoß fährt raschelnd durch die Blätter und Blüten. Plötzlich schießt Ana mit erhobenem Schwanz durch die Tür des dunklen Restaurants und verschwindet in der Küche.

»Verflixt!«, sage ich. Bonita wird nicht glücklich sein, wenn sie feststellt, dass ich eine Katze in die Küche gelassen habe. »Ana, komm her!« Ich spitze die Lippen und mache Kussgeräusche, um sie zu mir zu rufen. Dann geht mir auf, dass sie mich wahrscheinlich nicht versteht, und ich zerbreche mir den Kopf, um passende Worte auf Spanisch zu finden. »*Ven!*«, versuche ich es, jedoch ohne Erfolg.

Plötzlich springt sie hinter dem Besen hervor und huscht durch die Bar in den kleinen Raum, den wir bei der Geburtstagsfeier genutzt haben. Die alten Terrakottakrüge, die ich in den Regalen arrangiert habe, stehen immer noch da. Vielleicht sollte ich sie wegräumen und auch die Tische nach draußen bringen, da ja die Sonne wieder scheint. Wie schade, denke ich; dieser Raum sieht entzückend aus. Liebend gerne würde ich hier mit einem besonderen Menschen zu Abend essen, mit einer Kerze und einer Rose zwischen uns auf dem Tisch. Nicht, dass ich je wieder ein romantisches Dinner mit irgendjemandem haben will. Stattdessen konzentriere ich mich auf das Problem, das ich jetzt lösen muss.

»Ana!« Wieder mache ich das küssende Geräusch, aber die Katze reckt nur den Schwanz und läuft weiter in den Lagerraum. Ich erhasche einen Blick auf sie, als sie gerade durch eine Schranktür verschwindet, die jemand offen gelassen hat.

»Hab ich dich!« Ich stecke die Hände in den Schrank und packe das Tier, sehr zu seinem Leidwesen.

Mit der Katze unter dem Arm will ich die Schranktür schließen, doch dabei fällt mir auf, dass es noch mehrere Stapel Steingutteller und -schalen gibt. Nicht vergleichbar mit den viereckigen Tellern, die im Restaurant verwendet werden und nicht in die Spülmaschine passen! Ich nehme einen Teller in die Hand und musterte die terrakottafarbene Glasur. Im Schrank gibt es auch Windlichter mit Ausschnitten in verschiedenen Formen, sodass schöne Schatten an die Wände geworfen werden. Ana windet sich in meinem Griff, und ich setze sie ab; sie läuft nicht weg, sondern streicht um meine Fußknöchel. Ich lasse sie gleich raus, denke ich, und beuge mich vor, um die Windlichter in Augenschein zu nehmen. Ich nehme eins raus und stelle es auf den Tisch. Ana springt auf einen Stuhl und beginnt, sich die Pfoten zu lecken.

»Ein Tisch für eine Person, Madam?«, frage ich sie lächelnd, aber sie ignoriert mich hochmütig.

In der Küche finde ich eine Schachtel Streichhölzer und eine

Schublade voller Kerzen. Ich zünde eine an und stelle sie in den Kerzenhalter auf dem Tisch. Durch die Ausschnitte fällt Licht auf die weißen Wände, es sieht toll aus. Ich verstehe nicht, warum man diese Sachen in den Schrank verbannt und durch flippiges schwedisches Geschirr ersetzt hat.

Neugier übermannt mich, und ich werfe einen weiteren Blick in den Schrank. Ich entdecke einige gerahmte Bilder und nehme sie heraus. Es sind alte Schwarz-Weiß-Fotos von einem Flamenco tanzenden Paar, so wie es aussieht. Er trägt eine sehr hoch geschnittene Hose, eine kurze Jacke und einen Hut, der sein Gesicht beschattet. Sie hat dunkle zurückgebundene Haare und ein langes schwarzes Kleid an. Einen Arm hat sie dem Mann um den Hals gelegt, den anderen streckt sie in die Höhe. Sie trägt den Kopf hoch und wirkt stolz. Es ist atemberaubend. Es gibt noch ein ähnliches Bild, das vielleicht nicht ganz so alt ist – es sieht aus, als wäre es am gleichen Ort aufgenommen worden, jedoch Jahre später.

Ich lehne die Fotos in das Regal zwischen die Krüge, die noch dort stehen. Dieses Restaurant könnte fantastisch aussehen. Bestimmt würden die Touristen aus den Ferienanlagen kommen, wenn man ihnen etwas Authentischeres anböte. Die Möglichkeiten lassen mir den Kopf schwirren. Ich denke an die verschiedenen Kurse am Hafen – es muss auch hier etwas geben, womit ich Geld verdienen könnte. Ich halte ein Bild mit beiden Händen an die Wand und betrachte es aufmerksam. Wie wäre es mit … ich hab's!, denke ich plötzlich mit einem breiten Grinsen.

»Was glauben Sie, was Sie da tun?«

Mir stockt der Atem, und ich zucke zusammen, als ich Antonios finstere Miene erblicke. Als das Bild krachend zu Boden fällt, ergreift Ana die Flucht und lässt mich mit Antonio allein.

12. Kapitel

Wir betrachten beide das gerahmte Foto, über dessen Glas in der Mitte ein Riss verläuft.

»Oh Gott! Es tut mir so leid.« Ich hebe das Bild auf und untersuche den Schaden. »Ich lasse es reparieren«, versichere ihm rasch und frage mich, wie viel mich das kosten wird.

»Legen Sie es einfach zurück«, sagt er. »Beide.« Er lässt seinen finsteren Blick durch den Raum schweifen, registriert den Tisch mit der brennenden Kerze, sagt aber nichts.

Ich lege die Fotos wieder in den Schrank ins oberste Fach, wo ich sie gefunden habe.

»Ich ... ich habe bloß nach Ana gesucht«, stammele ich.

»Ana?« Er runzelt die Stirn.

»Ja, ich dachte, sie wäre hier drin. Na ja, war sie ja auch ...«

»Sie haben meine Großmutter gesucht?«, fragt er verblüfft.

»Wie bitte?« Ich erwidere seinen Blick gleichermaßen verblüfft. Seine Großmutter? Glaubt er etwa, ich versuche mit Geistern zu reden. »Nein, nein!«, erkläre ich hastig. »Ich meine die Katze, die mir in der *finca* Gesellschaft leistet. Ich habe ihr den Namen Ana gegeben, nach dem Restaurant.«

Oh mein Gott, jetzt glaubt er bestimmt, ich wäre eine verrückte Katzenfrau ... womit er wahrscheinlich auch recht hat. Na toll! Wie kommt es, dass ich mich jedes Mal zum Affen mache, wenn ich diesem Mann begegne?

»Ich wollte mich nicht einmischen. Ich habe mir gerade Gedanken darüber gemacht, wie man neue Gäste gewinnen und Touristen anlocken könnte.«

Er schweigt und sieht sich um, also rede ich weiter und nutze die Gelegenheit zu beweisen, dass ich nützlich sein könnte. Ich will Valentina nicht in die Quere kommen, aber vielleicht könnte die Ansicht eines Außenstehenden ja hilfreich sein.

»Hören Sie, ich finde, dass es ziemlich ruhig ist, vor allem, nachdem die Schulferien in England vorbei sind. Dabei ist es so wunderschön.« Ich nicke in Richtung der blühenden Kirschbäume. »Und, na ja, ehrlich gesagt, ich könnte derzeit gut eine weitere Einkommensquelle gebrauchen.«

Er zieht die Augenbrauen hoch.

»Ich habe mich mit einer Barbesitzerin unten am Hafen unterhalten. Wenn weniger Touristen da sind, hält sie sich mit Themenabenden für die Ausländer, die in der Gegend leben, über Wasser. Bücherclubs, Tapas-Kochkurse, Spanischunterricht …«

Er zuckt mit den Schultern. »Tut mir leid, ich führe einen Hof. Ich muss mich um jede Menge Bäume und ein Bewässerungssystem kümmern, das seinen eigenen Willen zu haben scheint. Wenn Sie mich jetzt entschuldigen würden«, er zeigt mir eine Rolle Klebeband, »ich muss Schläuche flicken. Sie müssen sich mit Valentina über Ihre Ideen unterhalten.«

»Aber ich dachte, wir könnten etwas unternehmen, damit Leute kommen, um sich die Kirschblüte anzusehen. Sie haben gesagt, es dauere nur zehn Tage und man solle es auskosten. Und was ist, wenn Valentina nicht bald zurück …« Rasch ändere ich meine Taktik, als ich sehe, wie seine Miene sich wieder verfinstert. »Ich habe überlegt, wie man Geld verdienen könnte. Vielleicht reicht es sogar für ein neues Bewässerungssystem.« Lächelnd nicke ich zu dem Klebeband in seiner Hand.

Ein Anflug von Interesse flackert in seinen Augen auf.

»Fahren Sie fort …«

Das könnte es sein! Ein Adrenalinschub überkommt mich.

»Nun, ich dachte, jeder sollte die Kirschblüte erleben – es ist einfach fantastisch. Wir könnten ein paar Tische von der Terrasse in diese kleinen Räume stellen und den Gästen das Gefühl vermitteln, in einem echten spanischen *cortijo* zu sein, so wie früher.« Ich deute auf den Tisch mit der brennenden Kerze darauf. »Wir schaffen eine intimere Atmosphäre im Haus, und draußen gewinnen wir mehr Platz.«

»Mehr Platz? Wozu brauchen wir draußen mehr Platz?«

Ich halte inne – nicht absichtlich, aber es scheint den gewünschten Effekt zu haben. Ich kann kaum glauben, dass sie den Gedanken nicht selbst schon gehabt haben.

»Also?«, hakt er nach und wedelt ungeduldig mit der Hand.

»Wir könnten auf der Terrasse Flamenco-Kurse abhalten!«, verkünde ich. »Das Foto hat mich auf die Idee gebracht. Das Foto, das ich ... äh ... fallen lassen habe.« Ich finde meinen Rhythmus wieder. »Wir suchen uns einen Lehrer – ich habe gehört, dass es unten am Hafen einen gibt, der Kurse im Fitnessstudio anbietet. Oder vielleicht kennen Sie ja jemanden aus der Nähe. Wir geben einen einwöchigen Intensivkurs tagsüber, solange die Kirschbäume blühen, und danach wöchentliche Termine, zum Beispiel immer montags. Wir könnten sogar ein Menü anbieten, traditionelle spanische Gerichte, wie Bonita sie früher gekocht hat. Es wird die Engländer herbringen, die immer am Hafen sind, und auch die Touristen, so wie Valentina es plant. Wein, Tapas und Flamenco!«

Er sieht mich an, als würde ich eine Fremdsprache sprechen, was ich natürlich aus seiner Sicht auch tue. Vielleicht ging es ihm zu schnell.

»Soll ich es langsamer erklären?«

Er schüttelt den Kopf. »Nein.«

»Wenn Sie einverstanden sind, könnte ich Flyer verteilen«, fahre ich fort – übersprudelnd vor Ideen und mit juckenden Fingern, die am liebsten gleich zu Stift und Block greifen würden.

»Ich habe Nein gesagt«, wiederholt er mit mehr Nachdruck und knallt die Schranktür zu. Dann dreht er sich zu mir um und sieht mir direkt in die Augen, um seinen Standpunkt zu verdeutlichen. »Kein Flamenco!«

»Was?« Ich will nicht kampflos aufgeben. Schließlich könnte das meine letzte Chance auf eine zusätzliche Verdienstmöglichkeit sein. »Aber es wäre perfekt! Das Restaurant ist tagsüber leer, und es gibt die große überdachte Terrasse mit den Heizpilzen, falls nötig …«

Mit einem tiefen, resignierten Seufzer sagt er: »Flamenco ist in diesem Dorf seit vielen Jahren mit einem Bann belegt. Unser Pfarrer hat das angeordnet, und so ist es eben.« Er sieht sich ein letztes Mal in dem kleinen Raum um und nickt, als würde er die einmalige Gelegenheit ein für alle Mal ablehnen. Dann dreht er sich um und geht.

»Antonio, warten Sie!« Ich laufe ihm hinterher. Er bleibt stehen und wartet auf mich. »Mit einem Bann belegt? Warum?« Habe ich ihn richtig verstanden?

»So sind die Dinge nun mal. Mehr gibt es dazu nicht zu sagen.«

Er meint es tatsächlich so, Flamenco ist verboten. Und wie es sich anhört, wird er keine unnötigen Worte für eine Erklärung verschwenden. Aber nichtsdestotrotz muss ich mehr arbeiten.

»Okay, ich hab's verstanden. Kein Flamenco. Aber haben Sie vielleicht andere Arbeit für mich, irgendetwas?«

Er blickt demonstrativ auf die leeren Tische und Stühle und auf Miguel, der mit einem großen Netz auf dem Schoß auf den Terrassenstufen sitzt und die größten Löcher ausbessert. »Es tut mir leid. Sie sehen selbst, wie es ist«, erwidert er.

Doch um ehrlich zu sein, ich sehe es nicht. Dieses Restaurant könnte richtig brummen – mit den richtigen Ideen.

»Valentina kommt bald zurück, fragen Sie sie. Sie führt das Restaurant. Es tut mir leid.«

Ganz offensichtlich möchte er nichts tun, mit dem er Valentina auf die Zehen treten könnte, was ich auch irgendwie verstehen kann. Er zuckt mit den Schultern und marschiert zu den Nebengebäuden neben der Pferdekoppel, wo er sich über eine große, viereckige Maschine beugt und sie einschaltet. Aber sie will anscheinend nicht anspringen, denn sie hustet und stottert ein paar Mal, bevor sie wieder verstummt. Antonio stößt einen Wortschwall aus, bei dem es sich vermutlich um spanische Flüche handelt. Miguel sieht mich an und zieht die Augenbrauen hoch.

»Die Pumpe macht Ärger«, erklärt er mit der Andeutung eines Lächelns, als ich auf dem Weg zur *finca* an ihm vorbeigehe.

Dann also kein Flamenco, denke ich und wundere mich immer noch, warum um alles in der Welt man einen Tanz verbieten sollte. Für mich bedeutet es, dass ich mit meinen Ideen rund ums Thema Geldverdienen noch mal von vorne anfangen muss.

13. Kapitel

Als ich am Abend zum Restaurant gehe, nehme ich mir die Zeit, tief durchzuatmen. Der Duft ist betörend. Er erfüllt die Luft und hebt meine Laune, obwohl ich mir große Sorgen wegen meiner misslichen Lage mache. Entgegen Victorias Meinung gibt es anscheinend doch Leute, die von der Kirschblüte gehört haben und die Hügel erkunden wollen. Sie unterscheiden sich von dem Jungvolk unten am Hafen und am Strand: Es sind ältere Urlauber in Wanderausrüstung, die die in voller Blüte stehenden Bäume in der Abendsonne genießen.

Als ich den Bauernhof erreiche, poltert Bonita in der Küche herum und beklagt sich lautstark über die Gerichte auf der Speisekarte, die Valentina zusammengestellt hat. Wie es aussieht, wird jede Hand gebraucht.

»Wie kann ich helfen, Bonita?« Ich streife den Riemen meiner Tasche von der Schulter und hänge sie an den Haken neben den Schrubber, den Eimer und den Besen.

Sie zeigt auf einen Haufen Kartoffeln. »Für Pommes frites! Was ist an *patatas bravas* auszusetzen? Wir sind in Spanien! Wenn jemand Pommes frites will, soll er nach Frankreich gehen!« Sie schnalzt missbilligend mit der Zunge und schüttelt den Kopf.

Das Restaurant füllt sich allmählich. Als ich die Kartoffeln schäle, schaue ich auf die Terrasse hinaus und stelle fest, dass Frank, Bonita und ich heute Abend nicht allein bleiben werden. Ich hole tief Luft.

»Bonita, können Sie mir zeigen, wie man die Kartoffeln für *patatas bravas* schneidet?«

Sie schaut mich an und runzelt die Stirn, dann blickt sie sich nervös um, legt eine Kartoffel auf das Schneidebrett und schneidet.

»*Patatas bravas*«, verkündet sie und tritt zurück.

»Dann gibt es also *patatas bravas!*«, sage ich und beginne zu schneiden. »Gebt mir die Schuld, ich bin nur die Spülerin. Ich kann ein Ende einer Kartoffel nicht vom anderen unterscheiden. Ich dachte, ich würde helfen.«

Sie betrachtet mich kurz, und ein winziges Lächeln zuckt um ihre Mundwinkel, als sie zu dem großen Topf mit dem unbeschreiblichen Inhalt und dem Ausdruck des Rezepts neben dem Herd zurückkehrt.

Als ich alle Kartoffeln geschnitten habe, sagt Bonita mir, dass sie zu den *patatas bravas* eine Tomatensoße zubereitet hat, genau wie früher.

»Klingt wunderbar«, antworte ich, als Bonita die Kartoffelwürfel für den Ofen vorbereitet. »Und vielleicht …« Ich wage den nächsten mutigen Schritt. Da draußen sind Gäste, die gutes Geld zahlen und genießbares Essen erwarten. »Vielleicht sollte auch das Chicken Tikka Masala ein bisschen … spanischer werden, nur heute Abend. Es sieht so aus, als wäre viel los. So könnte es einfacher sein …« Ich verstumme, als Frank mich ruft, um mit ihm zusammen die Tische aus dem Barbereich nach draußen unter die Glyzinie zu tragen, die förmlich explodiert ist. Als ich die Küche verlasse, steht Bonita regungslos mitten im Raum und ist tief in Gedanken versunken.

Ein junges Paar sitzt in dem kleinen Raum, in dem ich die Kerze und die Steingut-Krüge arrangiert habe. Die Lichterkette brennt. Frank muss sie eingeschaltet haben. Er zwinkert mir zu. Die beiden beugen sich über den Tisch, als wären sie die einzigen Menschen auf der Welt. Ich empfinde plötzlich Neid und versuche mich daran zu erinnern, wann Will mich zuletzt so angesehen hat. Hat er es überhaupt getan? Oder habe ich es mir bloß eingebildet?

Ich richte meine Aufmerksamkeit erneut auf den sich füllenden Parkplatz. Bestimmt weiß Valentina, dass viel los sein wird, wenn die Kirschblüte begonnen hat und die Touristen auftauchen. Aber von ihrem kleinen roten Auto ist nichts zu sehen. Von Antonio auch nicht.

Ich gehe gerade hinter Frank ins Restaurant zurück, als ich von den Schuppen her einen Schrei höre.

»Heeey!«

»*Bravo!*«

Gleichzeitig rauscht Wasser, als hätte es unerwartet zu regnen begonnen. Doch das ist es nicht. Es ist das Bewässerungssystem für die Kirschbäume, das plötzlich zum Leben erwacht ist. Die Gäste drehen sich um und gucken.

Als Antonio stolz aus dem Schuppen tritt, fängt er meinen Blick auf, und zum ersten Mal, seit wir uns begegnet sind, lächelt er. Er lächelt tatsächlich. Ohne seine übliche finstere Miene wirkt er ganz anders. Er gesellt sich zu Miguel, und gemeinsam beugen sie sich über die große Maschine, die jetzt laut vor sich hin keucht – wie ein untrainierter Läufer, der unbedingt die Ziellinie erreichen möchte. Sogar Miguel sieht zufrieden aus. Unwillkürlich muss ich ebenfalls schmunzeln, weil Vater und Sohn über der Aufgabe, die Pumpe in Gang zu bringen, endlich zueinandergefunden haben. Aber als Antonio die Hand hebt, um mit seinem Sohn abzuklatschen, wirkt Miguel plötzlich verlegen. Antonio lässt die Hand sinken, und der Moment des gemeinsamen Triumphs ist vorbei. Miguel wendet sich ab und spaziert mit seinem Handy in der Hand den Weg zu meinem Cottage hinauf. Antonio sieht ihm mit besorgter Miene hinterher. Dann dreht er sich um, betrachtet die Bewässerungsanlage und stemmt die Hände in die Hüften. Das glückliche Lächeln kehrt zurück. Und ganz kurz kann ich erkennen, was Valentina in ihm gesehen haben muss.

In der Küche treffe ich auf eine strahlende Bonita.

»Spanisches Hühnchen!«, verkündet sie und hält mir einen gefüllten Holzlöffel hin. Ich gehe zu ihr und probiere die Soße – sie schmeckt wunderbar!

»Was ist da drin?«, frage ich und genieße die Geschmacksnoten, die von meiner Zunge aufgenommen werden.

»Huhn, Chorizo, Paprika, Erbsen, Oregano. Es ist einfach, aber gut, *sí?*«

»*Sí!*«, bestätige ich. Es schmeckt großartig. Weiches, saftiges Hühnerfleisch, würzige Chorizo, knackiges Gemüse. Die Vielfalt lässt meine Geschmacksknospen prickeln.

»Ich hebe Ihnen etwas auf«, sagt sie und zwinkert mir zu. Sie hat tatsächlich gezwinkert! Ich lächele vor mich hin.

»Beti!«, ruft Frank, der einen weiteren Tisch aus der Bar auf die Terrasse befördern will. Wieder fährt ein Auto auf den Parkplatz, und eine Gruppe britischer Rentner steigt aus und sieht sich staunend um.

»Ist um diese Jahreszeit immer so viel los?«, will ich wissen und zucke zusammen, weil der Tisch gegen mein Schienbein prallt.

»Meistens. Die Leute möchten gerne die Kirschblüte sehen. Sie ist ungewöhnlich. Im Jerte-Tal gibt es auch eine Kirschblüte, aber diese hier in Colina de Flor ist ganz besonders, da es sich um eine seltene Sorte von Kirschen handelt. Sie wächst nur hier, und deshalb müssen wir uns so intensiv um die Bäume kümmern«, erklärt er, während er mit dem Tisch rückwärtsgeht. »Geht's bei dir?«, erkundigt er sich fürsorglich, und ich nicke.

Wir stellen den Tisch unter die Pergola zurück. Heute tropft kein Regen durch die Überdachung, bloß das leise Plätschern der Bewässerungsanlage ist zu hören. Die Abendsonne scheint, und die Heizpilze wärmen die Gäste auf der Terrasse. Frank hat eine CD eingelegt, und leise spanische Gitarrenmusik schwebt durch die Luft. Ich sehe mich um. Wenn doch nur immer so viel los wäre! Wenn Antonio mich doch nur die Flamenco-Abende organisieren ließe! Wieder frage ich mich, warum man den Flamenco aus dem Ort verbannt hat. Es kommt mir merkwürdig vor, und es stellt sich die Frage, wie man das überwachen will. Ich kann mir nicht vorstellen, dass so etwas in England passieren könnte. Es ist, als würde man Singen verbieten: unmöglich!

»Oh, wie schön!«, ruft eine englische Dame in den Sechzigern aus. »Ist dieser Tisch noch frei?«

»Natürlich. Ich werde …« Ich halte nach Frank Ausschau, der gerade eine Bestellung aufnimmt. »Ich decke bloß rasch für Sie ein«, sage ich und eile ins Restaurant, um Geschirr, Gläser und Servietten zu holen.

»Bitte, nehmen Sie doch Platz.« Ich biete der Dame einen Stuhl an. Ein verirrter Wasserstrahl der Bewässerungsanlage trifft meine Wade, und ich schiebe den Tisch ein paar Zentimeter weiter weg. »Der Kellner kommt gleich zu Ihnen.«

»Vielen Dank, meine Liebe. Es ist wunderschön hier. Wir sind auf dem Rückweg von einer Wanderung vorbeigefahren und haben dieses Restaurant entdeckt, ganz abseits gelegen. Was für ein Juwel!«

Ich hoffe nur, dass auch das Essen ihren Erwartungen gerecht wird.

»Ja, vielen Dank«, fügt ihr Begleiter lächelnd hinzu. »Heute ist unser Hochzeitstag, das hier ist perfekt.«

Ich lächele freundlich. »Herzlichen Glückwunsch«, sage ich und frage mich, wie es anderen Leuten gelingt, solche Jubiläen zu feiern, während ich es noch nicht mal aus dem Startblock schaffe!

»Dreißig Jahre. Ich wusste von Anfang an, dass er der Richtige ist.« Die Frau lächelt und legt ihre Hand auf seine. Ganz kurz werde ich von Wehmut erfasst, aber ich verdränge meine traurigen Gedanken umgehend.

»Ich werde dem Kellner Bescheid sagen, dass er sich gleich um Ihre Getränke kümmert«, sage ich. »Und darf ich Ihnen die Spezialität unserer Küche empfehlen, spanisches Huhn mit *patatas bravas?*«

»Vielen Dank, meine Liebe, Sie haben uns sehr geholfen. Sie haben ein ganz entzückendes Lokal.«

»Oh, das ist nicht …« Doch sie neigen sich einander zu und genießen das Zusammensein, die Musik, die Kirschblüte und die würzige Abendluft.

Der Rest der Schicht vergeht wie im Fluge zwischen einem Berg von Töpfen und diesen blöden eckigen Tellern. Das spanische Huhn mit den *patatas bravas* war ein Riesenhit, und ich erkenne einen Anflug von Triumph in Bonitas Miene, als sie mir die leeren Backbleche gibt.

»*Gracias*«, sagt sie, als ich die Bleche nehme, und nickt und lächelt.

»*Gracias.*« Ich erwidere ihr Lächeln.

Ich bringe gerade einen schwarzen Müllsack zu dem großen grünen Müllcontainer, als das Paar mit dem Hochzeitstag mich zu sich ruft und mir für den reizenden Abend dankt.

»Ich wünschte, wir hätten auch so etwas auf die Beine gestellt, als wir noch jung genug waren. Sie sind sehr mutig«, sagt die Frau. »Ich habe mich nicht getraut, alles aufs Spiel zu setzen und ein neues Leben im Ausland zu beginnen.«

»Ach, ich bin gar nicht mutig«, erwidere ich. Ich habe meiner Familie noch nicht einmal gebeichtet, dass ich mein ganzes Geld verloren habe und von meinem Verlobten verlassen wurde.

Schuldgefühle überfallen mich schlagartig, gefolgt von Panik. Bei dem Tempo schaffe ich es nie zu einem eigenen Restaurant.

»Noch mal danke, meine Liebe. Es war wirklich ein unvergesslicher Abend.« Sie zieht ihre Fleecejacke enger, und ich wende mich zum Restaurant, glücklich, dass sie so zufrieden waren. In dem Moment höre ich die Stimme.

»Da bist du ja!«

Das warme, glückliche Gefühl verfliegt, und mir gefriert das Blut in den Adern.

»Meine App *Find My Friends* sagt, dass du in einem Feld irgendwo da drüben bist! Ich dachte schon, ich würde dich nie finden! Allmählich habe ich mich echt gefragt, ob du diese Bar in Spanien nur erfunden hast!«

Langsam drehe ich mich um. Dort steht der letzte Mensch auf Erden, den ich momentan sehen will. Sie hält ihr Smartphone in der Hand, eine übergroße Handtasche am Arm, und die Sonnenbrille hat sie in ihre glänzenden kastanienbraunen Haare geschoben. Das Herz wird mir so schwer, als hätte jemand einen Stein daran gebunden und es in tiefes dunkles eiskaltes Wasser geworfen.

14. Kapitel

Was zum Teufel tut meine Cousine Olivia hier? In Colina de Flor! Ich versuche, meine Zunge dazu zu bringen, Worte zu formen, während mein Gehirn einen verrückten Tanz aufführt; Fragen und Gedanken kollidieren miteinander. Weiß sie, dass Will mich verlassen hat? Weiß sie, dass er Omas Geld genommen hat? Weiß sie, dass ich alles in den Sand gesetzt habe … wieder einmal?

»Wow! Dieser Ort ist wirklich … wirklich …« Sie sieht sich ungläubig um und schafft es eindeutig nicht auszusprechen, dass er fantastisch ist.

»Ja, nicht wahr?« Ich nicke mehrmals, aber ich weiß, dass ich gleich in die Küche zurückmuss, denn sonst begibt sich Bonita trotz des heutigen Erfolges gleich wieder auf den Kriegspfad. Ich kann es mir nicht leisten, den Job zu vermasseln; schließlich ist er momentan meine einzige Einkommensquelle.

»Was ist das hier?« Olivia berührt ein paar Blüten.

»Kirschblüten. Eine seltene Art, die nur hier gedeiht. Die Blütezeit dauert bloß ungefähr zehn Tage, du hast also gerade die richtige Zeit erwischt.«

Was rede ich denn da! *Gerade die richtige Zeit erwischt?!*

»Du bist ja gut informiert!«, antwortet sie mit hochgezogenen Augenbrauen. »Es sieht … toll aus.« Sie drückt auf ihren Autoschlüssel, und die Scheinwerfer eines teuer aussehenden schwarzen Autos leuchten auf. Sie hat eindeutig nicht vor, sofort wieder zu verschwinden. Mein Magen zieht sich zusammen.

»Du erinnerst dich doch an Gav, nicht wahr?« Ich schaue zum

Parkplatz, wo Olivias Freund aus England mit dem Handy am Ohr gerade auf uns zukommt.

»Ja, wir sind uns schon mal begegnet«, erwidere ich. Oh Gott! Das kann doch alles nicht wahr sein. Warum sind sie hier? Ich hatte schließlich alles genau geplant: Ich wollte mich erst bei ihnen melden, wenn ich den Schlüssel für die Butterfly Bar in der Hand halte. Dann schießt mir plötzlich ein anderer Gedanke durch den Kopf. Haben sie schlechte Nachrichten mitgebracht?

»Es ist hoffentlich alles in Ordnung, oder? Zu Hause, meine ich? Es ist nichts Schlimmes passiert, oder doch?«

»Nein, nein ... Dad verbringt immer noch seine ganze Zeit im Golfclub!« Sie lacht aus voller Kehle. »Mom ist mit ihrer Wohltätigkeitsarbeit beschäftigt. Ach, und Reykjavík ... einfach fantastisch! Hast du unsere Fotos auf Facebook gesehen? Ein großartiges Ziel für einen Junggesellinnenabschied, aber inzwischen ein bisschen abgedroschen, wenn du verstehst, was ich meine ...«

Ich schalte gedanklich ab, während Olivia weiterplappert. Ich muss wissen, warum sie hier ist! Geht es um Will? Ist irgendetwas passiert? Hat sie ihn gesehen? Ich schlucke schwer.

»Hier hast du dich also versteckt!« Sie sieht sich mit einem anerkennenden Nicken um. »Ich meine, es ist ein bisschen rustikal und abgelegen, aber wirklich nicht übel, wenn man das ein bisschen rückständige spanische Leben mag.«

Ich kann mich nicht entscheiden, ob ich ihr stolz zustimmen oder gereizt und abwehrend reagieren soll. Stattdessen klatsche ich in die Hände, denn ich muss dringend wieder in die Küche. »Also, was führt euch hierher?«

»Ich habe versucht, dir eine Nachricht zu schicken. Du hast dich auf Facebook totgestellt. Was ist los mit dir? Aber vermutlich weiß ich es jetzt. Ihr habt hier sicher einen Knochenjob! Körperliche Arbeit muss ermüdend sein«, fügt sie hinzu, als hätte sie eine anspruchsvolle Bürostelle. »Wo steckt Will? Ich muss schon sagen, ich bin verblüfft, dass er der Sache zugestimmt hat. Ich habe immer geglaubt, dass du nicht in seiner Liga spielst, aber wenn er mitzieht, hier draußen zu leben, musst du etwas haben, was ich nicht habe.«

Ich lese zwischen den Zeilen und verarbeite die Informationen. Sie glaubt, dass Will mit mir zusammen hier ist. Das heißt, sie weiß nichts über seinen Aufenthaltsort.

»Ich kann es kaum erwarten, ihn zu begrüßen.« Sie blickt sich um, und ich schwöre, sie fährt sich mit der Zunge über die Unterlippe.

»Er ist … weg. Hat einen Auftritt mit einer Band!«, sage ich rasch, ohne mein Hirn einzuschalten. *Sag ihr einfach die Wahrheit*, ruft eine Stimme in meinem Kopf, doch ich bringe sie sofort zum Schweigen. Ich gönne Olivia nicht die Genugtuung, sich darüber zu mokieren, dass ich es vermasselt habe. Ich muss einfach ein bisschen Zeit gewinnen …

»Wie bitte? Er ist weg und lässt dich mit der Leitung dieses Restaurants allein?«

»Oh, das Restaurant ist nicht …« Ich breche ab. Soll ich es jetzt zugeben und hinter mich bringen? Sobald Olivia erfährt, dass Will mich verlassen und Omas Geld aus der Porzellankuh auf den Kopf gehauen hat, wird sie mich nie wieder in Ruhe lassen. Ein kurzes Schweigen entsteht, während sie mich fragend ansieht. Ich beiße mir auf die Unterlippe, sage allerdings nichts.

»Meine Güte, was man hier draus machen könnte. Ich meine, es ist zwar ziemlich abgelegen, aber man könnte das Ganze auf jeden Fall aufmotzen.«

»Beti!«, ruft Frank und nickt zur Küche hin. Ich hebe eine Hand, um ihm zu bedeuten, dass ich gleich komme.

»Seid ihr länger hier?«, frage ich Olivia so höflich, wie es mir möglich ist.

»Nur übers Wochenende. Es war ein Schnäppchenflug von

Cardiff aus, um ein bisschen Sonne zu tanken. Stimmt's, Gav? Ich muss zugeben, dass ich diese ganze Sache mit dir und der Bar für einen Scherz gehalten haben, wieder eine deiner Ideen, aus denen nie was wird. Also habe ich zu Gav gesagt, lass uns sie überraschen! Und sehen, ob sie es tatsächlich geschafft hat.«

Gav nickt, ohne etwas zu sagen.

Mich überraschen! Das ist ihr auf jeden Fall gelungen! Wenigstens bleibt sie nicht lange. Sie werden bald schon wieder weg sein, und dann kann ich mich weiterhin damit beschäftigen, mein Leben wieder in den Griff zu bekommen. Mit ein bisschen Glück und noch ein paar Abenden mit Trinkgeldern wie heute werde ich im Juni meine eigene Bar haben und alle einladen, um sie ihnen vorzuführen.

»Beti!«, ruft Frank wieder. Er trägt stapelweise schmutzige Teller in die Küche, und ich weiß, dass der Berg immer höher wird.

»Nun, es war sehr schön, euch beide zu sehen. Kommt doch im Sommer mal wieder vorbei. Sagt mir Bescheid!« Ich drehe mich zur Hintertür um.

»Oh, wir haben Zeit, um etwas zu essen. Wir können schließlich nicht nach Hause fliegen, ohne Bericht zu erstatten, stimmt's? Ich meine, ich dachte, es sollte bloß eine Bar werden. Ich muss sagen, ich bin beeindruckt, du nicht auch, Gav?«

Gav zuckt schweigend mit den Schultern.

»Ihr wollt hier essen?«, wiederhole ich.

»Ja, das macht man hier doch, oder?«

»Ja, ja, natürlich!« Ich gebe mir Mühe, die Situation, die völlig aus dem Ruder zu laufen droht, wieder unter Kontrolle zu bekommen. »Äh, wahrscheinlich ist kein Tisch mehr frei.« Ich sehe mich um und suche verzweifelt nach einer Ausrede, um meine unerwarteten und außerordentlich ungebetenen Gäste wieder loszuwerden.

»Da drüben ist einer.« Olivia zeigt auf den Tisch, den das Hochzeitstagpärchen gerade verlassen hat.

»Stimmt!«, sage ich schrill und beginne rasch, den Tisch abzuräumen.

»Wunderbar!« Olivia klatscht in die Hände. »Wie romantisch!«

Nachdem sie Platz genommen haben, renne ich förmlich in die Küche zurück, wo die Teller sich in der Tat stapeln – wie der schiefe Turm von Pisa.

»Wir brauchen saubere Teller!«, schimpft Bonita. »Es sind keine mehr da!«

»Ich weiß, ich weiß. Tut mir leid!« Ich krempele die Ärmel hoch, drehe die Wasserhähne voll auf und gebe einen kräftigen Spritzer Spülmittel ins Becken. Bevor ich den ersten Teller in das heiße Wasser gleiten lasse, habe ich einen Geistesblitz.

»Warten Sie!« Ich eile ins Restaurant und komme mit einem Stapel Steinguttellern aus dem Schrank zurück.

»Ich weiß nicht, ob das Valentina gefallen wird.« Bonita wirkt unsicher.

»Mama, Valentina ist nicht hier, aber wir!« Frank tritt für meine kleine Meuterei ein. »Das ist immer die Woche im Jahr, in der am meisten los ist. Gäste, die wir noch nie gesehen haben, kommen wegen der Kirschblüte zu uns.«

»Und Antonio hilft nie mit! Die Kirschen gehen immer vor. Warum kann der neue Junge nicht im Restaurant helfen statt da draußen?« Bonita nickt in Richtung der Kirschplantage, wo die Äste sich berühren wie eine verschneite Bergkette und das Bewässerungssystem sanft vor sich hin plätschert.

Ich räume die Steingutteller in die Spülmaschine und spüle die anderen Teller, die neben der Spüle gestapelt sind, per Hand – mit gesenktem Kopf und voll konzentriert, wie ein Schwimmer bei den Olympischen Spielen auf dem Weg zur Ziellinie. Ich tauche gerade wieder aus den Seifenblasen auf, als Bonita die letzten beiden Portionen des spanischen Huhns mit *patatas bravas* auf zwei Tellern anrichtet.

»Für Ihre Freunde.« Sie nickt in Richtung der gut gefüllten Terrasse.

»Oh, das sind nicht meine Freunde«, antworte ich, als ich nach den beiden Tellern greife. Ich will auf keinen Fall, dass Frank meine Tarnung auffliegen lässt.

»Wow! Hier ist ja richtig was los!«, sagt Olivia und lässt den Blick über die Gäste schweifen.

»Das kannst du laut sagen!« Ich nicke und stelle gleichzeitig fest, dass ich völlig durchnässt bin.

»Du brauchst mehr Unterstützung«, sagt Olivia. »Du musst mehr Personal für die Küche einstellen.«

Wieder nicke ich.

»Und, wie sehen deine Pläne für das Restaurant aus?«

»Na ja …« Ich versuche, schnell und entschlossen zu antworten. »Hauptsächlich muss gewährleistet sein, dass die Gäste draußen essen können«, wiederhole ich Valentinas Vision. »Das ist es, was die Touristen möchten.«

Aber mein Verstand sagt mir, dass das Bauernhaus so hergerichtet werden sollte, wie es früher war. Keine schicken Gerichte auf eckigen Tellern.

»Ich plane, überall in diesen Bäumen kleine Lichter anzubringen«, füge ich hinzu und nicke zu der Reihe Bäume hinter dem Parkplatz, die die Zufahrt bis zu den weißen Torpfosten säumen.

»Nimm dir einen Stuhl, Bet. Gav, schenk ihr Wein ein. Hey! Tschuldigung!«, ruft Olivia Frank zu. Ich zucke innerlich zusammen. »Können wir noch ein Glas haben?«

»Oh, ich muss wirklich wieder zurück …«

»Du kannst doch sicher mal kurz Pause machen. Du bist

schließlich die Chefin, oder nicht? Du kannst machen, was du willst.«

»Ja, aber …«

Frank bringt ein Glas und stellt es vor mich hin. »Bonita schickt dir das hier.« Er gibt mir ein Stück Orangen-Mandel-Kuchen. »Um dir zu danken.«

Lächelnd betrachte ich den Kuchen. Bonita bietet mir ihren Kuchen an, das fühlt sich in der Tat besonders an.

»Erzähl mir mehr von deinen Plänen …«, fordert Olivia mich auf.

Langsam lasse ich mich auf der Stuhlkante nieder und werfe einen Blick auf die überteuerte und zu komplizierte Speisekarte.

»Wir prüfen, wie wir die Speisekarte vereinfachen können«, sage ich. »Vielleicht gibt es auch ein paar Veränderungen im Sitzbereich, um ihn einladender zu gestalten.« Ich deute auf die Terrasse.

»Nun, momentan wirkt das Ganze allerdings minimalistisch«, meint Olivia.

»Wir wollen uns auf die Stärken konzentrieren«, fahre ich fort. Als ich mich umsehe, spüre ich, wie ich auf einmal blass werde. Antonio steht zwischen den Bäumen an der Zufahrt, wo er offensichtlich etwas an den Zuleitungen des Bewässerungssystems repariert hat. Er hat die Augenbrauen hochgezogen und beobachtet mich mit einer Mischung aus Ungläubigkeit und wahrscheinlich Belustigung. Ich erstarre vor Verlegenheit. Er ist der letzte Mensch, von dem ich in der augenblicklichen Situation gesehen werden möchte.

15. Kapitel

»Ähm, ich muss jetzt wirklich wieder in die Küche … Die, äh, Angestellten müssen … äh …« Antonio beobachtet mich immer noch. Meine Wangen brennen vor Scham. »… beaufsichtigt werden«, beende ich den Satz rasch und qualvoll und versuche, die Worte mit Husten zu überdecken.

»Ich muss zugeben, ich habe nie geglaubt, dass du das hinbekommen würdest, Bet. Ich hätte nie gedacht, dass du die Ziellinie erreichen könntest. Du hast es zwar trotz jahrelanger Planung bisher nicht vor den Traualtar geschafft, aber dafür führst du jetzt in Spanien ein Restaurant. Respekt!« Olivia nickt, doch man merkt ihr an, dass ihr die Worte nur schwer über die Lippen kommen. Der Wein, den sie getrunken hat, trägt wohl dazu bei, dass sie sie überhaupt aussprechen kann.

Als Antonio die Augenbrauen höherzieht, brennt mein Gesicht noch stärker. Oh mein Gott! Ich glaube, er kommt rüber.

»Beti? Könnte ich …« Er wird mich fragen, was für ein Spiel ich spiele – wie komme ich dazu, bei den Gästen zu sitzen und zu behaupten, dass es *mein* Restaurant sei? Ich bin die Spülhilfe!

Olivia dreht sich um, als Antonio näher kommt. »Ach, gut. Können Sie uns noch eine Flasche Wein bringen, Herr Ober?«

Er bleibt wie angewurzelt stehen, und vor lauter Verblüffung heben sich die bereits hochgezogenen Augenbrauen fast bis zum Haaransatz.

»Schnell!«, verlangt sie und schwenkt die leere Flasche in seine Richtung. Ich habe Angst, dass Antonio gleich vor Wut explodieren wird.

»Du hast recht, du musst sie tatsächlich beaufsichtigen«, sagt Olivia. »Deine Angestellten müssen wissen, wer der Chef ist. Und Sie sollten mal lächeln!« Die letzte Bemerkung ist an Antonio gerichtet.

Ich wünschte, die Erde würde sich auftun und mich verschlucken. Ich muss Farbe bekennen, bevor Antonio tatsächlich vor Wut platzt und mich umgehend rausschmeißt.

»Hör mal, Olivia, das mit dem Beaufsichtigen ...«

Plötzlich ruft Miguel etwas. Antonio fährt herum und wendet sich von Olivia ab, die immer noch mit der leeren Weinflasche winkt. Antonio schlägt die Hände über dem Kopf zusammen. Von den Schläuchen, die zwischen den Kirschbäumen verlaufen, ist ein *puff, puff* zu hören, und dann spritzt auf einmal Wasser in Olivias Richtung.

»Oh! Huch!« Sie fuchtelt mit der Flasche herum, als sie von einem Wasserstrahl getroffen wird. Doch so rasch, wie der Spuk begonnen hat, ist er schon wieder vorbei. Die Wasserpumpe hat offensichtlich den Geist aufgegeben – wie so oft.

»*Mierda!*«, ruft Antonio verärgert und marschiert auf Miguel und die Pumpe zu.

»Also wirklich! *Ihn* solltest du gleich mal entlassen!« Olivia sieht aus, als wäre sie von einem vorüberkommenden Orang-Utan angespuckt worden.

Ich habe das dumpfe Gefühl, dass es genau andersherum laufen wird.

Nachdem Olivia ihren etwas seltsam aussehenden englischen Trifle gegessen hat, erhebt sie sich ein wenig wackelig und verteilt dicke Luftküsse, als sie sich zum Aufbruch bereit macht.

»Ich bin so froh, dass wir dich gefunden haben! Dafür können wir uns bei *Find My Friends* bedanken, was?« Sie wedelt mit ihrem Handy und strahlt wie eine Frau, die fast zwei Flaschen Wein intus hat. »Und vergiss nicht, lass dir nichts gefallen. Sieh zu, dass du diesen sauertöpfischen Kellner oder Spüler loswirst. Du musst das Heft in die Hand nehmen. Und zwar so, pass mal auf.«

Als ich mich umdrehe, sehe ich Antonio den Weg herunterkommen.

»Entschuldigen Sie!«, ruft Olivia.

Wie bitte? Nein! Antonio bleibt stehen und schaut hinter sich, dann zeigt er auf sich und fragt: »Ich?«

»Ja, Sie!«

Die letzten Gäste auf der Terrasse drehen sich um und starren in unsere Richtung. Verzweifelt räume ich die Dessertteller und Gläser vom Tisch. Als ich wieder aufblicke, marschiert Antonio auf Olivia zu.

»Wie kann ich Ihnen helfen?« Er lächelt schmal mit zusammengebissenen Zähnen, bevor er wieder seine übliche finstere Miene aufsetzt. Ich verstehe, warum er sich nicht im Restaurant engagiert. Sozialkompetenz ist eindeutig nicht seine Stärke.

Olivia nimmt mir die Teller aus der Hand. »Hier, nehmen Sie!«, befiehlt sie und drückt ihm das Tablett mit dem Geschirr und den Gläsern in die Hand. Die Löffel klappern. Dann wischt sie sich die Hände ab und wirft mir einen Blick zu, als wolle sie sagen: *So macht man das*, und schwankt auf ihren hohen Absätzen zu dem teuren Mietwagen auf dem Parkplatz.

Ich weiche Antonios Blick aus, nehme ihm das Tablett aus den ausgestreckten Händen und flüchte in die Küche, wo ich mich am Spülbecken hinter den schmutzigen Tellern, Pfannen und Schüsseln verstecke, bis ich es für sicher halte, wiederaufzutauchen.

Endlich scheinen alle gegangen zu sein, abgesehen von Frank, der noch die Abrechnung macht.

»Hier!« Er stellt ein Glas Rotwein und eine kleine Schale mit Oliven für mich auf die Theke und zeigt auf einen Barhocker. »Setz dich doch.«

Zögernd, aber dankbar versuche ich auf den hohen Hocker zu klettern, der ein Eigenleben führt und sich immer wegdreht, wenn ich mich setzen möchte. Endlich gelingt es mir, ihn zu bezwingen. Ich fühle mich, als hätte ich eine Vierundzwanzig-Stunden-Schicht hinter mir. Mein Rücken und meine Füße schmerzen.

Frank stellt einen kleinen weißen Teller mit einem Zettel darauf neben mich.

»Was ist das?« Ich schaue zu ihm auf und lächele ihn an. Er zuckt entschuldigend mit den Schultern.

»Die Rechnung deiner Freunde. Sie haben gesagt, es ginge aufs Haus, weil sie mit dir verwandt seien.«

Ich bin so erschöpft und erledigt, dass ich heulen könnte. Meine wenigen Ersparnisse sind schon wieder futsch. Mir nichts, dir nichts muss ich erneut von vorne anfangen. Doch wenigstens ist Olivia weg, und zu Hause wird niemand spitzkriegen, in welches Chaos ich mich manövriert habe. Als ich einen großen Schluck Wein trinke, sage ich mir, dass es zwar ein verdammt schweres Stück Arbeit war, aber immerhin bin ich damit durchgekommen.

16. Kapitel

Vergangene Nacht habe ich wie ein Murmeltier geschlafen. Ich dachte, ich würde wach liegen, dem Rauschen des Windes in den blühenden Bäumen lauschen und grübeln, aber stattdessen bin ich auf der Stelle eingeschlafen, sobald mein Kopf das Kissen berührte. Vermutlich ist das so, wenn man den ganzen Tag auf den Beinen ist.

Ich koche mir einen Tee mit dem letzten der mitgebrachten Teebeutel, schlüpfe in meine Flip-Flops, öffne die alte Holztür und genieße die fantastische weiße Szene, die sich vor mir entfaltet. Der Wind ist kühl, doch der Himmel leuchtet blau, und die Sonne erhellt allmählich das Tal. Ich schnappe mir meinen Pulli, ziehe ihn über den Kopf und trete hinaus auf die Terrasse, wo ich mich an den kleinen Holztisch setze. Der Duft des Jasmins und des Geißblatts, die rund um meine *finca* wachsen, erfüllt die Luft. Nur eines fehlt: das Geräusch der Bewässerungsanlage, die die Bäume mit ihrer frühmorgendlichen Wasserration versorgt.

Die Katze Ana miaut und springt auf den Stuhl mir gegenüber.

»Guten Morgen«, sage ich lächelnd.

In der Ferne am Schuppen erkenne ich Antonio, der sich gerade über die Pumpe beugt. Das Schweigen der Rohrleitungen, die sich vor mir durch die Bäume schlängeln, verrät mir alles. Die Pumpe funktioniert immer noch nicht.

Ich würde allen raten, ihm heute aus dem Weg zu gehen, und genau das habe ich auch vor. Ich trinke meinen Tee und nehme den Anblick der blühenden Bäume einmal mehr in mich auf und genieße ihn in vollen Zügen. Heute werde ich zum Hafen fahren, schließlich habe ich eine Bar zu finanzieren. Ich muss eine zusätzliche Arbeit finden, und ich werde nicht lockerlassen, bis es mir gelingt.

Die Pumpe hustete kurz und setzte sofort wieder aus. »Verdammt!«, murmelte Antonio, ballte die Hände zu Fäusten und trat gegen das Metallgehäuse. »Miguel! Miguel!«, rief er zur Wohnung hoch.

Er brauchte Hilfe. Er musste diese Pumpe reparieren, und zwar schnell. Wenn er die Kirschbäume nicht wässern konnte ... Er ertrug den Gedanken nicht, was dann passieren würde. Sobald die Blüte vorbei war und die Früchte sich entwickelten, begann die kritischste Phase des Jahres. Wenn die Ernte ausfiele – nun, das war keine Option. Wenn er seine Quote nicht erzielte, würde er das ganze Dorf im Stich lassen. Er war mit Abstand der größte Obstbauer der Genossenschaft, und die anderen waren auf ihn angewiesen. Er musste diese Kirschen zum Reifen bringen, damit sie zur Verfügung standen, wenn der Käufer kam. Der Supermarkt würde die Ernte nur kaufen, wenn Antonio die volle Menge garantieren konnte.

»Leg dieses Ding weg und pack mal mit an!«, sagte er barsch, als Miguel schließlich mit aufgesetzter Kapuze und Handy in der Hand auftauchte.

»Ich habe bloß ein paar Fotos ... ich ... ich habe ein paar davon nach Hause geschickt. Ich wollte sehen, ob sie sie bekommen haben«, erklärte er. Antonio bekam sofort ein schlechtes Gewissen. Er hatte befürchtet, dass Miguel in Kontakt mit der Bande stand, mit der er herumgezogen war. Jetzt sah es so aus, als hätte er bloß Bilder vom Hof an seine Mutter und ihren Freund geschickt. Was konnte das schon schaden?

»Hat sie geantwortet?«, fragte er. »Deine Mom?«

Als Miguel den Kopf schüttelte, empfand Antonio Mitleid. Esmeralda war nie glücklich mit ihrer Rolle als Mutter gewesen. Sie hatte nicht gewollt, dass irgendetwas ihre Karriere beeinträchtigte. Aber dass sie das ihrem Sohn immer noch anlastete … nun, es war einfach grausam. Antonio musste dafür sorgen, dass der Junge beschäftigt war, um ihn von seinen Gedanken abzulenken. Er spürte, dass Miguel immer noch verletzt war, weil seine Mutter ihn quasi rausgeschmissen hatte. Er wollte nicht, dass er weglief und in noch größere Schwierigkeiten geriet. Er wusste, wie es sich anfühlte, ein von Wut erfüllter junger Mann zu sein; so war er selbst auch gewesen, als seine Ehe in die Brüche gegangen war.

Er dachte an die SMS, die Esmeralda ihm kurz nach Miguels Ankunft hier auf dem Hof geschickt hatte. Sie verlangte eine Scheidungsvereinbarung. Ha! Wenn er diese Pumpe nicht reparieren konnte, gäbe es nicht einmal einen Betrieb, von dem sie einen Anteil fordern könnte. Was für eine absurde Forderung: die Scheidung und die Hälfte seines Betriebs! Niemals! Nicht, nachdem er allein so hart dafür gearbeitet hatte.

»Aua!« Er hatte zu heftig am Schraubenschlüssel gedreht, mit dem er eine verrostete Schraubenmutter lösen wollte, und sich die Fingerknöchel aufgeschürft. Miguel riss sich von seinem Handy los, steckte es weg und eilte Antonio zu Hilfe. Wenigstens war er momentan abgelenkt.

Auf dem Weg nach draußen nehme ich mein Handy aus der Schublade. Ich mache die Tür zu, bücke mich, streichele Ana und erkläre ihr, dass ich später wiederkomme. Dann streiche ich mein leichtes Jeanskleid glatt und mach mich auf den Weg durch die Kirschplantage.

Als ich um die letzte Ecke biege, lässt mich ein donnerndes Geräusch aus der Richtung des Pfades, der zwischen den Bäumen verschwindet, zusammenfahren.

Ich schreie erschrocken auf und mache einen Satz rückwärts.

Der wunderschöne schwarze Hengst sprengt auf mich zu. Sein gewölbter Nacken glänzt vor Schweiß unter der langen gewellten Mähne. Er wirft die Beine in die Höhe wie ein eleganter Balletttänzer.

»Es tut mir leid, ich wollte Sie nicht erschrecken!« Antonio zügelt das Pferd und schaut vom Sattel aus auf mich runter. Mit einer Hand fährt er sich durch die ungebärdigen schwarzen Haare – eine Reitkappe trägt er nicht. Das Pferd tänzelt nervös auf der Stelle wie ein Jogger, der nicht anhalten will. Es wirft den Kopf zurück, und weißer Schaum tropft von der Trense. Als Antonio mit leiser, unaufgeregter Stimme auf das Tier einredet, beruhigt es sich allmählich, bis es schließlich stillsteht und den Kopf sinken lässt.

»Der Hengst ist wunderschön«, sage ich. »Darf ich ihn streicheln?«

»Natürlich. Er heißt Suerte. Seine ersten Besitzer nannten ihn Diablo, Teufel, aber ich ziehe Suerte vor. Das bedeutet Glück, Chance, Schicksal. Das Wort findet ebenfalls beim Stierkampf Anwendung, wenn der Stierkämpfer angreift oder einen Ausfall macht.«

Ich strecke die Hand aus und streiche über den Hals des Pferdes. Als Suerte den Kopf schüttelt, schwirren Fliegen auf. Ich streichele das Tier zwischen den Augen, während Antonio entspannt im Sattel sitzt und die Zügel locker herunterhängen lässt. Ein sicheres Zeichen, dass Antonio seinem Pferd vertraut und weiß, dass es nicht davonstürmen wird. Ich bin mir nicht sicher, ob er in Bezug auf Miguel genauso denkt.

Ich lasse meine Hand durch Suertes Mähne gleiten, die tiefschwarz ist, aber im unteren Drittel einen weißen Streifen aufweist.

»Warum ist dieser Bereich hier weiß?«

Antonio schaut runter. »Er wurde als Fohlen von einem Stier

angegriffen. Er hat sich verteidigt, aber der Stier hat seine Spuren hinterlassen.« Er streicht über den weißen Streifen. »Ich habe ihn gefunden und hierher zu meinen Großeltern gebracht. Der Besitzer hat ihn als vermeintlich tot zurückgelassen. Offensichtlich war er ein schwieriges Pferd, wild und eigensinnig, aber er ließ sich nicht unterkriegen. Lange Zeit fand er es schwierig, jemandem zu vertrauen, doch wir haben einen Weg gefunden, miteinander zu arbeiten. Wie zwei Tänzer, die versuchen, ihren Rhythmus in Einklang zu bringen, und schließlich erkennen, wie sie zusammenpassen.«

In meinen Augen brennen Tränen – ich habe keine Ahnung, warum.

»Was ist mit den anderen Pferden?«

»Sie gehören mir nicht alle, aber es sind alles reinrassige Andalusier, wunderbare Tiere. Ein berühmter Oberstallmeister hat einmal gesagt: *Ein Andalusier wird mit dem Wissen geboren, wie die Dinge zu tun sind; wir sind es, die lernen müssen, wie wir unsere Fragen stellen müssen.* Ich nehme Pferde auf, mit denen die Besitzer … na ja, Schwierigkeiten haben; mit Verhaltensauffälligkeiten, könnte man sagen. Ich höre den Pferden zu und arbeite mit ihnen.«

»Das machen Sie also zusätzlich zur Bewirtschaftung der Kirschplantage? Leitet deshalb Valentina das Restaurant?«

»Ja, ich kann viel besser mit Pferden als mit Menschen umgehen.«

»Sie sind ein Pferdeflüsterer!«

Er lacht ein tiefes, wohlklingendes Lachen, und seine Augen funkeln. »Na ja, Sie können es nennen, wie Sie wollen. Jedenfalls ist es das, was ich tue.«

Er hört auf zu lachen, und unbehagliches Schweigen entsteht.

»Äh, Antonio, wegen gestern. Ich habe das Gefühl, ich sollte Ihnen erklären …«

Er schaut vom Pferderücken aus auf mich runter. Mein Mund

wird so trocken wie der staubige Pfad unter meinen Füßen, der die Ränder meiner weißen Leinenschuhe orange gefärbt hat. Ich versuche, meine Gedanken zu ordnen, und hebe dann den Kopf in der Erwartung, dass er gespannt auf meine Erklärung wartet. Doch er sieht mich gar nicht an, sondern mustert den Himmel.

»Wissen Sie, das … das war meine Cousine. Sie ist sehr … es ist eine lange Geschichte. Wir verstehen uns nicht besonders gut, weil, na ja …«

»Pst! Pst!« Er unterbricht mich mitten im Satz. Da ich ihn inzwischen ein bisschen besser kenne, bleibe ich stehen und lausche. Im Hintergrund höre ich ein summendes Geräusch.

»Funktioniert die Bewässerungsanlage wieder?« Ich betrachte das Leitungssystem, das sich wie eine Schlange zwischen den Bäumen hindurchschlängelt, aber es ruht untätig.

Antonio sieht mich an und schüttelt den Kopf. Sogar Suerte steht stockstill, als würde er lauschen. Dann hebt Antonio einen Finger, und ein Lächeln breitet sich auf seinem Gesicht aus.

»Bienen«, sagt er. »Wir brauchen die Bienen, um die Bäume zu bestäuben. Keine Bienen, keine Kirschen. Es ist gut, sie arbeiten zu hören.«

»Oh.« Ich nicke, und jetzt kann ich das Geräusch zuordnen. Ich drehe mich um und entdecke die Bienen, die wie Jumbojets herumfliegen, ihre Pollensäcke füllen und zu ihren Bienenstöcken am anderen Ende der Kirschplantage zurückkehren.

»Sie fliegen nur, wenn die Temperatur auf mindestens zwölf bis fünfzehn Grad steigt.« Antonio schwingt ein Bein aus dem Sattel und springt vor mir auf den Boden. »Wenn es wärmer wird, sind wir alle zufrieden.« Seine Augenbraue zuckt. Die Bienen bringen eindeutig das Beste in ihm zum Vorschein. »Das Letzte, was wir brauchen, ist noch mehr Regen. Regen ist der schlimmste Albtraum eines Kirschbauern. Die Kirschen platzen auf und bekommen Risse. Und damit sind sie kaputt!«, erklärt er. Mir wird klar, dass das die längste Unterhaltung ist, die wir je geführt haben. Offensichtlich fühlt er sich wohl, wenn er über Pferde und Kirschen redet.

Plötzlich pfeift er, rudert mit den Armen und schreit etwas. Das Pferd und ich zucken zusammen.

»Vögel«, sagt er. »Der andere Albtraum eines Kirschbauern. Wir müssen die Netze über die Bäume legen … Miguel!«

»Äh, Antonio, hören Sie, wegen gestern …«

»Ach, ja. Sie haben Ihrer Freundin von Ihren Plänen für Ihr Restaurant erzählt.« Er zieht die Zügel über Suertes Kopf und macht Anstalten, das Tier zur Koppel zu führen.

»Ich … ich war …« Ich suche nach einer Erklärung, während ich neben ihm hergehe und dabei seinem Blick ausweiche. »Ich habe nur gescherzt«, sage ich schließlich, obwohl die Situation alles andere als lustig war. »Es ist kompliziert. Sie ist meine einzige Cousine, aber wir verstehen uns nicht besonders gut …«

»Und Sie finden, ich sollte mehr Lichter entlang der Zufahrt anbringen?«

Seine Miene ist undurchdringlich, ich kann sie nicht lesen. Ich weiß nicht, ob er mich zur Rede stellen will, weil ich so anmaßend war, oder ob er mich auslachen wird. Ich bleibe stehen, und zu meiner Überraschung hält er ebenfalls an. Er sieht tatsächlich aus, als wolle er meine Antwort hören.

»Ja, das stimmt«, sage ich. »Ich finde, Sie könnten noch vieles verändern. Ich meine, wenn Sie möchten, könnte ich ein paar Vorschläge machen. Ich habe mir gedacht …«

»Sie müssen mit Valentina reden. Sie hat hier das Sagen. Ich habe genug mit den Pferden, den Kirschbäumen und einem Bewässerungssystem zu tun, das mich zur Verzweiflung treibt. Mit dem Restaurant habe ich nichts zu tun … auch nicht mit dem Abspülen. Damit wir uns verstehen!«

Er zieht die Augenbrauen hoch, und ich könnte mir einbilden, dass er lächelt, als er mit dem Pferd am Zügel davonmarschiert und mit einer Hand eine Schar Stare vertreibt. Als er erneut nach Miguel ruft, erscheint der junge Mann mit einer Tasse Kaffee in einer Hand und seinem Handy in der anderen.

»*Hola,* Beti!« Er lächelt mir zu.

»*Hola,* Miguel!«

Antonios Blick wandert von Miguel zu mir. Er scheint sich ein Bild von uns zu machen. Aber ich bin mit meinen eigenen Gedanken beschäftigt. Antonio hat recht, ich muss Valentina mit ins Boot holen und mir noch ein paar Dinge ausdenken, wie man den Umsatz steigern kann. Und wenn ihr meine Ideen gefallen, könnte ich sie dazu bewegen, mir mehr Arbeit zu geben. Hoffentlich kommt sie bald zurück. Offensichtlich ist Flamenco tabu. Ich weiß immer noch nicht, warum der Tanz verbannt wurde, und möchte unbedingt mehr darüber erfahren, aber ich glaube nicht, dass das Verhältnis zwischen Antonio und mir gut genug ist, um weiter nachzuhaken. Wenigstens scheinen die Ereignisse vom Vortag vergessen zu sein. Und da Olivia und Gav wieder weg sind, kann ich das alles hinter mir lassen.

Ich verabschiede mich von Antonio und Miguel und informiere sie, dass ich zum Hafen fahre, um Ausschau nach einem Job zu halten. Als ich mich abwende, fummelt Antonio wieder an der Pumpe herum, während Miguel mit den Netzen beschäftigt ist. Ich denke unwillkürlich, dass er sich allmählich wie ein Gefangener in seinem eigenen Haus vorkommen muss. In der Gegend gibt es niemanden in seinem Alter. Hoffentlich langweilt er sich nicht zu sehr. Gelangweilte Teenager bringen sich am ehesten in Schwierigkeiten. Er braucht eine richtige Aufgabe. Ich denke an meine eigene Lage: Wenn ich das nötige Geld für die Bar verdienen kann, werden alle zu Hause sehen, dass ich etwas erreicht habe, worauf ich stolz sein kann. Hoffentlich findet auch Miguel seinen Weg, und zwar bald.

17. Kapitel

Unten am Hafen herrscht perfektes Wetter. Der Himmel ist blau und absolut wolkenlos, und es ist herrlich warm. Rund um den Hafen sind die Marktstände aufgebaut und halten Produkte aller Art feil: Käse, Fisch, Fleisch, Honig und Gemüse, Oliven und Orangen. Künstler verkaufen ihre Gemälde, und Töpfer und Seifenmacher preisen ihre Waren an, alles unter cremefarbenen Sonnenschirmen, die wie spitze Strohhüte aussehen. Die Stimmung auf dem Markt ist entspannt und gelassen und passt zum warmen Sonnenschein; eine bunte Mischung aus englischen und spanischen Stimmen, die miteinander lachen und plaudern. Eine Ruhepause, bevor die Massen der Urlauber in den Schulferien wieder über den Ort herfallen werden. Ich betrachte die wunderbare Vielfalt der Lebensmittel und beschließe herumzuspazieren, nachdem ich Arbeit gefunden habe. Ich wünschte, ich hätte ein Hobby, mit dem ich etwas herstellen könnte, was sich auf dem Markt verkaufen ließe – aber mir fällt nichts ein.

Ich wende mich der anstehenden Aufgabe zu. Ich habe vor, der Reihe nach sämtliche Geschäfte und Restaurants rund um den Hafen abzuklappern. Ich atme tief durch und fange entschlossen an.

Nach einem »nein danke« im Souvenirshop, beim Kajakverleih und in der Bar direkt am Wasser – wo der Besitzer aus Dover mich fragte, ob ich bereit sei, oben ohne zu bedienen – erreiche ich den Nachtclub Pink Flamingo, in dem Will und ich unseren letzten gemeinsamen Abend verbracht haben, ehe er Poker spielen ging und mein Leben, so wie ich es kannte, ein jähes Ende fand.

Die Rezeption neben der Garderobe ist nicht besetzt. Ich schlüpfe durch einen staubigen, sonnengebleichten purpurroten Vorhang. Meine Augen brauchen einen Moment, bis sie sich an das Dämmerlicht gewöhnt haben. Auf der Bühne entdecke ich Maxine, die Managerin, die mit einer Flasche Wasser in der Hand eine Tanznummer aufführt, in der sie offensichtlich Cher imitiert.

»Hallo?«, rufe ich. »Entschuldigen Sie bitte!«

»Oh!«, sagt Maxine und späht in die Dunkelheit. »Sie sind das – Beti, nicht wahr?« Sie kommt von der Bühne runter. »Sie haben mich sozusagen in flagranti erwischt. Ich führe diese Bar jetzt, aber ich kann es nicht lassen, in Übung zu bleiben. Man kann nie wissen, wann man vielleicht mal einspringen muss.«

»Es tut mir leid, ich wollte Sie nicht unterbrechen. Ich möchte mich erkundigen, ob Sie Arbeit für mich haben – zum Beispiel putzen oder etwas in der Richtung. Nur tagsüber, denn abends jobbe ich in einem Restaurant.«

»Tut mir leid, Schätzchen, aber ich habe genug Personal, es sei denn, Sie haben eine großartige Shownummer drauf, die ich buchen könnte. Mit Ihrem Aussehen könnten Sie eine fabelhafte Adele abgeben.«

»Nein danke!« Ich hebe abwehrend eine Hand und denke, dass damit meine etwas barocke Figur und die brünetten Haare gut beschrieben sind. Es war mir immer schon ein bisschen peinlich, dass ich nicht gerade schlank bin, ganz anders als Olivia. Aber ich nehme es einfach als Kompliment – schließlich ist Adele eine Legende.

Maxine trinkt einen Schluck Wasser.

»Sie sind großartig!«, sage ich. »Waren Sie immer schon Cher?«

»Na ja, am Anfang wäre ich gerne die nächste Barbra Streisand geworden, aber wer wollte das nicht?«

»Ich zum Beispiel!«, erwidere ich lachend.

»Zuletzt war ich Tanzlehrerin im Gemeindezentrum in meinem Dorf. Dann dachte ich mir: *Ist das alles?* Ich wollte einen Richtungswechsel und bin nach Spanien gezogen. Und ja, es steckte ein Mann dahinter! Ich habe in Bars gearbeitet, alles, was ich kriegen konnte – ein bisschen wie Sie –, und dann habe ich festgestellt, dass als Cher-Doppelgängerin gutes Geld zu verdienen ist. Ich bin eines Abends bei einer Karaoke-Show aufgetreten und habe danach die Nummer ausgearbeitet. Es ist nicht ganz das, was ich mir ursprünglich als Job vorgestellt hatte, aber hey! Wie ist der Stand bei Ihren Plänen, die Butterfly Bar zu übernehmen?«

Ich stoße einen tiefen Seufzer aus.

»Warum machen Sie denn so ein trauriges Gesicht?«, fragt Maxine.

»Sagen wir mal, die Dinge laufen nicht ganz wie erhofft – und ja, es steckt ein Mann dahinter!«

Wir lachen beide.

»Kommen Sie«, meint Maxine. »Ich treffe mich gleich mit Craig auf einen Drink. Sie sehen aus, als könnten Sie auch einen vertragen.«

»Oh nein, danke, ich sollte mich wieder auf den Weg machen. Ich muss Arbeit finden und meine E-Mails checken. Allerdings ist mein Handy momentan tot.«

»Stecken Sie es bei Brenda und Harold ein, sie haben nichts dagegen. Wir könnten immer noch an dieser Adele-Nummer arbeiten!«

»Ich weiß nicht recht«, antworte ich zögernd. »Ich bin mir nicht sicher, ob ich bereit bin, Leute zu treffen, bevor ich meine finanzielle Situation im Griff habe.«

»Na ja, Sie kennen doch den Spruch: Tue so, als ob, bis der Erfolg kommt. Zeig den Zuschauern nicht, dass du eine Mordsangst hast!« Sie spürt, dass sie mich noch nicht ganz überzeugt hat, legt mir den Arm um die Schultern und führt mich aus dem Club zur Butterfly Bar.

Craig ist schon da.

»Was darf's sein?«, fragt Harold fröhlich. »Wein, Sangria, Kirschlikör?«

Ich lächele und küsse ihn flüchtig auf die Wange. Ich bin froh, dass ich mitgegangen bin. Ich stecke mein Handy an einer Steckdose innerhalb der Glastüren ein und warte, dass es zum Leben erwacht. Es ist nicht mehr geladen worden, seit ich es vor einigen Tagen in die Schublade geworfen habe. Obwohl ich mir vorgenommen habe, es für mindestens eine Woche nicht mehr anzurühren, denke ich, dass es sich als nützlich erweisen könnte, falls sich Jobmöglichkeiten ergeben und ich meine Telefonnummer mitteilen muss.

»Für mich bitte nur Kaffee, ich muss heute Abend arbeiten«, sage ich, während ich mich frage, ob heute Abend genauso viel los sein wird wie gestern.

Brenda gesellt sich zu uns und zeigt uns neue Fotos von ihren drei Enkelsöhnen. Dann erörtern Craig und Maxine Ideen für meinen Auftritt als Double, zu dem es nie kommen wird. Ich hasse es, auf einer Bühne zu stehen. Ich habe es schon in der Schule gehasst, als wir für das alljährliche Musik- und Literaturfest singen, tanzen und an einem Gedichtewettbewerb teilnehmen mussten. Eigentlich war ich ziemlich gut in walisischem Volkstanz, aber ich hasste jede Sekunde dieses Angestarrtwerdens. Olivia jedoch hat gesungen, und es wurde natürlich jede Menge Aufhebens darum gemacht.

Endlich hat mein Handy wieder genug Akku. Ich habe einige Facebook-Nachrichten erhalten – ich klicke auf die App und scrolle runter. Ich spüre, wie ich blass werde, und für einen Moment bleibt mir das Herz stehen.

Olivia hat ein Album mit Fotos von Cortijo Ana mit der gut gefüllten Terrasse und den blühenden Kirschbäumen gepostet. Der Titel lautet *Das Restaurant meiner Cousine*, und darunter hat sie hinzugefügt: »Ich bin sehr stolz, dass meine Cousine endlich ihren Traum lebt!«

Oh Gott! Alle werden glauben, dass das Restaurant mir gehört! Ich muss sie dazu bringen, das Album zu löschen. Ich darf nicht zulassen, dass die Situation noch mehr aus dem Ruder läuft. Sogar Mom hat einen Kommentar geschrieben: »Dad und ich sind so stolz auf dich, Beti!«

Oh nein! In meinen Augen brennen Tränen. Wie konnte das nur passieren? Warum habe ich nicht nachgedacht? Ich hätte Olivias alberne Vermutung sofort richtigstellen müssen. Natürlich war die Sache nicht mit ihrer Abreise erledigt. Sie mochte zwar nicht Teil meiner Welt hier sein, hatte aber offensichtlich nichts Besseres zu tun, als es allen zu Hause brühwarm zu erzählen. Heiliger Strohsack, das Album ist schon siebzehn Mal geteilt worden! Wie kann ich das aufhalten?

Als ich versuche, mir zu überlegen, was genau ich Olivia sagen soll, ploppt eine Nachricht auf dem Facebook Messenger auf. Ich schaue hin, dann noch mal. Vor meinen Augen verschwimmt alles. Es ist Will.

»Geht's dir gut, Beti?«, fragt Craig.

»Sie sind auf einmal sehr blass«, meint Maxine. »Sagen Sie bloß, es liegt an dem Mann, der hinter dem Chaos steckt, in das Sie geraten sind!«

Olivias Album gerät in den Hintergrund, während Wills Nachricht leuchtend im Vordergrund steht. Ich halte die Luft an und frage mich, ob es ihm genauso geht, während er auf meine Reaktion wartet. Mir ist heiß, und ich bin völlig durch den Wind.

Hi, lese ich schließlich.

Habe gerade Olivias Bilder gesehen. Dein Restaurant sieht toll aus. Ich wusste immer, dass du es schaffst. Es tut mir wirklich sehr leid. Hoffentlich kannst du mir eines Tages verzeihen.

Ich überlege gerade, was ich antworten soll – wie ich ihm klarmachen soll, dass ich ihn am liebsten umbringen würde, dass er alles kaputtgemacht hat –, als der kleine grüne Punkt neben seinem Namen verschwindet. Er ist weg.

Was fällt ihm ein, einfach so aufzutauchen, sich zu entschuldigen und dann gleich in der Versenkung zu verschwinden … schon wieder? Ich bin so wütend! Er hat mir mein Geld und meine Träume gestohlen, und jetzt glaubt er, er könne einfach mal so Hallo sagen, als wären wir alte Kumpel.

Dann fällt mein Blick auf eine andere Nachricht, die Olivia gepostet hat.

Sieht so aus, als hätte ich die perfekte Location für meinen dreißigsten Geburtstag gefunden! Eine Party im Restaurant meiner Cousine in Spanien – wer ist dabei?

Oh nein. Nein, nein, nein, nein, neeeiiin! Das kann doch nicht wahr sein. Auf keinen Fall kann sie ihre Party in der Cortijo Ana feiern! Mein Mund wird trocken, und mein Kopf tut weh, als ich den Post noch mal lese. Es gibt zweiunddreißig Likes, und mein Name unter einem Foto von Olivia und mir vor dem Restaurant ist markiert. Inzwischen stehe ich kurz davor zu hyperventilieren.

Schweigend stellt Brenda ein großes Glas Brandy mit einem Schirmchen darin und einer Orangenscheibe am Rand vor mich hin. Die Orangenscheibe löst sich, rutscht runter und landet auf dem Tisch. Ich schnippe das Schirmchen aus dem Glas und stürze den Brandy in einem Zug runter. Er brennt mir in der Kehle. Irgendwie muss ich dieser Sache ein Ende setzen.

18. Kapitel

Hi, Olivia!, tippe ich auf Messenger. Mein Herz pocht immer noch heftig.

Hey, Bet. Wie läuft's im sonnigen Spanien?, antwortet sie umgehend, versehen mit einem Smiley. Normalerweise ist sie nicht so freundlich zu mir. Plötzlich, nach dreißig Jahren einer zurückhaltenden Beziehung unter Cousinen, hat sich unser Verhältnis komplett gewandelt – jetzt, wo sie glaubt, dass ich ihr das geben kann, was sie will.

Es wird wärmer!, tippe ich, während ich immer noch überlege, wie ich ihr die Wahrheit beibringen kann.

Was hältst du von den Fotos? Sie sollten dir jede Menge Aufmerksamkeit verschaffen. Sie fügte einen weiteren Smiley hinzu.

Großartig, antworte ich. Und das waren sie auch – jedenfalls die vom Restaurant und von Olivia. Auf dem Foto, auf dem ich zu sehen bin, habe ich die Augen zu und lächele definitiv nicht. Meine Finger schweben über den Tasten. *Wegen deiner Idee für eine Party …*, fange ich an.

Ja!! Eine ausgezeichnete Idee, nicht wahr? Und da du genug Verlobungspartys organisiert hast, bist du in der Lage, das Ganze zu stemmen – eine Fete unter spanischem Motto. Du könntest ein Moodboard erstellen und mir zuschicken.

Es tut mir leid, aber das wird nicht möglich sein, tippe ich und füge einen traurigen Smiley hinzu.

Was? Warum nicht?! Ich kann förmlich ihre Stimme hören. Da Olivia eine richtige Prinzessin ist, kann sie kein Nein akzeptieren.

Es ist einfach zu viel los, schreibe ich zurück, obwohl ich weiß, dass ab nächster Woche nach dem Ende der Kirschblüte wieder nur eine Handvoll Einheimische zum Essen kommen werden.

Dann mach die Reservierung sofort! Für das zweite Juniwochenende!, fordert sie.

Juni, denke ich – genau dann, wenn meine Zeit hier zu Ende sein wird. Wenn ich es bis dahin nicht geschafft habe, das Geld für die Kaution und die erste Monatspacht zusammenzukratzen, nun, dann werde ich Anfang Juni nach Hause fliegen. Juni, die Zeit der Kirschernte. Wie die Kirschbäume, die komplett abgeerntet werden, werde auch ich nichts mehr haben und ganz von vorne anfangen müssen.

Es tut mir leid, es geht einfach nicht.

Aber Gav zahlt für alles, es ist sein Geburtstagsgeschenk für mich: die Miete für die Location und die Kosten für Essen, Getränke und Unterhaltung. Du könntest richtig gut daran verdienen!

Sicher, aber …, beginne ich zu schreiben.

Hier ist das Budget! Sie schickt mir eine Zahl, bevor ich meinen Satz beenden kann.

Mir fallen fast die Augen aus dem Kopf. Wie können Leute so viel Geld für eine Party ausgeben? Das kann nicht stimmen.

Ich bin keine Partyveranstalterin, ich habe keine Erfahrung mit der Organisation eines Events für so viele Leute, versuche ich es erneut.

Oh doch, die hast du! Du hast drei Verlobungsfeiern organisiert und drei Hochzeiten geplant. Und sie waren durchorganisiert wie Militäreinsätze. Ganz bestimmt kannst du eine Geburtstagsparty planen! Vor allem in deinem eigenen Restaurant!

Das trifft mich schwer. Damit habe ich mein ganzes bisheriges Leben als Erwachsene verbracht. Während andere in meinem Umfeld Karrieren aufbauten, sich ein Zuhause einrichteten und Familien gründeten, habe ich Hochzeiten geplant, die nie stattgefunden haben – immer auf der Jagd nach »und sie lebten glücklich bis an ihr Lebensende«.

Biiiittteeee! Inzwischen ist Olivia zum Betteln übergegangen. *Es würde alle umhauen, wenn man es mit den anderen Dreißigern vergleicht. Manche feiern in Nachtclubs, manche gehen Fallschirmspringen, aber eine Party in einem Restaurant meiner Familie in Südspanien wäre einfach perfekt.*

Das ist es also! Ein Restaurant im Besitz ihrer Familie! Sie möchte die Leute glauben lassen, dass ihre Familie Grundbesitz in bester Lage in Spanien hat. Noch etwas, womit man angeben kann. Da sträuben sich mir die Nackenhaare! Dann lese ich noch einmal die Zahl, die sie mir genannt hat. Dieses Angebot abzulehnen fällt mir schwer – es könnte alles ändern.

Gav wird eine Anzahlung überweisen. Olivia lässt nicht locker.

Es ist genau das, was ich brauche: einen zusätzlichen Verdienst, den ich in die Butterfly Bar stecken könnte. Und es ist das, was auch Antonio braucht: zusätzliche Gäste, wenn die Kirschblüte vorüber ist und die Einheimischen keine Lust mehr auf Valentinas internationale Speisekarte haben. Mein Gehirn prüft langsam alle Aspekte von Olivias Vorschlag. Ich kann das nicht machen, oder doch? Es würde meine Probleme lösen, wenn ich es durchziehen könnte. Eine große Party, und die Butterfly Bar gehörte mir. Ich betrachte die Bar und die freundlichen Einheimischen, als sähe ich sie zum ersten Mal – und ich verliebe mich erneut. Es ist perfekt! Diese Bar ist genau richtig für mich! Ich denke an Will. Will ich wirklich zulassen, dass er mir alles kaputtmacht?

Okay, tippe ich, *ich checke den Terminkalender.*

Juhu! Das wird die beste Party zu einem dreißigsten Geburtstag, die die Leute je erlebt haben! Ich gewinne! Das ist so retro! Ländliches Spanien! Du musst dafür sorgen, dass es die beste Party wird, die du je organisiert hast, Bet! Mein ganzer Ruf hängt davon ab!

Ich denke an Olivia und ihre reichen Freunde, die um die besten Partys und Hochzeiten wetteifern. Ich denke an Mom und Dad: Wie stolz werden sie sein, wenn ich etwas in meinem Leben vorzuweisen habe! Ich denke an Onkel Pauls Gesicht. *Alles* hängt von der Sache ab! Ich lege das Handy auf den Tisch und schaue mich um.

»Ich glaube, ich nehme noch einen Brandy«, sage ich, und zum ersten Mal seit Wochen gibt es einen Grund für mich zu lächeln. Ich bin wieder auf dem richtigen Weg.

»Auf Neuanfänge«, sagt Brenda, und Maxine stößt mit mir an. Jetzt muss ich nur noch Antonio überzeugen.

19. Kapitel

»Nein, auf gar keinen Fall. Tut mir leid«, sagt er mit Nachdruck.

Vielleicht hat er mich nicht richtig verstanden. Er würde nicht ablehnen, wenn er verstanden hätte, was ich ihm gesagt habe.

»Sie möchte eine Feier, und zwar hier in Cortijo Ana. Eine richtig große Party anlässlich ihres dreißigsten Geburtstages. Eine Mottoparty, für die alle Register gezogen werden sollen. Eine Party, die allen im Gedächtnis bleiben wird. Sie hat mir auch das vorgesehene Budget mitgeteilt. Ihr Freund wird die Feier bezahlen, es ist sein Geschenk für Olivia. Er will eine Anzahlung leisten und den Rest dann im Juni zahlen, wenn die Party steigt. Es wäre sehr lukrativ für das Restaurant, und wenn man weitere derartige Veranstaltungen abhalten könnte ... nun ja. Es könnte eine Wende bedeuten. Und ich habe ...«, mein Mund wird trocken, »eine ganze Menge Erfahrung in der Planung von Veranstaltungen.«

Ein Windstoß kommt auf und wirbelt die Blütenblätter um uns herum wie Konfetti. Miguel ist auf der Kirschplantage und flickt immer noch Netze.

»Nein, keine großen Partys.« Antonio füllt den Trog auf der Pferdekoppel mithilfe des Schlauchs mit Wasser.

»Aber warum denn nicht?« Ich folge ihm, als der Trog gefüllt ist. Antonio dreht den Wasserhahn zu.

»Geburtstagsfeiern bei uns im Restaurant sind Familientreffen mit einer gemeinsamen Mahlzeit, vielleicht noch Kaffee und Kuchen. Es sind keine großen Mottopartys. Unten am Hafen gibt es passende Lokale dafür. Versuchen Sie es im Pink Flamingo. Oder in der Beach Bar. Ich glaube, da gibt es auch Oben-ohne-Bedienungen.«

»Nein, Sie verstehen nicht. Sie möchte hier feiern. Wegen des ... ländlichen Charmes!« Ich lächele. »Das unterscheidet Cortijo Ana von den Lokalitäten unten am Hafen.«

»Ich verstehe Sie sehr gut.« Er rollt den Schlauch auf und hängt ihn über den Wasserhahn, dann richtet er sich auf und sieht mich an. »Luftballons und Kastagnetten, Piñatas und Pints. Sie glaubt, das sei eine spanische Party, aber das ist nicht das echte Spanien!«

Er geht in den Schuppen, kommt mit Zaumzeug und einem langen Leitzügel zurück und marschiert zur Koppel. Ich folge ihm und bleibe vor dem Gatter stehen. Ich kann nicht zulassen, dass er meinen Vorschlag ablehnt, das kann ich einfach nicht.

»Aber Valentina möchte, dass die Touristen kommen, die jungen Leute mit Geld. Genau um solche Leute handelt es sich.«

»Entschuldigen Sie bitte«, sagt er, und ich trete zur Seite. Er legt sich das Zaumzeug über die Schulter, klettert auf den Zaun, schwingt seine langen Beine darüber und geht zielbewusst über die staubige Koppel auf die Pferde zu. Sie stehen unter einem Baum und vertreiben die Fliegen, von denen sie schon am frühen Morgen gequält werden, mit ihrem langen Schweif.

»Können Sie nicht Valentina fragen? Vielleicht findet sie die Idee ja gut«, rufe ich Antonio hinterher.

Er spricht leise mit den Pferden und streichelt ihnen den Hals. Das Hengstfohlen tänzelt herum und weicht ihm aus. Doch schließlich beruhigt es sich, und Antonio streift ihm das Zaumzeug über den Kopf. Der kleine Hengst wehrt sich kaum. Mit dem Pferd am Zügel kommt Antonio zum Zaun zurück.

»Valentina muss noch dringende Arbeiten für ihren anderen Job am Hafen erledigen. Besprechungen und so«, erklärt er, obwohl ich mich gar nicht erkundigt habe, wo sie steckt. »Sie hat eine Wohnung da unten. Wir haben vereinbart, dass jeder sein eigenes Leben führt.« Er nickt, um zu zeigen, dass er genug gesagt hat, und führt das junge Pferd durch das Gatter.

»Dann werden Sie sie also wegen der Party fragen?«, hake ich hoffnungsvoll nach.

Plötzlich explodiert das Hengstfohlen vor lauter jugendlichem Übermut, steigt, lässt sich wieder fallen und tritt aus. Antonio hält die Zügel fest, folgt dem Tier und lässt es sich austoben, bevor er es auf eine kleinere Weide führt. Dann dreht er sich um und sieht mich an.

»Und was ist für Sie drin? Warum sind Sie so hartnäckig?«, fragt er stirnrunzelnd und bringt mich damit in Verlegenheit. Ich registriere, dass Miguel seine Kopfhörer aufhat und unsere Unterhaltung nicht verfolgt.

»Es … es geht um meine Cousine. Es ist *ihr* Geburtstag«, sage ich schließlich und seufze, ohne es zu wollen.

»Die, die vor Kurzem hier gewesen ist?«

»Ja.« Bei der Erinnerung lasse ich die Schultern sinken, doch ich habe das Gefühl, dass Antonio die Situation regelrecht genießt.

»Diejenige, die möchte, dass ich mich um den Abwasch kümmere?«, fährt er fort.

»Ah, ja … das war nur ein Missverständnis.« Ich versuche, darüber hinwegzugehen.

Antonio dreht sich zu dem Pferd um und treibt es mit einem Zungenschnalzen an. Plötzlich bockt es, steigt wieder und tritt aus. Antonio folgt dem Fohlen, gibt ihm Raum und zieht es dann an der Longe langsam zu sich heran. Dabei spricht er beruhigend auf es ein, lässt den Zügel allerdings nicht los, egal wie sehr der junge Hengst bockt. Wie durch ein Wunder beruhigt er sich schließlich und trabt den ausgetretenen Pfad entlang. Anfangs wirft er noch den Kopf zurück und zieht am Zügel. Antonio spricht leise und sanft auf das Tier ein, bis es reagiert, den Kopf senkt und der Hals einen wunderschönen Bogen bildet – wie bei dem schwarzen Hengst.

Staunend sehe ich zu und werfe einen raschen Blick zu Miguel, um zu prüfen, ob er es ebenfalls mitbekommen hat. Aber nein. Er beugt sich über die Netze, Kapuze auf dem Kopf, und checkt mit einer Hand sein Handy. Das Pferd wechselt nun ruhig von einer Gangart in die nächste, von Schritt zu Trab und wieder zurück. Die Mähne weht mit jedem rhythmischen Schritt. Und plötzlich wendet Antonio seine Aufmerksamkeit wieder mir zu.

»Also, was ist für Sie drin?«, fragt er wieder und lässt das Hengstfohlen nicht aus den Augen. Ich beobachte immer noch voller Respekt, wie Antonio bei dem jungen Pferd Wunder bewirkt.

»Äh …« Ich habe Mühe, mich wieder auf meine prekäre Lage zu konzentrieren. »Nun, im Grunde genommen zusätzliche Arbeitsstunden. Wenn ich die Party plane und organisiere, kann ich damit kompensieren, dass ich in dem Burger-Laden am Hafen nicht mehr gebraucht werde.«

»Brr!«, ruft er dem Pferd zu, und überraschenderweise bleibt es sofort gehorsam stehen. Antonio wendet kurz den Blick von ihm ab und sieht zu mir rüber. Ich halte die Luft an. Wird er zustimmen? Eine Welle der Erregung läuft mir den Rücken rauf und runter und lässt mich schaudern. Dann hebt er das Kinn, schnalzt wieder mit der Zunge, und das Pferd senkt den Kopf und läuft los.

»Es tut mir leid, es ist nicht möglich.« Antonio konzentriert sich erneut auf das Tier.

»Wie bitte?«

»Es ist im Juni. Im Juni ist keine Zeit für andere Dinge, weil die Kirschernte stattfindet.« Er deutet mit einem Nicken auf die Bäume. »Das ist es, was in dieser Gegend wichtig ist: diese Bäume und die Ernte. Das Restaurant wird geschlossen sein. Ich brauche alle verfügbaren Hände. Wenn ich mich nicht auf meine Ernte konzentriere, könnte ich alles verlieren. Es darf keine Ablenkungen geben.« Seine Miene verfinstert sich, und irgendetwas sagt mir, dass ich keine weiteren Fragen stellen sollte. »Allerdings …«

»Ja?« Ein Funken Hoffnung flackert in mir auf.

»Wenn Sie mehr arbeiten wollen … Da das Bewässerungssystem nicht funktioniert, muss ich alles von Hand machen. Wenn Sie zusätzliche Arbeitsstunden brauchen, würde ich Sie für das Wässern der Bäume bezahlen. Das ist der Wassertankwagen.« Er deutet mit einem Kopfnicken auf die Kirschplantage, wo ein großes verrostetes orangefarbenes Fass auf Rädern steht.

Ich seufze. »*Gracias*«, sage ich.

»*De nada.*« Er nickt.

Ich brauche natürlich tatsächlich zusätzliche Stunden. Ich hatte nur nicht mit dieser Art von Arbeit gerechnet. Was soll ich bloß Olivia erzählen? Momentan glaubt sie noch, ich würde ihre Geburtstagsparty organisieren. Und wie um alles in der Welt funktioniert ein Wassertankwagen?

Antonio spürte einen Ruck am Longierzügel, an dessen anderem Ende sich der kleine Hengst befand. Er warf einen kurzen Blick auf Beti, die zu Miguel gegangen war und sich mit ihm unterhielt. Der Junge saß immer noch auf dem Boden und arbeitete an den Netzen, aber er hatte die Ohrstöpsel herausgenommen und zeigte Beti, was er gerade machte. Sie schien sich viel leichter zu tun, mit Miguel zu reden, als er selbst. Genau genommen kam sie anscheinend mit fast allem klar. Er hatte beobachtet, wie sie die Feier anlässlich des achtzigsten Geburtstags von Pedros Mutter gerettet hatte.

Er betrachtete Beti nachdenklich. Er hätte der Party gerne zugestimmt, aus Dankbarkeit und um sicherzugehen, dass sie dablieb. Sie war auf jeden Fall eine tüchtige Arbeiterin. Doch während der Ernte konnte er keine Ablenkungen dulden. Ein einziges Mal hatte er sich von der wichtigsten Sache ablenken lassen und beinahe alles verloren. Das durfte nie wieder passieren. Die Kirschen und der Hof gingen vor. Er musste dafür sorgen, dass sie durch nichts bedroht wurden. Nicht durch die Vögel – er warf einen Blick auf die Stromleitung, auf der sie sich versammelt hatten –, nicht durch eine Mottoparty im Restaurant und ganz sicher nicht durch Miguels Mutter. Er hatte eine weitere Nachricht von ihr erhalten, außerdem einen Brief von einem Anwalt, in dem hochoffiziell wiederholt wurde, dass sie die Scheidung und die Hälfte von allem wollte. Natürlich! Nachdem Miguel ihr die Fotos geschickt hatte, glaubte sie auf einmal, dass sie mit einer hohen Auszahlungssumme rechnen konnte!

Er beendete die Arbeit mit dem kleinen Hengst, nachdem er ihn anders herum im Kreis hatte laufen lassen, und brachte ihn zu seiner Mutter zurück, die viel Aufhebens um ihren Sohn machte und ihn ausgiebig beschnupperte. Das junge Pferd machte ihm richtig Freude. Es wäre schade, es zu verkaufen. Es war etwas Besonderes, das spürte Antonio.

Er blickte wieder rüber zu Miguel und Beti, die zusammen neben dem Wassertankwagen standen und lachten und scherzten. Er schüttelte den Kopf. Ein Pferd konnte er verstehen; sein Sohn jedoch stellte für ihn eine ganz andere Herausforderung dar. Bis auf den flüchtigen Augenblick, als sie die Pumpe zum Laufen gebracht hatten, konnte er keine Verbindung zu ihm aufbauen. Er hatte keine Ahnung, was der Junge dachte. Wollte Miguel hier sein? Wollte er lieber nach Hause? Oder plante er, sich irgendwo anders ein neues Leben aufzubauen? Antonio musste einen Weg finden, ihn besser kennenzulernen.

Er drehte sich um und ging zu der Pumpe mitten im Hof. Wenn er diese Kirschbäume nicht gießen konnte, würde es keine

Ernte geben und auch keinen Obstbauernhof mehr, um den er kämpfen konnte. Frustriert trat er gegen die Pumpe. Sie zitterte kurz, erwachte für einen hoffnungsvollen Moment zum Leben und verstummte sofort wieder. Gott sei Dank hatte er Miguel und Beti als Unterstützung. Er sah zu, wie sie den Schlauch aufdrehten und versuchten, sich gegenseitig nass zu spritzen. Diese Frau faszinierte ihn. Vollkommen exzentrisch! Da war dieser Abend mit ihrer Cousine, und außerdem hatte er gehört, wie sie mit der Katze sprach. Wer war sie? Und warum lebte sie hier ganz allein, wässerte Kirschbäume und arbeitete in der Küche als Spülerin? Er wusste nichts von ihr, aber dennoch könnte sie die Antwort auf seine Gebete sein. Wenn sie mit dem Wassertankwagen so gut zurechtkam wie mit Bonita in der Küche, und wenn sie Miguel davon abhalten konnte, sich in neue Schwierigkeiten zu bringen, könnte sie sich als Geschenk des Himmels erweisen.

20. Kapitel

»Wie oft müssen wir das machen?« Miguel keucht, als er den Anhänger zieht, während ich hinter ihm gehe und die Wurzeln der Bäume wässere.

»Na ja, Antonio hat gesagt, dass sie bei der Wärme alle zwei Tage gegossen werden müssen. Es gibt vier Felder. Wie viele Bäume sind es?«

»Dreihundertfünfzig«, antwortet Miguel seufzend.

»Also, wenn wir dieses Feld jetzt gießen und das nächste heute Abend, bevor das Restaurant aufmacht, und dann die anderen beiden morgen, sollten wir hinkommen. Und dann müssen wir die Netze anbringen, sobald die Blüte vorbei ist.« Ich denke an die Zweige, die ich an meinem ersten Tag gepflückt habe. Jeder Zweig trägt zur Erntezeit Früchte. Ich kann es kaum fassen, dass ich damals nicht daran gedacht habe.

Die Räder des Anhängers quietschen, wenn sie weiterrollen, und das Wasser zischt leise, als ich die Wurzeln besprühe. Ich versuche mir Antonios Anweisungen ins Gedächtnis zu rufen, wie lange jeder Baum gegossen werden soll, bevor der nächste an der Reihe ist. »*Un, dos, tres* …«, murmele ich lautlos vor mich hin. Über uns auf der Stromleitung zwitschern die Vögel, als würden sie sich darüber austauschen, wo es in dieser Saison die besten Kirschen gibt.

»Und, hast du dich schon ein bisschen eingelebt?«, frage ich Miguel, als er den Wagen zum nächsten Baum zieht. Die Katze Ana hat sich zu uns gesellt und flitzt die Baumstämme hoch und runter. »Wie gefällt es dir hier in Colina de Flor?«

»Es ist langweilig. Man kann nichts tun!«

»Na ja, als *nichts* würde ich es nicht gerade bezeichnen.« Ich betrachte die zahlreichen Bäume, die wir alle noch von Hand gießen müssen. Dennoch bin ich sehr dankbar für den Lohn.

»Hier ist einfach niemand, wirklich niemand!« Er bleibt stehen und streckt die Arme aus. »Nur Vögel! Hallo, ihr Vögel!« Er winkt ihnen zu und bringt mich damit zum Lachen. »Und Pferde! Hallo, Pferde!« Er wirft einen ängstlichen Blick zur Koppel. »Und ich werde definitiv nicht in ihre Nähe gehen«, fügt er hinzu.

»Aber Antonio kann fantastisch mit ihnen umgehen«, sage ich. Ich bin nach wie vor beeindruckt.

»Ich habe eindeutig nicht die Gene meines Vaters. Ich weiß nicht mal, wo vorne und hinten ist.«

»Dann bist du nicht hier aufgewachsen und hast auch nicht reiten gelernt?« Ich zeige auf den Schlauch und beginne zu gießen. *Un, dos, tres …* Schweigend zähle ich im Kopf vor mich hin.

»So könnte man es sagen. Wo ich aufgewachsen bin, gibt es weder Pferde noch Wiesen. Nur Banden aus verschiedenen Wohnblocks oder Familien. Ich wusste nicht mal, dass es so was wie das hier überhaupt gibt! Obwohl mein Dad immer hier gewohnt hat …« Er verstummt, als hätte er schon zu viel gesagt.

»Bist du deshalb jetzt hier, um zu sehen, wie es so ist?«

Er seufzt aus tiefster Seele. Vielleicht aus Tiefen, die ein derart junger Mann nicht haben sollte, denke ich.

»Meine Mutter ist ein sogenannter ›Freigeist‹«. Er malt mit den Fingern Anführungszeichen in die Luft. »Sie hasste es, dort zu leben, wo wir nun mal lebten. Aber sie hatte da Familie, Schwestern und deren Männer und Kinder. Meine Cousins und Cousinen.« Er verdreht die Augen. Ich weiß, was er meint, doch ich unterbreche ihn nicht. Er ist es eindeutig nicht gewohnt, darüber zu reden. »Weder meine Mutter noch ihr ›Freund‹« –

wieder die Anführungszeichen – »haben je richtig gearbeitet. Sie sind Flamenco-Tänzer. Hin und wieder treten sie auf, aber nicht regelmäßig. Sie lebten in der Wohnung meiner Tante. Ich habe auf dem Sofa geschlafen und bin zur Schule gegangen. Sie haben immer gesagt, wir wohnten da, damit ich eine Schulbildung bekam, und sie ließen es mich nie vergessen. Aber in Wahrheit wohnten sie da, weil sie kein Geld hatten und sonst nicht wussten, wohin. Offensichtlich war die Karriere meiner Mutter meinetwegen in der Warteschleife. Sie hat gesagt, sie könnte berühmt sein, wenn sie keine Auszeit hätte nehmen müssen, um ein Kind großzuziehen. Ich war schuld daran, dass sie dort festgesessen haben und nicht unterwegs auf Tanztournee sein konnten. Ich war immer eine Last für sie, und sie konnten es kaum erwarten, bis ich weg war. Und mir ging es ganz genauso. Aber wohin hätte ich gehen sollen?« Er zuckt mit den Schultern und hat mich anscheinend fast vergessen, während er seine Geschichte wieder durchlebt. »Es war laut und eng, wo wir wohnten ... und ein bisschen gefährlich. Aber ich kannte es nicht anders, es war mein Zuhause. Und ich bin klargekommen«, fügt er rasch hinzu. »Es war bloß dieser eine Tag ... ich war spät dran und habe eine Abkürzung genommen. Bin in einer Seitenstraße den falschen Leuten begegnet. Es gibt zwei rivalisierende Banden: eine rund um meinen Cousin und eine andere von einer Familie aus einem anderen Wohnblock. Es gab einen Kampf. Sie dachten, ich wäre da, um meinem Cousin zu helfen. Wie gesagt, ich komme klar. Es war nicht das erste Mal, dass ich eine Schlacht für ihn schlagen musste.«

Ich sehe das Feuer in seinen Augen, eine tiefe Leidenschaft, die wahrscheinlich seinem Selbsterhaltungstrieb geschuldet ist. Er kann sich selbst schützen, weil er es muss, und zwar nicht nur vor Straßenbanden, sondern auch vor den Tyrannen zu Hause, wie es scheint.

»Meine Tante wollte, dass ich ausziehe. Meine Mutter hat mich gewarnt, dass sie mich zu meinem Dad schicken wird, wenn es noch einmal Ärger gibt. Und hier bin ich!« Er reckt die Arme in die Höhe und lässt sie wieder sinken. »Wir kennen uns nicht mal richtig, mein Vater und ich.«

Mein Herz zieht sich zusammen. Ich sehe das Leid wie ein Feuer in seinen Augen brennen; sein Schmerz ist beinahe greifbar, so als hätte man einen frei liegenden Nerv berührt.

»Hast du Familie?«, will er wissen.

»Äh, ja.« Zögernd nicke ich, doch er will offensichtlich mehr wissen, nachdem er so viel von sich erzählt hat. »Na ja, keine Kinder.« Ich habe auf einmal einen Kloß im Hals. »Aber da sind meine Mom und mein Dad.« Liebe zu ihnen erfüllt mich auf einmal, als mir klar wird, dass dieser junge Mann dieses Gefühl nie kennengelernt hat. »Ich habe einen Onkel und eine Tante, und auch eine Cousine. Mein Onkel, er … na ja, er sorgt ständig dafür, dass ich mich schlecht fühle, er putzt mich ständig runter.« Die Worte purzeln aus meinem Mund, weil ich das Gefühl habe, Miguel könne mich verstehen. »Wir haben immer ganz in der Nähe gewohnt. Mein Dad und sein Bruder arbeiteten in derselben Firma, in derselben Fabrik, aber mein Onkel wollte meinen Dad immer übertrumpfen: ein schöneres Haus, ein besseres Auto. Er wurde befördert und schaute deshalb auf meinen Vater herab. Seine Tochter, meine Cousine Olivia, war auch immer besser als ich, oder jedenfalls wollte mein Onkel uns das weismachen. Ich versuchte, mit ihr mitzuhalten, wir konnten uns allerdings die Dinge, die sie hatte, nicht leisten. Ich glaubte nicht, dass mich das störte, aber offensichtlich tat es das doch. Jahrelang versuchte ich, der Welt zu beweisen, dass ich etwas eigenes, besonders Tolles auf die Beine stellen konnte, indem ich meine Hochzeit plante – na ja, eigentlich waren es drei …«

»Drei?«

»Mit meinem letzten Verlobten, Will, war ich fast fünf Jahre verlobt. Und davor gab es schon zwei Verlobungen, ist es denn zu fassen!« Ich muss beinahe selbst lachen, als ich feststelle, wie lächerlich das klingt, wenn man es laut ausspricht. Fünf Jahre!

»Aber warum? Was hat dein Onkel gegen deinen Vater?«

Ich hebe den Kopf und betrachte die Kirschbäume, die wir schon mit Wasser versorgt haben, und die, die wir noch gießen müssen. Nun, warum soll ich es ihm nicht erzählen – Zeit haben wir noch jede Menge.

»Hauptsächlich ist es vermutlich wegen meiner Mutter. Als sie alle noch viel jünger waren, bat Onkel Paul meine Mutter um eine Verabredung. Er nahm meinen Dad als moralische Unterstützung zu der Tanzveranstaltung mit. Aber als meine Mom und mein Dad sich begegneten – na ja, sie wussten sofort, dass sie füreinander bestimmt sind. Und das war es dann. Ich glaube nicht, dass Onkel Paul es jemals verwunden hat. Er straft sie bis heute dafür.«

»Und sie sind immer noch verheiratet?«

»Aber ja!« Ich lächele bei dem Gedanken an meine Mutter zu Hause, meinen Vater im Garten. Sie passen einfach zusammen. Oh, das soll nicht heißen, dass sie nie streiten, oh nein! Sie sind nicht perfekt, doch sie sind füreinander bestimmt.

»Und Onkel Paul?«

»Er hat Tante Rita geheiratet.« Ich lache ein bisschen. »Sie haben sich kurz nach der Verlobung meiner Eltern kennengelernt und kurz vor ihnen geheiratet. Es gab ein großes, prächtiges Fest in einem Hotel. Mein Mom und mein Dad haben ihre Hochzeit nur mit einem gemütlichen Beisammensein in Hinterzimmer des Pubs im Ort gefeiert.«

»Und sind sie auch noch zusammen, Onkel Paul und Rita?«

Wieder lache ich. »Ja, sind sie. Rita hat einen eigenen Friseursalon, aber ihre Angestellten können sie nicht ausstehen. Sie hängt mehr an ihrer Ginflasche als an ihrem Mann. Aber sie mag ihr Haus auf dem großen Grundstück und die Tatsache, dass ihre Tochter von allem das Beste bekommt, was Daddy sich leisten kann!«

»Du kannst dich glücklich schätzen, Eltern zu haben, die dich lieben.« Miguel sieht wehmütig aus. »Ich meine, meine Mom nimmt es mir übel, dass sie meinetwegen nicht mehr reisen konnte und ihre Karriere zum Stillstand kam. Und ihr Freund? Er hasst mich wegen meines Vaters.«

»Wegen deines Vaters? Wegen Antonio?«

»Mhm.« Er nickt. »Er hasst Antonio.« Die Worte scheinen in der Luft zu hängen.

Als wir das Ende der Baumreihe erreichen, hat die Sonne schon mehr Kraft gewonnen. Der Wechsel auf die nächste Terrasse beendet den Austausch der Geschichten unserer Eltern auf natürliche Weise. Ich gehe auf die Vorderseite des Tankwagens und helfe Miguel, ihn auf die nächste Terrasse zu heben. Ich sehe die Wasserleitungen des kaputten Bewässerungssystems in der Sonne liegen.

»Und was ist mit der Gegenwart?«, fragt Miguel, als ich den ersten Baum in der nächsten Reihe gieße. »Wo ist dein Verlobter jetzt?«

Die Frage schreckt mich auf, und mein Magen zieht sich zusammen. »Sagen wir mal ... ich versuche, über ihn wegzukommen. Er ... Will hat mich verlassen. Drei Tage, nachdem wir hier angekommen waren, um gemeinsam ein neues Leben zu beginnen.«

»Er hat dich verlassen?«

Ich nicke und frage mich, ob ich in der Lage bin, mehr dazu zu sagen. »Und er hat meine Ersparnisse mitgenommen. Ich wollte damit unsere Hochzeit finanzieren, aber dann haben wir beschlossen, mit dem Geld eine Bar zu mieten. Mein neues Leben war quasi schon wieder beendet, bevor es überhaupt angefangen hatte.« Plötzlich schütte ich ihm mein Herz aus.

»Deshalb bist du also in Spanien gelandet. Aber du bist immer noch hier auf Cortijo Ana.«

»Ja, bin ich. Ich habe meiner Familie das mit Will noch nicht erzählt. Ich werde die Bar allein mieten und allen zeigen, dass ich mein Vorhaben umsetzen kann. Und ich werde mich nie wieder verloben oder Pläne für eine Hochzeit schmieden!«

»Ha! Sag niemals nie!« Miguel lacht. »Und wo ist die Bar, die du mieten willst?«

»Unten am Hafen. Du solltest auch mal runterfahren und versuchen, Leute kennenzulernen. Ich nehme dich mal mit, wenn du möchtest, und zeige dir den Ort. Ich könnte dir auch die Bar zeigen.« Ich spüre, wie ich von Stolz erfasst werde.

Er strahlt mich an. »Sehr gerne. Danke.« Er nickt. »Wer weiß, vielleicht finde ich ja eine neue Bande.«

»Miguel!«, sage ich streng und klinge ganz wie meine Mutter.

»War ein Scherz.« Er wedelt mit der Hand. »Es tut mir nicht leid, von da weg zu sein, wo ich herkomme. Ich ...« Er zögert und sieht sich um. »Ich weiß nur nicht, wie es weitergeht, das ist das Problem.«

»Das wissen wir alle nicht so genau«, erwidere ich. »Man kann bloß hoffen, dass es in die richtige Richtung geht.« So viele Jahre lang wollte ich mein Leben planen, aber ich habe gelernt, dass man nie weiß, was als Nächstes auf einen zukommt. Ich schwenke den Schlauch kurz in Miguels Richtung.

»Hey!«

»Sollen wir jetzt zum Hafen fahren?«, frage ich, als wir den leeren und daher deutlich leichteren Tankwagen zum alten Schuppen zurückziehen. »Ich könnte Bonita fragen, ob ich etwas für sie einkaufen soll. Vielleicht könnte sie wieder ein Spezialgericht kochen, wenn viel los ist. Und du könntest allein ohne Anstandsdame auf Erkundungstour gehen.«

»Das hört sich gut an. Dann wäre ich nicht durch dich eingeschränkt«, erwidert er. Ich schwenke den Schlauch wieder kurz in seine Richtung, und der letzte Rest Wasser spritzt heraus. Miguel lacht.

»Sag lieber deinem ... Antonio Bescheid«, sage ich. »Bald fährt ein Bus.«

Nachdem Miguel mit Antonio gesprochen hat, fahren wir in kameradschaftlichem Schweigen zum Hafen, beide tief in unsere Gedanken versunken.

Nachdem ich Miguel Harold, Brenda, Craig und Maxine vorgestellt habe, verabreden wir uns für später in der Butterfly Bar. Ob es wohl so wäre, wenn ich einen jüngeren Bruder hätte? Als ich mit Craig und Maxine im warmen Frühlingssonnenschein vor der Bar sitze und mir die neuesten Geschichten über verrückte Urlauber anhöre, muss ich unwillkürlich lächeln. Inzwischen fühle ich mich hier schon fast wie zu Hause.

21. Kapitel

Seit zehn Tagen gießen wir die Kirschbäume schon von Hand. Es ist Mitte April, und ich bin seit gut zwei Wochen in Cortijo Ana, auch wenn es sich deutlich länger anfühlt. Inzwischen fahre ich regelmäßig mit Miguel zum Hafen, wo ich für Bonita einkaufe, die nun jeden Abend ein traditionelles, bodenständiges, typisch spanisches Gericht kocht. Es ist immer ausverkauft, weil so viele Besucher anreisen, die die Kirschblüte bewundern wollen. Und es kommen auch mehr Einheimische – sie rufen vom Souvenirladen, der Bäckerei und sogar vom Café aus an, um sich nach Bonitas Tagesgericht zu erkundigen.

Harold und Brenda haben mich dem Fischer vorgestellt, der die Bar beliefert. Auf dem Markt habe ich auch einige andere Erzeuger kennengelernt, zum Beispiel Käsehersteller und Gemüsebauern aus der Region. Meine Verhandlungskünste, die ich mir bei der Organisation der Hochzeiten angeeignet habe, haben sich schon bei verschiedenen Gelegenheiten als nützlich erwiesen. Bisher hat Bonita *pollo al ajillo* gekocht – Knoblauchhühnchen; außerdem gab es *pisto,* einen reichhaltigen Gemüseeintopf aus Zwiebeln, Knoblauch, Tomaten, Zucchini und Paprika, langsam in Olivenöl gegart und mit Spiegelei und *pan rústico* serviert; große, flaumige spanische Tortillas mit grünem Salat; und *paella,* wie ich sie noch nie zuvor gekostet habe, mit Kaninchen, wohlschmeckenden Riesengarnelen, Safran und Stangenbohnen. Es hat sich herumgesprochen, und die Einheimischen gehen abends abwechselnd in das Café am Dorfplatz und in die Cortijo Ana.

Ich habe Valentina noch einmal auf dem Markt getroffen, und sie wollte wissen, was ich da tue.

»Ich besorge ein paar Kleinigkeiten für die Küche.« Ich versuchte zu lächeln, aber sie reagierte kühl. Dann erkundigte sie sich nach »dem Jungen«, und wieder berichtete ich ihr, dass es ihm gut gehe und er sich gut einlebe. Sie warf den Kopf zurück und marschierte auf ihren hohen spitzen Absätzen davon. So wie es aussieht, fühlt sie sich immer noch nicht genug wertgeschätzt – und sie sorgt dafür, dass Antonio es weiß.

»Miguel! Miguel!«, rufe ich. Es ist Abend und an der Zeit, die Bäume zu gießen, doch er ist nirgends zu sehen ... wieder einmal! Das hat er in der vergangenen Woche einige Male gemacht – verschwinden, wenn Gießzeit ist. Ich beuge mich über den Tankwagen und fülle ihn am Wasseranschluss bei der Pferdekoppel mit Wasser. Ein Windstoß lässt die weißen Blütenblätter um mich herumwirbeln, sodass ich mich fühle wie in einer Schneekugel, dann sinken sie zu Boden. Es hat angefangen: Die Blüten fallen wie Schnee von den Bäumen. Ich stehe in den Blütenblättern und genieße den Augenblick, als wäre ich wieder ein Kind, das die zarten Schneeflocken auf der Haut und im Gesicht spürt.

»Haben Sie ihn gefunden?« Antonios tiefe Stimme lässt mich zusammenfahren.

»Äh, nein, ich glaube, er musste kurz zur Toilette.« Ich ertappe mich dabei, wie ich Miguel zu decken versuche.

»Er ... ich ...« Antonio verstummt und setzt neu an. »Er war diese Woche ziemlich oft am Hafen. Er kennt sich hier nicht aus. Ich denke nur ...«

Ich begreife, dass Antonio sich Sorgen um Miguel macht.

»Ihm geht's gut. Er fasst gerade Fuß und erkundet die Gegend«, versuche ich Antonio zu beruhigen. Es stimmt tatsächlich. Miguel zieht auf eigene Faust los, während ich mich mit den anderen in der Butterfly Bar treffe oder auf dem Markt Einkäufe für Bonita erledige. Danach treffen wir uns und fahren gemeinsam mit dem Bus zurück.

»Er ist unglücklich. Ich glaube, er hasst es, hier zu sein«, sagt Antonio rundheraus und überrumpelt mich damit. »Aber nach dem, was ich gesehen habe, bin ich ziemlich sicher, dass er es auch gehasst hat, wo er herkam. Ich habe es in seinen Augen gelesen. Momentan weiß er einfach nicht, wo er hingehört. Er spricht kaum mit mir. Das Letzte, was ich will, ist, dass er wegläuft. Aber jetzt ist er schon mehr als zwei Wochen hier und hat noch nicht mal seine Tasche richtig ausgepackt. Ich habe Angst, dass er einfach gehen wird. Und, na ja, damit hätte ich ihn im Stich gelassen ... schon wieder.« Er scheint gar nicht zu bemerken, dass er das laut ausspricht. »Ich habe ihn den ganzen Nachmittag nicht gesehen. Zur Mittagszeit war er nicht da, und er ist immer noch nicht zurück.« Er glaubt mir wohl nicht, dass Miguel zur Toilette gegangen ist. »Er bleibt nicht bei Ihnen, wenn Sie mit ihm zum Hafen fahren – Sie lassen ihn allein losziehen?«

»Natürlich. Er ist kein kleines Kind mehr, Antonio. Er schließt Freundschaften ...« Ich verstumme. Antonio zieht die Augenbrauen zusammen, und seine Miene verfinstert sich. Ich erkenne, dass er sich ernsthaft Sorgen macht. Plötzlich bin ich auch beunruhigt. Was, wenn Miguel beschlossen hat zu gehen, irgendwohin, nur um von hier wegzukommen? Was, wenn es kein Scherz gewesen ist, dass er sich eine neue Bande suchen will? Was, wenn er Fluchtpläne geschmiedet hat, während ich Einkäufe erledigte und in der Butterfly Bar Kaffee trank? Womöglich ist er allein da draußen. Was, wenn ihm etwas zugestoßen ist? Mein Herzschlag beschleunigt sich. Es ist meine Schuld! Ich habe ihm vorgeschlagen, mich zum Hafen zu begleiten! Oh Gott!

»Ich sehe mal auf dem Dorfplatz nach«, sagt Antonio. »Vielleicht wartet er auf den Bus.«

»Ich gehe zum oberen Feld. Vielleicht sucht er mit seinem Handy nach Empfang.« Ich zeige in die Richtung meiner *finca*.

»Miguel!«, rufe ich und laufe den gewundenen Weg hinauf.

Ich bin auf der Hälfte angekommen, als ich plötzlich abrupt stehen bleibe, lausche und mich umsehe. Ich höre etwas, eine Art Klopfgeräusch, wie ein Stampfen oder Schlagen.

»Miguel?« Mein Rufen wird dringlicher, während ich suchend in alle Richtungen schaue. Als ich auf meine *finca* zusteuere, wehen mir Blütenblätter ins Gesicht. Ich drehe mich um, blicke auf die Obstplantage und über das ganze Tal unter mir. Von hier aus müsste ich ihn eigentlich entdecken. Ich suche mit meinem Blick die weißen Kirschbäume ab, die sich rechts unterhalb Richtung Restaurant erstrecken, dann die Schuppen und die Koppel zur Linken und den weiter entfernt liegenden Dorfplatz. Ich kann Antonio sehen, der gerade auf der Straße zum Ortskern geht. Wieder höre ich das klopfende, schlagende Geräusch. Aber woher stammt es? Hier oben ist doch nichts! Mein Herz beginnt wieder zu rasen. Ist er mit jemandem in Streit geraten und wird gerade verprügelt?

»Miguel?« Trichterförmig lege ich die Hände um den Mund und rufe so laut ich kann. Ich gerate in Panik, und die Kehle wird mir eng vor Furcht. Das klopfende Geräusch hat aufgehört, ich höre bloß die aufgeregt zwitschernden Vögel und den Wind in den Zweigen der Kirschbäume.

»Hey, Beti!«

Ich wirbele herum und schaue zur oberen Ecke der Kirschplantage. Erleichterung überkommt mich, als ich Miguel aus der Richtung der alten Scheune neben meiner kleinen *finca* auf mich zulaufen sehe.

»Miguel! Alles okay?«

»Na klar! Warum? Was ist los? Ich habe dich rufen hören.«

»Dein Dad ... Antonio, er hat sich Sorgen um dich gemacht.

Wir konnten dich nicht finden. Er hatte Angst, dass du vielleicht gegangen sein könntest. Ich war auch besorgt!« Ich schaffe es mühsam, sein Lächeln zu erwidern. Er sieht nicht aus, als wäre er zusammengeschlagen worden. Vielleicht ein bisschen außer Atem, aber ansonsten zufrieden. Eigentlich wirkt er sogar zufriedener als seit Langem. »Du löst dich ständig in Luft auf. Wohin verschwindest du immer wieder?«

»Sag ihm, ich habe mich rausgeschlichen, um eine zu rauchen.« Er fängt an zu lachen.

»Stimmt das?« Ich fühle mich wieder wie seine ältere Schwester.

»Nein, nein.« Er schüttelt den Kopf und lacht lauter.

»Hast du dich mit jemandem getroffen?«

»Nein, natürlich nicht! Ich kenne hier doch keinen! Ich habe nur nach Empfang für mein Handy gesucht.« Er zückt sein Smartphone und wackelt damit. Aber er hat auch in der Wohnung Empfang. Und ich frage mich, mit wem er überhaupt telefonieren will, nachdem er den Kontakt zu seinen Freunden und seiner Mutter abgebrochen hat. Ich habe das Gefühl, dass er etwas verheimlicht.

»Komm, Beti, lass uns die Kirschbäume gießen.« Unbeschwert legt er mir den Arm um die Schultern und dirigiert mich den Hügel hinunter zum Restaurant.

»Suchen wir deinen …« Ich verstumme. Das Wort Dad verursacht ihm sichtlich immer noch Unbehagen. »Suchen wir Antonio«, berichtige ich mich, »um ihm zu sagen, dass du okay bist.«

»In Ordnung, solange du nicht erwartest, dass ich ihn Dad nenne!« Er grinst frech. Ich bin erleichtert. Ihm geht's offensichtlich gut. Er hat sich nicht in irgendeine heikle Lage manövriert. Ich lasse entspannt die Schultern sinken, halte das Gesicht in die Sonne und genieße die Schönheit und Ruhe dieses Ortes.

Plötzlich ertönt hinter mir ein Krachen und lässt mich zusammenzucken. Als ich mich umdrehe, sehe ich, dass die Tür zur Scheune neben meiner *finca* aufschwingt. Ich kneife die Augen zusammen und spähe den Hügel hoch, aber da ist niemand. Oder doch? Ist da ein Schatten zwischen den Bäumen verschwunden? Oder spielt meine Fantasie mir nach dem Gerede über Probleme einen Streich?

»Nur der Wind«, sagt Miguel beruhigend und strahlt mich an. »Ich gehe zurück und mach die Tür zu.« Er dreht sich um und joggt den Pfad hinauf.

Aber als ich in die dunklen Schatten des Waldes hinter der *finca* schaue, habe ich das Gefühl, dass mehr dahintersteckt als nur der Wind.

22. Kapitel

In kameradschaftlichem Schweigen gehen wir den Hügel runter zum Restaurant und zum wartenden Tankwagen. Meine Arme schmerzen schon bei dem bloßen Gedanken an die Arbeit, die sie gleich verrichten müssen. Was soll ich Antonio sagen? Soll ich ihn wissen lassen, dass ich den heimlichen Verdacht hege, in der Scheune könne irgendetwas vor sich gehen, oder sage ich einfach nichts? Schließlich geht es Miguel gut.

»Wenn du willst, kannst du dieses Mal ziehen, und ich gieße!« Miguel versucht die Arbeit herunterzuspielen, die vor uns liegt. Als wir an der Pferdekoppel um die Ecke biegen, sehen wir Antonio mitten auf dem leeren Parkplatz stehen.

»Hey, Antonio! Alles okay, ich habe ihn gefunden!«, rufe ich ihm zu. »Er wollte sich bloß vor der Arbeit drücken!«, füge ich leiser hinzu, sodass nur Miguel mich verstehen kann. Er versetzt mir einen spielerischen Schubs – wie ein verspielter Welpe –, der mich leicht aus dem Gleichgewicht bringt.

Antonio blickt auf, als wir uns dem Schuppen nähern, und wirkt erleichtert. Gleichzeitig fährt ein kleiner roter Wagen zügig auf den Parkplatz und wirbelt den Staub auf. Antonio tritt einen Schritt zurück und wedelt den Staub von seinem Gesicht weg.

Die Autotür öffnet sich, und Valentina steigt aus. Sie geht auf Antonio zu, schlingt ihm die Arme um den Hals und küsst ihn mitten auf den Mund.

Ich spüre, wie Miguel neben mir die Schultern sinken lässt. Mir geht es genauso. Ich habe das Gefühl, dass es hier von jetzt an ein bisschen anders laufen wird. Miguel wird ganz still und zieht sich wieder in sein Schneckenhaus zurück. Er setzt die Kapuze auf, trotz des warmen Sonnenscheins.

Antonio hält Valentina an den Oberarmen fest und entschuldigt sich offensichtlich bei ihr. Sie wirkt einigermaßen besänftigt und lächelt ihn an, während sie ihren Körper an seinen drückt, leise mit ihm spricht und verführerisch zu ihm aufblickt. Es sieht so aus, als hätten sie reinen Tisch gemacht und sich Versprechungen gegeben. Dann drehen sie sich beide um und schauen zu uns hin. Valentina hat besitzergreifend den Arm um Antonio gelegt und streichelt seinen Nacken. Antonio sieht erleichtert aus, und Valentina wirkt kampfbereit, weil sie in Miguel eindeutig einen Konkurrenten in ihrem Buhlen um Antonios Zuneigung sieht.

»Sie hasst es, dass ich hier bin«, sagt Miguel leise. Ich strecke die Hand aus und streiche ihm über den Arm, da ich nicht weiß, was ich sonst tun soll. »Ich bringe den Tankwagen zum obersten Feld«, sagt er. Er hat eindeutig beschlossen, das Zusammentreffen hinauszuzögern, und ich kann es ihm nicht verdenken. Der Miguel, den ich in den letzten zwei Wochen kennengelernt habe, ist verschwunden – wie die Blüten, die von den Bäumen fallen.

Ich hole tief Luft und ziehe mein langes T-Shirt so weit herunter, dass es beinahe den Saum meiner Jeans-Shorts berührt. Valentina nickt mir zu, dann wendet sie sich an Antonio und sagt ihm, dass sie jetzt ins Restaurant geht. Sie hebt den Kopf, schüttelt ihre Haare und marschiert auf ihren hohen Absätzen mit der großen Handtasche über dem Arm zur Terrasse.

»Ich habe sie angerufen«, erzählt Antonio. »Habe sie gebeten zurückzukommen und ihr gesagt, dass ich sie als selbstverständlich betrachtet habe und dass es nicht richtig war, ihr nicht zu sagen, dass ich Miguel mitbringen würde – allerdings habe ich das selbst nicht gewusst. Ich habe ihr versprochen, es wiedergutzumachen.« Er zögert ein kleines bisschen, aber er tut, was er für nötig hält, um die Dinge am Laufen zu halten. »Miguel braucht einen Freund«, fährt er fort. »Ich habe gesehen, wie gut Sie mit ihm klarkommen. Vielleicht reagiert er eher auf eine Frau, auf jemanden, der jünger ist als ich.«

»Und Valentina?«, wage ich zu fragen.

Er sieht ihr hinterher, wie sie auf das Restaurant zusteuert.

»Valentina will, dass ich mich zu ihr bekenne. Sie braucht einen Plan für die Zukunft. Sie will, dass man auf sie hört«, sagt er nachdenklich. »Ich bin nur nicht sicher, wie ich ihr das geben soll …« Er verstummt und verliert sich in seinen Gedanken.

Ich wende mich zum Restaurant und bereite mich darauf vor, Valentina eine Erklärung für die neu arrangierten Tische und Bonitas Tagesgerichte zu liefern.

»Ach, Beti.« Antonio ruft mich zurück. Ganz kurz frage ich mich, ob er mir sagen will, dass Miguel in Zukunft den Abwasch übernehmen wird und ich nicht mehr gebraucht werde. »Danke, dass Sie ihn gefunden haben«, sagt er zu meiner Überraschung. »Ich habe mir sicher grundlos Sorgen gemacht.« In dem Moment beschließe ich, die offene Scheunentür nicht zu erwähnen. »Bestimmt wird es jetzt einfacher, nachdem Valentina zurück ist und mich unterstützt«, fügt er hinzu. Obwohl ich seine Meinung nicht teile, versuche ich zu lächeln.

Ich schlüpfe durch die Hintertür in die Küche. Bonita steht am Herd und kocht innerlich vor Wut, während sie in einem großen Topf rührt.

Valentina späht in den Kühlschrank, schüttelt den Kopf und nimmt Zutaten heraus. »Nein, nein, nein!«, sagt sie. »Keine Tagesgerichte! Wir müssen uns an die Speisekarte halten!«

Bonita legt ihren Holzlöffel zur Seite und holte sich eine große Bratpfanne von der Ablage neben der Spüle. Sie sieht aus, als wolle sie sie als Waffe benutzen, wenn sie noch weiter provoziert wird.

»Sie will meine Tagesgerichte nicht!«, knurrt sie mir aus dem Mundwinkel zu.

»Aber die Tagesgerichte verkaufen sich richtig gut!«, flüstere ich zurück.

Sie zuckt mit den Schultern, bis ihr Hals fast verschwindet und sie wie eine menschliche Kugel aussieht.

Valentina knallt die Kühlschranktür zu und stolziert hinaus in die Bar.

»Sie will, dass die Speisekarte so bleibt, wie sie war«, sagt Bonita. »Offensichtlich sind wir ein modernes Restaurant mit internationaler Küche für anspruchsvolle Touristen.«

»Aber sie kommen wegen der Kirschblüte und der traditionellen, hausgemachten Spezialitäten!«

Plötzlich ertönt ein Schrei aus dem Restaurant, eigentlich mehr ein Aufkreischen, als wäre eine Maus oder Schlimmeres aufgescheucht worden.

Ich eile durch die Bar zu den Räumen auf der anderen Seite.

»Wer hat das getan?« Valentina betrachtet den Abstellraum und die alte Küche, die ich für das Dinner dekoriert habe.

»Das war ich.« Ich versuche, zurückhaltend zu klingen, aber in Wahrheit bin ich stolz darauf. »Wissen Sie, es hat geregnet, daher dachten wir … dachte ich …«

Valentinas Miene verfinstert sich, und ich habe das Gefühl, einem rasenden Stier gegenüberzustehen, der sich kaum noch zurückhalten kann. Sie zieht an den Lichterketten, die ich um den Kamin und in den Regalen drapiert habe.

»Nein, nein, nein! Keine Lichterketten! Und auf gar keinen Fall diese alten Kannen!« Sie nimmt die Krüge, die ich in den weiß getünchten Regalen arrangiert habe, marschiert damit zum Schrank und stellt sie polternd hinein. Ich will ihr eigentlich erklären, dass den Gästen die Dekoration prima gefallen hat, entscheide mich jedoch dagegen. Schließlich brauche ich den Job noch. Es ist nicht mein Restaurant. Ich bin nur die Spülerin.

»Keine Lichterketten, kein Steingutgeschirr und keine traditionellen Gerichte! Wir halten uns an die Speisekarte.« Sie nimmt eine in die Hand und winkt damit in meine Richtung.

»Aber ...« Auf einmal erfasst mich eine Woge der Loyalität für Bonita und für Antonio, der versucht, seinen Hof zu führen und sich um seine Pferde zu kümmern, und das Geld zweifellos brauchen könnte, dem alten Bewässerungssystem nach zu urteilen. »Die Leute hier wollen diese Art von Essen nicht. Es ... verwirrt sie«, stoße ich hervor – ich kann es mir nicht verkneifen.

»Es ist stilvoll, das ist es!« Sie stöckelt hinaus auf die Terrasse, wo Antonio wartet, einen Arm vor der Brust verschränkt, mit der anderen Hand an seinem kleinen Ziegenbart zupfend. »Wir werden bald für unser luxuriöses Lifestyle-Restaurant bekannt sein. Nicht für irgendeine rustikale, ländliche *finca!* Nicht wahr, Antonio?« Sie sieht ihn um Unterstützung heischend an, aber er zuckt mit den Schultern und streckt eine Hand aus, als wolle er sagen, dass er es weder weiß noch sich dafür interessiert, sondern mit anderen Dingen beschäftigt ist. Er schaut zur nicht funktionsfähigen Pumpe rüber.

»Sind die Bäume gewässert worden?«, will er wissen und zeigt damit sehr deutlich, wo seine Prioritäten liegen. Ich habe allmählich den Eindruck, dass das Restaurant in Antonios Leben eher ein Ärgernis als ein Geschäft darstellt. Er interessiert sich einfach nicht dafür.

»Wir wollen gerade anfangen«, sage ich und beschließe, die günstige Gelegenheit zu nutzen.

Es könnte für uns alle funktionieren. Es könnte genau das sein, was Valentina hören möchte. Wenn ihr die Idee nicht gefällt, wenn sie beschließt, dass meine Zeit hier vorbei ist, dann soll es so sein. Ich habe keine andere Möglichkeit. Das ist meine letzte Chance, diese Party doch noch auf die Beine zu stellen. Die Party ist meine Eintrittskarte für mein eigenes Lokal.

»Hören Sie, Valentina«, sage ich. »Ich habe eine Freundin …« Ich ertrage es nicht, zuzugeben, dass Olivia in Wahrheit meine Cousine ist.

»Eine Freundin?« Sie zieht ihre sorgfältig gezupften Augenbrauen hoch.

»Sie möchte anlässlich ihres dreißigsten Geburtstags eine große Party veranstalten. Sie würde jede Menge Leute aus England mitbringen. Sie möchten ein Essen, Barbetrieb und vielleicht später ein bisschen Unterhaltungsprogramm mit Tanz.«

»Für eine Geburtstagsfeier?« Sie sieht verwirrt aus. »Klingt eher nach einer Hochzeit.«

»Die Sache ist die, sie will die Party hier feiern, in der Cortijo Ana. Es ist ein großes Budget vorgesehen. Und sie hat jede Menge wohlhabende Freunde, die vielleicht ähnliche Veranstaltungen abhalten möchten, wenn alle zufrieden sind.«

Valentina schweigt, denkt aber kurz nach.

»Wie viele Gäste?«, fragt sie schließlich kurz angebunden, schaut mich an und legt einen langen, lackierten Fingernagel ans Kinn.

»Wahrscheinlich um die fünfzig, vielleicht auch mehr.«

»Und sie wollen eine große Party, richtig stilvoll?«, hakt sie nach.

»Oh ja, stilvoll, definitiv.« Ich nicke häufig und habe das Gefühl, vielleicht etwas erreichen zu können.

»Wann?«, fragt sie und schaut auf ihr Handy.

»Im Juni. Die Sache könnte einen guten Gewinn für das Restaurant abwerfen, wenn …«

»Ich werde im Terminkalender nachsehen«, verkündet sie und wendet sich zum Gehen.

»Nein. Nicht im Juni. Auf keinen Fall. Da ist Erntezeit!«, wirft Antonio ein.

Valentina hebt genervt die Hände. »Warum musst du immer alles so schwierig machen? Du wolltest, dass ich zurückkomme. Du hast mir versprochen, du hast mir dein Wort gegeben – ein Zeichen deines Engagements, so hast du es genannt –, dass ich das Restaurant ohne Einmischung leiten kann.«

»*Sí.*« Er nickt bedächtig und entschuldigend.

»Nun, dann lass mich das Restaurant auch leiten. Das hat nichts mit deinem Bauernhof zu tun!« Sie macht eine abschätzige Geste, die die Schuppen und die Pferdekoppel umfasst.

»Aber ich brauche Pflücker«, sagt Antonio in einem Versuch, sie zu überzeugen.

»Dann besorg dir Pflücker. Aber nicht mein Service-Personal. Es muss andere geben.«

Er seufzt tief auf, weil ihm klar ist, dass er an Boden verliert.

»Dann ...« Valentina hebt eine Hand mit krallenähnlichen, rot lackierten Fingernägeln und bringt uns zum Schweigen. Wie macht sie das bloß? Wie schafft sie es, dass jeder sie so ansieht? Wenn ich das versuchen würde, nähme niemand auch nur Notiz davon. »Ich werde im Terminkalender nachsehen und komme dann wieder auf Sie zu. Ein großes Budget, sagen Sie ...«

»Ja.« Ich nicke.

»Dann wäre die Sache vielleicht gut für das Restaurant.« Sie lächelt schmallippig, nickt und wendet sich ab. Ihre dunklen, glänzenden Haare schwingen, ihr knackiger runder Po in den engen Jeans bewegt sich hin und her, und ihre spitzen High Heels klacken auf dem gefliesten Boden.

»Äh ... das ist noch eine Sache, Valentina ...«, rufe ich ihr hinterher. Sie bleibt stehen und dreht sich langsam um. Ich schaue Antonio um Unterstützung heischend an, aber er hält sich eine Hand vor den Mund – fast, als wolle er eine Grimasse verbergen.

Ich wende mich ab. Er glaubt, ich kann das nicht. Nun, ich kann, und ich werde es tun.

»Die Sache ist die, Valentina, wegen der Party …« Sie kneift die Augen zusammen und schenkt mir ihre volle Aufmerksamkeit. »Die Sache ist«, wiederhole ich, »ich muss es sein.«

»Wie bitte?« Sie neigt den Kopf mit einem erzwungenen Lächeln zur Seite – wie eine Gottesanbeterin, die ihr Opfer ins Visier nimmt.

»Ich muss diejenige sein, die die Party organisiert und, na ja, auch ausrichtet.«

Einen Augenblick lang schweigt sie. Die Worte hängen in der Luft.

»Sie würden die Party organisieren?«, fragt sie, als könne sie nicht begreifen, was ich gesagt habe.

»Ja«, bestätige ich. »Weil sie meine … Freundin ist.« Ich schlucke.

Die Luft knistert beinahe vor Verachtung. »Sie sind die Spülerin. Oder etwa nicht?«

»Ja«, antworte ich und schlucke wieder.

»Auf gar keinen Fall!«, sagt sie.

»Aber …«

»Thema beendet. Ich führe dieses Restaurant. Ihr Job ist es, sich um den Abwasch zu kümmern, und ich wüsste es sehr zu schätzen, wenn Sie es dabei belassen. Wenn nicht, gibt es jede Menge andere, die den Job übernehmen würden.«

Sie stürmt die Treppe hinunter und steuert auf die Wohnung zu. Dabei weist sie Antonio an, ihre Tasche aus dem Wagen zu holen.

Antonio spreizt die nach oben gedrehten Hände, und sein Mund verzieht sich zu einem mitfühlenden Lächeln.

»Sie meint es gut. Sie ist nur … sie ist immer noch sauer, weil ich ihr nichts wegen Miguel gesagt habe. Sie fühlt sich vor den

Kopf gestoßen. Irgendwann wird sie sich schon wieder beruhigen.« Er verschränkt die Arme vor der breiten Brust.

»Ich weiß nicht, wie Sie das aushalten!«, murre ich wütend.

»Sie ist es, die mich aushält«, erklärt er emotionslos. »Ich bin nicht dafür bekannt, mir große Mühe zu geben – und bin auch nicht besonders gut darin, wenn es um Beziehungen geht. Ich mag es, wenn die Dinge bleiben, wie sie sind. Warum sollte man etwas verändern? Warum verderben, was man hat? Ich dachte, alles wäre gut, aber Valentina will mehr.« Er blickt zum Schuppen und wechselt rasch das Thema. »So, ich muss die Pumpe reparieren und Schläuche austauschen.« Er steigt die Terrassenstufen hinunter, dreht sich allerdings noch mal um. »Das mit Ihrer Party tut mir leid.« Mit großen Schritten geht er auf die Nebengebäude zu.

Es ist vorbei. Es wird nicht klappen. Ich habe keine Idee mehr, wie ich das Geld zusammenbekommen könnte; ich habe alles versucht. Ich habe einen Kloß im Hals und zwinkere wie wild, um die heißen Tränen der Wut und der Enttäuschung zurückzuhalten. Irgendwie muss ich Olivia die schlechte Nachricht übermitteln. Und dann … na ja, dann muss ich das Ganze wohl Harold und Brenda beichten und meine Heimreise planen. Ich kann es nicht fassen. Ich fühle mich, als wäre ich kurz vor der Ziellinie gestürzt. Es tut höllisch weh; es ist, als wäre sämtliche Luft aus mir herausgepresst worden. Ich dachte, ich könnte zurückschlagen und auf der Asche der Katastrophe etwas aufbauen, aber es ist mir nicht gelungen.

Während ich mit hängenden Schultern zur *finca* zurückschlurfe, denke ich darüber nach, wie sehr es mir hier gefallen hat. Miguel gießt die Bäume allein. Er schaut in meine Richtung. Hoffentlich wird es ihm hier gut gehen, denke ich. Ich bin traurig, dass ich nicht mehr da sein werde, um mitzuerleben, wie er aufblüht. Er muss einfach nur seinen Weg finden, und hoffentlich kommt er nicht davon ab, so wie es mir passiert ist.

Frustriert wische ich die Tränen weg, als ich ein Auto auf den Parkplatz fahren höre. Ich schaue mich um; es ist das Postauto. Der Postbote beugt sich heraus und reicht Antonio ein Bündel Briefe – hauptsächlich Rechnungen, Antonios Gesicht nach zu urteilen. Er sieht sie durch und schiebt sie dann in die Hosentasche. Alle außer einem. Er bleibt stehen und wirft noch einen Blick darauf, dann hebt er den Kopf und winkt mir mit dem Brief zu.

Verwirrt runzele ich die Stirn. Wer sollte mir einen Brief nach Cortijo Ana schicken?

23. Kapitel

»Für mich?« Ich zeige auf mich und sehe Antonio fragend an. Er schaut auf die Adresse und nickt.

Ich gehe den Hügel hinunter auf ihn zu. Könnte der Brief von Will sein? Hat er das Geld zurückgeschickt? Antonio hält mir den Umschlag mit einem Schulterzucken hin. Ich erkenne die Handschrift auf Anhieb, und meine Stimmung sinkt noch weiter. Nicht von Will. Warum auch? Es ist vorbei, er ist gegangen. Ich muss mich endlich damit abfinden.

Ich reiße den Umschlag auf und ziehe einen Briefbogen mit gedrucktem Kopf heraus. Etwas rutscht heraus, flattert zu Boden und tanzt in der Brise. Antonio und ich jagen dem Papier hinterher und stoßen beinahe mit den Köpfen zusammen. Schließlich stellt er den Fuß darauf, hebt es auf und gibt es mir, ohne einen Blick darauf zu werfen. Ich mustere den Briefkopf, aber ich weiß ohnehin schon Bescheid; von Gavs Firma. Eine handschriftliche Notiz von Olivia, die auf die Anzahlung für ihre Party verweist. Darunter ihre verschnörkelte Unterschrift und viele Küsse.

Ich zeige Antonio den Scheck. Er zieht die Augenbrauen hoch und ist eindeutig überrascht, dass mein Brief etwas enthalten sollte, was für ihn von Interesse sein könnte.

»Es ist ein Scheck«, erläutere ich. »Die Anzahlung für die Party, die meine Cousine hier feiern möchte. Sehen Sie nur.«

Er nimmt mir das Papier aus der Hand, und seine Augenbrauen schießen nach oben. »Das ist bloß die Anzahlung?«, fragt er staunend.

Ich nicke. »Diese Leute geben jede Menge Geld für solche

Dinge aus – Geburtstagspartys, Junggesellinnenabschiede, Hochzeiten. Sie möchten, dass die Welt sieht, wie gut es ihnen geht. Wollen damit angeben.«

»Wie viel Geld sie verdient haben, meinen Sie. Das ist nicht immer dasselbe – zu zeigen, wie viel Geld man für eine Party ausgeben kann und wie gut es einem geht.«

»Der Rest der Zahlung wäre erfolgt, wenn sie im Juni hergekommen wäre«, sage ich mit einem resignierten Seufzer und zeige auf die Summe in Olivias Brief.

»Das ist eine Menge Geld«, erwidert er langsam.

»Ja«, antworte ich, ohne meinen Frust zu verbergen. Ich betrachte die alte, verrostete Pumpe. »Damit hätte man auf jeden Fall eine neue Pumpe kaufen können.« Antonio lässt die Mundwinkel sinken und nickt ebenfalls frustriert. »Stellen Sie sich das vor, ein ganz neues Bewässerungssystem. Sie wären nicht mehr darauf angewiesen, dass Miguel und ich die Bäume gießen. Und was ist mit nächstem Jahr, wenn wir nicht da sind? Sie brauchen definitiv ein neues Bewässerungssystem.«

Antonio kaut schweigend auf seiner Unterlippe. Ganz kurz frage ich mich, wo ich wohl nächstes Jahr um diese Zeit sein werde. Wenn ich genug Geld zusammenbekäme, wenn ich Überstunden auf der Kirschplantage schieben könnte, zusätzlich zur Arbeit im Restaurant und zur Organisation dieser Party, dann könnte ich in der Butterfly Bar sein.

»Sie brauchen ein neues Bewässerungssystem. Ich brauche die Arbeit. Wir hätten beide was davon«, sage ich eindringlich.

Antonio schweigt immer noch. Ich halte die Luft an. Und hoffe.

»Kann sie diese Party nicht zu einer anderen Zeit feiern, nicht im Juni?«

»Nein, sie hat im Juni Geburtstag.« Ich weise ihn so geduldig wie möglich auf das Offensichtliche hin.

Wieder schweigt er und grübelt vor sich hin. Ich halte es für das Beste, die Klappe zu halten.

»Warum kann Valentina das nicht organisieren?« Er sieht mich mit seinen dunkelbraunen Augen an, die die gleiche Farbe haben wie das Pferd auf der Koppel hinter ihm.

»Weil«, ich seufze, »weil mein Name auf dem Scheck steht. Sie glauben … sie glauben, dass *ich* dieses Restaurant leite, Sie erinnern sich?«, füge ich leise hinzu.

Er nickt, und mir ist klar, was er denken muss. Er lacht mich aus. Schamesröte steigt in mir auf und lässt mein Gesicht erglühen.

»Ach ja. Jetzt erinnere ich mich wieder. Und dass ich vielleicht … der Spüler bin?« Seine Miene ist ernst, doch seine Augen funkeln – wie bei Miguel, wenn er scherzt.

»Ja.« Ich lasse den Kopf hängen, und meine Verlegenheit nimmt noch zu. »Hören Sie, es tut mir leid. Ich weiß, ich hätte das klarstellen müssen, aber meine Cousine … nun ja, sie schaut immer auf mich herab. Ich bin hergekommen, um mit meinem Verlobten zusammen eine Bar zu führen, allerdings ist alles ganz anders gekommen. Und ich bin noch nicht so weit, es zugeben zu können.«

»Und sie dachte, das hier wäre Ihr Restaurant? Sie haben ihr nicht die Wahrheit gesagt?«

Ich seufze tief auf. »Das ist eine lange Geschichte. Sie hat im Leben stets das bekommen, was sie wollte, während ich offensichtlich immer wieder in Sackgassen lande. Alles, was sie anfasst, wird zu Gold, wohingegen bei mir nie etwas richtig klappt.«

»Und Ihr Verlobter?« Er lehnt am Zaun und stellt einen Fuß auf die untere Querlatte.

Ich starre in die Ferne und schlinge die Arme um meinen Körper. »Er hat mich verlassen, kurz nach unserer Ankunft in Spanien. Und er hat das Geld mitgenommen, das meine Großmutter mir hinterlassen hat. Es war nicht viel, aber es hätte für die Kaution und die Miete der Bar gereicht. Ich dachte, ein neues Leben in der Sonne wäre genau das, was wir brauchten. Ein Neubeginn. Ich habe geglaubt, dass wir bald heiraten würden – wer weiß, vielleicht an einem Ort wie diesem hier.« Ich sehe mich um, während erneut ein Windstoß Kirschblüten von den Bäumen weht und herumwirbeln lässt.

»Also wird es keine Hochzeit geben«, fasst er auf seine direkte Art zusammen.

»Nein, keine Hochzeit. Nur jahrelange Planungen.« Ich seufze wieder. »Ich hätte mich nicht verloben sollen. Sobald ich anfange zu planen, geht alles schief. Wissen Sie, ich war davor schon zweimal verlobt, aber das hat auch nicht funktioniert.« Ich lache freudlos. »Meine Instinkte lassen mich anscheinend immer im Stich. Ich habe meinen Eltern noch nicht einmal gebeichtet, dass er mich verlassen hat. Ich dachte, wenn ich genug Geld zusammenbekomme, um die Bar allein zu übernehmen«, ich schlucke schwer, »käme er vielleicht zu mir zurück.«

Die Erkenntnis trifft mich schwer und zerstört den Schutzwall, den ich im Laufe der vergangenen Wochen um mein Herz gezogen habe. Mir war bis jetzt nicht mal bewusst gewesen, dass ich ihn überhaupt zurückhaben wollte. Ich hole tief Luft, um diese Tatsache zu verdauen, dann fahre ich fort.

»Aber selbst wenn er nicht zurückkäme, hätte ich etwas erreicht. Ich könnte mit einer eigenen Bar aufwarten. Ich wollte spüren, dass meine Oma stolz auf mich wäre und dass ich das Geld und die Gelegenheit, die sie mir damit geboten hat, nicht verschwendet hätte.«

Ich schließe die brennenden Augen. Wen will ich zum Narren halten? Ich kann nicht so tun, als hätte ich endlich etwas aus meinem Leben gemacht. Es wird nie dazu kommen. Ich muss nach Hause fliegen und die Karten auf den Tisch legen. Ich schlage die

Augen wieder auf, nehme Antonio den Scheck aus der Hand und stopfe ihn in den Umschlag zurück.

»Wir alle haben eine Vergangenheit. Sie macht uns zu dem, was wir heute sind«, sagt Antonio schließlich. Ich denke unwillkürlich, dass hinter diesen dunkeln Augen geheime Abgründe liegen, die er nicht mit mir teilen wird. »Wenn wir älter werden, lernen wir, auf unser Herz zu hören.« Er legt sich die Hand auf die Brust und sieht zu Miguel rüber, dann wieder zu mir. »Und nicht auf unseren Verstand.«

Doch mein Herz macht zu viel Lärm, um zu verstehen, was er gesagt hat.

»Hören Sie, ich muss abreisen«, sage ich. »Diese Sache mit der Party war nur eine verrückte Idee. Mein dummer Stolz hat mich mal wieder in Schwierigkeiten gebracht. Aber«, ich halte kurz inne und atme tief durch, »ich war sehr gerne hier. Ich liebe die Kirschblüte, ich habe es genossen, die Händler auf dem Markt zu treffen, Ihnen bei Ihrer Arbeit mit den Pferden zuzusehen und Miguel kennenzulernen. Er ist wirklich ein prima Junge.«

»Sie kennen ihn anscheinend viel besser als ich. Er ist immer noch sauer auf mich, weil ich ihn damals verlassen habe. Ich wollte nie ohne ihn leben, aber ich weiß nicht, wie ich ihm das sagen soll. Ich dachte, es würde helfen, wenn Valentina zurückkäme und die beiden sich anfreunden könnten. Aber vielleicht ...« Er zögert und wählt seine Worte sorgfältig. »Vielleicht ist Valentina eher eine ... Geschäftsfrau.« Wir müssen beide unwillkürlich lachen und brechen damit die Spannung, die in der Luft liegt.

»Hören Sie, organisieren Sie Ihre Party«, sagt er und deutet mit dem Kinn auf den Scheck.

»Wie bitte?«

»Legen Sie los! Planen Sie die Geburtstagsfeier.«

»Aber ... aber was ist mit Valentina?«

»Ich regele das mit Valentina«, antwortet er. Ich habe keine

Ahnung, wie er das hinbekommen will, doch ich stelle keine Fragen. »Gehen Sie Ihr einfach aus dem Weg.«

»Okay, kein Problem.« Ich bin immer noch geschockt von seinem Sinneswandel. Meine Pläne für ein neues Leben sind auf einmal wieder auf Kurs. »Die Kosten müssten durch die Anzahlung gedeckt sein, das heißt, der zweite Scheck wird der Gewinn sein«, plappere ich drauflos. In meinem Kopf schwirren auf einmal jede Menge Ideen, und meine Schritte sind beschwingt. Ich kaufe einen neuen Notizblock! Ich werde vielleicht in meinem Leben keine weitere Hochzeit planen, aber das hier ... nun, es ist eine Geburtstagsparty, und in der Organisation von Partys bin ich richtig gut.

»Notieren Sie sich Ihre Stunden, und ich werde Sie dafür und für das Gießen bezahlen«, sagt Antonio. »Ach, und Beti?«

»Ja?« Hoffentlich hat er nicht plötzlich seine Meinung geändert.

»Kein Flamenco!«

»In Ordnung, kein Flamenco.« Ich nicke mit einem Lächeln. Ich will es nicht kaputtmachen. Er hat zugestimmt, und das ist es, worauf es ankommt.

»Und tun Sie mir im Gegenzug einen Gefallen«, fügt er ernst hinzu. »Behalten Sie Miguel für mich im Auge.«

»Natürlich«, antworte ich entschlossen.

»Hoffentlich gibt Ihnen diese Party alles, was Sie sich wünschen.«

Plötzlich brennen meine Augen wieder, diesmal nicht, weil ich traurig bin, sondern weil ich neue Hoffnung schöpfe.

»Das hoffe ich auch«, sage ich voller Dankbarkeit.

»Jetzt helfen Sie bitte Miguel beim Wässern, und ich bringe Valentina die Neuigkeiten bei.«

»Welche Neuigkeiten?« Als ich mich umdrehe, steht Valentina auf der Terrasse wie die Eiskönigin Elsa, die über ihr Land wacht.

Ich könnte schwören, dass Antonio mir ganz leicht zuzwinkert. Aber ich habe nicht vor, ihre Reaktion abzuwarten, sondern drehe mich um und laufe zu Miguel und dem Tankwagen.

»Ich ziehe, ich bin an der Reihe!«, rufe ich und stopfe den Umschlag in die Hosentasche, als Valentina gerade in die Luft geht wie ein Feuerwerkskörper bei einer Fiesta.

Als Miguel und ich den Tankwagen später in den Schuppen ziehen, höre ich aus dem offenen Wohnungsfenster leises Gemurmel. Es klingt, als hätten Antonio und Valentina ihre Diskussion und das Feuerwerk in die Wohnung verlegt und sich schließlich geeinigt. Es handelt sich eindeutig um eine Beziehung, die in diesem Bereich für beide gut funktioniert. Wenn ich doch nur dasselbe über Will und mich sagen könnte! Ich kann mich nicht daran erinnern, wann wir das letzte Mal eine Meinungsverschiedenheit auf diese Weise geregelt haben; ich kann mich nicht mal daran erinnern, wann Will mich zum letzten Mal angesehen hat, als wolle er mich überhaupt.

Als die Sonne hinter der Cortijo Ana untergeht, gehe ich in die Küche, um den Abwasch zu erledigen. Der CD-Player schweigt, stattdessen läuft der Musiksender auf dem großen Fernseher in der Bar. Es sind bloß wenige Gäste da, die misstrauisch ihre eckigen Teller mustern und zweifelnd ihr Essen inspizieren.

Ich fülle das Spülbecken mit heißem Wasser, gebe Spülmittel hinein und drehe mich um, um Valentina einen kleinen Stapel Teller abzunehmen. Doch sie lässt nicht los und zieht ihre nachgezeichneten Augenbrauen hoch.

»Sie dürfen zwar Ihre Party organisieren«, zischt sie leise, »aber bilden Sie sich ja nicht ein, Sie könnten Ihre Krallen in irgendetwas anderes oder irgendjemand anderen hier schlagen!«

Oh Gott! Sie glaubt, ich sei hinter Antonio her. Nichts könnte der Wahrheit ferner liegen. Ich finde nichts an ihm attraktiv. Er ist launisch und laut, und seine Haare sind so ungebärdig und unberechenbar wie er selbst. Außerdem stehe ich auf kleinere Männer, nicht auf große Bären, wie er einer ist. Man sehe sich nur Will an: schlank, lustig, charmant, stilvoll, beliebt. Antonio dagegen sieht aus, als könne er mit seinem mürrischen Blick einen ganzen Raum leer fegen. Ich würde mich ihm nicht mal nähern, wenn sie mich dafür bezahlen würde!

»Oh nein, ich würde niemals …«, setze ich an, doch sie hört mir nicht zu. »Versuchen Sie bloß nicht, mir ins Gehege zu kommen. Nach der Kirschernte und nach Ihrer Party verschwinden Sie wieder. Und glauben Sie ja nicht, dass irgendjemand hier Ihnen bei der Organisation helfen wird. Sie arbeiten für mich!« Sie lässt die Teller los, und sie fallen platschend ins Spülwasser. Ich bin völlig durchnässt und weiß genau, wo ich stehe: wieder mal ganz auf mich allein gestellt.

24. Kapitel

»Miguel! Beeil dich, sonst verpassen wir den Bus!«

Mal ehrlich, ich habe keine Ahnung, wohin er in den vergangenen zehn Tagen, seit Antonio der Party zugestimmt hat, immer verschwunden ist. Der April ist in den Mai übergegangen, die Sonne ist noch strahlender geworden, und wir gießen wie verrückt. Wir waren so beschäftigt, dass ich es nur wenige Male zum Hafen geschafft habe. Aber bei unserem letzten Besuch dort unten haben wir fast den Bus nach Hause verpasst. Miguel tauchte auf, außer Atem, lachend und voller Entschuldigungen, als der Busfahrer gerade die Türen schließen wollte. Und jetzt ist er in seinem Zimmer verschwunden, um zu duschen und sich umzuziehen, und wir laufen wieder Gefahr, den Bus zu verpassen! Ich bin der Typ Mensch, der immer gerne einen ausreichenden Zeitpuffer hat. Dieser Junge stresst mich.

»Miguel! Beeil dich! Ich möchte einkaufen, bevor die Geschäfte Mittagspause haben.« Ich muss zur Bank, um den Scheck einzulösen, außerdem brauche ich ein neues Notizbuch. Dann möchte ich mich in die Butterfly Bar setzen und mir die Ideen notieren, die ich auf einen von Frank geliehenen Bestellblock gekritzelt habe. Doch was mir wirklich am Herzen liegt, ist, dass ich herausfinden will, was mit Miguel los ist. Ich habe es Antonio versprochen. Wo geht er ständig hin? Mit wem trifft er sich? Ich mag ihn sehr; er ist wirklich ein netter Bursche, lustig und hilfsbereit. Es wäre schrecklich, wenn er wieder in schlechte Gesellschaft geriete.

»Hallo, meine Liebe!« Brenda kommt heraus, um mich zu begrüßen, als ich gerade mein neues Notizbuch und einen Stift mit einem hellblauen Glitzerstein obendrauf aus der Papiertüte nehme. Sie stellt eine Tasse mit dampfendem, schaumigem Kaffee vor mich hin. »Wie läuft es denn so? Du siehst aus, als hättest du etwas vor und würdest es ernst meinen.« Sie nickt in Richtung des aufgeschlagenen Blocks und der leeren Seite.

»So ist es, Brenda!« Ich werfe einen Blick auf die kleine Bar. »Ich habe Pläne.« Ich kann mein Strahlen nicht verbergen.

»Ich muss sagen, du wirkst sehr zufrieden.«

»Nun, ich glaube, ich habe die Dinge im Griff.« Endlich bin ich überzeugt, dass es für mich weitergeht. In den ersten Tagen war ich sicher, dass noch etwas schieflaufen könnte, aber nachdem ich den Scheck bei der Bank eingelöst habe, kann ich über die Sache reden. »Ich habe eine zusätzliche Arbeit gefunden. Ich organisiere eine Veranstaltung, eine Party für meine Cousine. Sie möchte, dass es die beste Feier anlässlich eines dreißigsten Geburtstags wird, die ihre Freunde je erlebt haben. Durch die Extrastunden oben im Restaurant müsste ich eigentlich genug Geld verdienen, um im Juni die Ablöse für die Bar zu bezahlen!« Mein Gesicht tut regelrecht weh, weil ich so breit grinse.

»Oh! Das sind ja wunderbare Neuigkeiten! Hast du gehört, Harold? Das ist hervorragend! Lasst uns mit einer Sangria darauf anstoßen. Harold? Schenk uns bitte allen ein Glas ein!«

Harold nickt. »Gebongt, meine Schöne!« Lächelnd nimmt er ein großes Glas und drückt den Hebel der glänzenden Zapfanlage runter. Ohne abzusetzen, füllt er ein zweites Glas und steckt einen Cocktailspieß mit einer Orangenscheibe hinein.

»Prost! Auf das Happy End!« Als Brenda ihr Glas erhebt, scheint die spanische Sonne hindurch und lässt es funkeln wie einen Edelstein. »Das sind tolle Neuigkeiten, liebe Beti. Dann können wir Flüge buchen, um uns die Wohnungen anzusehen.

Er ist schon so aufgeregt.« Sie deutet mit dem Kinn auf Harold. »Wahrscheinlich skypt er bereits mit England.«

»Wie geht's eurer Tochter?«, erkundige ich mich.

»Sie wird mit jedem Tag dicker!« Sie lacht. »Es kann jederzeit losgehen.«

Plötzlich gibt es mir einen Stich, und ich denke bedauernd an meine Eltern, die sicher wunderbare Großeltern geworden wären.

»Wir können es kaum erwarten, unsere Enkel täglich zu sehen und im Alltag mitzuhelfen. Sie werden so schnell groß, wenn man sie nicht häufig sieht.« Brenda sieht sich mit feuchten Augen um. Ich kann nicht erkennen, ob sie wehmütig ist, weil sie ihre Familie vermisst oder weil ihr die Bar fehlen wird. »Alles verändert sich«, sagt sie lächelnd und seufzt kurz, bevor sie sich umdreht und in der Bar verschwindet.

Ich schaue mich um und traue mich kaum, den Gedanken zuzulassen: Es wird tatsächlich passieren, ich werde die Butterfly Bar übernehmen! Ich lächele glücklich vor mich hin.

»Hey, Carlos!« Brenda winkt dem Fischer zu, der von seinem Boot kommt und den Fang des Tages in einem Sack über der Schulter trägt. »Möchtest du heute etwas fürs Restaurant mitnehmen, Liebes?«, fragt sie mich.

»Ich habe Sardinen ... und Garnelen.« Carlos nimmt eine Garnele aus dem Sack und hält sie hoch. Ich hebe die Hand und schüttele lachend den Kopf.

»Nein, danke. Heute nicht«, sage ich. »Valentina ist wieder im Restaurant«, erkläre ich an Brenda gewandt. »Sie hat den Tagesgerichten ein Ende bereitet.«

»Oh, das ist aber schade.« Brenda schneidet eine Grimasse.

»Aber es wäre eine Idee für die Party.« Ich notiere mir, dass ich auf Google nach Rezepten für Meeresfrüchte-Tapas suchen will. Ich muss jede Menge Gerichte im Vorfeld vorbereiten. Ich lasse den Blick über den Markt schweifen. Es gibt ein britisches Paar, das britische Gerichte zum Mitnehmen verkauft. Ich frage mich, ob sie vielleicht Tapas mit einem traditionellen britischen Touch zubereiten können. Mini-Yorkshire-Pudding mit einer Scheibe Rindfleisch, winzige Fischchen und Pommes in einem Hörnchen, etwas in der Art. Oder sogar nostalgische Kleinigkeiten wie Königinpastetchen, Käse und Ananasstücke auf Spießchen und Mini-Krabbencocktails. Ich bin sicher, dass Olivia und ihre Freunde so etwas mögen würden. Vielleicht könnte ich ähnliche Speisen anbieten, wenn ich die Butterfly Bar übernehme. Ich notiere die Idee und nehme mir vor, das Paar auf dem Markt anzusprechen und auch Olivia zu befragen. Nachdem ich meine Liste begonnen habe, habe ich das Gefühl, auf dem richtigen Weg zu sein.

»Danke, Carlos«, sagt Brenda. »*Hasta luego.*«

»*Not if I see you first, baby!*«, scherzt er mit starkem spanischem Akzent, und wir lachen alle. Eindeutig ein einstudierter Satz. Es ist wunderbar, wie diese beiden Gemeinschaften – die in Spanien lebenden Engländer und die Touristen einerseits und die Einheimischen andererseits – sich gegenseitig angenommen haben und harmonisch hier unten am Hafen zusammenleben. Schade, dass das nicht auf Cortijo Ana zutrifft. Trotz Valentinas Bemühungen, Touristen anzulocken, kommen sie offensichtlich nie ein zweites Mal. Wer möchte schon britische Gerichte auf eckigen Tellern haben, wenn er frische Meeresfrüchte direkt aus dem Wasser oder Bonitas spanisches Spezialhühnchen bekommen könnte?

Ob Harold und Brenda all das wohl vermissen werden, wenn sie nach England zurückkehren? Aber sie werden sicher überglücklich sein, bei ihrem jüngsten Enkelkind zu sein, wer kann ihnen da ihre Entscheidung vorhalten?, denke ich und verspüre ein leichtes Ziehen in der Magengegend. Ich hätte so gerne eine Familie gehabt: Will, unsere Kinder und ich sitzen um einen

Tisch – zusammen mit den Großeltern –, und wir essen gemeinsam Paella. Ich würde Bonita um ihr Rezept bitten, aber jetzt habe ich niemanden, für den ich kochen könnte.

Ich blicke zum Hafen, wo die Boote an der Mole hin und her tanzen und eine Gruppe älterer Männer und Frauen eine Runde schwimmt.

Ich wende mich wieder meiner Liste zu und überlege, ob wir *piñata* für Erwachsene basteln könnten. Wenn ich doch nur den Flamenco-Lehrer aus dem Pink Flamingo bitten dürfte, eine Einführung zu geben! Das wäre perfekt gewesen, aber ich muss mein Wort halten. Kein Flamenco. Ich seufze. Was könnten wir stattdessen anbieten? Vielleicht könnte ich Maxine fragen, ob sie ihren Cher-Act aufführt. Das könnte sehr lustig werden, sehr retro, allerdings bin ich nicht sicher, ob Olivia es stilvoll genug fände. Und Karaoke! Jeder glaubt nach ein paar Drinks, er sei der nächste Robbie Williams. Ich notiere mir, mich zu informieren, wo ich eine Karaoke-Maschine mieten kann.

Ich sehe mich auf dem Platz um. Vielleicht könnte ich einen Kajakausflug in den Sonnenuntergang mit spanischem Cava am Strand organisieren, bevor die Party beginnt. Aber dafür müsste ich einen Bus auftreiben. Ich verwerfe die Idee. Stattdessen könnte ich den Ausflug als Option für den nächsten Tag anbieten. Oh, und ich muss mich um einen Getränkelieferanten kümmern und sicherstellen, dass genug Gläser vorhanden sind. Ich werde Frank fragen. Mein Kopf schwirrt vor Plänen und Ideen. Das einzige Problem ist Valentina. Wie kann ich die Party durchziehen, wenn sie nicht zulässt, dass ich unterstützt werde? Die Organisation kann ich problemlos alleine bewältigen, doch ich muss irgendwo Service-Personal auftreiben. Um mich abzulenken, fange ich an, Ideen für die Tischgestaltung und Servietten-Falttechniken aufzuzeichnen.

»Noch eine?« Brenda zeigt auf mein leeres Sangria-Glas. Ich

habe kaum bemerkt, dass ich getrunken habe, so sehr war ich mit meinen Notizen beschäftigt.

»Diesmal bitte einen Kaffee, Brenda.« Ich glaube nicht, dass Valentina allzu begeistert wäre, wenn ich angetrunken zur Arbeit erschiene. Momentan würde sie wahrscheinlich jede Gelegenheit beim Schopf packen, mich entlassen zu können. Ich schreibe rasch »Sangria« auf meinen Block, damit ich daran denke, mir das Rezept von Harold geben zu lassen. Ach, und wir brauchen Krüge. Vielleicht kann ich die Krüge aus dem Schrank in der Cortijo Ana verwenden. Hoffentlich wird es Valentina nicht auffallen.

Ich werfe einen Blick auf mein Handy, um die Uhrzeit abzulesen. Miguel sollte inzwischen hier sein. Ich schaue mich um.

»Hey!«

Es ist Craig, der seine Herrenhandtasche hin und her schwingt. Er küsst mich auf beide Wangen.

»Wie geht's?«, fragt er. Bevor ich ihm von der Party erzählen kann, sagt er: »Ich habe gerade deinen jungen Freund gesehen, den gut aussehenden Burschen. Er war zu einem Club in der Altstadt unterwegs.«

»Zu einem Club? Am Tag? Was ist das für ein Club?«

Er zuckt mit den Schultern. »Es ist kein Lokal, in das Ausländer oder Touristen gehen. Da sind nur Einheimische. Ich hab noch nicht viel darüber gehört.« Er schüttelt den Kopf und bestellt einen Weißwein mit Eis.

Irgendetwas daran fühlt sich nicht richtig an. Was zum Teufel tut Miguel in einem Club? Ich habe mir vorgestellt, dass er irgendwo einen Kaffee trinkt, am Strand abhängt, Kontakte an der Strandbar knüpft. Aber ein Club in einer Seitengasse? Meine Ängste kehren schlagartig zurück.

»War er alleine?«

»Ja. Hat mich nicht gesehen. Er war zu sehr damit beschäftigt, auf seinem Handy rumzutippen.«

»Dieser Club …« Ich nehme meinen Block und stecke ihn schnell in meine Tasche. »Wie heißt er noch mal?«

»Ich glaube, *Los Picaderos.*«

»Ich bin bald zurück!«, rufe ich und lasse Brenda mit der Tasse Kaffee in der Hand stehen, die ich dringend gebraucht hätte. Ich weiß nicht, ob es an der Sangria liegt oder an dem Gedanken, dass Miguel möglicherweise in eine Spelunke voller Betrunkener und Drogenhändler geraten ist – jedenfalls ist mir leicht schwindelig.

Ich folge Craigs Wegbeschreibung und gehe eine schmale Straße entlang, die in die Altstadt führt. In der Gegend bin ich bisher noch nicht gewesen, und sie wird allem Anschein nach auch nicht häufig von Touristen besucht. Der Ortsteil liegt nur einen Steinwurf vom Hafen entfernt, ist aber ganz anders. Dunkle, enge Gassen mit düsteren Torbögen. Hausmauern, die aufgrund defekter Regenrinnen grüne Flecken haben, und Wäsche auf winzigen Balkonen, die kaum je die Sonne sehen, weil sie von großen Wohnblocks beschattet werden. Überquellende Plastikmülleimer und überall geschlossene Fensterläden. Kein Wunder, dass sich hierher kaum ein Tourist verirrt! Die Gegend könnte dringend ein paar Blumen und ein bisschen weiße Farbe gebrauchen. Ich denke an das Dorf Colina de Flor und die in voller Blüte stehenden Kirschbäume. Voller Licht und Leben! Meine Laune verbessert sich beim bloßen Gedanken daran, als ob … na ja, als ob ich wirklich dort hingehören würde.

Schließlich erreiche ich eine Gabelung am Ende der schmalen Straße. Vor mir ragt eine große Holztür auf, die wirkt, als gäbe es sie schon seit Anbeginn der Zeit. Auf einem alten Schild ist ein Mann zu Pferd in traditioneller spanischer Stierkämpfermontur abgebildet, darunter stehen zwei Worte: *Los Picaderos.*

Ich bleibe vor der geschlossenen Tür stehen. Auf einmal bin ich nervös. Was soll ich tun? Anklopfen und abwarten, ob ich eingelassen werde? Ich gerate fast in Panik und überlege, ob ich nicht besser einfach zur Bushaltestelle gehen und auf Miguel warten soll, um ihm eine Chance für eine Erklärung zu geben. In dem Moment erscheint ein Mann mit einem großen schwarzen Koffer. Er drückt die Tür auf und schlüpft ins Haus. Ich höre Stimmen, Rufe und Schreie, lautes Stampfen. Mein Herz macht einen Satz und beginnt zu galoppieren. Die Tür fällt wieder ins Schloss.

Ich sehe mich um. In diesen ruhigen Straßen scheint es keine Passanten zu geben. Ich kann nicht einfach gehen. Was, wenn Miguel wieder in Schwierigkeiten steckt? Ich sehe Antonios wütendes Gesicht vor mir, aber ich erinnere mich auch an seine Miene, als er mich bat, ein Auge auf den Jungen zu haben. Ich muss herausfinden, was hier vor sich geht. Ich muss mich vergewissern, dass es Miguel gut geht und er in Sicherheit ist. Sicher: So habe ich mich auch mit Will gefühlt. Doch es stellte sich heraus, dass ich keineswegs sicher war. Er hat mich sitzen lassen, mutterseelenallein in einem fremden Land. Das tut man Menschen, die einem etwas bedeuten, nicht an! Plötzlich stelle ich fest, dass ich nicht mehr durcheinander bin, nein, ich bin wütend auf Will. Man lässt keine Menschen hängen, die man mag. Das tut man einfach nicht!

Ich mache einen Schritt auf die Tür zu. Nichts deutet darauf hin, dass es sich um eine Bar oder einen Club handelt. Weder Plakate noch Schilder. Was ist das für ein Ort? Als ich die Hand an das dunkle, fleckige Holz lege, spüre ich Vibrationen. Die Mauern sind dick und solide, aber im Inneren des Hauses passiert etwas, was die Wände wackeln lässt.

Langsam drehe ich an dem Metallknauf, genau wie der Mann vor mir, drücke die Tür auf und schlüpfe hinein. Was erwartet mich da drin?

25. Kapitel

Der Lärm trifft mich wie ein Schlag. Laute Schreie und Füßestampfen lassen mich zusammenzucken und strapazieren meine Nerven. Es dauert eine Weile, bis meine Augen sich an das Dämmerlicht in dem dunklen, verqualmten Raum angepasst haben. Das Rauchverbot ist hier eindeutig noch nicht angekommen. Es ist kühl, und es riecht muffig. Leute stehen herum und lehnen an den alten Steinmauern und Säulen. Frauen teilen sich Stühle, beugen sich vor und stützen die Arme auf den Knien ab. Weit und breit ist kein einziger rotgesichtiger oder blasser Tourist zu sehen. Keine Strohhüte oder gemusterte Shorts oder Flip-Flops. Diese Frauen haben lange Haare, die sie entweder offen oder auf dem Kopf aufgetürmt tragen, manche mit Blumenspangen an den Seiten. Sie tragen schulterfreie Tops, weite Röcke oder Hosen, über die sie in Bauchhöhe dreieckige Tücher gebunden haben. Es gibt sogar Kinder, die im Schneidersitz unter den Tischen auf dem Boden sitzen. Während der Rest des Landes Siesta hält, erwacht dieser Ort offensichtlich zum Leben.

Im hinteren Bereich des Raumes steht eine Frau mit erhobenen Armen. Die Zuschauer werden ruhig. Dann beginnt ein Gitarrist zu spielen und zu singen, ein langes, langsames Klagelied, das von Herzen kommt. Ich bin wie gebannt. Vorsichtig gleite ich in die Schatten entlang der Wände und verstecke mich, um nicht bemerkt zu werden. Die Frau stampft mit den Füßen, und die Frauen um sie herum klatschen rhythmisch in die Hände. »*Olé!*«, rufen sie und lassen mich zusammenfahren.

Ein weiterer Gitarrist stimmt ein, und die Füße der Frau bewegen sich schneller, stampfen und klacken auf dem abgenutzten Steinboden. Die Musik und der Tanz werden immer schneller und immer intensiver und reißen mich mit. In kürzester Zeit spüre ich die Angst, den Schmerz und die Wut der Frau und schließlich ihre Entschlossenheit, trotzdem weiterzumachen. Als sich der Song zu einem berauschenden Höhepunkt aufbaut, bin ich praktisch zu Tränen gerührt.

Als es vorbei ist, fühle ich mich seltsam erleichtert, freudig erregt und erschöpft. Die Leute um mich herum klatschen und rufen »*Bravo!*« und »*Olé!*«. Alle gehen herum und unterhalten sich angeregt. Einer der Gitarrenspieler, ein alter Mann, steht auf und streckt sich. Von meinem Versteck im Schatten aus halte ich Ausschau nach Miguel. Schließlich entdecke ich ihn – er ist in eine ernste Unterhaltung mit einer kleinen dunkelhaarigen jungen Frau vertieft. Er nimmt ihre Hand und zieht leicht daran. Sie schüttelt den Kopf. Der alte Gitarrist geht zu ihnen, und die drei scheinen sich in gedämpftem Ton zu beratschlagen. Ich weiß nicht, was hier vor sich geht, doch ich habe Antonio versprochen, auf Miguel aufzupassen. Ich trete vor.

»Miguel?«, rufe ich. »Miguel!«

In der sich ausbreitenden Stille dreht Miguel sich um und starrt mich an. Ich fühle mich, als hätte ich gerade dem ganzen Club verkündet, dass sich eine Touristin in ihrer Mitte befindet. Miguel sieht aus, als wäre er auf frischer Tat ertappt worden. Aber wobei? Das Herz schlägt mir bis zum Hals; es hört sich an wie die Absätze einer Frau, die energiegeladen auf dem Steinboden tanzt.

Das Mädchen neben Miguel duckt sich weg, dreht sich um und verliert sich in der Menge.

Miguel legt dem alten Mann die Hand auf die Schulter und verabschiedet sich von ihm, als gäbe es noch eine unerledigte Sache zu regeln. Dann eilt er auf mich zu und bringt mich durch die große, dunkle Tür in den strahlenden Sonnenschein und in die reale Welt dort draußen.

»Was ist das für ein Ort?«, frage ich, sobald wir draußen sind. »Ist es eine Art Flamenco-Club? Warum gehen keine Touristen hin? Was hast du da drin gemacht?« Die Fragen purzeln mir förmlich aus dem Mund, eine nach der anderen.

»Nichts!«, antwortet er lachend. »Ich schließe Freundschaften, genau wie du es wolltest.«

Er legt mir auf seine träge Art den Arm um die Schultern und dirigiert mich durch die engen Gassen zur Bushaltestelle.

»Wer war das Mädchen? Und der alte Mann?« Ich lasse nicht locker.

»Welches Mädchen?«, erwidert er unschuldig. Ich habe das untrügliche Gefühl, dass er mir etwas verheimlicht.

»Ich habe es Antonio versprochen«, sage ich.

»Was denn? Mir nachzuspionieren?« Seine gute Laune ist wie weggeblasen, und er wirkt wieder verdrossen und missmutig.

»Nein«, antworte ich sanft und gebe mir Mühe, ihn nicht unter Druck zu setzen. Ich will schließlich nicht, dass er sich wieder komplett verschließt. »Ein Auge auf dich zu haben. Dafür zu sorgen, dass du in Sicherheit bist.«

»Mir geht's gut. Mach dir keine Sorgen, Beti.« Er lächelt, und der gutmütige Miguel, den ich kenne und mag, ist wieder zurück. »Jetzt komm, wir müssen heute Abend noch gießen!«

Ich weiß immer noch nicht, was los ist, aber irgendetwas hat er vor – das spüre ich. Und ich muss irgendwie herausfinden, was es ist, denn Miguel will es mir offensichtlich nicht verraten. Bis dahin muss ich Antonio aus dem Weg gehen, denn ich kann ihm nicht erzählen, was ich heute erlebt habe – nicht, bevor ich weiß, was hinter der Sache steckt. Ich will meine Sorgen nicht mit ihm teilen. Ich schlucke und hoffe, dass ich Antonio nicht begegnen werde.

26. Kapitel

Am nächsten Morgen bin ich schon früh auf den Beinen. Die Luft ist klar und frisch, und es verspricht ein weiterer sonniger Tag zu werden. Die Vögel machen sich gegenseitig geräuschvoll den Hof und tanzen miteinander. Ich fühle mich an die Tänzerin erinnert, die ich gestern beobachtet habe und die mich mit ihrer Geschichte und ihren Bewegungen in ihren Bann gezogen hat. Die Katze Ana spaziert mit erhobenem Schwanz über die kleine Terrasse meiner *finca* und fordert meine Aufmerksamkeit; auch genau wie die Tänzerin gestern. Ich beuge mich zu ihr hinunter, um sie zu streicheln, doch sie trabt davon; als ich mich wieder aufrichte, kommt sie zurück und streicht um meine Beine. Ich ziehe mich an, füttere die Katze und spaziere den Hügel hinunter, wo ich mich mit Miguel verabredet habe, der versprochen hat, pünktlich zu sein.

»Miguel? Miguel!«, rufe ich zu dem kleinen Balkon auf der Rückseite des Bauernhauses hinauf, aber ich bekomme keine Antwort. Wieder mal ist er nirgendwo zu sehen!

»Alles in Ordnung?« Antonios Kopf und seine Schultern tauchen über der Steinbalustrade auf. Mist! Ich dachte, er wäre bei den Pferden.

»Ähm, ja, alles gut«, antworte ich lächelnd. »Ich habe nur geschaut, wo Miguel bleibt.« Ich gebe mir Mühe, ungezwungen zu klingen.

»Wie war's gestern?«

»Äh, gut …« Ich schlucke und nicke und ertappe mich dabei, wie ich mir auf die Unterlippe beiße. Was soll ich sonst sagen?

»Sicher?«, hakt er nach.

»Wir haben es uns in der Butterfly Bar gut gehen lassen. Wir haben Craig getroffen, er führt eine Frühstücksbar unten am Hafen. Es waren noch ein paar Einheimische da, war super.« Ich lüge ihn an und hasse mich dafür. Allerdings kann ich ihm einfach nicht erzählen, dass ich Miguel in dem Club gefunden habe – nicht, bevor ich Konkreteres weiß.

»Er hat aber keinen Alkohol getrunken, oder doch? Er ist erst siebzehn.«

»Nein, nein, keinen Alkohol.« Ich halte mir zum Schutz vor der Morgensonne die Hand über die Augen und will mich zum Gehen wenden.

»Er war offensichtlich gut gelaunt, als er nach Hause kam. Hat er sich mit Freunden getroffen?«

»Ich … äh, ich bin nicht sicher«, stammele ich.

»Sie waren doch mit ihm zusammen, oder nicht? Sie haben ihn nicht alleine losziehen lassen?«

»Ja … nein … ich meine, wir haben uns prächtig amüsiert. Wir haben Kaffee getrunken. Er hat gesagt, er würde sich gerne einen Job suchen, vielleicht in einem Café, einer Bar oder in dem Wassersportladen.« *Nein, das hat er nicht gesagt!*, schreit eine Stimme in meinem Kopf. *Hör auf zu reden, bevor du noch mehr Unsinn erzählst!*

Antonio zieht die Augenbrauen hoch und nickt anerkennend. »Gut, gut«, meint er. »Aber momentan ist auf der Obstplantage genug für ihn zu tun.« Er zeigt auf die Ecke des Feldes. »Er hat gerade erst mit den Bäumen auf der anderen Seite angefangen.«

»Oh ja, natürlich. Er wartet bestimmt schon da drüben auf mich«, sage ich, ohne nachzudenken. Ich habe keine Ahnung, warum ich ihn decke. Doch wenn er sich in Schwierigkeiten bringt, macht Antonio vielleicht mich dafür verantwortlich und nimmt seine Zusage für die Party zurück.

Ich laufe in den Hof, um nachzusehen, ob der Tankwagen noch da steht. Leider ja. Was heißt, dass Miguel noch nicht angefangen hat, die Bäume zu gießen. Wo zum Teufel steckt er?

Ich ziehe den Wagen hinter mir her. Er ächzt und quietscht erbärmlich. Ich ärgere mich, dass Miguel verschwunden ist, bin aber gleichzeitig auch ein bisschen besorgt. Ist er wieder in den Club in der Altstadt gefahren? Wer waren dieses Mädchen und der alte Mann, der sich zu ihnen gesellt hat? Worauf hat er sich da eingelassen? Diese Fragen schwirren mir im Kopf herum, während ich mich abmühe, den schweren Wagen den gewundenen Weg hinaufzuziehen. Meine Oberarme schmerzen, und das Blut rauscht mir in den Ohren.

Als ich das obere Feld fast erreicht habe, bleibe ich stehen, um Atem zu schöpfen. Wie erwartet, ist von Miguel nichts zu sehen. Ich werde ihn suchen, sobald ich hier fertig bin. Als ich mich umdrehe und über die Kirschplantage blicke, die inzwischen beinahe verblüht ist, werde ich durch ein Geräusch aufgeschreckt. Ich wirbele herum und entdecke eine schlanke, dunkelhaarige Person, die aus der Scheune läuft.

»Hey!«, rufe ich und lasse den Tankwagen los. Er rollt ein Stück zurück und bleibt dann stehen. »Hey!«, schreie ich wieder, diesmal aber lauter.

Ich laufe los und verfolge die Gestalt.

»Kommen Sie zurück!«, rufe ich, als die Person über die Mauer klettert und im Wald verschwindet. Ich versuche zu folgen, bleibe aber im Dornengestrüpp hängen. Nachdem ich mich endlich befreit habe, ist die Gestalt verschwunden. Entweder versteckt sie sich oder sie ist schon längst über alle Berge.

Außer Atem mache ich mich auf den Rückweg zur Scheune. Ich weiß nicht einmal, ob es sich um eine Frau oder einen Mann gehandelt hat, doch die Person kam mir irgendwie bekannt vor … Ich betrachte die Kratzer auf meinen Armen und Beinen, die ich mir im Dornengestrüpp zugezogen habe. Ich streiche darüber, aber ich denke nicht über die Kratzer nach. Irgendetwas beschäftigt mein Unterbewusstsein – doch ich bekomme es nicht zu fassen.

Als ich mich umdrehe, sehe ich Antonio auf dem Hengst durch die Kirschplantage reiten.

»Antonio!« Ich winke mit beiden Armen. »Schnell!« Ich zeige auf den Wald. »Es war jemand in der Scheune; er ist in diese Richtung gelaufen!«

Er wendet das Pferd und galoppiert los. Suerte springt mit Leichtigkeit über die Mauer. Antonio beugt sich tief über den Pferdehals, um den niedrigen Ästen auszuweichen, und verschwindet zwischen den Bäumen. Ich warte mit angehaltenem Atem, bis er zurückkommt. Das Pferd macht große, entspannte Schritte, und Antonio lässt die Zügel locker. Er schüttelt den Kopf.

»Wer auch immer es war, er ist weg.« Er springt aus dem Sattel und führt Suerte durch eine schmale Öffnung in der Mauer. Als Antonio die Kratzer an meinen Armen entdeckt, springt er vom Pferd, greift nach meiner Hand und untersucht die Wunden. »Sind Sie in Ordnung? Tut es weh?«

Mein Herz beginnt zu schlagen wie ein Paar Kastagnetten. Es muss am Schock liegen.

»Wir müssen etwas drauftun. Kommen Sie, wir reinigen die Wunden.«

Er bindet das Pferd am Zaun an, nimmt mich am Arm und begleitet mich zu meiner *finca*. Ich krame den Schlüssel aus der Tasche, fühle mich aber ein bisschen wackelig auf den Beinen. Dieses Häuschen war mein kleiner, sicherer Hafen, seit Will mich verlassen hat, ein Ort, an dem ich mich vor der Welt verstecken kann und wo niemand mich belästigt; hier bin ich allein mit meinen Gedanken an Will und daran, was hätte sein können. Jetzt … nun, jetzt bin ich nicht sicher, ob ich noch allein bin.

»Setzen Sie sich auf die Terrasse, und ich koche Ihnen einen Kaffee. Dann kontrolliere ich die Scheune.«

»Oh, schon in Ordnung. Ich mache das«, sage ich, weil ich nicht will, dass er den billigen Kaffee und die leeren Schränke sieht. Aber es ist zu spät, er ist bereits in der Küche und öffnet die Schranktüren.

»Es ist nichts da!«, ruft er. »Ich hole was aus dem Restaurant.«

»Nein, nein, das ist nicht nötig«, sage ich mit Nachdruck.

»Es ist das Mindeste, was ich tun kann, nachdem Sie schon Eindringlinge von meinem Land vertrieben haben«, sagt er entschlossen, aber freundlich.

Mein Magen schlägt einen Salto.

»Hey! Beti!« Miguel läuft auf uns zu. »Bist du okay?«

Ich lächele ein bisschen mühsam. »Ja, alles gut. Ich ... es war jemand in der Scheune und ist dann in den Wald geflüchtet. Ich habe keine Ahnung, was er oder sie da wollte.« Ich möchte unbedingt wissen, wo Miguel gewesen ist, aber in Antonios Anwesenheit kann ich ihn nicht fragen. Ich will nicht, dass Antonio sich Sorgen macht, bevor ich der Sache auf den Grund gegangen bin. Er hat schon genug um die Ohren.

»Jemand war in der Scheune?« Miguel zieht überrascht die Augenbrauen hoch, aber etwas an der Art, wie er das sagt, lässt mich stutzig werden. Ich werfe ihm einen forschenden Blick zu. Weiß er, was hier vor sich geht? Hat er etwas damit zu tun? Ist da drin etwas versteckt?

»Du holst Kaffee«, fordert Antonio seinen Sohn auf. »Und etwas zu essen«, fügt er hinzu. »Ich überprüfe die Scheune.«

»Klar«, erwidert Miguel und verschwindet Richtung Restaurant. Ich blicke ihm mit zusammengekniffenen Augen hinterher.

Antonio ist schon bald zurück. »Alles ist so, wie es sein sollte«, berichtet er. »Kein Grund zur Sorge. Vielleicht waren es bloß

Kinder, die da drin gespielt haben.« Wieder mustert er mich aufmerksam. »Und Ihnen geht es wirklich gut?«

»Ja, wirklich, danke.« Ich deute mit einem Nicken auf sein Pferd, das er an dem wackligen, alten Zaun angebunden hat. »Wo haben Sie so reiten gelernt?«

Er streicht über Suertes weiche Nüstern. »Ich bin immer schon geritten, wenn ich hier zu Besuch bei meinen Großeltern war. Der Hof hat ihnen gehört. Mein Großvater hat mich auf ein Pferd gesetzt, bevor ich überhaupt laufen konnte. Meine Mutter und mein Vater waren oft auf Reisen, deshalb habe ich viel Zeit hier verbracht und bin sogar hier zur Schule gegangen. Als ich ein junger Mann war, bin ich ebenfalls häufig verreist. Aber als meine Großeltern alt wurden, bin ich auf den Hof zurückgekommen. Mein Großvater wollte mir die Kirschplantage übergeben, weil er wusste, dass mir etwas daran liegt und ich das Geschäft weiterführen möchte. Das Restaurant hat Großmutter gehört; es umfasste damals nur das vordere Zimmer und die Terrasse. Es gab hausgemachte Gerichte und Kirsch-Mandel-Kuchen, wenn Kirschensaison war. Bonita begann als junges Mädchen hier zu arbeiten; sie lernte alles von meiner Großmutter, all die alten Rezepte. Ich arbeitete auf der Kirschplantage, und mein Großvater brachte mir den Umgang mit den Pferden bei und wie man ihnen mit dem Herzen und nicht mit dem Verstand zuhört. Hoffentlich kann ich das auch eines Tages weitergeben«, fügt er leise hinzu, während wir Miguel beobachten, der mit einem Tablett, beladen mit Tassen und einem Teller, den grasbewachsenen Pfad hinaufsteigt.

»Sie hat mir Kuchen mitgegeben ... jede Menge Kuchen!« Miguel strahlt vor Begeisterung, und Antonio erwidert das Lächeln, als er einen Blick auf den Jungen in Miguel erhascht, dessen Kindheit er nicht miterlebt hat.

Auf dem Teller befinden sich drei riesengroße Stücke Kuchen, die wir begeistert vertilgen. Wir sitzen alle drei gedankenverloren auf der Terrasse und blicken über die Kirschbäume in die Ferne. Die *finca* fühlt sich wieder wie mein sicherer Ort an.

»Ich lasse euch dann mal allein«, sagt Antonio, als er fertig ist. Er geht zu Suerte und führt ihn am Zügel den Weg hinunter.

»Wir sollten weitergießen«, fordere ich Miguel auf.

»Lassen Sie Miguel den Wassertank ziehen!«, ruft Antonio uns freundlich zu. Dann fügt er etwas ernster hinzu: »Und ruft mich, wenn etwas euch Sorgen bereitet, jederzeit.«

Mein Magen macht einen kleinen Hüpfer als Dankeschön. Offensichtlich habe ich mich noch nicht ganz von dem Schreck und dem schmerzhaften Versuch, die Mauer zu überwinden, erholt.

»Gut, packen wir's an!«, sagt Miguel. »Ich kann es auch alleine machen, wenn du Schmerzen hast«, bietet er an.

»Nein, mir geht's gut«, erwidere ich. Ich bleibe sitzen und sehe ihn an, um ihm Gelegenheit zu geben, mir zu erzählen, was los ist; doch er schweigt und beschäftigt sich mit seinem Handy.

»Weißt du etwas darüber, wer in der Scheune gewesen sein könnte?«, frage ich schließlich.

»Ich? Nein.« Er schüttelt den Kopf.

Aber irgendetwas sagt mir, dass das nicht stimmt.

Als wir fertig gegossen haben, wärmt die Sonne schon den Boden. Wie momentan jeden Tag werden wir noch einmal bei Sonnenuntergang wässern, bevor meine Schicht im Restaurant beginnt. Doch nachdem die Kirschblüte fast vorüber ist, scheinen auch die Gäste weniger zu werden. Niemand kommt, um Zweige mit Blättern und Knospen zu sehen. Nur die Vögel werden zahlreicher.

»Wir müssen diese Netze auf die Bäume bekommen«, höre ich Antonio Miguel zurufen. Antonio arbeitet wieder mit dem Hengstfohlen auf der Koppel.

»Fährst du runter zum Hafen, Beti?« Ich lehne am Zaun und beobachte Antonio bei der Arbeit. Miguel gesellt sich zu mir.

»Nein, heute nicht.«

Antonio spricht ruhig auf das Pferd ein und hebt dabei kein einziges Mal die Stimme. Er kann eindeutig wesentlich besser mit Tieren als mit Menschen kommunizieren. Ich sehe Miguel an, der zumindest seine Kapuze wieder abgesetzt hat.

»Ich sehe mich noch mal in der Scheune um. Vielleicht finde ich einen Hinweis, wer da drin gewesen ist. Hast du Lust mitzukommen?«, schlage ich vor und stoße mich vom Zaun ab.

Als ich durch die Kirschplantage gehe, schließt sich Miguel mir an. Ich spüre, dass Antonio den Blick von dem Pferd löst und uns hinterhersieht. Ich drehe mich kurz um und winke ihm zu, um ihm zu bedeuten, dass Miguel mit mir kommt. Er nickt langsam. Mein Magen macht wieder einen Satz und lässt mich lächeln. Ich habe das Gefühl, etwas Sinnvolles zu tun. Wenn Miguel bei mir ist, kann er nicht verschwinden und in Schwierigkeiten geraten, und vielleicht finde ich raus, was mit ihm los ist.

»Wo warst du denn heute Morgen?« Ich bin ein bisschen außer Atem, als wir den grasbewachsenen Pfad hinaufsteigen. Ich muss beinahe laufen, um mit Miguel Schritt zu halten.

»Ich hab verschlafen!«, antwortet er schnell und schenkt mir ein umwerfendes Lächeln.

»Lustig. Antonio hat gesagt, du hast die Wohnung früh verlassen und wolltest mich suchen, um mit dem Wässern anzufangen.« Ich versuche, so wenig streitlustig wie möglich zu klingen. Schließlich will ich nicht, dass er mich wieder nicht an sich heranlässt.

»Er muss sich vertan haben. Ich war im Bett, bis ich gehört habe, wie du nach ihm gerufen hast.«

Wir verstummen beide. Ich habe keine Ahnung, wie ich etwas aus ihm rausbekommen kann. Ich bin ja nicht seine Mutter.

Wahrscheinlich denkt er sich: Was geht dich das an? Und er hat recht! Aber ich habe Antonio versprochen, auf Miguel aufzupassen, und ich möchte mein Versprechen gerne halten.

Als wir die Scheune erreichen, versuche ich durch ein staubiges, spinnwebenverhangenes Fenster ins Innere zu spähen, aber es ist zu dunkel, um etwas zu erkennen. Ich bin ein wenig nervös und ärgere mich darüber. Doch womöglich hat Antonio ja recht: Vielleicht waren es nur Kinder, die sich hier rumgetrieben haben. Wir gehen zur Tür, und ich strecke vorsichtig die Hand nach der Türklinke aus. Ich weiß nicht, warum ich so nervös bin; wir werden bestimmt nicht auf eine bewaffnete Bande treffen.

»Soll ich?«, fragt Miguel. Ich schüttele den Kopf.

»Ich muss mich selbst vergewissern«, erwidere ich.

Miguel tritt zurück, und ich drücke langsam die Türklinke runter. Ein Lichtstrahl durchschneidet die Dunkelheit, als ich die Tür öffne und durch den Spalt spähe. Staub tanzt im Licht, und ich muss unwillkürlich an die Tänzerin im Club denken, die ihre Geschichte erzählt und ihre Seele entblößt hat. Was machen wir in England in schwierigen Zeiten? Ganz sicher tanzen oder singen wir nicht. Vielmehr geben wir uns größte Mühe, die Probleme zu ignorieren. Stecken den Kopf in den Sand. Verstecken unsere Gefühle und erzählen der ganzen Welt, dass es uns großartig geht – mit Posts auf Facebook über Urlaube, Hochzeiten, Kinder –, statt unsere Gefühle mit anderen zu teilen, egal was sie von uns halten mögen. Ich schlucke schwer. Die Menschen in Spanien erzählen einander ständig, was sie denken. Mir fällt die Gruppe ein, die sich regelmäßig im Café auf dem Dorfplatz trifft, Neuigkeiten austauscht und laut über andere spricht. Zu Hause in England verbreiten wir nur noch mehr Fotos über die sozialen Medien.

Langsam drücke ich die Tür weiter auf, suche den Raum ab und spähe in dunkle Ecken – und davon gibt es jede Menge. Überall sehe ich gestapelte Stühle und runde Tische sowie Kartons voller Bilderrahmen und Steinguttöpfe. Ich nehme mein Handy und aktiviere die Taschenlampe. Es ist bloß eine große Scheune. Es gibt nichts Aufregendes zu entdecken. Ich drehe mich zu Miguel um, aber er ist nicht mehr da.

27. Kapitel

Ein paar Tage später gehe ich am frühen Abend zu meiner *finca*, um die frisch gewaschenen Laken vom Zaun zu nehmen. Ich liebe den Geruch der Wäsche, wenn sie draußen getrocknet wurde. Ich möchte rasch das Bett beziehen, bevor ich meine Schicht im Restaurant antrete. Den ganzen Nachmittag habe ich am Hafen verbracht und mich unter anderem mit dem Paar aus Folkestone getroffen, die Gerichte zum Mitnehmen verkaufen. Ich habe den beiden von meiner Idee erzählt, spanische Tapas mit britischem Touch zuzubereiten, und sie wollen es sehr gerne übernehmen. Damit habe ich einen Punkt meiner Liste erledigt. Abgehakt, denke ich zufrieden.

Nachdem ich das Bett bezogen habe, muss ich Miguel finden, damit er mir beim Gießen der Bäume hilft. Er ist nicht mit mir zum Hafen gefahren, und ich habe keine Ahnung, wo er steckt. Inzwischen sind schon mehr Bäume mit Netzen geschützt; Antonio war mit dieser Arbeit beschäftigt, als ich am Morgen vorbeiging. Er hob grüßend eine Hand, fast so, als wären wir Freunde.

Ich nehme gerade die letzte Steigung kurz vor der *finca* in Angriff, wo meine Bettwäsche auf dem Holzzaun im warmen Sonnenschein flattert, als ich es plötzlich wieder höre: das gleiche stampfende, schlagende Geräusch wie neulich abends. Diesmal fackele ich nicht lange. So schnell und leise wie möglich laufe ich zur Scheune. Mein Herzschlag ist so laut wie die Geräusche, die aus dem Gebäude dringen. Doch als ich näher komme, geht mir auf, dass ich keine Ahnung habe, was ich als Nächstes tun soll. Stürme ich einfach in die Scheune, oder soll ich Antonio holen, wie er es mir vorgeschlagen hat? Aber bis dahin sind die Eindringlinge sicher bereits lange über alle Berge. Ich muss mich der Situation sofort stellen, und zwar alleine.

Ich bleibe neben dem Fenster stehen und presse den Rücken an die kalte Wand; dann hole ich tief Luft und spähe vorsichtig durchs Fenster. Wie beim letzten Mal kann ich anfangs nichts sehen. Es ist dunkel, aber ein Lichtstrahl fällt durch ein Fenster auf der gegenüberliegenden Seite, wo jemand die Fensterläden geöffnet hat. Als meine Augen sich allmählich anpassen, erkenne ich die Stühle, Tische und Kisten. Der Lichtschein fällt direkt auf die vergilbten Wände. Ich stelle fest, dass sie komplett mit Gemälden oder Postern bedeckt sind, alt, verwittert und rissig. Und vor der Feuerstelle entdecke ich zwei Gestalten, eine klein, die andere groß. Sie stehen sich gegenüber.

Die größere Gestalt erkenne ich auf Anhieb. Es ist Miguel. Ich weiß nicht, ob ich erleichtert oder entsetzt sein soll. Wer ist die andere Person? Dann fällt plötzlich mehr Licht hinein, und ich halte die Luft an. Es ist der Eindringling, den ich vor Kurzem habe weglaufen sehen. Es ist ein Mädchen! Das Mädchen, das ich neulich mit Miguel in dem Club gesehen habe. Aber sie scheinen nicht froh zu sein, sich zu sehen. Sie stehen sich mit herausgedrückter Brust und gestrafften Schultern gegenüber, als wollten sie sich gegenseitig herausfordern. Ist sie ein Mitglied der Bande, die er zurückgelassen hat – ist sie eine Botin? Ich muss es herausfinden.

Leise bewege ich mich auf die Tür zu, die einen Spalt weit offen steht, gehe in die Hocke und spähe – fast ohne zu atmen – hinein. Ich kann die beiden gerade so sehen. Doch sie streiten nicht, wie ich vermutet habe. Sie beginnen zu klatschen und lassen sich nicht aus den Augen. Dann kommen die Füße hinzu, die Unterschenkel werden nach hinten angehoben, die Füße stampfen auf. Klapp, klapp, stampf, stampf. Die beiden beginnen ihre Arme zu bewegen, heben die Ellbogen, winkeln die Arme an, die Handgelenke kreisen, die Finger rollen einzeln ab, während die Arme sich heben. Stampf, stampf, stampf, stampf; sie greift in ihre Röcke und wirft den Kopf kokett zur Seite, danach wendet sie ihm das Gesicht wieder zu und streckt herausfordernd die Brust heraus. Langsam und sinnlich tanzen sie umeinander herum.

Im Club habe ich geglaubt, dass der Tanz der Frau mich berührt hat, aber das hier ist einfach unglaublich. Absolut faszinierend. Keine Musik, nur das Händeklatschen und das Füßestampfen, Fersen zu Zehen, Zehen zu Fersen. Ich kann den Blick nicht von ihnen losreißen. Ich weiß zwar nichts darüber, doch das muss Flamenco sein.

Plötzlich lässt ein Windstoß die Tür zuknallen und wieder aufgehen. Das Paar lässt die Arme sinken, der Bann ist gebrochen. Sie fahren herum und starren mich an, als wären sie in flagranti ertappt worden. Wie erstarrt bleiben wir alle drei stehen, obwohl ich nicht richtig verstehe, warum. Ist es, weil ich sie in ihrem Versteck entdeckt habe oder weil ich etwas so Intimes beobachtet habe … nicht nur einen Tanz, sondern einen Ausbruch und Ausdruck von Gefühlen ohne Worte?

Plötzlich schnappt sich das Mädchen seine Handtasche, die auf einem Stapel alter Säcke liegt, und will flüchten.

»Hey! Nicht so schnell dieses Mal!« Ich trete vor und versperre ihr den Weg. »Du bist das Mädchen, das ich mit Miguel im Club gesehen habe, stimmt's?«

Sie wirbelt mit weit aufgerissenen Augen zu Miguel herum.

»Es ist in Ordnung, Sophia, Beti ist eine Freundin. Wir können ihr vertrauen«, sagt Miguel und lächelt mir zu. »Können wir doch, oder?«

Ich weiß nicht genau, wovon er spricht, aber ich rühre mich nicht, sondern lasse bloß meinen Blick zwischen den beiden hin und her wandern.

»Nun, ich denke, als Erstes solltet ihr mir mal erzählen, was hier eigentlich los ist.«

Wir suchen uns in der alten Scheune eine Sitzgelegenheit: ich auf einem alten Stuhl, den Miguel für mich in einen Lichtstrahl mit tanzendem Staub stellt, Miguel auf einer alten Obstkiste und Sophia auf der Sprosse einer alten Kirschernteleiter, die an der mit vergilbten Postern überzogenen Wand lehnt.

»Flamenco ist in diesem Dorf schon seit vielen Jahren mit einem Bann belegt«, erklärt Miguel. »Sophia hat mir davon erzählt, als wir uns kennengelernt haben. Ich bin in den Seitengassen in der Nähe des Clubs herumspaziert, und sie hat mich gefragt, ob ich darauf warte, hineinzugehen. Ich dachte mir«, er zuckt mit den Schultern, »warum nicht? Schließlich bin ich mitten im Flamenco aufgewachsen. Oft habe ich als Kind spätabends in verqualmten Clubs unter dem Tisch gesessen und dann während der Party nach der jeweiligen Show auf Jackenstapeln geschlafen. Ich war immer im Weg.«

Mein Herz zieht sich zusammen, als ich mir den kleinen Jungen vorstelle, der sich ständig wie ein unerwünschter Klotz am Bein fühlte.

»Aber dabei habe ich Flamenco gelernt. Und seit ich Sophia kenne, tanzen wir jeden Tag miteinander. Pedro, der Gitarrist, meint, wir hätten großes Potenzial und sollten in der Öffentlichkeit auftreten, bei Flamenco-Treffen und -Turnieren, um uns einen Namen zu machen.«

»Aber es ist schwierig, weil hier niemand wissen darf, dass Miguel tanzt.« Sophia spricht mit starkem spanischem Akzent. »Es würde für jede Menge Ärger sorgen, auch für mich und meine Familie, wenn herauskäme, dass ich ihn ermutigt habe.«

»Aber warum ist der Tanz verboten?« Endlich stelle ich die Frage, die mich bereits die ganze Zeit beschäftigt.

»Ich stamme aus dem Nachbardorf, wo Flamenco nicht verboten ist.« Sie redet weiter, ohne auf meine Frage einzugehen. »Wir dürfen tanzen. Miguel hat mich auch schon besucht, aber wenn er es nicht schafft, weil er die Bäume gießen muss, komme ich zum Üben hierher. Und dann gibt es ja auch noch den Club, wo wir mit Pedro tanzen, wo die *peña* abgehalten wird.«

»Die was?«, frage ich.

»Es gibt eine Art Verein zur Förderung der Tradition und der Kunst des Flamencos, der Zusammenkünfte organisiert, die *peñas.* Sie sind nicht wie die Flamenco-Shows, die für die Touristen inszeniert werden – wie im Pink Flamingo, wo ein paar Mädchen in geblümten Kleidern tanzen. Bei einer *peña* teilen die richtigen Tänzer ihre Liebe zum authentischen Flamenco. Es sind Kunstliebhaber.«

»Und da habe ich euch gesehen. Hättet ihr auch getanzt?«

Miguel lacht. »Ich dachte schon – bis du dann aufgetaucht bist!«

Ich lächele erleichtert. Er gerät nicht wieder in Schwierigkeiten, es geht nicht um Banden oder Gewalt. Es ist Flamenco! Aber wenn ich an Antonio denke, bekomme ich trotzdem ein schlechtes Gewissen.

»Nun, die Zuschauer haben etwas ganz Besonderes verpasst. Ihr beide seid fantastisch!«

Sie lächeln sich schüchtern an, und auch ich strahle unwillkürlich über das ganze Gesicht.

»Was ist das hier für ein Ort?« Ich sehe mich um.

»Das war auch einmal ein *peña*-Club. Die Menschen kamen von weither, hat mein Vater erzählt. Es hatte sich herumgesprochen, und sie tauchten auf, um ihre Lieblingstänzer zu sehen.«

»Aber jetzt nicht mehr?« Ich betrachte die Poster an den Wänden und stelle fest, dass es sich um Ankündigungen für *peña*-Abende handelt.

»Wie Miguel schon gesagt hat, in diesem Dorf ist Flamenco tabu. Mein Vater hat gesagt, dass es in einem Jahr einen heftigen Streit gegeben hat. Der Priester hat den Tanz verboten, weil er zu einer Zeit, als die Kirschernte eingebracht werden musste, für so viel Unruhe gesorgt hat. In diesem Dorf tanzt niemand mehr. Flamenco wird nicht mal mehr erwähnt«, berichtet Sophia.

»Ein Priester hat einen Bann ausgesprochen? Nach einem Streit?«, wiederhole ich schockiert. Jetzt verstehe ich, warum Antonio sich so vehement gegen meinen Vorschlag ausgesprochen hat; der Tanz scheint hier im Dorf auf eine bewegte Geschichte zurückzublicken.

Als ich mich genauer in der Scheune umsehe, wird mir allmählich klar, dass das die perfekte Location für Olivias Party sein könnte. Ich habe ehrlich gesagt keine Ahnung, wo ich anfangen sollte, aber der Raum hat jede Menge Potenzial. Ich fühle mich ein bisschen beklommen, doch allmählich werde ich von Begeisterung erfasst, gefolgt von einer Welle gespannter Erwartung. Ich habe eine Party zu planen, und ich werde mein Bestes geben, trotz meiner zwiespältigen Gefühle gegenüber Olivia.

»Und, wirst du unser Geheimnis für dich behalten?«, fragt Miguel ernst.

Mir schwirrt der Kopf vor lauter Gedanken rund um die Party. Es ist eine sehr große Aufgabe, vielleicht sogar nicht umzusetzen.

»Ich mache euch einen Vorschlag: Ich behalte euer Geheimnis für mich, wenn ihr mir helft, die Scheune für die Party meiner Cousine aufzuräumen und vorzubereiten. Einverstanden?«

Ihr Lächeln ist ansteckend.

»Einverstanden!«

Und plötzlich wirkt die unmögliche Aufgabe, als wäre sie realisierbar. Wir drei wechseln Blicke, und die Vorfreude ist beinahe greifbar.

Nichts kann uns jetzt noch aufhalten.

28. Kapitel

»Sie wollen die Party in der alten Scheune neben der *finca* feiern?«, fragt Antonio.

»Ja, die Scheune ist perfekt, und wir kommen Valentina nicht ins Gehege«, erkläre ich.

Nachdenklich wiegt er den Kopf hin und her. »Der Raum ist seit Jahren nicht mehr genutzt worden«, sagt er. Es ist klar, dass er die Vorteile sieht, die Party fern von Valentina und dem Restaurant abzuhalten, doch er zögert dennoch.

»Miguel hat angeboten, mir zu helfen.« Ich stupse Miguel an, der eifrig nickt.

»Ja, kein Problem.« Er lächelt strahlend.

»Okay, okay, abgemacht. Aber, Beti ...« Antonio hält mich zurück, während er dem schwitzenden Pferd, das er gerade trainiert hat, das Zaumzeug abstreift.

»Ich weiß, ich weiß ... Kein Flamenco!« Ich hebe die Hände und erröte schuldbewusst.

»Und jetzt lasst uns den Rest der Netze anbringen. Es dauert nicht mehr lange, bis viele der neuen Knospen runterfallen werden. Und dann werden wir genau wissen, wie die Ernte dieses Jahr ausfallen wird. Beten wir für einen guten Ertrag!«

Als wir zustimmend nicken, spüre ich, dass Antonio und Miguel endlich auf derselben Wellenlänge sind und nach derselben Melodie tanzen. Vielleicht noch nicht in vollkommener Harmonie, doch sie nähern sich an.

Ich kann es kaum erwarten, Brenda und Harold von meinem neuen Plan zu erzählen ... Das wird genial, und ich weiß, dass sie sich für mich freuen werden. Ich bin in richtiger Feierlaune. Der Plan Butterfly Bar ist wieder auf Kurs!

Antonio hat den jungen Hengst auf die Koppel zurückgebracht, und Miguel und ich sind gerade auf dem Weg zur alten Scheune, als uns das keuchende Motorengeräusch eines alten Autos, das auf den Parkplatz fährt, innehalten lässt. Miguel dreht sich um und schaut. Dann sagt er: »Oh nein!«

Die Handbremse wird mit einem Knirschen angezogen, und die Türen werden langsam geöffnet. Antonio richtet sich auf und bleibt mit erhobenem Haupt stehen. Valentina tritt mit klackenden Absätzen auf die Terrasse, um zu sehen, was los ist. Niemand rührt sich, als ein Stiefel mit Blockabsatz in der Fahrertür auftaucht. Es folgt ein Mann in einem knappen schwarzen Hemd und einer hautengen Jeans mit einem breiten, kunstvoll verzierten Gürtel. Er gleitet heraus, sieht sich um und nickt anerkennend.

Auf der Beifahrerseite steigt eine Frau mit langen, dunklen Haaren aus. Sie trägt ein ärmelloses Top und enge Jeans, dazu hochhackige Schuhe und ein Tuch um die Schultern, dessen lange Fransen bis zu den Ellbogen reichen. Sie reckt das Kinn und blickt sich langsam um – wie ein Erdmännchen, das seine Umgebung taxiert. Niemand bewegt sich; niemand spricht. Wir beobachten die beiden. Ein Windstoß hebt die Fransen des Tuchs an.

Es ist, als wäre ein Steppenroller ins Dorf geweht worden – ein Vorbote kommenden Unheils. Der Mann greift mit beiden Händen nach dem schweren Gürtel um seine schmalen Hüften und zieht ihn hoch. Dann stolziert das Paar auf die Terrasse zu, wo Antonio sich zu Valentina gesellt hat. Seine gute Laune ist komplett verschwunden.

»Wer ist das?«, flüstere ich Miguel zu.

»Das«, antwortet er mit einem tiefen Seufzen, »ist meine Mutter mit ihrem Partner Felipe. Was um alles in der Welt wollen sie hier?«

Wir wechseln einen entsetzten Blick, weil wir wissen, dass es nur einen Grund für ihre Anwesenheit geben kann: Sie wollen Miguel nach Hause holen.

29. Kapitel

Miguel und ich haben uns zu Antonio und Valentina auf die Terrasse gesellt.

»Wirst du mich zurückschicken?«, flüstert Miguel Antonio zu.

Antonio fährt herum, und für einen Moment starren die beiden sich an.

»Willst du denn zurück?« Antonio deutet mit dem Kinn auf Miguels Mutter und ihren Lebensgefährten, die immer noch damit beschäftigt sind, die Umgebung auf sich wirken zu lassen.

Miguel wirkt wie ein verängstigter kleiner Junge. Er schüttelt ganz leicht den Kopf.

»Dann auf keinen Fall!«, erwidert Antonio energisch. Ich sehe, wie Valentina einen Schmollmund macht.

Antonio legt Miguel den Arm um die Schultern und zieht ihn neben sich. Miguel entspannt sich sichtlich. Valentina dagegen wirkt noch nervöser.

»Esmeralda, was führt dich her, so weit weg von der Stadt?«, fragt Antonio.

»Ich bin natürlich gekommen, um meinen Sohn zu sehen.« Sie lächelt Miguel zu, doch das Lächeln erreicht ihre Augen nicht. Sie macht keine Anstalten, Miguel in den Arm zu nehmen, wie ich es von einer Mutter erwarten würde.

Ich sehe, wie sich Antonios Finger fester um Miguels Schulter schließen, und mein Magen zieht sich zusammen. Ich kenne diese kleine Familie zwar erst seit Kurzem, aber irgendwie bedeuten sie mir etwas. Ich trete einen Schritt vor und stelle mich neben Antonio.

»So … das ist also Valentina, deine Freundin?« Esmeralda nickt in meine Richtung und mustert mich von Kopf bis Fuß, bis ich mich so klein fühle wie eine Maus.

»Nein …«, setzt Antonio an, doch Esmeralda hört ihm nicht zu.

»*Ich* bin Valentina!«, verkündet Valentina. Esmeralda unterzieht sie ebenfalls einer genauen Musterung, wenn auch etwas weniger missbilligend.

»Ist lange her, seit ich zuletzt hier war.« Sie stolziert über die Terrasse und schaut zum Bauernhaus hinüber. »Ich sehe schon, es hat sich nicht viel verändert.« Sie wirft einen Blick zu Antonios Schuppen, wo ein großer Stapel Holz darauf wartet, gehackt zu werden. Über dem Tor hängt ein Zaumzeug. »Aha, er ist immer noch verrückt nach seinen Pferden«, sagt sie an niemand Bestimmten gerichtet.

Ich wünschte, ich hätte den Mut zu sagen: »Ja, er kann fantastisch mit Pferden umgehen.« Dass ich gesehen habe, wie wunderbar er sich mit dem Hengst versteht, den man dem Tod überlassen hatte, wie sanft er zu der Stute ist und wie entschlossen, aber auch fair zu dem Hengstfohlen. Aber ich sage nichts. Ich fühle mich wie ein Schulmädchen, das von einem Schlägertypen eingeschüchtert wird.

»Ich bin froh, dass du das alte landwirtschaftliche Zeug losgeworden bist. Wenigstens sieht es so aus, als wäre das Ganze auf dem Weg ins 21. Jahrhundert.« Wieder taxiert sie mich von Kopf bis Fuß. »Wer sind Sie? Eine Angestellte?«

Ich antworte nicht. Ich bin zu wütend, um reden zu können. Ich brodele innerlich vor Wut. Ich habe keine Ahnung, warum ich Antonio unbedingt verteidigen will, aber es ist einfach so. Wie kann diese Frau es wagen, so mit ihm zu sprechen? Miguel hat die Schultern und den Kopf sinken lassen, genau wie bei seiner Ankunft auf dem Hof. Der lachende Junge, als den ich ihn kennengelernt habe, ist verschwunden. Stattdessen ist er wieder der verschlossene Teenager, der sich von der Außenwelt abschottet.

Ich weiß, dass Antonio es auch gespürt hat.

»Was willst du, Esmeralda?« Wie Gefangene, die auf ihr Urteil warten, wollen wir alle die Sache rasch hinter uns bringen.

»Wie gesagt, ich besuche meinen Sohn. Er hat mir Fotos geschickt.«

»Du hast seine Nachrichten nie beantwortet!« Antonios Nasenflügel blähen sich.

»Ich wollte mir selbst ein Bild davon machen, was für ein Leben du ihm hier bieten kannst.« Sie hebt das Kinn. »Nichts Großartiges, wie es aussieht. Aber trotzdem ... solange er nicht in Schwierigkeiten gerät.«

»Er fährt nicht mit dir zurück«, fällt Antonio ihr mit erhobener Stimme ins Wort. Offensichtlich kann er die Wut, die in ihm lodert, kaum noch zügeln. Er mag Miguel noch nicht so gut kennen, seine leidenschaftlichen Gefühle für seinen Sohn sind allerdings klar zu erkennen. Miguel hebt ruckartig den Kopf und sieht ihn an, zum ersten Mal mit einem Hauch von Bewunderung in den Augen. Völlig unerwartet treten mir Tränen in die Augen.

Doch statt mit Antonio zu streiten, wirft Esmeralda den Kopf zurück und lacht. Dann hört sie genauso unvermittelt wieder damit auf. »Oh, ich glaube, er hat seine Strafe jetzt verbüßt. Er wird mir keine Schwierigkeiten mehr bereiten.«

Strafe? Sie hat ihn rausgeworfen und Antonio angerufen, damit er ihn bei sich aufnimmt – als Strafe? Sie hat ihn nicht hergeschickt, damit er Zeit mit seinem Vater verbringen kann, sondern um Miguel einen Denkzettel zu verpassen? Der Schock hallt in der Luft nach. Noch nie habe ich etwas Verletzenderes gehört!

Antonios Fingerknöchel werden weiß, als er den Griff um Miguels Schulter verstärkt. Aber Miguel lässt den Kopf nicht mehr hängen. Er hält ihn erhoben, genau wie Antonio. Die Profile von

Vater und Sohn wirken wie ein Spiegelbild, als ich ihnen kurz einen Seitenblick zuwerfe.

»Du siehst, dass es ihm gut geht«, sagt Antonio. »Du kannst wieder fahren. Es gibt keinen Grund, länger zu bleiben.«

Ich bin so empört und wütend, dass mein Herz so heftig schlägt, als wolle es mir aus der Brust hüpfen. Hoffentlich verschwinden sie gleich wieder! Sie sollen uns in Ruhe lassen, damit wir das Leben führen können, das wir uns gerade aufbauen. Und plötzlich fällt mir auf, dass ich tatsächlich dabei bin, mir ein neues Leben aufzubauen; ein Leben ohne Will. Ich bin Beti, einfach nur Beti. Nicht Wills Verlobte; nicht das Mädchen mit den drei geplatzten Verlobungen auf dem Konto.

Ich wünschte, Esmeralda würde verschwinden, aber noch mehr wünsche ich mir, dass sie Miguel in den Arm nimmt und ihm sagt, dass sie ihn liebt. Ihm zu verstehen gibt, wie stolz sie auf ihn ist. Doch sie tut es nicht. Stattdessen sagt sie zu Antonio: »Ich bin immer noch deine Frau. Und ich habe Bedürfnisse. Nachdem Miguel jetzt alt genug ist, um die Schule abzuschließen, können wir endlich auf Reisen gehen. Wir wollen wieder unterwegs sein, Flamenco tanzen, in die Fußstapfen unserer Vorfahren treten und frei sein.«

»Schön, schick uns eine Postkarte«, erwidert Antonio abweisend und dreht ihr den Rücken zu.

»Wie gesagt, Antonio«, fährt Esmeralda langsam und kontrolliert fort, »ich bin immer noch deine Frau, und ich will haben, was mir zusteht.«

Langsam dreht Antonio sich zu ihr um. Meint sie Miguel? Das kann er nicht zulassen.

»Du weißt, was ich will, Antonio ... Und da du meine Nachrichten alle ignoriert hast, bin ich gekommen, um es mir zu holen.«

Antonio schweigt.

»Du willst, dass ich es ausspreche?« Ein Lächeln spielt um ihre Mundwinkel, spöttisch und siegesbewusst. In mir beginnt es wieder vor lauter Wut zu brodeln. »Ich will, was mir zusteht. Die Hälfte von diesem Anwesen!« Sie sieht sich um. »Wenn du mich nicht ausbezahlen kannst, musst du es eben verkaufen, um mir meinen Anteil zu geben.«

Miguel und ich schnappen beide nach Luft. Valentina kreischt empört auf.

»Niemals!«, knurrt Antonio.

»Ich bin immer noch deine Frau.« Esmeralda hebt das Kinn noch höher.

»Nur auf dem Papier. Dieser Hof gehörte meinen Großeltern, und davor ihren Eltern. Ich werde niemals verkaufen! Ich schulde dir nichts.«

»Es ist mir ernst damit. Ich will haben, was mir gehört«, entgegnet sie.

Und plötzlich entdecke ich eine Leidenschaft in Antonio, die bisher in ihm geschlummert hat, nun aber mit Vehemenz zum Leben erwacht ist.

30. Kapitel

»Was fällt dir ein!« Langsam, aber entschlossen geht er auf das Paar zu. Seine Stiefel wirbeln Staub auf. Instinktiv macht Felipe zwei kleine Schritte rückwärts, bevor er sich wieder fängt und die Brust rausstreckt. Esmeralda dagegen weicht keinen Zentimeter zurück. Sie hebt das Kinn und sieht Antonio direkt ins wutverzerrte Gesicht. Ein spöttisches Lächeln spielt um ihre Lippen, als genieße sie seine Reaktion. Er blickt auf sie herunter, das Kinn ebenfalls gereckt, die Nasenflügel gebläht.

Miguel will seinem Vater folgen, doch ich lege ihm die Hand auf den Arm und halte ihn zurück.

»Bleib hier«, sage ich, weil ich das Gefühl habe, die Sache könnte richtig unschön werden, wenn er sich einmischt.

»Ich bin deine Frau, und ich will, was mir zusteht. Die Hälfte von allem«, wiederholt Esmeralda.

»Was soll das? Bist du jetzt auf der Suche nach einer anderen Geldquelle, nachdem ich meine großzügigen monatlichen Unterhaltszahlungen für Miguel eingestellt habe?«

»Was? Du hast mir gesagt, er hätte nie auch nur einen Penny für mich gezahlt!« Miguel sieht seine Mutter überrascht an.

»Pah!« Antonio spuckt förmlich. »Ich nehme an, sie hat dir auch erzählt, dass ich nie versucht habe, Kontakt aufzunehmen, und auch nie geschrieben oder dir Geburtstagsgeschenke geschickt habe.«

»So war es.« Miguel sieht ungläubig aus.

»Ich habe dir jedes Jahr geschrieben, zum Geburtstag und zu Weihnachten, und dir Geschenke geschickt«, sagt Antonio bedächtig und leise. »Und jedes Mal habe ich dich eingeladen, zu Besuch zu kommen. Aber man hat mir gesagt, du wolltest nicht.«

Dann dreht er sich wieder mit zornigem Gesicht zu Esmeralda um. Einen Augenblick lang scheint sie sich unbehaglich zu fühlen.

»Ich wollte den Jungen nicht verwirren. Schließlich hat er bei mir und Felipe gelebt.« Sie hat ihr Selbstbewusstsein wiedergefunden und hebt trotzig das Kinn.

»Ich habe es dir schon gesagt. Hier ist für dich nichts zu holen. Du hast keinen Anspruch auf irgendwas hier. Dieses Anwesen hat bereits meiner Familie gehört, bevor ich dir begegnet bin und dich geheiratet habe.« Antonio blickt zum Himmel, ehe er sich wieder auf Esmeralda konzentriert. Seine Brust hebt und senkt sich mit jedem wütenden Atemzug.

Sie wendet sich ab und geht langsam und gleichmäßig in einem großen Bogen um ihn herum. Ihr Absatz berührt den Boden mit jedem wohlüberlegten Schritt, und erst dann rollt sie mit dem Fuß ab. Die Hände hat sie in die Hüften gestemmt, die Ellbogen sind angehoben, und ihr Blick schweift über das Haus und die Terrasse.

»Ein Haus wie dieses muss eine Menge wert sein, weil so viele Touristen Spanien kennenlernen wollen.« Sie macht eine Handbewegung zur Küste hin und zu den Ferienanlagen, die dort wie Pilze aus dem Boden geschossen sind. »Also zahlst du mich entweder aus, oder du bietest das Anwesen zum Verkauf an. Es würde sich im Handumdrehen ein Käufer finden.«

»Niemals!«, faucht Antonio.

»Wir haben mit einem Anwalt gesprochen. Du hast seine Briefe bekommen.« Felipe meldet sich zum ersten Mal zu Wort. Er hat die Daumen in seinem Gürtel eingehakt.

Esmeralda bleibt stehen und dreht sich zu Antonio um. »Ich

habe dein Kind großgezogen. Wir haben dem Jungen siebzehn Jahre lang ein Zuhause gegeben!«

Mit heftig klopfendem Herzen lege ich Miguel die Hand auf die Schulter, weil ich Angst habe, dass das Ganze in einer Prügelei enden könnte. Antonio ballt die Hände zu Fäusten.

»Ha, und was für ein Zuhause!«, sagt er. »Ein Zuhause ohne Liebe, ohne Wärme. Ein Sofa in der überfüllten Wohnung deiner Schwester als Schlafplatz für den Jungen.«

»Es ist mehr, als du getan hast!«

»Du hast mich ja nicht in seine Nähe gelassen!« Auf einmal lässt Antonio seiner Wut freien Lauf. »Du hast mich ferngehalten, egal wie sehr ich versucht habe, ein Vater zu sein! Eben erst hast du zugegeben, dass du sogar meine Briefe vor ihm versteckt hast!«

Sie stößt ein hämisches Lachen aus. »Was für ein Vater wärst du gewesen?«

»Einer, der schwer arbeitet und dem Jungen ein Leben und ein Zuhause gegeben hätte! Ein liebevolles Zuhause.«

»Einer, der vergessen hat, wo er herkommt – einer, der seine Wurzeln und seine Leidenschaft verleugnet!«

»Wenn jemand das vergessen hat, dann bist du es!« Antonio explodiert förmlich.

»Ich?« Sie mustert ihn von Kopf bis Fuß.

»Du warst ein Niemand, als wir uns kennengelernt haben. Ich habe dir alles beigebracht, was du weißt und kannst.«

»Du hast mir etwas beigebracht? Ha!«

»Du wusstest nichts über ...« Er bricht ab.

»Sag es!«, spottet sie. »Du hast vergessen, wer du bist, du kannst noch nicht mal das Wort aussprechen.«

»Flamenco«, erwidert er ruhig. »Du wusstest nichts über Flamenco, bevor du mich kennengelernt hast.«

»Ich wünschte, ich wäre dir nie begegnet. Die Leute haben uns gemieden wegen deines radikalen Tanzstils, weil wir uns nicht an die Traditionen gehalten haben. Du warst einfach nur peinlich. Du hast mich zum Narren gemacht!«

»Ich habe dich *gemacht*. Ich habe aus dir die Tänzerin gemacht, die du geworden bist. Die Leute kamen von weither, um uns tanzen zu sehen.«

»Und ich wäre immer noch diese Tänzerin, wenn ich nicht in den vergangenen siebzehn Jahren ein Kind hätte aufziehen müssen!«

Ich kann kaum fassen, was ich da höre. Ich fühle mich wie ein Eindringling, ich sollte nicht hier sein – mitten in einer Familienfehde. Doch ich bleibe wie angewurzelt stehen. Ich spüre, wie Miguels ganzer Körper zusammenzuckt, als hätte er einen Schlag in die Magengrube erhalten.

»Ja, die Leute sind gekommen, aber bloß, weil sie von deinem radikalen Tanzstil gehört hatten. Und sieh dir nur an, wer du jetzt bist. Sobald wir verheiratet waren, sobald das Baby auf dem Weg war, wolltest du alldem den Rücken kehren. Sesshaft werden. Wie andere Leute sein. Du hast vergessen, wer du wirklich warst.«

»Nein!«, schreit er. Ich zucke zusammen. »Ich habe die Tür zu diesem Teil meines Lebens zugeschlagen an dem Tag … an dem Tag, an dem du mir mitgeteilt hast, dass du mich verlässt, mit meinem ungeborenen Kind, seinetwegen!« Er zeigt auf Felipe.

Esmeralda blickt zwischen den beiden Männern hin und her. »Felipe ist ein viel besserer Partner als du. Flamenco wird nicht umsonst auch Feuertanz genannt. Felipe hat immer noch Feuer in sich. Du dagegen …«, sie rümpft die Nase, »du gießt lieber Kirschbäume.« Sie macht eine wegwerfende Geste mit dem Handgelenk.

»Ich habe hier ein gutes Leben. Ich hätte meinem Sohn ein liebevolles Zuhause bieten können, wenn du mich gelassen hättest. Ich versuche es jetzt.« Er wirft Miguel einen kurzen Blick zu.

»Ich dachte immer, er wollte mich nicht«, sagt Miguel leise zu mir. Ich ziehe ihn an mich. »Ich dachte, dass er deshalb nie gekommen ist.«

»Wenn er nicht gewesen wäre, hätte ich ein eigenes Leben führen können!«, ruft Esmeralda aus. »Ich bin eine namhafte Tänzerin, jemand, den die Leute sehen wollen.«

»Nein!«, schreit Antonio und senkt dann die Stimme. »Du warst eine Tänzerin, die die Leute sehen wollten, und zwar meinetwegen.« Es ist, als würde er endlich aussprechen, was er so lange in sich verschlossen hat. »Sie sind gekommen, um *mich* tanzen zu sehen. Ich habe dich alles gelehrt, was ich weiß«, sagt er schließlich ruhig und gelassen. »Jede hätte meine Partnerin sein können.«

Sie schüttelt den Kopf. »Wenn ich so eine Anfängerin gewesen wäre, so ein Niemand ...« Sie hat ihre Runde wiederaufgenommen, mit bewussten Schritten, von der Ferse zu den Zehen abrollend, eine Hand in die Hüfte gestemmt, die andere in der Luft. Ihr kleiner Finger rollt sich zuerst ein, die anderen folgen. »Wenn ich so eine Anfängerin gewesen wäre ...«, wiederholt sie, »wenn es jede hätte sein können ...« Antonio folgt ihr mit seinen Blicken, wie wir alle, während sie nach unserer Aufmerksamkeit verlangt.

»Genug jetzt.« Antonio hebt eine Hand, als wolle er den Bann brechen, in den sie uns zu ziehen versucht. »Ich habe zu arbeiten. Du hast dich überzeugt, dass es dem Jungen gut geht. Jetzt los, mach dich auf den Weg.«

»Nicht, bis ich bekomme, weshalb ich gekommen bin. Wir wollen reisen. Wir wollen eine Flamenco-Truppe gründen und auf Tournee gehen, zurück zu unseren richtigen Wurzeln.« Herablassend lässt sie den Blick über den Bauernhof schweifen. »Miguel kommt mit.«

»Niemals! Miguel hat kein Interesse an Flamenco.«

Unwillkürlich werfe ich Miguel einen Blick zu; er ist ein bisschen rot geworden, und seine Kiefermuskeln zucken.

»Du schuldest mir etwas, Esmeralda, nicht umgekehrt. Für die Jahre des Vaterseins, die du mir gestohlen hast. Und dafür, dass ich dich zu der Tänzerin gemacht habe, die du bist.«

»Ich habe ihn nie gewollt. Er hat mein Leben zerstört!«

Miguel sackt zusammen und schwankt. Ich lege ihm den Arm um die Taille und halte ihn, so fest ich kann. Ich spüre förmlich, wie ihm das Herz bricht.

»Die ganzen Jahre, in denen ich ihn aufziehen und für ein Dach über dem Kopf sorgen musste. Es ist Zeit, dass er mich dafür entschädigt, indem er mit der Truppe tanzt.«

»Verschwinde! Verschwinde auf der Stelle!« Antonio rast vor Wut.

»Wenn du glaubst, dass du mich *gemacht* hast ... dann tu es noch mal!«, sagt sie mit boshaft funkelnden Augen.

»Was meinst du?«

»Tu es noch mal. Bring jemand anderem bei, Flamenco zu tanzen, so wie du es mich gelehrt hast.« Sie lächelt Felipe zu, der verwirrt die Stirn runzelt.

»Pah!«, stößt Antonio hervor.

Esmeralda schenkt dem verblüfften Felipe ein strahlendes Lächeln, dann sieht sie mich an und zeigt auf mich. »Unterrichte sie!«, sagt sie und deutet mit einer herrischen Kinnbewegung auf mich. »Bring ihr bei, so Flamenco zu tanzen, wie du es mir damals beigebracht hast. Einen Tanz. Wir werden ein Tanzduell zwischen zwei Paaren abhalten.« Triumphierend reckt sie die Arme wie ein Olympiasieger auf dem Podest, der seinen Preis entgegennimmt. Der Rest von uns ist in dem surrealen Augenblick erstarrt. »Der Sieger bekommt alles, den Hof und das Restaurant. Danach müssen wir uns nie wiedersehen.«

31. Kapitel

»Niemals!«, brüllt Antonio und bricht damit den Bann.

»Es ist ein gutes Angebot.« Esmeralda wechselt einen Blick mit ihrem Partner, der inzwischen über das ganze Gesicht strahlt.

»Wie bitte? Nein!«, kreischt Valentina. »Das ist doch lächerlich! Antonio! Tu was!« Empört sieht sie ihn an.

Esmeralda lächelt wieder boshaft. »Wenn du gewinnst, behältst du deine Kirschplantage und das Restaurant. Wenn nicht«, sie zuckt mit den Schultern, »verkaufen wir alles, und du wirst uns – und Miguel – nie wiedersehen.«

Antonio dreht sich zu Miguel um.

»Nein, tu es nicht, Pap…« Miguel unterbricht sich, bevor er das Wort vollständig ausgesprochen hat.

»Papa?«, wiederholt Esmeralda höhnisch. »Er war nie ein Vater für dich! Felipe war dein Vater!«

»Hört mal, ich bin schuld an diesem ganzen Chaos. Ich kann einfach mit ihnen gehen …« Miguel verstummt.

»Ich will nichts davon hören.« Antonio schlägt sich mit der Faust in die Handfläche der anderen Hand. »Das hier ist dein Zuhause, und zwar so lange du willst, und ich werde mich nicht dazu zwingen lassen, es zu verkaufen. Du hast schon zu lange in Ungewissheit und Unsicherheit gelebt.«

»Wir haben in überfüllten Wohnungen gehaust, weil wir nicht reisen konnten. Das ist die Entschädigung für all die vergeudeten Jahre. Wenn du nicht vergessen hättest, wer du warst, nämlich ein Tänzer …«

Antonio fällt ihr ins Wort. »Wenn du nicht beschlossen hättest, mich in jener Nacht zu verlassen, während der *peña,* als meine Großeltern mir den Hof angeboten haben, wäre alles anders gekommen. Ich wollte das Reisen aufgeben und sesshaft werden, um dir und dem Baby ein Zuhause zu bieten. Und was hast du gemacht? Du hast mich verlassen, seinetwegen.«

»Wegen jemandem, der durch und durch Tänzer ist«, erwidert sie und verzieht ihre rot geschminkten Lippen zu einem Lächeln.

»Nicht halb so viel, wie ich es war«, kontert Antonio.

»Wenigstens wollte er noch ein Leben, nicht … das hier!« Sie macht eine schwungvolle Geste mit dem Arm.

»Aber du hattest ein Kind. Ein Leben auf Achse ist nichts für ein Kind. Genauso wenig wie jahrelang auf dem Sofa im Wohnzimmer von anderen Leuten zu schlafen!«

»Alles wäre gut gewesen, wenn er sich nicht in Schwierigkeiten gebracht hätte. Wir konnten kein eigenes Zuhause haben, weil wir immer von Problemen verfolgt wurden. Niemand wollte uns eine Wohnung vermieten!«

»Du hättest ihn viel früher zu mir bringen sollen.«

»Und damit auf deine Unterhaltszahlungen verzichten?«

Ich spüre Antonios und Miguels Qualen. Beide sind die Opfer dieser Umstände.

»Das Geld war für Miguel bestimmt, damit du ihm ein Zuhause schaffst …« Antonio kocht vor Wut.

»Es war die Bezahlung dafür, dass ich das Kind großgezogen habe. Aber nachdem du die Zahlungen jetzt eingestellt hast, brauche ich Geld. Nenn es eine Entschädigung für die Jahre meiner Karriere, die ich verloren habe. Also … es ist ein gutes Angebot. Ein einziger Tanz, der hier aufgeführt wird. In einem Monat.«

»Das ist im Juni, zur Erntezeit.« Antonio schüttelt den Kopf.

Und zum Termin von Olivias Party, denke ich.

Valentinas Kopf zuckt zwischen Esmeralda und Antonio hin und her, als würde sie ein Pingpong-Spiel beobachten.

»Dann plan die Kirschernte ein«, macht Esmeralda ein großzügiges Zugeständnis. »Aber spätestens in sechs Wochen von jetzt an gerechnet. Wenn wir gewinnen, bekommen wir alles und verkaufen das Anwesen. Wenn du gewinnst, verschwinden wir auf Nimmerwiedersehen. Wir müssen in der Sommerurlaubssaison auf Tour gehen.«

Beide drehen sich um und sehen mich an. Ich senke den Blick und betrachte meine Shorts und das schlabberige T-Shirt, völlig verstaubt vom Gießen der Bäume. Ich bin nur die Tellerwäscherin im Restaurant. Kein Wunder, dass sie über mich lachen!

Als Antonio den Blick wieder abwendet, glaube ich, Resignation in seinen Augen zu lesen. Er könnte mich niemals Flamenco lehren, er weiß es. Noch nie zuvor bin ich mir so nutzlos und so wertlos vorgekommen.

»Meine Antwort lautet immer noch nein«, sagt er energisch.

»Dann wirst du per Gerichtsbeschluss gezwungen, dein Anwesen zu verkaufen. Mein Anwalt wird sich mit dir in Verbindung setzen.«

»Wartet! Ich mache es! Ich werde tanzen«, verkündet Valentina wütend, blass und sichtbar aufgewühlt von dem Gedanken, ihr Restaurant zu verlieren.

»Nein.« Esmeralda lächelt. »Sie muss es sein.« Sie gestikuliert in meine Richtung. Ich fühle mich erneut gedemütigt.

Valentina starrt mich an, dann stürmt sie ins Restaurant. Ihre Absätze knallen so laut wie Gewehrschüsse. Wir hören, wie sie die Treppe hinaufmarschiert, dann wird die Wohnungstür zugeschmettert. Ich schaue Antonio an.

Ich wünschte, ich könnte ihm helfen. Ich wünschte, ich könnte verhindern, dass Miguel und er ihr Zuhause verlieren. Vor meinem geistigen Auge sehe ich Olivias Gesicht. Die langen Jahre, die ich mit dem Gefühl gelebt habe, ich könnte ihr nicht das Wasser reichen, ich hätte nichts erreicht. Und dann, als ich endlich geglaubt hatte, ich könnte mit meiner Auswanderung nach Spanien etwas erfolgreich zu Ende führen, wurde mir der Boden unter den Füßen weggezogen, und ich knallte mit dem Gesicht voran auf den Boden. Zerschlagene Träume und zerstörter Stolz. Ich habe sogar meine Oma enttäuscht. Sie hat mir diese Porzellankuh hinterlassen, weil sie darauf vertraut hat, dass ich etwas aus meinem Leben mache. Was würde sie sagen, wenn sie mich jetzt sehen könnte? Ich weiß ganz genau, was sie sagen würde. Sie würde niemals kampflos aufgeben.

Wie kann Esmeralda Miguel so behandeln, ihren eigenen Sohn? Er ist lustig, nett und intelligent. Ich denke an Onkel Paul, der meine Familie und mich ständig schikaniert und mir pausenlos meine Misserfolge unter die Nase reibt ... Wie kommen Menschen dazu, andere Leute so zu behandeln! Und was Antonio angeht, so mag er momentan nicht gerade der Dad des Jahres sein, aber offensichtlich hat er versucht, für seine Familie zu kämpfen. Und er muss weiterkämpfen! Es ist mir egal, wenn sie mich für altbacken und pummelig halten. Es ist mir wirklich egal.

In mir staut sich Wut auf, wie ich es noch nie zuvor erlebt habe. Das zusammen mit der Ungerechtigkeit der Situation bringt das Fass zum Überlaufen. Wut auf Will, auf Miguels Mutter, Wut darauf, immer die Zielscheibe von Spott zu sein, weil ich nichts auf die Reihe bekomme. Meine Oma hat an mich geglaubt, und das würde sie auch jetzt tun. Ich gebe nicht kampflos auf, sonst wäre ich nicht hier und würde abspülen und Kirschbäume wässern, um meine Traumbar zu bekommen, oder? Und ich würde nicht tun, was ich nun vorhabe. Egal wie sehr ich mich zum Narren machen werde, ich muss es wenigstens versuchen.

»Ich mache es!«, sage ich plötzlich laut. Alle erstarren. Ich lasse den Blick von einem verblüfften Gesicht zum nächsten wandern.

»Das ist lächerlich«, meint Antonio schließlich.

»Das mag ja sein«, erwidere ich zitternd. »Aber wenn Sie nicht zustimmen, müssen Sie auf jeden Fall alles verkaufen und ihr die Hälfte abgeben. Wenn ich tanze, können Sie wenigstens versuchen, das zu behalten, was Ihnen gehört … Ihnen und Miguel.«

»Dann ist es also abgemacht!« Triumphierend reißt Esmeralda die Hand hoch.

»*Bravo!*« Felipe und sie lachen und applaudieren. Mir dagegen wird übel.

»Nein, nicht abgemacht!«, ruft Antonio und wedelt protestierend mit den Händen.

»Doch, es ist abgemacht!« Ich stemme die Hände in die Hüften, und mein Herz schlägt so laut, dass ich nicht hören kann, was mein Verstand sagt: *Du Idiotin! Das ist lächerlich! Sieh zu, dass du sofort aus der Sache aussteigst!*

Als Antonio mir in die Augen schaut, kann ich in seinem Gesicht nichts lesen.

»Tu es!«, sagt Miguel schließlich. »Bitte …«

»Ein Tanz. Wenn du gewinnst, lassen wir uns scheiden, und du behältst alles. Wenn du verlierst …« Esmeralda zuckt aufreizend mit den Schultern.

Antonio sieht Miguel an, als hätte man ihm eine Rettungsleine für all die Jahre zugeworfen, die er verpasst hat. Schuldgefühle und Schmerz stehen ihm ins Gesicht geschrieben. Dann, als gäbe es irgendeinen Zweifel, ob er ein richtiger Vater sein möchte oder nicht, bricht es aus ihm heraus wie aus einem Vulkan. Er wirkt wie ein verwundeter, in die Ecke getriebener Löwe, der seinen Stolz und sein Rudel verteidigt.

»Abgemacht!«, brüllt er in den Himmel. »Okay, es ist abgemacht!« Er zittert, während Wut und Zorn durch seine Adern pulsieren. Auch ich spüre eine Art Rausch – Adrenalin, Ungerechtigkeit, wer weiß, jedenfalls stehen meine Nervenenden in Brand, und die wütenden Flammen in meinem Bauch werden weiter angefacht.

32. Kapitel

Wir stehen immer noch auf der Terrasse. Das verbeulte alte Auto ist in einer Wolke aus sandfarbenem Staub verschwunden. Was habe ich bloß getan?

Antonio marschiert in die Cortijo Ana. Miguel und ich starren uns an. Meine Furcht spiegelt sich in seinen Augen wider.

»Das ist Wahnsinn. Sie haben keine Ahnung, worauf Sie sich eingelassen haben ... Es ist unmöglich.« Antonio kommt steifbeinig aus der Tür und hält ein großes Glas in der Hand. Er schüttet den dunklen Drink in einem Zug die Kehle hinunter. Ich schweige. »Sie verstehen nichts von Flamenco. Nur jemand, der jahrelang trainiert, kann das zuwege bringen«, fährt er fort.

Ich setze mich an einen Tisch. Ich fühle mich, als hätte mir jemand einen Eimer kaltes Wasser über den Kopf geschüttet. Die Flammen, die noch vor wenigen Minuten in mir wüteten, zischen und spucken. Miguel verschwindet im Haus und kehrt mit einem Glas Brandy zurück, das ich mit zitternden Händen entgegennehme. Ein weiteres Glas gibt er Antonio, der es wie das erste in einem Zug leert.

»Es ist nicht ihr Hof. Er gehörte meiner Familie. Jetzt werde ich wahrscheinlich alles verlieren, wegen ... «

»Mir«, werfe ich trocken ein. Ich habe alles bloß noch schlimmer gemacht. Das scheint meine einzigartige Fähigkeit zu sein. Ich versuche, günstige Gelegenheiten zu ergreifen und meine Chancen zu nutzen – und dann ersticke ich sie im Keim.

»Ich kümmere mich um die Bäume«, sagt Miguel mit einem Blick, der zu sagen scheint, dass alles seine Schuld ist.

»Ich komme mit.« Ich stelle mein Glas ab.

»Nein, bleib du hier. Ich mach das schon. Das ist das Mindeste, was ich tun kann.« Er legt mir eine Hand auf die Schulter. »Und danke, Beti.«

»Wofür? Ich habe offenbar alles nur noch schlimmer gemacht.«

»Du hast es versucht. Du hast ihr die Stirn geboten«, sagt Miguel. Plötzlich lassen die Emotionen dieses Vormittags meine Kehle eng werden, und in meinen Augen brennen Tränen. Ich blicke nach oben, bis meine Augen nicht mehr überzulaufen drohen.

Miguel streckt die Hand aus und berührt seinen Vater leicht an der Schulter. Antonio legt seine Hand auf Miguels, und die beiden bleiben einen Moment lang regungslos stehen. Schließlich tritt Antonio ungeschickt einen Schritt vor und wirft dabei versehentlich einen Stuhl um, der mit einem lauten Krachen auf dem Boden landet. Antonio legt die Arme um Miguel und zieht ihn in eine ungestüme Umarmung. Zuerst wirkt Miguel völlig überrumpelt, doch dann erwidert er die Umarmung, als habe er endlich das Gefühl überwunden, über viele Jahre zurückgewiesen zu werden. Wieder treten mir Tränen in die Augen und lassen alles verschwimmen.

Schließlich klopfen Vater und Sohn sich etwas unbeholfen auf den Rücken und lösen sich langsam voneinander. Worte sind überflüssig. Alles, was gesagt werden musste, lag in dieser Umarmung. Von Antonios Seite waren es die Schuldgefühle, weil er nicht für Miguel da war, der Schmerz über das Wissen, dass sein Sohn in einer lieblosen Umgebung aufwachsen musste, und das Versprechen, dass er ihm zwar nicht die Welt auf dem Silbertablett servieren konnte, es aber versuchen würde. Und von Miguels Seite war das Gefühl, jahrelang zurückgewiesen zu werden und unerwünscht zu sein, endlich vorbei. Nun gibt er Antonio die Chance, sich zu bewähren.

»Ich gehe jetzt gießen«, verkündet Miguel heiser, verlässt rasch die Terrasse und steuert auf den Tankwagen zu.

»Und wir brauchen noch mehr Netze!«, ruft Antonio ihm hinterher, als wolle er die Situation entschärfen, indem er zur Normalität zurückkehrt. Nur seine bebende Stimme verrät, wie weit wir davon entfernt sind. »Lass uns diese diebischen Opportunisten davon abhalten, sich unter den Nagel zu reißen, was uns gehört!« Er zeigt auf die Stare auf der Stromleitung, aber mir ist klar, dass er nicht von den Vögeln spricht.

Miguel hebt zur Bestätigung die Hand.

Antonio verschränkt die Arme vor der Brust und marschiert auf der Terrasse auf und ab. In dem Moment schleicht die Katze Ana auf uns zu. Offensichtlich ist sie der Meinung, dass es nun wieder sicher ist, nachdem das Geschrei aufgehört hat. Tröstend reibt sie den Kopf an meinen Beinen, wofür ich ihr richtig dankbar bin.

»Hören Sie, Antonio«, sage ich, »es tut mir leid, aber ich konnte nicht einfach ...«

»Sie haben keine Ahnung, worauf Sie sich da eingelassen und in was für eine Lage Sie *mich* damit gebracht haben!« Er lässt die Arme sinken und hebt sie dann verzweifelt. Dann verschränkt er sie erneut vor der Brust und nimmt seinen Marsch wieder auf. Seine Augenbrauen berühren sich beinahe, weil er sie so sehr zusammenzieht. »Jetzt muss ich mir was einfallen lassen, um uns da wieder rauszuholen.«

»Rauszuholen? Aber wir können nicht ...«

»Wir können es nicht machen! Flamenco ist hier verboten! Meine ganze Lebensgrundlage steht auf dem Spiel. Nicht nur mein Haus, sondern auch die Kirschplantage und die Pferde. Was wird mit ihnen passieren, wenn ich gehen muss?« Als er zur Pferdekoppel schaut, erkenne ich die Sorge in seinen Augen.

»Aber wir könnten es doch geheim halten. Niemand außer uns

muss es wissen«, versuche ich ihn zu überzeugen. »Wenn wir gewinnen, retten wir Ihren Hof.«

»Wir können nicht gewinnen. Es ist unmöglich! Sie haben in Ihrem ganzen Leben noch nie Flamenco getanzt. Sie wissen nichts darüber, was Flamenco bedeutet, woher er stammt.«

»Ich weiß, dass der Tanz aus Andalusien stammt, wo wir uns gerade befinden.«

»Doch nicht so!« Er schlägt die Hände über dem Kopf zusammen. »Ja, er stammt tatsächlich aus Andalusien. Aber eigentlich liegt der Ursprung eher in Indien, bevor die *gitanos*, die Roma, durch die Welt zogen und schließlich hier sesshaft wurden. Aber davon spreche ich gar nicht. Ich spreche davon, *wo* der Flamenco herkommt!« Voller Schwung streckt er die Arme aus, als hätten sie ein Eigenleben und könnten nicht kontrolliert werden.

Ich runzele die Stirn – ich habe keine Ahnung, wovon er spricht, doch obwohl der Tag zunehmend wärmer wird, friere ich plötzlich. Habe ich wirklich gerade dafür gesorgt, dass dieser Mann sein Zuhause und seine Lebensgrundlage verliert? Warum konnte ich nicht einfach den Mund halten? Er hat recht, was verstehe ich schon von Flamenco? Ich habe in der Schule ein bisschen getanzt, aber das ist fast zwanzig Jahre her! Ich erinnere mich an Maxines Kommentar, dass ich eine gute Doppelgängerin von Adele abgeben würde, doch mit meiner eher barocken Figur und den kräftigen Oberschenkeln habe ich nicht gerade die Statur einer Tänzerin. Als »stämmig« hat Onkel Paul mich öfter bezeichnet, als ich noch ein Teenager war. Ich glaube, so sehe ich mich selbst immer schon.

»Ich habe eine rasche Auffassungsgabe, ich lerne schnell. Ich habe gelernt, wie man Kirschbäume gießt. Ich kann auch Flamenco lernen.«

»Aber wie gesagt, Sie wissen nichts darüber, wo Flamenco herkommt. Ich meine nicht den Ursprung; ich rede hiervon.« Er schlägt sich mit der Faust gegen die Brust. »Es geht um Schmerz, um Leid, um gebrochene Herzen, um das Gefühl der Ausgrenzung, das mein Volk empfunden hat. Gemieden zu werden und ausgestoßen zu sein. Ein Außenseiter ... Es geht um Leidenschaft, hier drin.« Wieder klopft er sich auf die Brust.

Etwas Ähnliches wie der Vulkanausbruch, den ich zuvor bei Antonio miterlebt habe, braut sich jetzt in mir zusammen; in meinem Bauch wird es immer heißer. Wie jedes Mal, wenn ich an Will denke und daran, was er mir angetan hat. Die Erniedrigung, der Liebeskummer, das Gefühl, dass jeder im Leben bekommt, was er will – jeder außer mir. Ich bin immer noch hier, eine Tellerwäscherin, die in ihrem Leben nichts vorweisen kann.

»Glauben Sie ...« Ich höre eine tiefe Stimme voller Emotionen und Schmerz und begreife, dass es meine eigene Stimme ist. »Glauben Sie tatsächlich, ich wüsste nicht, wie es sich anfühlt, wenn einem das Herz gebrochen wird und man vor dem Nichts steht? Wenn einem nicht einmal die eigene Würde bleibt? Jahrelang habe ich versucht, meiner Familie zu beweisen, dass ich im Leben etwas erreichen kann. Ich habe die Gesichter meiner Eltern gesehen, wenn ich wieder einmal gescheitert war. Ständig hatte ich im Hinterkopf, dass sie sich wünschten, ich würde ihnen endlich etwas liefern, worauf sie stolz sein können!«

Er schnaubt herablassend und facht damit die Flammen der Wut in meinem Bauch weiter an. Ruckartig stehe ich auf und stoße dabei meinen Stuhl um. Meine Hände bewegen sich wie von selbst. Offensichtlich ist die Tür zu meinen Gefühlen, die immer fest verschlossen war, aufgesprengt worden.

»Sie wissen nichts von mir. Glauben Sie, ich wäre hier – eine zweiunddreißigjährige Frau, die nichts außer einem Rucksack, einer Mappe voller Träume und einer Kaffeedose als Sparschwein für jeden verdienten Penny besitzt –, wenn ich nichts über Herzschmerz wüsste? Glauben Sie, dass ich nicht weiß, wie es sich anfühlt, wenn einem alles genommen wird, wenn ich mich jeden Abend in den Schlaf weine?«

Ich stelle den Stuhl wieder auf die Füße.

»Glauben Sie, ich würde meine Cousine anlügen und sie in dem Glauben lassen, dass ich ein Restaurant führe, das mehr als eine Nummer zu groß für mich ist und von dem ich nur träumen kann, wenn ich nicht wüsste, wie es sich anfühlt, eine Außenseiterin zu sein? Glauben Sie, ich würde sonst jeden Morgen früh aufstehen, um Kirschbäume zu gießen, und die perfekte Party für eine Frau planen, die mir das Leben seit meiner Kindheit schwer gemacht hat? Die mir – bloß weil sie es konnte – den Jungen ausgespannt hat, den ich zu lieben glaubte und heiraten wollte?

Ich war immer das Kind, das versucht hat, sich anzupassen. Das versucht hat, wie alle anderen zu sein, es aber nie geschafft hat. Das Kind, das jedes Mal nur zur Lachnummer wurde. Und meine armen Eltern, die jeden meiner verrückten Versuche, etwas im Leben zu erreichen und der Welt zu beweisen, dass ich wie alle anderen sein konnte, unterstützt haben, mussten zusehen, wie ein Versuch nach dem anderen scheiterte. Erzählen Sie mir nicht, dass ich mich nicht mit Leid und Schmerz auskenne … denn ich weiß alles darüber!«

Ruckartig schiebe ich den Stuhl unter den Tisch. Mir ist heiß, und Tränen der Wut schießen mir in die Augen. Als ich Antonio mit blitzenden Augen anfunkele, rast mein Herz wie nie zuvor, als hätte man mir Adrenalin mitten hineingespritzt.

»Ich bin vielleicht nicht so wie Esmeralda oder Valentina mit ihrem Stil und ihrer Eleganz. Aber ich hätte mein Bestes gegeben. Ich hätte geholfen, Ihren Hof zu retten … Ihr Zuhause und Miguels Zuhause. Weil ich weiß, wie es sich anfühlt, wenn einem sämtliche Hoffnungen und Träume zerstört werden.«

Wir stehen uns auf der Terrasse gegenüber und starren uns an. Es sind bloß das Zwitschern der Vögel auf der Stromleitung und das sanfte Zischen des Wassers zu hören, mit dem Miguel die Bäume gießt. Meine Brust hebt und senkt sich immer noch. Antonio schweigt, eine Hand auf der Brust, die andere unter dem Kinn.

Schließlich sagt er: »Ich sehe mal nach den Pferden. Und nach den Bäumen ...« Er macht auf dem Absatz kehrt und lässt mich auf der Terrasse stehen.

Ich habe nicht nur alles verloren, was mir etwas bedeutet hat, sondern auch noch dafür gesorgt, dass Miguel sein neues Zuhause und Antonio seinen Bauernhof verliert, ganz zu schweigen von meinen Hoffnungen, selbst ein neues Leben zu beginnen. Ich kann die heißen Tränen der Wut nicht länger zurückhalten.

33. Kapitel

Antonio beugte sich vor, erhob sich aus dem Sattel und ermunterte Suerte, schneller zu laufen, um so viel Abstand wie möglich zu seinen Problemen zu gewinnen. Er senkte den Kopf über den langen Hals des Pferdes. Die Mähne des Tieres flatterte, als sie den Weg durch den grünen Korridor der Kirschbäume am oberen Ende seines Landes entlanggaloppierten.

Was hatte diese Frau bloß an sich? Wie schaffte sie es immer wieder, ihn dazu zu bringen? Dazu, Dingen zuzustimmen, die er überhaupt nicht tun wollte? Es war völlig verrückt, diese Sache überhaupt nur in Erwägung zu ziehen!

Suertes Hufe donnerten rhythmisch über den ausgetretenen Grasweg. Das Pferd reagierte bereitwillig auf Antonios Antriebshilfen; es war, als würde die zunehmende Geschwindigkeit ihm helfen, den Nebel aus seinem Kopf zu vertreiben. Je schneller er durch die mit Knospen übersäten und von Bienen umschwärmten Bäume ritt, desto klarer wurde ihm alles. Eins war sicher: Diese Frau wusste, was Leidenschaft bedeutete. Und das war es, was man vor allem brauchte, um Flamenco zu tanzen. Man musste gelebt haben und Leidenschaft besitzen.

Als er mit seinen verwirrten Gedanken an diesem Punkt angelangt war, verringerte er die Geschwindigkeit und ließ sein Pferd langsam ausgaloppieren. Er setzte sich aufrecht in den Sattel und ließ die Zügel sinken.

Als Suerte sich wieder auf der Koppel befand und mit langen Zügen aus dem Wassertrog trank, kehrte Antonio zum Restaurant zurück. Er war völlig verschwitzt und fuhr sich mit den Fingern durch die feuchten Haare. Beti und Miguel hatten das Wässern der Bäume beendet und saßen auf der Terrasse. Es war offensichtlich, dass sie auf ihn warteten und mit ihm reden wollten.

Mit großen Schritten stieg Antonio ohne zu zögern die Stufen hinauf. Wenn er jetzt zauderte, würde er den Mut verlieren. Er setzte sein ganzes Vertrauen in diese Frau. Aber irgendetwas sagte ihm, dass es sich lohnte. Als er näher kam, stand sie auf und sah ihn entschuldigend an. Hoffentlich hatte sie nicht ihre Meinung geändert! Doch er durfte sich nicht von seinem Vorhaben abbringen lassen. Er blieb vor ihr stehen.

»Wir beginnen morgen zu üben. Nach dem Gießen. Hier. Um zehn Uhr. Seien Sie pünktlich. Oh, und niemand – wirklich niemand«, betonte er, »darf etwas davon wissen. Sonst bringen Sie mein Geschäft, meinen Ruf und meine Lebensgrundlage in Gefahr. Nicht, dass Sie das nicht ohnehin schon getan hätten«, fügte er halblaut hinzu. »Flamenco ist in diesem Dorf immer noch verboten, und niemand darf etwas erfahren. Ist das klar?«

Sie nickte knapp.

Er wandte sich zum Gehen, drehte sich aber noch einmal kurz um.

»Und tragen Sie Schuhe mit Absätzen«, trug er ihr auf, bevor er die Treppe zur Wohnung hinaufstieg. Dort stellte er sich sehr lange unter die Dusche und fragte sich die ganze Zeit, worauf er sich da bloß eingelassen hatte.

34. Kapitel

Um Himmels willen, worauf habe ich mich da bloß eingelassen?, denke ich und versuche, in Antonios Gesicht zu lesen. Ob er wohl das Gleiche empfindet?

Ich habe große Angst, bin aber gleichzeitig gespannt und aufgeregt. Ich kann es nicht fassen, dass er so viel Vertrauen in mich setzt. Er möchte mich im Flamenco-Tanzen unterrichten, und alles hängt nun von mir ab. Ich darf ihn nicht enttäuschen. Ich darf Miguel nicht enttäuschen. Er ist schließlich nur ein Junge, dessen Kindheit gerade erst beginnt.

»Jetzt muss er es bloß noch Valentina beibringen!«, begeistert sich Miguel. Er lacht erleichtert auf.

»Was muss er Valentina beibringen?«

Wir erstarren. Miguel wirft mir einen kurzen Blick zu, und Valentina starrt uns beide an.

»Was muss er Valentina beibringen?«, wiederholt sie langsam. Wo ist sie die ganze Zeit gewesen? Sie trägt eine Sonnenbrille, vielleicht um ihre geröteten, geschwollenen Augen zu verbergen. Aber ihre Zunge ist so scharf wie immer. »Seit Sie in der Gegend sind, scheint das zur Gewohnheit zu werden – Pläne zu schmieden, in die ich nicht eingeweiht bin!«

Sie kommt auf uns zu und baut sich vor uns auf, als wären wir Schüler, die wegen ungehörigen Verhaltens zum Direktor zitiert wurden. »Wenn ich das recht verstehe«, sagt sie, »dann werden *Sie* … und nicht ich … mit *meinem* Freund Flamenco tanzen.« Sie zeigt mit ihrem perfekt manikürten roten Fingernagel auf mich, und ich fühle mich, als wäre ich von einem Taser getroffen worden.

»Um die Wette zu gewinnen«, erklärt Miguel. »Du hast ja gehört, was gesagt wurde.«

So enthusiastisch habe ich Miguel noch nicht erlebt, seit er hier ist. Ich wünschte nur, dass nicht ich es wäre, auf die sich seine Erwartungen konzentrieren. Valentina und er haben noch nie so viel miteinander gesprochen wie gerade eben.

»Um mein Restaurant zu gewinnen«, sagt sie.

»Antonios Restaurant und Antonios Bauernhof«, korrigiert Miguel sie energisch. Ich weiß nicht, ob es mutig oder dumm ist, ihr zu widersprechen. Valentina ist so selbstsicher, genau wie Antonios Frau, und ich weiß einfach, dass ich diese Selbstsicherheit nicht besitze. Wenn es so wäre, würde Valentina mich jetzt nicht so ungläubig mustern.

»Hören Sie, ich weiß, dass es nicht ideal ist ...«, setze ich an. Was rede ich denn da? Ich habe nicht den Hauch einer Chance!

»Warum hat diese Frau nicht mich ausgesucht, um mit ihm zu tanzen?«, fragt sie plötzlich. »Ich habe schon mal Flamenco getanzt.«

»Weil sie jemanden haben wollten, der nicht mal ein Fünkchen Hoffnung haben kann.« Miguel grinst immer noch, aber als er mich ansieht, geht ihm auf, was er gerade gesagt hat. »Tut mir leid, Beti, ich wollte nicht ...«

»Nein, du hast ja recht. Wem mache ich etwas vor? Natürlich kann ich nicht Flamenco tanzen.« Meine Stimmung stürzt ins Bodenlose. »Das ist absoluter Wahnsinn. Es kann nicht funktionieren. Wie konnte ich bloß auf die Idee kommen, ich könnte ihm helfen, seinen Hof zu behalten und die Scheidung zu bekommen?«

»Warten Sie! Haben Sie gerade von Scheidung gesprochen? Habe ich da was verpasst?«

»Ja, der Gewinner bekommt den Hof und das Restaurant. Wenn Antonio verliert, verliert er alles. Wenn er gewinnt, geht meine Mutter fort, willigt in die Scheidung ein und bekommt nichts«, erklärt Miguel ihr, als spräche er über die Regeln eines Boxkampfes. In gewisser Weise könnte es das ja auch sein. Ich werde k. o. geschlagen, bevor ich meine Ecke verlassen habe.

»Dann wird er also frei sein«, sagt Valentina und hört sich an, als denke sie laut. »Frei, um wieder zu heiraten. Mich zu heiraten!« Ihre Augen werden groß vor Hoffnung und Sehnsucht.

»Es tut mir leid, dass ich nicht dazu beitragen kann.«

»Sie gehen nirgendwohin. Wir müssen ein Tanzduell vorbereiten. Sie werden üben, viel üben! Ich werde Ihnen helfen. Ich bestehe darauf.« Sie zeigt mit ihren furchterregenden Krallen auf mich.

Und ich bin mir nicht sicher, was mir mehr Angst einjagt: der Gedanke, das Tanzduell zu verlieren, oder der Gedanke, dass Valentina mir helfen will!

In dieser Nacht liege ich mit ausgebreiteten Armen in meinem großen Bett und lausche der sanften Brise in den Bäumen und dem leisen Klappern der Fensterläden. Dabei durchlebe ich immer wieder, was heute passiert ist. Esmeralda und Felipe tauchen völlig unerwartet auf. Es folgt der Streit. Die Wut und der Schmerz. Will und ich haben uns nie so gestritten. Wir lachten über dieselben Dinge und hatten unsere Insiderwitze. Wir waren das perfekte Paar, das sagten alle. Wir haben uns nicht zerstritten, wir sind einfach auseinandergedriftet. Es gab keine Auseinandersetzung, nichts, was von Herzen kam; nur eine Textnachricht und eine gemurmelte Entschuldigung, als hätte es unsere gemeinsame Zeit nie gegeben. Nicht wie die Spuren und Narben, die von Antonios und Esmeraldas Beziehung zurückgeblieben waren.

Vielleicht habe ich ja Glück gehabt. Will ist gegangen, bevor wir heiraten und Kinder bekommen konnten. Antonio und Esmeralda werden immer miteinander verbunden bleiben, wohingegen Wills und meine gemeinsame Vergangenheit einfach ausradiert wird wie zuvor meine anderen Lebensentwürfe. Vielleicht war ich so sehr damit beschäftigt, meine Zukunft zu planen, dass ich ganz vergessen habe, richtig zu leben, denke ich, ehe ich vor lauter Erschöpfung in einen tiefen Schlaf falle.

35. Kapitel

»Ursprünglich hat Flamenco nur aus der Stimme, dem Schrei und dem rhythmischen Schlagen eines Stocks auf den Boden bestanden. Heutzutage setzt sich Flamenco aus vier Elementen zusammen: dem Gesang, *el cante*; dem Tanz, *el baile*; dem Gitarrenspiel, *el toque*; und dem Klatschen, dem Füßestampfen und den Anfeuerungsrufen, *el jaleo*. Manche nennen das Krach. Aber es ist nicht einfach nur ein Händeklatschen. *Palmas* ist eine Kunst. Die *palmeros* geben den Rhythmus des Songs vor, wie ein Schlagzeug. Es spielt mit *zapateado* zusammen, der Fußarbeit. Das Füßestampfen. Und dann gibt es noch den letzten Bestandteil – *el duende*.« Er hält inne und betrachtet mein erstarrtes, angsterfülltes Gesicht, während ich mir Mühe gebe, alles zu begreifen. *Palmas, cante* und *zapateado* schwirren mir im Kopf herum. »Aber *el duende* heben wir uns für einen anderen Tag auf.«

Ich höre die Vögel auf der Stromleitung miteinander schwatzen. Es hört sich an, als lachten sie über mich und warteten darauf, mich scheitern zu sehen.

»Flamenco ist ein Teil von Andalusien. Begonnen hat das Ganze in Indien.« Er hält eine Geschichtsstunde ab, doch ich habe Konzentrationsprobleme und verstehe die Worte kaum, weil ich so nervös bin. »Als die Zigeuner, die *gitanos*, im Jahr 1425 aus Indien nach Andalusien kamen, brachten sie ihre Musik mit. Aber sie wurden verfolgt und gezwungen, sich zusammen mit den Mauren und den Juden in die Berge zurückzuziehen. Ihre Musik und ihre Tänze vermischten sich, und daraus entstand der Flamenco. Im achtzehnten Jahrhundert änderte sich die Einstellung, und Gruppen von Zigeunern tauchten in kleinen Ortschaften auf und brachten ihre Musik mit. Manche nannten sie verführerisch und geheimnisvoll. Ihre Lieder erzählten die Geschichten ihres Leidens und wurden häufig auf privaten Zusammenkünften von *gitanos* gesungen.

Im Laufe der Zeit wuchs das Interesse der Menschen am Flamenco. Künstler wurden zur Unterhaltung engagiert, und Flamenco-Clubs schossen wie Pilze aus dem Boden. Aber viele *gitanos* lehnten geplante Auftritte ab, weil sie der Meinung waren, Flamenco sollte spontan sein. Mehr und mehr Nicht-Zigeuner traten auf, und Tanztruppen wurden gegründet. Der traditionelle Flamenco geriet ins Trudeln. In den Fünfzigerjahren des 20. Jahrhunderts kehrte er allerdings zurück. In kleinen Ortschaften wurden Festivals abgehalten, wo die Leute auftreten konnten, nicht als Unterhaltungskünstler, sondern um ihre Kunst zu präsentieren. Es gibt viele Menschen, die der Meinung sind, dass Flamenco pur und rein bleiben sollte. Andere glauben, dass er aus einem Schmelztiegel entstanden ist und die Flamenco-Fusion, der neue Flamenco, der richtige Weg ist, um ihn am Leben zu erhalten.«

Er fixiert mich mit seinem Blick. Offensichtlich ist es ihm wichtig, mir das begreiflich zu machen, bevor wir anfangen. Doch ich werde zunehmend nervöser bei der Frage, was der Flamenco mit sich bringen wird. Ich sehe mich um. Alle Tische sind an den Rand der Terrasse gerückt worden, genau so, wie ich es mir vorgestellt habe, als ich Flamenco-Kurse vorschlug und nicht wusste, dass hier kein Flamenco getanzt werden darf.

Antonio geht zu einem kleinen Tisch in der Ecke der Terrasse neben der Tür zur Bar. Darauf steht ein alter grauer Plattenspieler, dessen Kabel sich durch die offene Tür windet. Antonios Absätze produzieren mit jedem Schritt ein klackendes Geräusch. Mir fällt auf, dass er andere Stiefel trägt, nicht seine üblichen abgetragenen braunen Lederstiefel. Diese hier sind aus schwarzem Wildleder, haben einen deutlichen Absatz und sind, wenn ich mich nicht täusche, mit Metallstiften beschlagen. Er schaltet den Plattenspieler ein, hebt den Tonarm und senkt ihn vorsichtig auf die schwarze Schallplatte. Zuerst knistert und pfeift es, dann ruft eine einzelne herzzerreißende raue Stimme: »Aiy, aiey!«

Sie trifft mich mitten in die Magengrube, wie ein Schlag voller Emotionen, der mir den Atem raubt. Jemand singt über sein Leben, seinen Schmerz, sein Herzeleid, und mein eigenes Herz zieht sich zusammen. Es geht um Kummer, aber auch um Erregung, und ich fühle mich hin- und hergerissen. Ich verstehe die Worte nicht, die gesungen werden, doch ich spüre den Schmerz darin.

Keiner von uns rührt sich. Antonio steht neben dem Plattenspieler, eine Hand auf der Brust, die andere zieht leicht und rhythmisch an dem kleinen Ziegenbart unter seinen Lippen. Sein ungebärdiges Haar hat er aus dem Gesicht gestrichen. Ich bin vollkommen fasziniert. Ich habe schon oft spanische Musik gehört, aber noch nie so etwas wie dieses Stück. Es fühlt sich an, als hätte sich mein Innerstes verschoben, und die Musik berührt mich zutiefst. Die Musik weiß, wie ich mich fühle; sie spürt meinen Schmerz. Meine Augen füllen sich mit unvergossenen Tränen, als das Stück schließlich endet.

»Das ist Flamenco-Musik«, erklärt Antonio ruhig. »Die Musik meines Volkes. Die meiner Eltern und die meiner Großeltern.«

»Sie waren alle Flamenco-Tänzer?« Es ist eher eine Feststellung als eine Frage.

Er nickt. »Meine Großeltern sind viel herumgereist, bis sie eine Familie gegründet und sich hier niedergelassen haben. Sie waren in ganz Andalusien bekannt, vor allem Ana, meine Großmutter. Als sie aufhörten zu reisen, kamen die Tänzer hierher, um sie zu sehen – in der Scheune neben der *finca*. Sie kamen von weither zur *peña*. Das waren keine Shows für Touristen, sondern informelle Zusammenkünfte für Menschen, die die Kunst liebten. Ein kleines Poster wurde aufgehängt, und dann hat es sich herumgesprochen. Es kamen Leute, die meine Großmutter tanzen sehen wollten, andere Tänzer. Der Club platzte immer aus allen Nähten. Sie war sehr talentiert, aber sie überschritt auch gerne Grenzen. Sie hielt nicht an der traditionellen Form fest, sondern mischte das Ganze ein bisschen auf. Sie genoss einen ganz besonderen Ruf!«

»Und Ihre Eltern?«

»Mein Vater war ebenfalls Tänzer. Er kam zur *peña* her und begegnete meiner Mutter. Sie ging mit ihm. Sie reisten viel herum, aber ich blieb immer öfter hier. Ich fühlte mich wohl an diesem Ort. Deshalb wollte ich auch Miguel ein Zuhause bieten.« Er sieht sich um und erinnert sich bestimmt daran, wie es damals war.

»Und was sind Sie? Ein Traditionalist oder ein Anhänger der Flamenco-Fusion? Waren Sie so bekannt wie Ihre Großmutter?«, frage ich fasziniert.

Er antwortet nicht, doch ich glaube ein Funkeln in seinen Augen zu erkennen, bevor er seine Vergangenheit wieder ausblendet.

»Also! Ich habe einen Tanz ausgewählt, den Sie lernen sollen. Die *sevillana*. Sie wird zu familiären Anlässen getanzt. Es handelt sich um eine Art Volkstanz. Manche behaupten, es sei kein richtiger Flamenco. Aber heutzutage wird dieser Tanz von vielen Flamenco-Tänzern aufgeführt. Ich glaube, er ist eine gute Wahl für unseren Zweck. Er hat eine Geschichte, die aus drei Teilen besteht. Wir beginnen mit dem ersten Teil und schaffen es hoffentlich bis zum letzten. Wir fangen mit ein paar Aufwärmübungen an.«

Mit einem Mal wird mein Mund trocken. Ich bin wie erstarrt vor Angst.

»Legen Sie das Gewicht auf die Fußballen. Die Knie müssen leicht gebeugt sein, damit die Stöße mit den Knien abgefangen werden und nicht mit dem Rücken.« Als er mit dem Fuß auf den Terrakottafliesen aufstampft, zucke ich vor Schreck zusammen. Ich habe nicht damit gerechnet, dass es so laut sein wird!

Valentina taucht mit einer Kaffeetasse in den Händen auf, bleibt in der dunklen Holztür stehen und sieht uns kritisch zu.

»Halten Sie die Ellbogen immer erhoben. Hoch damit.« Antonio schiebt meine Ellbogen höher, bis ich mir vorkomme, als würde ich gleich den Ententanz aufs Parkett legen.

»Es gibt zwei Klatscharten im Flamenco. Die sanfte, bei der sich Luft in den gewölbten Händen befindet; oder so.« Er klatscht laut.

»Halten Sie die Ellbogen oben«, wiederholt er, als ich sie leicht sinken lasse. Ich versuche es wieder, aber – meine Güte – das wird schmerzhaft werden. Als hätte ich nicht schon genug Muskelkater vom Gießen. Ich wette, es gibt nicht viele Flamenco-Tänzerinnen mit Winkearmen! »Und wenn Sie stampfen, heben Sie die Beine nach hinten oben, Richtung Gesäß. Hoch und zurück, so hoch es geht.« Er stampft mit dem Fuß auf. »Nun Sie!«

Ich hebe den Fuß und stampfe auf. Er landet mit einem sanften Geräusch auf dem Boden. Langsam lässt Antonio seinen Blick von meinem Gesicht zu meinen Füßen wandern. Ich schaue weg und komme mir jetzt schon wie eine Idiotin vor.

»Was sind das für Schuhe?«, fragt er langsam und deutet auf meine Füße.

»Äh … na ja, Sie haben gesagt, ich solle Schuhe mit Absätzen tragen. Etwas anderes habe ich nicht.« Es stimmt. Seit meiner Ankunft in Spanien trage ich ausschließlich Espadrilles. Diese Flip-Flops mit Keilabsätzen sind meine einzigen Schuhe, die eine Art Absatz aufzuweisen haben.

»Hier, nehmen Sie meine.« Valentinas Angebot lässt mich zusammenfahren. Sie streift ihre High Heels ab und reicht sie mir. »Wir haben ungefähr die gleiche Schuhgröße«, fügt sie hinzu.

Ich schlüpfe in die Schuhe. Sie sind natürlich ein bisschen zu eng, aber ich mache die Schnallen nur locker zu. Wir mögen zwar ungefähr gleich groß sein, aber wir haben vollkommen verschiedene Figuren. Valentina lehnt sich barfuß wieder an den Türrahmen. Ihre Füße sind gebräunt und wunderschön manikürt. Nichts und niemand wird sie davon abhalten, dafür zu sorgen, dass Antonios Scheidung unter Dach und Fach gebracht wird, am allerwenigsten ich. Während sie mich aufmerksam beobachtet, versuche ich erneut zu stampfen.

»Okay …«, sagt Antonio und holt tief Luft. Ich glaube, dass ihm gerade aufgegangen ist, dass sich seine Aufgabe noch schwieriger als erwartet gestalten wird. Es sieht so aus, als ließe seine Geduld bereits nach – der Art und Weise nach zu urteilen, wie er die Unterlippe nach innen rollt und darauf herumkaut. »So, jetzt heben Sie die Ellbogen. Sie müssen lernen zu zählen.«

»Na ja, das ist wenigstens etwas, was ich kann!«, sage ich in einem Versuch, die Stimmung aufzulockern, aber keiner von den beiden lacht. Valentina wirft mir einen finsteren Blick zu.

»Beim Flamenco geht es vor allem um den Rhythmus. Also …« Er beginnt zu klatschen.

Ich versuche, den Rhythmus zu wiederholen, und starre auf seine Hände. Sie sind groß, stark und markant, Hände, die mit Pferden und Kirschbäumen arbeiten. So anders als die von Will, denke ich; er hat weiche, glatte Hände. Will hat noch nie im Freien mit den Händen gearbeitet. Er pflegt seine langen, schlanken Finger regelmäßig mit Feuchtigkeitscreme.

»Und noch mal«, befiehlt Antonio und beginnt erneut zu klatschen.

Klatsch, klatsch, klatsch und … Mist! Ich versuche es wieder.

»Und Sie dürfen niemals«, sagt er, ohne mit dem Klatschen

aufzuhören, »niemals anzufangen zu klatschen, bevor Sie erkennen, wie das Lied aufgebaut ist. Der Rhythmus kommt zuerst, dann der Tanz und der Gesang. Wie im Leben muss man als Erstes auf den Rhythmus achten, um damit arbeiten zu können. Sie müssen dem Takt folgen, der vom Rhythmus vorgegeben wird.« Er schaut mir direkt in die Augen, und ich spüre, wie in meiner Magengrube ein Feuer entfacht wird. Es sorgt dafür, dass mir schwindelig wird, und meine Hände klatschen, als wolle ich Fliegen fangen. Verdammt! Schon wieder vermasselt. Ich konzentriere mich auf seine Hände, zähle wieder und versuche, den Takt in mein Gehirn zu brennen. Ich muss ihn verinnerlichen.

»Ach, und Beti, eine Sache noch …«

»Ja?« Langsam hebe ich den Blick von seinen Händen, voller Furcht, dass das Feuer wieder zu lodern beginnt und ich erneut die Kontrolle verliere.

»So musst du stehen.« Er scheint gar nicht zu merken, dass er mich auf einmal duzt. Stolz reckt er das Kinn, streckt die Brust raus und hebt die Ellbogen. »Du musst der Welt mitteilen: Kommt und seht her!« Er macht eine Geste in Richtung seiner Brust. »Nur gucken, aber nicht anfassen! Sieh mich an! Sei stolz!« Sein Blick hält den meinen fest, und mein Inneres fühlt sich wieder an, als wäre es in die Mikrowelle geraten. Meine Gliedmaßen werden zu Haferbrei, meine Ellbogen sinken herunter, und meine Knie geben nach. Ich mache das erst seit ein paar Minuten und bin schon völlig am Ende. »Du musst deine britische Wesensart ablegen. Du musst dich für nichts entschuldigen. Du musst lernen, stolz darauf zu sein, wer du bist.«

Mir wird bange ums Herz, weil sich das Gefühl in mir ausbreitet, niemals der Mensch sein zu können, den er braucht … und auch nicht der Mensch, der ich gerne sein möchte.

36. Kapitel

»Eins und zwei …« Ich zähle wieder und wieder, sprühe die Wurzeln der Bäume im Takt, schlage ihn mit dem Schlauch in meiner Hand, während die Sonnenstrahlen auf meinem Nacken immer wärmer werden. Meine Arme schmerzen, weil ich beim Üben ständig die Ellbogen oben halten muss, aber Miguel sorgt lächelnd dafür, dass ich bei der Stange bleibe. Wenn ich aus dem Takt gerate, zählt er mit mir zusammen und bringt mich wieder auf Kurs. Er ermuntert mich, die *palmas* zu wiederholen, das Klatschen während des Tanzes, während er den Tankwagen zwischen den Bäumen hindurchzieht. Die Bäume sind nun übersät mit etwas, was wie winzige Kirschen aussieht.

Jeden Morgen und jeden Abend zähle ich während des Gießens, und dann beginnt Antonio das Training mit »den Füßen«, wie er es nennt, also mit der Fußarbeit und den Tanzschritten.

»Im ersten Teil dieses Tanzes begegnen sich zwei Fremde. In der zweiten Strophe lernen sie sich allmählich kennen und fühlen sich gegenseitig auf den Zahn. Und in der dritten Strophe … da kommen sie sich näher und sind voller Leidenschaft.. Du wirst die Grundlagen lernen, die *palmas,* und dann fügen wir unsere eigene Interpretation der Bewegungen hinzu. Wir werden uns erst der nächsten Strophe zuwenden, wenn du wirklich so weit bist.«

Valentina ist wieder da und beobachtet mich wie ein Falke. Jeden Morgen nach dem Gießen lehnt sie am Türrahmen. Miguel hat die Gelegenheit ergriffen, sich aus dem Staub zu machen – sicher trifft er sich mit Sophia. Aber ich weiß, dass er nach meinem allmorgendlichen Tanzunterricht zusammen mit Sophie in der Scheune warten wird, um mir beim Aufräumen und Saubermachen zu helfen.

Nach nur einer Woche meines neuen Tagesablaufes habe ich Schmerzen von Kopf bis Fuß. Ich weiß nicht, ob ich das weiter durchstehe, denke ich, als ich meine Beine unter Qualen die Stufen zur Terrasse hinaufziehe und mich zwischen den Säulen durch den Bogengang auf die linke Seite schleppe.

Antonio wartet bereits auf mich. Die Tische wurden zur Seite gerückt. Valentina steht an ihrem üblichen Platz, mit einem schwarzen Kaffee in der Hand. Der Duft mischt sich mit dem der Glyzinie und dem frischen Geruch nach nassem Gras vom Gießen der Bäume. Die Wassertropfen rund um die Wurzeln sehen aus wie verstreute Kristalle.

»Hier.« Antonio hält mir eine Schachtel hin, als ich über den kühlen, gefliesten Boden auf ihn zugehe. »Nimm«, fordert er mich auf und winkt mir mit der Schachtel.

Ich strecke die Hand aus und nehme sie vorsichtig entgegen. Was kann darin sein? Bitte, lieber Gott, keine Kastagnetten!

»Es beißt nicht.« Er verdreht die Augen. Ich habe schon sehr bald begriffen, dass Antonio Dummköpfe nicht ertragen kann.

Fasziniert beugt sich Valentina vor und reckt den Hals, damit ihr nichts entgeht. Ich nehme den Karton und hebe den Deckel ab. Er ist mit weißem Seidenpapier ausgekleidet, in das sich ein Paar leuchtend rote Schuhe mit weißen Pünktchen schmiegt.

»Flamenco-Schuhe«, erklärt er. »Na ja, ohne Schuhe kann man nicht Flamenco tanzen lernen.« Er zuckt mit den Schultern.

Sie sind wunderschön. Ich greife in den Karton und nehme einen heraus. Valentina kommt näher und mustert die Schuhe mit einem Stirnrunzeln. Ich halte einen hoch, betrachte das Leder, den wie eine Frauentaille geformten Absatz und die vier Ösen zum Schnüren, die wie Augen aussehen.

»Sie sind ganz entzückend. Danke«, sage ich und habe plötzlich einen Kloß im Hals. Ich weiß, dass Antonio es sich nicht leisten kann, mit Geld um sich zu werfen. Sonst hätte er schon lange eine neue Bewässerungsanlage gekauft, statt sich auf die Einkünfte aus Olivias Party verlassen zu müssen. Ich bin gerührt.

»Und teuer«, fügt Valentina missbilligend hinzu.

Ich werde rot und sehe Antonio an. »Ich kann sie bezahlen«, biete ich rasch an, obwohl es eigentlich mein Budget übersteigt.

»Nein«, sagt er nüchtern und starrt Valentina an. »Sie sind ein Geschenk. Schließlich bist du diejenige, die mir hilft.«

Valentina rümpft die Nase und nickt dennoch zustimmend. »Hoffentlich tragen die Schuhe dazu bei, dass Sie den Tanz schneller lernen und weniger wie eine Ente aussehen, die ein Ei legt!«, sagt sie, schnappt sich ihre Schlüssel und steuert auf ihr Auto zu. »Bis heute Abend. Seid fleißig!«, fügt sie hinzu – es klingt eher nach einem Befehl als nach einem fröhlichen Abschiedsgruß.

»Beachte Valentina einfach nicht, sie ist nur …«

»… angespannt«, beende ich den Satz für ihn.

»Genau, angespannt. So, lass uns die Schritte noch mal üben. Zieh die Schuhe an.«

Ich setze mich und tue wie geheißen. Ich liebe das Gefühl, wie meine Füße in die Schuhe gleiten. Sie passen perfekt. Als ich aufstehe, fühle ich mich auf einmal größer und trage den Kopf höher. Bei den ersten Schritten wiege ich mich unwillkürlich in den Hüften. Irgendwie komme ich mir … na ja, weiblicher und selbstbewusster vor.

»Danke«, wiederhole ich und fühle mich ein bisschen wie Dorothy aus *Der Zauberer von Oz* in ihren roten Schuhen.

»Und jetzt die Schritte …« Antonio klatscht in die Hände, und ich trete neben ihn. »*Un, dos* …« Als er zu zählen beginnt, folge ich seinem Beispiel, diesmal entschlossener als je zuvor. Stampfen rechts, stampfen links, dann die Ferse … oder war es links, dann die Ferse und wieder stampfen? »Und noch mal, eins, zwei drei, *un, dos, tres* …« Er wiederholt und klatscht und wiederholt und klatscht. Und ich übe weiter, bis ich es richtig mache. Mir ist heiß. Die Haare in meinem Nacken sind feucht, mein Mund ist trocken, aber ich höre nicht auf.

»Kopf hoch, heb den Kopf!«, ruft er. »Nicht auf die Füße schauen! Sie werden immer noch da sein, wenn wir fertig sind.«

Ich verrate ihm nicht, dass ich auf *seine* Füße schaue.

Und *peng* – prompt trete ich mit meinem linken Fuß auf die dicke Zehe meines rechten Fußes.

»Aua! Au, au, au.« Die Schuhe sind zwar wunderschön, doch es tut höllisch weh, wenn man mit dem metallbeschlagenen Absatz auf seinen eigenen Fuß tritt.

»So kann man sich auch eine Pause verschaffen!« Antonio muss grinsen. Mir fällt auf, dass er ebenfalls außer Puste ist. »Anfängerglück, fürchte ich. Hier, trink was.«

Er gibt mir eine Flasche Wasser. Ich stemme die Hand in die Hüfte und versuche, wieder zu Atem zu kommen. Sogar meine Augen schwitzen. Ich drehe den Flaschenverschluss auf und trinke gierig. Die Sonne brennt inzwischen heiß vom Himmel. Alles sieht frisch und saftig aus, das Gras rund um die Kirschbäume, die leuchtend roten Mohnblumen entlang der Steinmauer.

Ich löse mein Haargummi, streiche die Haare zurück und schlinge das Gummi wieder darum. »Verflixt!«, stoße ich hervor, als das Band reißt und ich die Haare mit einer Hand festhalten muss.

Antonio greift in die Tasche und zieht ein Stück Kordel heraus. Ich bedanke mich und binde meine Haare damit hoch.

Und dann bin ich bereit, weiterzuüben. »*Un, dos, tres* …« Meine Gliedmaßen schreien auf vor Schmerz, aber ich bin fest entschlossen, mich nicht geschlagen zu geben.

Im Schatten des Terrassendachs tanzen wir weiter bis zur Mittagszeit.

»Während der Siesta können wir nicht trainieren«, erklärt Antonio. »Man würde uns hören, während das Dorf schläft – entweder die Musik oder das Klatschen. Die Siesta ist hier heilig.« Er schenkt mir ein entspanntes Lächeln – offenbar hat das Flamenco-Training seine Sorgen und die Anspannung ein wenig abgeschwächt.

Am Nachmittag bringe ich Besen, Eimer und Wischmopp mit, um mich mit Miguel und Sophia in der Scheune zu treffen. Sie konnten am Vormittag in Ruhe trainieren, weil Antonio sicher nicht im Weg war. Wir machen uns daran, das staubige, ungenutzte Gebäude auszuräumen und sauber zu machen. Ich öffne die großen Türflügel und blicke in das Tal voller Kirschbäume hinunter. Antonio ist auf der Pferdekoppel und arbeitet mit dem Hengstfohlen. Zum ersten Mal reitet er das junge Tier. Anfangs lässt er es mit Sattel im Kreis laufen, dann legt er sich auf den Sattel. Der kleine Hengst scheut und bockt zu Beginn, doch dann beruhigt er sich und läuft ruhig weiter. Ich trage stapelweise Stühle und Kisten aus der Scheune, damit wir sie reinigen können. Es dauert nicht lange, bis Antonio aufrecht im Sattel sitzt und im Kreis reitet. Seine dunklen Locken hüpfen mit jedem Schritt. Ich sehe, dass er ständig mit dem Pferd redet, ihm Mut zuspricht und mit ihm arbeitet.

Als ich wieder rauskomme, nachdem ich den ganzen Raum ausgefegt und in den Staubwolken gehustet habe, hat Antonio das Tier wieder auf die große Koppel zurückgebracht. Die Stute macht wie immer viel Aufhebens um das junge Pferd, das sichtbar erfreut reagiert. Suerte ist nicht da. Daher vermute ich, dass Antonio seine Siesta ausfallen lässt und eine Runde ausreitet, um die Kirschbäume zu inspizieren.

Wir arbeiten weiter, putzen die Fenster, und allmählich wirkt die Scheune heller und freundlicher. Miguel lässt mich während der Arbeit zählen und Schritte üben.

»Ist alles in Ordnung?« Antonios Stimme lässt mich zusammenzucken, als ich mit einem Eimer Wasser, den ich ins Gras leeren will, aus dem Gebäude trete.

»Antonio!«, sage ich lauter als nötig, damit Sophia mich hört. »Ich habe nicht damit gerechnet, dich hier zu sehen.«

Er reitet jetzt die graue Stute und führt das Hengstfohlen am Leitzügel neben ihr her. Das Fohlen ist wie ein Athlet, der gleich wieder losstürmen möchte, obwohl seine Brust und sein Bauch noch schweißnass sind. Das übermütige Tier stellt den Schweif auf, wirft den Kopf zurück und macht einen kleinen Schritt vorwärts wie ein Teenager, den das Gespräch der Erwachsenen langweilt. Ich werfe einen raschen Blick in die Scheune. Sophia hat sich hinter einem Stapel Stühle versteckt.

»Ja, alles okay«, sage ich, obwohl jeder Muskel meines Körpers schmerzt.

»Und deine Cousine, gefällt ihr die Planung für die Party?«

»Sehr. Sie schreibt mir ständig. Ich habe ihr gesagt, dass sie Bilder bekommt, wenn die Scheune fertig ist. Aber ich habe ihr schon ein Farbkonzept, Menüvorschläge und so was geschickt. Ich werde das Ganze ländlich-rustikal halten, allerdings mit einem britischen Touch. Spanische Einrichtung, Tapas bei der Ankunft. Es wird einen Schweinebraten geben; das Paar, das das Catering macht, hat mir den Kontakt zu einem Freund von ihnen vermittelt. Es gibt eine Imitator-Einlage, außerdem Karaoke. Ich würde auch gerne eine Band engagieren, wenn ich es hinkriege. Zum Essen servieren wir Sangria und spanischen Wein in Krügen. Darf ich mir dafür die Keramikkrüge aus dem Schrank im Restaurant ausleihen?«

»Bitte, nur zu«, antwortet er lächelnd. »Valentina ist bestimmt froh, wenn sie sie nicht mehr sehen muss.«

Das Hengstfohlen schnaubt und tänzelt herum. Dabei wirft es ungeduldig den Kopf zurück.

»Bist du sicher, dass du nicht reiten willst? Ich könnte gut ein bisschen Hilfe gebrauchen.« Antonio wedelt mit dem Leitzügel.

Ich hebe eine Hand und schüttele den Kopf. »Tanzen zu lernen ist schon eine Herausforderung, aber auch noch reiten? Ich glaube, das ginge eindeutig zu weit!«, erwidere ich lachend. Er lächelt und nickt.

»Sie ist ein gutes Pferd«, sagt er und tätschelt der Stute den Hals. »Gutmütig. Ich nenne sie Mamá. Sie ist eine großartige Mutter.«

Ich mache einen Schritt nach vorne und streichele dem Pferd die Nüstern. »Das sehe ich«, meine ich kichernd. »Der Kleine ist nicht ganz einfach!«

»Seine Mutter ist bei seiner Geburt gestorben. Die Besitzer haben ihn zu mir gebracht, damit ich eine Pflegemutter für ihn finde. Sie war ihrem eigenen Fohlen eine gute Mutter, aber es ist gestorben. Sie ist sehr geduldig mit dem Kleinen hier.«

»Sie ist nicht seine echte Mutter?«, frage ich überrascht. Sie beschützt ihn ständig, und er folgt ihr überallhin – trotz seines prahlerischen Benehmens.

»Die Geburt ist nicht zwingend die Voraussetzung, um eine gute Mutter zu sein …« Er verstummt, und ich weiß, dass er an Esmeralda denkt und an die Art und Weise, wie sie Miguel behandelt hat.

Er dreht sich um und betrachtet die Bäume. Von diesem Aussichtspunkt kann er sein ganzes Land überblicken.

»In wenigen Woche wird … wie sagt man?« Er runzelt die Stirn und sucht nach Worten. »Wird das große Fallen stattfinden! Die Blüten, die nicht bestäubt wurden, werden abfallen, damit der Baum seine ganze Energie in die Entstehung der Kirschen stecken kann. Siehst du die grünen Knospen? Sie werden zum Teil strohgelb werden, und dann fallen sie ab. Das ist der Zeitpunkt, zu dem wir herausfinden, ob wir eine gute oder eine schlechte Ernte bekommen … Ob wir uns gut um die Kirschbäume gekümmert und sie ausreichend gewässert haben.« Frotzelnd zieht er die Augenbrauen hoch.

»Ich habe von ein paar Ersatzteilen für das Bewässerungssystem in einem Ort in der Nähe gehört. Ich werde heute Abend hinfahren und sehen, ob ich sie bekommen kann. Ich will versuchen, das System wieder zum Laufen zu kriegen, bis ich mir ein neues leisten kann.«

»Nun, diese Party sollte helfen.« Ich nicke in Richtung der Scheune und denke daran, dass Sophia immer noch hinter den Stühlen kauert.

Er lächelt, obwohl er nicht gerade überzeugt wirkt. Ich weiß, dass er im Moment nicht daran denken kann, was die Zukunft für ihn bereithält. Ich hoffe nur, dass er nächstes Jahr um diese Zeit noch einen Bauernhof und Bäume hat, die gegossen werden müssen … Und ich denke daran, dass jetzt alles von mir abhängt. Ich schlucke schwer und spüre das Gewicht seiner Sorgen auf meinen Schultern lasten.

Miguel steht auf seinen Besen gestützt im Schatten des Schuppens und schenkt Sophia ein kurzes Lächeln. Als Antonio in seine Richtung schaut, blickt er sofort wieder ernst.

»Benimm dich, ja?«, sagt Antonio so unbeschwert, wie er kann.

»Keine Sorge«, werfe ich ein. »Ich behalte ihn im Auge und lasse ihn schwer arbeiten!« Ich drehe mich zu Miguel um. Als ich Antonio anschaue, nickt er – ich habe das Gefühl, er bedankt sich bei mir.

Sobald Antonio in raschem Trab mit dem Fohlen am Leitzügel davongeritten ist, gibt Miguel Entwarnung, und Sophie tritt hinter dem Stühlestapel hervor.

»Warum gehst du nicht auf Antonio zu?«, schlage ich vor. »Miguel kann dich als eine Freundin vorstellen. Es ist ja nicht so, als ob er wüsste ...«, ich zögere, »was ihr vorhabt.«

Sophia schüttelt den Kopf. »Er weiß, aus welchem Dorf ich stamme. Er könnte vermuten, dass ich Miguel vom rechten Weg abbringe.« Als sie lächelt, hellt sich ihr hübsches, herzförmiges Gesicht auf. »Es ist besser so«, versichert sie mir.

Ich zucke mit den Schultern und kehre an meine Arbeit zurück. Während ich sauber mache, tanze ich im Geiste immer wieder die erste Folge des Tanzes.

Nachdem wir unter viel Gelächter und scherzhaftem Geplänkel einen Teil des Schuppens leer geräumt haben, legen wir eine Verschnaufpause ein. Wir reichen Wasserflaschen und Mandelkuchen herum, mit dem Bonita uns versorgt hat. Dann stehen die beiden auf, stellen sich vor den Kamin und bereiten sich auf ihren Tanz vor. Sie fordern mich auf, den Takt mitzuklatschen, aber ich glaube nicht, dass ich je in der Lage sein werde, wie die beiden zu tanzen. Sie verzaubern mich, es ist einfach wunderschön. Tränen brennen in meinen Augen. Ich glaube, ich bin einfach müde. Ich versuche, mich auf den Rhythmus zu konzentrieren, den ich klatsche.

»Nein, nein, Beti, so.« Miguel korrigiert mich – genau wie Antonio –, als ich weiterklatsche und einmal zu langsam bin. Ich nehme den Takt wieder auf und sehe ihnen zu. Die Chemie zwischen den beiden stimmt einfach, sodass mir wieder die Tränen in die Augen treten. Ich habe keine Ahnung, warum. Liegt es an der Liebe, die ich verloren habe? Oder an der Liebe, die ich zu finden hoffte? Oder ist es die Frustration darüber, dass ich niemals so gut tanzen werde wie die beiden? Ich möchte es unbedingt richtig machen. Ich kann den Gedanken nicht ertragen, Antonio im Stich zu lassen wie alle anderen Menschen in meinem Leben zuvor. Ich habe noch einen weiten, schmerzhaften Weg vor mir.

Aber gleichzeitig wächst in mir ein ungewohntes Glückgefühl, als ich diese beiden jungen Menschen beobachte. Miguel lernt sein Leben allmählich zu lieben, und zwar aus genau den richtigen Gründen. Ich bin so stolz auf den jungen Mann, zu dem er inzwischen geworden ist.

37. Kapitel

Üben, üben, üben. Antonios Mantra geht mir nicht mehr aus dem Kopf. Und das ist es, was ich in den nächsten zwei Wochen tue: üben. Inzwischen ist die dritte Maiwoche angebrochen, und es ist vierzehn Tage her, seit Antonio mir die Flamenco-Schuhe gekauft hat. Ich übe auf der Kirschplantage, während Miguel mir kritisch zusieht. Ich zähle das Stampfen und wasche dabei unter Valentinas achtsamen Blicken Teller ab. Ich übe jeden Tag mit Antonio, klatsche und versuche, die Fußarbeit und die Drehungen hinzubekommen.

»Such dir einen Punkt an der Wand und fixiere ihn, dann drehe zuerst deinen Körper und zuletzt den Kopf, so …« Er dreht sich und wirft ruckartig den Kopf herum. Ich versuche, es genauso zu machen, und gerate ins Stolpern. Seit einigen Tagen arbeiten wir ständig an der zweiten Strophe des Songs, immer wieder.

»Du musst den Flamenco fühlen«, erklärt Antonio. »Diese Strophe ist eine wichtige Steigerung im Song. Das Paar fühlt sich gegenseitig auf den Zahn. Langsam entstehen Emotionen. Du musst es fühlen!«

»Das versuche ich ja!«, rufe ich frustriert aus, wobei ich wieder versuche, das Stampfen zu perfektionieren.

Ich setze mich auf einen Stuhl, der an den Rand der Terrasse geschoben wurde, damit wir Platz zum Tanzen haben. Valentina ist zögernd zur Arbeit runter zum Hafen gefahren, obwohl sie mehr Zeit als sonst hier verbringt. Sie nimmt nach wie vor kaum Notiz von Miguels Anwesenheit. Die beiden machen einen weiten Bogen umeinander. Momentan ist er noch gut dran, finde ich.

Valentinas Aufmerksamkeit konzentriert sich auf mich. Wenn sie abends zurückkommt, um das Restaurant für die wenigen Gäste zu öffnen – unternehmenslustige Touristen und vereinzelte loyale Einheimische –, kontrolliert sie meine Fortschritte. Aber dann darf in Hörweite der Gäste nicht mehr über Flamenco gesprochen werden. Valentina hat aufgehört, Bonita über die Schulter zu blicken, und die Köchin drückt den Gerichten allmählich wieder ihren eigenen Stempel auf. Es gibt zum Beispiel wieder *patatas bravas*. Valentina konzentriert sich ausschließlich auf mich in meiner Ecke an der Spüle, wo ich während meiner Arbeit die Schritte übe und vor mich hin zähle.

»Nimm dir mal frei«, meint Antonio am folgenden Morgen, als ich vor Erschöpfung fast über meine eigenen Füße falle und frustriert in Tränen ausbreche. »Fahr runter zum Hafen, triff dich mit deinen Freunden. Wir können es später noch mal probieren. Du arbeitest hart.« Er zieht seine Stiefel aus und schlüpft stattdessen in seine abgetragenen Arbeitsstiefel. Ich glaube, er ist genauso frustriert wie ich, hat aber begriffen, dass momentan weitere Wiederholungen nichts bringen.

Ich stehe auf, wische die Tränen weg und atme ein paarmal tief durch. Er hat recht, ein Ausflug zum Hafen ist es, was ich jetzt brauche. Ich bin seit einer gefühlten Ewigkeit nicht mehr dort gewesen. Ich werde mein Handy mitnehmen, meine E-Mails abrufen, Olivia auf den aktuellen Stand bringen und meine Eltern beruhigen, dass ich noch lebe. Auf einmal habe ich einen Kloß im Hals. Es würde mir richtig guttun, mal wieder mit meiner Mom zu sprechen.

Ich schlüpfe aus den roten Schuhen, die mich in die Art Frau zu verwandeln scheinen, die ich sein möchte. Sorgfältig schlage ich sie in das Seidenpapier ein und stecke sie in meine Tasche. Ohne diese Schuhe könnte ich bestimmt keinen der Schritte tanzen, die ich bisher gelernt habe. Antonio steht auf. Er wirkt erhitzt, und seine Miene ist angespannt. Er nickt mir zu und steuert auf die Ställe zu, wo die Pferde ihn mit einem Wiehern begrüßen, als sie ihn entdecken. Er wird sich besser fühlen, wenn er etwas tut, bei dem er Ergebnisse sehen kann, denke ich. Ich ziehe meine Espadrilles an und rufe nach Miguel, doch er begleitet mich nicht zum Hafen. Antonio hat ihm für heute Vormittag einige Aufgaben übertragen. Mit einem *adiós* mache ich mich auf den Weg zur Bushaltestelle.

Ich bin fest entschlossen, das Flamenco-Tanzen für ein paar Stunden zu vergessen. Im Bus nehme ich mein Notizbuch aus der Tasche, um mich mit Olivias Party zu beschäftigen. Ich höre Musik aus den Kopfhörern der jungen Frau auf dem Sitz vor mir ... Flamenco-Musik. Ich versuche, mich zu konzentrieren. Es wäre gut, bei der Party Live-Musik zu haben. Vielleicht bei der Ankunft der Gäste – oder später nach Maxines Auftritt. Meine Gedanken springen zu dem Gitarristen, den ich im Club gesehen habe, zur Musik, dem gefühlvollen Gesang, zu Miguel und Sophia, die miteinander tanzen. Nein! Kein Flamenco! Ich werde Maxine fragen, ob sie einen Zauberkünstler kennt. Er könnte zwischen den Gästen herumspazieren und während des Sektempfangs ein paar Tricks vorführen. Ich werde auf meinem Handy eine Liste von Songs zusammenstellen.

Die Musik aus den Kopfhörern der jungen Frau wechselt. Meine Füße tippen den Takt, den ich inzwischen so gut kenne, und ich zähle im Geiste mit. Dabei stelle ich mir Miguel und Sophia im Flamenco-Outfit vor, vielleicht servieren sie zum Klang einer spanischen Gitarre Getränke. Nein, sage ich mir entschlossen, wir veranstalten eine Disco und Karaoke!

Frustriert knalle ich mein Notizbuch zu und schaue aus dem Fenster. Ich betrachte die Bäume und versuche mich abzulenken. Die Blütezeit ist nun vorbei, und bald werden wir sehen, wie viele Früchte zu erwarten sind. Während ich an das Gießen der Kirschbäume in der Plantage denke, werde ich von der Musik aus den Kopfhörern berieselt. Wieder zähle ich den Takt der *sevillana* mit, aber diesmal wehre ich mich nicht dagegen.

»Wir haben dich ja seit einer Ewigkeit nicht mehr gesehen!«, sagt Brenda und bringt mich zu ihrem Lieblingstisch, von wo aus sie alles im Blick hat. »Wir haben uns schon Sorgen gemacht, stimmt's, Harold?« Harold, der hinter der Theke steht, nickt. »Du musst ja hart gearbeitet haben.«

»Das kann man wohl sagen!« Ich setze mich und freue mich über den Schatten. Heute ist Markt, und die Stände werden gerade aufgebaut. Ich winke dem jungen Paar zu, das die Tapas für die Party liefern wird. Und Maxine, die gerade das Plakat vor dem Club austauscht. Jetzt wird Folgendes angekündigt: »Ladies Night: Männer-Striptease und ein Freigetränk«. Im Hafen ist mehr los, weil der Sommer vor der Tür steht. Craig serviert Tee und Schinkenbrötchen, aber er hat mich trotzdem entdeckt und winkt mir zu. Ich winke zurück; ich fühle mich besser, weil ich all die vertrauten Gesichter sehe.

»Du siehst gut aus ... irgendwie strahlend. Du bist braun geworden, und ich liebe es, wenn du die Haare so hochbindest.«

»Danke«, antworte ich. Ich habe meine Haare zu einem straffen Knoten gewunden, damit sie mir beim Training nicht im Nacken hängen.

»Du siehst sehr spanisch aus«, meint Brenda. Sie nimmt eine Plastikblume aus der Vase auf dem Tisch und schiebt sie mir seitlich in die Haare. »So!«, verkündet sie. Ich protestiere nicht, sondern lächele und lasse die Blume dort. Als Brenda aufsteht, um mir etwas zu trinken zu holen, bewundere ich mein Spiegelbild in der Scheibe der Terrassentür. »Bist du sicher, dass du keinen Kirschlikör oder eine Sangria möchtest?«

Ich schüttele den Kopf. »Kaffee ist prima, danke.« Ich hebe die Hand und berühre die kleine Blume. Ich muss lächeln, als ich mein Notizbuch aus der Tasche nehme und auf den Tisch lege.

»Was hast du denn so gemacht?« Brenda kommt zurück.

»Ich habe gearbeitet, um das Geld für die Miete zusammenzubekommen.« Ich nicke in Richtung der Bar. »Antonios Bewässerungssystem ist kaputt. Viele Rohrleitungen sind marode, und die Pumpe hat den Geist aufgegeben. Deshalb gieße ich die Bäume von Hand. Jede Menge Bäume.« Ich zeige ihr die Schwielen an meinen Händen.

»Du meine Güte!« Sie inspiziert meine Hände. »Du hast mehr Mumm als ich.«

»Außerdem organisiere ich Olivias Geburtstagsparty, ich hab dir davon erzählt. Wir halten sie in Antonios Scheune ab, und die räume ich gerade aus und mache sie sauber. Und abends spüle ich nach wie vor im Restaurant ab. Momentan kommen nicht viele Gäste, aber trotzdem muss die Arbeit erledigt werden. Und ich habe noch Zeit, um ...«

Ich halte inne, als mir aufgeht, was ich gerade sagen wollte. Niemand darf etwas von dem Tanzduell erfahren! »Um mein Spanisch zu verbessern«, sage ich rasch. Brenda scheint mein Zögern nicht bemerkt zu haben.

»Meine Güte, da hast du aber viel um die Ohren. Kirschbäume gießen? Wer hätte das gedacht?« Sie lächelt, nimmt eine E-Zigarette aus der Tasche und hält sie mit ihrer nussbraunen Hand an die Lippen. Sie inhaliert tief und pustet den Rauch von mir weg. »Ich habe aufgehört zu rauchen.« Sie nimmt noch einen Zug, und die Luft ist auf einmal von süßlichem Erdbeerduft erfüllt. »Nicht gut in Gegenwart von Enkelkindern«, erklärt sie. »Ich bin froh, dass du heute vorbeikommst. Ich will dich nämlich um einen Gefallen bitten. Aber vielleicht geht es gar nicht, weil du jetzt so viel zu tun hast.«

»Na ja, du weißt ja, was man sagt«, erwidere ich. Ich bin entzückt, dass ich vielleicht helfen und mich diesem Paar für seine Freundlichkeit erkenntlich zeigen kann. »Wenn du möchtest, dass etwas getan wird …«

»… frag eine viel beschäftigte Frau!«, ergänzt Brenda den Satz und verschwindet in einer Rauchwolke.

Harold ist hinter der Theke damit beschäftigt, die Pumpen zu reinigen, und hört Tom Jones, der von dem grünen, grünen Gras von daheim singt, und hat – wenn ich mich nicht täusche – feuchte Augen bekommen.

»Geht es Harold gut?«, frage ich Brenda.

»Ja, nun ja, nein … Das ist sein Lieblingslied. Er hat ein bisschen Heimweh, verstehst du?«

»Heimweh?«, wiederhole ich überrascht.

»Es liegt an der Jahreszeit. Er vermisst den Jahreszeitenwechsel zu Hause. Hier wird es einfach nur wärmer und dann richtig heiß. Versteh mich nicht falsch, er liebt das Leben hier, aber trotzdem wird er manchmal ein wenig schwermütig. Und jetzt noch die Sache mit dem Brexit und so … Na ja, ich glaube, er möchte nun wirklich zurück. Irgendwie scheint er zu glauben, dass wir nicht mehr hierhergehören. Er vermisst die Berge und die englische Landschaft.«

Ich betrachte die Betonbauten um mich herum und denke an die Hügel und Felder rund um Antonios Bauernhof, nur eine kurze Fahrt entfernt. Die Welt dort oben ist vollkommen anders als unten am Hafen.

»Oh, der arme Harold!«

»Ja, meine Liebe, genau darum geht es – ich dachte, wir könnten einen Abstecher nach Hause machen und unsere Tochter besuchen. Das Baby wird bald kommen, und wir könnten auch unsere anderen Enkel sehen. Mal sehen, was sie so machen. Bloß für eine Woche. Und wir könnten die Wohnungen besichtigen, die wir auf den Webseiten von *PrimeLocation* und *Rightmove* gesehen haben. Vielleicht schon mal eine Mietkaution für eine Wohnung hinterlegen, irgendwo in der Nähe unserer Enkel. Und schon mal Vorbereitungen treffen für den Umzug.«

»Hey, das klingt nach einer super Idee!«, sage ich und nippe an dem dicken Schaum auf meinem Kaffee. »Wenn ihr erst mal die Kaution hinterlegt habt, wird sich alles sehr real anfühlen.« Ich freue mich sehr für sie. »Dann wollt ihr also eine Woche zumachen?« Plötzlich stelle ich fest, dass ich sie vermissen werde, wenn sie bei meinen Ausflügen zum Hafen nicht mehr da sind. Sie sind für mich zu einer Art zweiten Familie geworden.

»Nein, nicht, wenn es sich vermeiden lässt. Es ist nicht gut, zuzumachen – man verliert dadurch Stammgäste, die dann woanders hingehen.«

»Stimmt.« Sie hat recht. Wenn ich die Bar übernehme, brauche ich die Stammgäste und den regelmäßigen Umsatz.

»Deshalb habe ich mich gefragt, ob du den Laden vielleicht schmeißen könntest, solange wir weg sind. Nur für eine Woche. Du würdest ein Gefühl für den Betrieb kriegen. Und dann können wir alles klären, was du nicht verstehst, wenn wir zurückkommen.«

»Das wäre großartig!« Meine Zukunft war zum Greifen nahe. »Aber ich kann Antonio nicht mit den Kirschbäumen allein lassen.« Ich kaue auf der Unterlippe. Und natürlich muss ich auch üben, die Party organisieren und den Schuppen in Ordnung bringen. Es wäre nicht möglich. Ich kann eigentlich auf keinen Fall weg. »Lass mich darüber nachdenken. Ich sage dir Bescheid«, sage ich und wünsche mir sehnlich, dass es eine Möglichkeit gäbe.

Als ich später am Nachmittag auf den Hof zurückkomme, nachdem ich E-Mails mit meiner Mutter ausgetauscht und ihr versichert habe, dass es mir gut geht und ich viel arbeite, stehen Antonio und Miguel draußen vor den Nebengebäuden. Antonio wirkt richtig glücklich, so habe ich ihn noch nie erlebt. Vielleicht hat Esmeralda das Tanzduell abgeblasen. Dann erkenne ich, dass sie die Pumpe beobachten, die geräuschvoll vor sich hin tuckert. Die beiden wirken wie stolze Eltern.

»Sie funktioniert!«, sage ich und gehe die Zufahrt entlang auf die beiden zu. Ich muss ebenfalls unwillkürlich grinsen.

»*Sí!*« Antonio breitet die Arme aus, als wolle er Gott danken, und strahlt mich an. »Ich habe ein bisschen Brennholz gegen die Ersatzteile eingetauscht. Alle wollen Kirschbaumholz als Brennholz. Es riecht so gut.« Ich stelle fest, dass der Holzstapel beinahe verschwunden ist, und hoffe, dass Antonio noch genug übrig hat. »Die Ersatzteile sind ein bisschen alt, aber für jetzt müsste es funktionieren«, fügt er hinzu.

»Heißt das, wir müssen nicht mehr von Hand gießen?«

»Für Miguel und dich? *Sí*, kein Gießen mehr! Und für Miguel bedeutet es, dass er mir dabei helfen kann, ein paar alte Bäume zu fällen und Brennholz zu hacken!« Er lacht und schlägt Miguel liebevoll auf die Schulter. Miguel verdreht die Augen, grinst und zuckt scherzhaft zusammen, als habe der Schlag weggetan. Es ist wunderbar, wie die beiden nun miteinander klarkommen. Ein warmes Gefühl durchströmt mich, weil ich die Zuneigung zwischen den beiden spüre.

»So.« Antonio klatscht in die Hände und richtet seine Aufmerksamkeit auf mich. »Jetzt üben wir, *sí*? Geht es dir besser?«

Ich nicke, obwohl meine Arme und Beine schon bei dem bloßen Gedanken an Training zu schmerzen beginnen.

Wir tragen die Pumpe an ihren Platz hinter dem Restaurant, und Antonio zeigt Miguel, wie er sie anschließen muss. Dann schalten wir sie ein und warten mit angehaltenem Atem, dass das Wasser durch die Rohrleitungen befördert wird und aus den Bewässerungslöchern sickert.

»Juhu!«, schreien wir, als es funktioniert wie geplant. Ich weiß, dass ich damit bezahlte Arbeit verliere, aber ich bin so dankbar, heute Abend nicht gießen zu müssen. Ich glaube, ich kann hören, wie meine Muskeln ebenfalls applaudieren.

»Okay, dann üben wir jetzt«, erklärt Antonio, als er sich davon überzeugt hat, dass die Bewässerung klappt.

Als Miguel sich entschuldigt, weiß ich, dass er sich mit Sophia treffen wird. Antonio fragt in seiner Begeisterung über die Wiederbelebung der Wasserpumpe nicht nach. Er legt den Kopf zurück, schließt die Augen und atmet tief durch – offenbar fühlt er sich verjüngt, nur weil er sich in seiner Kirschplantage aufhält. Seine Miene und seine Schultern wirken entspannt, der Kiefermuskel zuckt nicht mehr. Ganz anders als heute Morgen. Er reckt die Brust und rollt die Schultern zurück, dann schlägt er die Augen wieder auf.

»Manchmal muss man etwas mehr fühlen, als es zu sehen. Wie du mit dem Flamenco. Du willst unbedingt die Bewegungen lernen und sie dir einprägen. Du zählst den richtigen Takt, aber du kannst ihn noch nicht fühlen. Sieh mir zu.« Er bückt sich, zieht Stiefel und Socken aus, dann steht er barfuß im langen Gras, hebt die Ellbogen und beginnt mit den Fersen den Takt zu stampfen. »Ein Mann krümmt die Finger niemals wie eine Frau; er streckt sie einfach. Obwohl ich glaube, dass es sich dieser Tage ändert. Ein Zeichen unserer Zeit! Alles ändert sich.«

Er klatscht in die Hände und beginnt mit geschlossenen Augen zu singen, einen Song, der tief aus seinem Inneren kommt. Seine Stimme ist tief und heiser, und ich bleibe vor lauter Verblüffung wie angewurzelt stehen. Ich spüre etwas in dem Song und in dem Tanz, eine Sehnsucht und Liebe, die ich nicht in Antonio vermutet hätte.

»Nun du«, sagt er, als er fertig ist. Im Handumdrehen bin ich aus meinen Schuhen geschlüpft. Das lange Gras zwischen den

Kirschbäumen kitzelt an meinen Zehen, und unter den Fußsohlen spüre ich die Feuchte des Gießwassers. Mit jedem Aufstampfen meiner Fersen steigt frischer Grasduft auf. Ich möchte ein bisschen von dem fühlen, was Antonio gefühlt hat. Ich möchte lebendig sein.

»Jetzt zählen und klatschen wir. Mach die Augen zu und spüre die Erde unter deinen Füßen.« Er klatscht und singt wieder, und ich schließe die Augen und mache die ersten Schritte der *sevillana*. Zu Beginn zähle ich noch und bewege die Lippen dabei kaum, doch während ich seinem Gesang lausche, überkommt mich das Bedürfnis zu tanzen. Er steht hinter mir, an mich gedrückt, als wären wir die Häute einer Zwiebel. Ich spüre seinen Atem an meinem Nacken, während wir die Schritte tanzen und er weiter singt und klatscht. Ich fühle die Erde unter meinen Fußsohlen, die Feuchte, die erdige Energie, als wäre dies der Rhythmus, der die Welt dreht. Wir tanzen umeinander herum. Ich halte mein schlabberiges T-Shirt, als seien es die Rüschen eines Rockes; an meiner Haut fühle ich einen Luftzug, der bis zu meinen Brüsten aufsteigt und sie kribbeln lässt.

»Du musst den Tanz fühlen und dich fallen lassen. Hör auf, dich zu beherrschen«, sagt er, greift nach meinen Haaren, löst die Kordel und lässt meine Haare frei im Wind wehen. »Alles hat seinen natürlichen Rhythmus; du musst nur lernen, ihn zu spüren.«

Ich mache die Augen auf und sehe sein Gesicht dicht vor mir, spüre seinen Atem, seine Brust hebt und senkt sich im Rhythmus mit meiner, während wir immer schneller tanzen, fester klatschen, fester stampfen, bis ich glaube, ich kann nicht mehr. Es ist, als ströme aller Schmerz über Wills Treuebruch in einem einzigen Gefühlsausbruch aus mir heraus. Jedes bisschen Schmerz, Wut und Trauer. Und dann ist da noch die Sorge, was andere Leute über mich denken mögen; meine Scham, meine Enttäuschung, mein Scheitern. Jede Stichelei und jede herabsetzende Bemerkung, die ich je einstecken musste, befeuert meine Bewegungen und gibt mir Energie. Ich recke die Brust, hebe Kinn und Gesicht und nähere mich Antonio, bis wir uns fast berühren. Und in diesem Augenblick, in dem ich sämtliche Nervenenden spüre, wünsche ich mir mehr als alles andere, dass er seine Lippen auf meine legt und seinen Körper gegen meinen presst.

Ich fühle mich lebendiger als je zuvor. Beschwingt und befreit von allem, was mich je belastet hat. Ich möchte diesen Moment für immer leben. Ich spüre, wie meine Hüften sich auf ihn zubewegen, und schaue direkt in seine schokoladenbraunen Augen, als wären wir aneinandergekettet und könnten uns nicht mehr lösen. Unsere Lippen bewegen sich aufeinander zu. Es ist wie eine starke magnetische Anziehungskraft, gegen die man nicht ankämpfen kann. Es fühlt sich an, als würden mein Kopf und mein Bauch gleich explodieren wie ein Silvesterfeuerwerk. Ich warte darauf, von den leuchtenden Farben geblendet und durch den Lärm der Explosionen betäubt zu werden. Mein Kopf steht kurz davor, vor Ekstase zu platzen. Und dann plötzlich …

»Autsch!« Etwas trifft mich im Gesicht, und ich taumele rückwärts. Ich komme schlagartig zur Vernunft, als hätte mir jemand einen Eimer kaltes Wasser über den Kopf gekippt. Was wollte ich da gerade tun? Ich fühle mich, als hätte gerade jemand ein Überdruckventil geöffnet. Das Blut strömt wieder durch meinen Körper und bringt mich zur Besinnung. »Aua!« Schon wieder! Ich schaue mich um und rechne damit, Valentina zu sehen, die mich böse anstarrt und mit kleinen Steinen wirft. O mein Gott! Was ist mit Valentina? Was habe ich mir bloß dabei gedacht! Er ist ihr Freund!

Antonios Gesichtsausdruck spiegelt meine Gefühle wider, als wolle er sagen: »Wow! Was war das denn?« Dann blickt er sich ebenfalls um und beginnt zu strahlen.

»Das große Fallen!« Seine Augen funkeln vor Aufregung. »Es hat angefangen! Bald wissen wir, wie die Ernte ausfallen wird!«

Es war nicht Valentina, die mit Steinchen geworfen hat; es waren verblühte Kirschblüten, die von den Bäumen fallen. Gott sei Dank! Sie hat nicht gesehen, was beinahe passiert ist. Das Blut schießt mir vor Scham ins Gesicht, und ich stolpere rückwärts, bis ich an einem Baum stoße, an den ich mich anlehne. Das Gras unter meinen Füßen ist immer noch feucht, doch jetzt bringt es mich zurück auf den Boden der Tatsachen, statt mich mit neuem Leben zu erfüllen. Vorsichtig prüfe ich, ob jemand uns beobachtet hat. Dabei entdecke ich Valentinas kleines rotes Auto, das gerade auf den Parkplatz fährt. Mein Herz rast – *bumm, bumm!* –, als wolle es gleich explodieren.

Ganz bewusst versuche ich, ruhiger zu atmen, und werfe einen schnellen Blick auf Antonio. Ich habe keine Ahnung, was gerade passiert ist. Aber ich weiß, dass es nie wieder vorkommen darf! Mein Herz hat die Kontrolle über meinen Kopf und meinen Körper an sich gerissen und dafür gesorgt, dass Leidenschaft und Lebenslust von mir Besitz ergriffen haben. Es war der Flamenco, der diese Gefühle in mir wachgerufen hat! Gefühle, die ich gleich wieder wegschließen sollte. Hastig ziehe ich meine Schuhe an und schwöre mir, sie nie wieder auszuziehen, um barfuß in einer Kirschplantage zu tanzen. Die Erde und ihr verrückter Rhythmus! Was habe mich mir nur dabei gedacht! Mich so mitreißen zu lassen. Er muss mich für eine richtige Vollidiotin halten.

38. Kapitel

Das durfte nicht passieren. Nicht jetzt. Das Timing stimmte überhaupt nicht. Diese Frau war die Falsche! Sie mochten sich ja nicht einmal. Das war der Grund, warum er den Flamenco nie wieder in sein Leben hätte lassen sollen. Es führte nur zu Schwierigkeiten. Antonio war wütend auf sich selbst. Ihm war heiß, und er ärgerte sich, dass er den Gefühlen des Moments nachgegeben hatte.

Nach dieser lächerlichen Party für ihre Cousine wäre sie ohnehin nicht mehr hier. Sie würde gehen, und er bliebe zurück mit ... wahrscheinlich nichts, wenn es nach Esmeralda ging. Sein Bauernhof, sein Restaurant, seine Pferde – sein Sohn, den er gerade erst richtig kennenlernte: Alles würde weg sein. Er musste sich überlegen, wo er die Pferde unterbringen könnte. Das war es, worauf er sich nun konzentrieren musste. Er durfte nicht einmal daran denken, sich zu verlieben. Liebe war etwas für Idioten! Auf jeden Fall machte sie Idioten aus den Menschen.

Was auch immer da gerade passiert war, er durfte nicht zulassen, dass es sich wiederholte. Er konnte sich doch nicht in diese Engländerin verlieben! Aber eins muss man ihr lassen, dachte er, sie hat das Herz für den Flamenco. Und die Energie und den Instinkt. Die richtige Chemie war nicht zu leugnen. Wenn sie sich bloß mehr fallen lassen würde! Sie besaß *duende,* das spürte er. Sie fühlte die Seele des Songs, genau wie er. Aber es durfte nicht über diesen Tanz hinausgehen. Nur diesen einen Tanz konnte es geben. Schließlich war er mit Valentina zusammen. Er war nicht frei, um sich zu verlieben. Sein schlechtes Gewissen legte sich wie ein schweres Gewicht auf seine Brust.

Aber sie war auf jeden Fall bereit für den dritten und letzten Teil der *sevillana*. Der Teil, in dem sich das Paar schließlich ineinander verliebte, in dem die Leidenschaft lag. Er biss sich fest auf die Unterlippe. Er durfte das nicht zulassen. Sie mussten einfach bloß das Duell gewinnen. Vielleicht, ganz vielleicht besaß sie das, was man dafür brauchte. Durfte er es wagen, daran zu denken – daran, dass sie sein Zuhause und seine Lebensgrundlage retten konnten? Und dann würde Miguel vielleicht doch nicht fortgehen.

39. Kapitel

»Warte! Ich habe etwas für dich«, sagt Antonio und geht durch die Kirschplantage. »Etwas, was dir helfen kann.« Überall um ihn herum fallen kleine Knospen von den Bäumen. Sogar die Vögel haben aufgehört zu tanzen, um zu sehen, was mit den Kirschen passiert.

»Mir helfen?« Helfen wobei?, denke ich verzweifelt mit vor Scham brennenden Wangen. Wahrscheinlich etwas zum Knebeln, damit ich ihn auf keinen Fall küssen kann!

»Da oben. Komm mit!« Er zeigt Richtung *finca*.

Mein Herz galoppiert immer noch wie eines seiner Pferde unter dem Baldachin aus Kirschbäumen. Aber trotzdem folge ich ihm zu dem oberen Feld und meiner *finca*. Was hat er vor, will er mich auffordern, zur Abkühlung unter die kalte Dusche zu steigen? Er geht so schnell, dass ich fast laufen muss, um mitzuhalten. Suerte auf der Koppel sieht und erkennt ihn und wiehert. Ich bin verblüfft, wie eng seine Beziehung zu seinen Tieren ist.

Das Bewässerungssystem zischt und gießt die Bäume, Nahrung für die Kirschen, die bald reifen werden. Das Wasser sorgt dafür, dass sie gedeihen und so schmackhaft wie möglich werden. Wieder bin ich froh, dass ich heute Abend nicht das Gießen übernehmen muss. Da dieses Thema vom Tisch ist, könnte jetzt eine gute Zeit sein, um ihm von Harold und Brenda zu erzählen. »Übrigens, Antonio ... Freunde von mir unten am Hafen fahren eine Woche lang weg. Sie möchten, dass ich mich in der Zeit um ihre Bar kümmere – es handelt sich um die Bar, die ich gerne übernehmen möchte. Ich weiß, der Zeitpunkt ist nicht gerade günstig, aber wenn ich verspreche, weiterhin fleißig zu üben … Du könntest auch zu mir kommen. Das Bewässerungssystem funktioniert ja mittlerweile. Und ich hätte die Gelegenheit, die Vorbereitungen für die Party mit den Lieferanten abschließend abzustimmen …«

»Pst!« Er bleibt so abrupt stehen, dass ich beinahe gegen ihn pralle. Ich springe zurück. Immer noch kann ich das Pochen meines Herzens hören. Meine Nerven liegen blank, ich fühle mich wie elektrisch aufgeladen.

»Tut mir leid, es ist nur … Ich glaube, ich bin einfach aufgeregt. Es ist so eine gute Gelegenheit, die Bar kennenzulernen, bevor ich sie selbst übernehme …«

»Pst!«, sagt er wieder, diesmal etwas energischer. Meine Güte, wie kann dieser Mann in der einen Minute ein Lied singen, das mich fast zu Tränen rührt, und mich in der nächsten Minute mit seiner schroffen Art auf die Palme bringen? Er muss wirklich nicht so unhöflich sein.

»Hör mal, mir ist klar, dass der Zeitpunkt nicht günstig ist …«, fange ich wieder an, aber dann höre ich es auch. Ich erstarre, und mir wird eiskalt – so, als hätte jemand den Tiefkühlschrank aufgemacht.

Antonio verlässt den Weg und marschiert querfeldein auf die Scheune zu. Er springt die kleinen Mauern hinauf, die die angelegten Terrassen begrenzen, auf denen die Kirschbäume stehen.

»Nein, warte … Antonio!«, rufe ich ihm hinterher, aber das Klatschen und Stampfen ist deutlich zu hören. Der Rhythmus wird vom Wind durch die Kirschplantage zu uns geweht. Er ist unverkennbar.

Antonio dreht sich zu mir um, während ich versuche, ihm zu folgen. Steine rutschen unter meinen Füßen weg, als ich hinter ihm herhaste. Seine Augen schießen Blitze, aber er verschwendet keine Zeit damit, mich zu fragen, was ich weiß, sondern wendet sich wieder in Richtung Scheune, läuft noch schneller durch das feuchte, weiche Gras und schiebt die Zweige seiner geliebten Bäume zur Seite. Der Geruch der frisch gegossenen Erde in Kombination mit dem Maisonnenschein ist unverwechselbar, wie ein berauschender Cocktail, der mir in die Nase steigt, als ich so schnell wie möglich hinter Antonio herrenne. Dabei versuche ich die Worte zu finden, die ich gleich brauchen werde, und sie im Geiste in die richtige Reihenfolge zu bringen.

Als wir die Scheune erreichen, sind die Geräusche mehr als eindeutig: das Klatschen, das Stampfen und sogar Gitarrenklänge. Antonio wirft mir einen letzten bösen Blick zu, dann greift er nach der Türklinke und öffnet die Tür mit einem Ruck.

Miguel und Sophia erstarren mit erhobenen Armen. Sie stehen dicht voreinander, ohne sich zu berühren, das Kinn gereckt, doch jetzt schauen sie beide in Antonios Richtung. In der Ecke des Raumes entdecke ich einen Gitarrenspieler, den Mann, den ich im Club zusammen mit Miguel und Sophia gesehen habe. Er hört auf zu spielen, aber anders als die beiden jungen Leute wirkt er nicht ertappt. Sie rühren sich nicht und starren mit weit aufgerissenen Augen auf Antonio. Niemand sagt ein Wort, während wir die Atmosphäre des Raumes in uns aufnehmen, der immer mehr wie der rustikale, ländliche spanische Flamenco-Club von einst aussieht. Antonio wirkt, als wäre er seiner Vergangenheit begegnet, als hätte sie ihn eingeholt. Er betrachtet Miguel und Sophia, dann dreht er sich langsam zu mir um.

»Du hast davon gewusst«, sagt er leise mit heiserer Stimme. Miguel lässt die Arme sinken, ebenso Sophia, die vollkommen verängstigt aussieht. Nur der Gitarrenspieler bewegt sich nicht und macht auch keinen übermäßig besorgten Eindruck. Er sitzt auf seinem Stuhl und hält seine Gitarre auf den Knien.

»Ich …« Ganz kurz bin ich sprachlos, doch dann lodern die Flammen in mir auf. Ich bin total wütend. Was um alles in der

Welt ist auf der Kirschplantage bloß in mich gefahren? Antonio ist wirklich der letzte Mensch, dem gegenüber ich je meine Hemmungen verlieren will!

»Nein, warte! Es ist nicht Betis Schuld.« Miguel tritt vor und streckt eine Hand aus.

»Das darf nicht passieren!« Antonios Stimme wird plötzlich laut. Der Frieden, der zuvor über dieser ländlichen Idylle geherrscht hat, ist zerstört, das Zwitschern der Vögel ist verstummt. Ich dagegen habe endlich die Sprache wiedergefunden und kann nicht länger schweigen.

»Was meinst du damit, es darf nicht passieren? Das ist lächerlich! Sie tanzen doch nur, um Himmels willen. Sie nehmen keine Drogen. Du solltest dich freuen. Und übrigens, du tust es ja auch, du tanzt heimlich!«

»Das ist etwas anderes. Ich tue es nur, um meinen Hof zu retten, unser Zuhause. Natürlich bin ich nicht erfreut. Wenn das rauskommt, werden die Einheimischen mich meiden, und mein Geschäft ist am Ende.« Er verbirgt das Gesicht in den Händen.

»Sie sind bloß zwei junge Leute, die sich amüsieren, das ist alles. Sie richten keinen Schaden an. Du solltest dich freuen, dass Miguel und Sophia sich angefreundet haben und dass er ein Hobby gefunden hat.«

»Ein Hobby?« Antonio lässt die Hände sinken und starrt mich an. »Flamenco ist doch kein Hobby!« Röte ist ihm ins Gesicht geschossen, und an seinem Hals pulsiert eine hervorstehende Ader. Miguel legt Sophia beschützend den Arm um die Schultern und zieht sie an sich, während er einen winzigen Schritt zurücktritt.

»Wir lassen die jungen Leute nicht Flamenco tanzen. Man muss Lebenserfahrung haben, um den Tanz zu verstehen, seinen Schmerz, sein Leid. Miguel ist zu unreif, um es zu lernen.«

»Ach, du glaubst also, ich weiß nichts über Schmerz und Leid«, erwidert Miguel leise und wendet sich ab. Als er sich wieder umdreht, wird seine Stimme mit jedem Wort lauter. »Du weißt nichts! Du warst nicht mal dabei, als ich aufgewachsen bin!« Er schlägt wütend gegen einen Stuhl, der krachend umstürzt. Sophia macht einen Satz rückwärts.

»Miguel, nicht.« Ich schüttele den Kopf und versuche, ihn zu beruhigen. Er ist stocksteif und zittert am ganzen Körper. Sophia weiß ganz offensichtlich nicht, was sie tun soll. Als ich ihr zunicke, läuft sie zu Miguel, wirft ihm die Arme um den Hals und umarmt ihn fest.

Der Gitarrenspieler steht auf. Antonio starrt ihn an.

»Das hätte ich nicht von dir gedacht, Pedro, dass du ihnen das erlaubst! Und dann ausgerechnet hier!«

»Ich hatte mein Leben lang mit Flamenco zu tun, Antonio, und ich kenne dich schon von klein auf. Ich erkenne Leidenschaft und Schmerz, wenn ich sie vor mir habe.« Er schaut Antonio fest in die Augen. »Und ich erkenne Talent.« Er streift Miguel mit einem kurzen Seitenblick.

»Nein! Er darf nicht Flamenco tanzen. Dieser Tanz hat mein Leben zerstört. Ich werde nicht zulassen, dass er auch seines zerstört! Ich erlaube es nicht. Ich verbiete euch, euch weiterhin zu treffen.« Antonio deutet auf die beiden und wendet sich mit gesenktem Kopf ab.

Sophia sieht ihn an, Tränen laufen ihr über die Wangen. Sie löst die Arme von Miguel, der das Gesicht in den Händen vergraben hat, und läuft an uns vorbei aus der Scheune. Sie überquert die Felder und hält auf die weißen Häuser des nächsten Dorfes zu, das sich auf der anderen Seite des Tals an den Hügel schmiegt.

Antonios, dessen Atem sich etwas beruhigt hat, sagt mit immer noch gesenktem Kopf: »Es tut mir leid, Miguel. Aber ich muss es verbieten. In unser aller Interesse. Ich kann nicht noch mehr Risiken eingehen. Flamenco ist in unserem Dorf nach wie vor mit einem Bann belegt.«

Miguel lässt die Hände sinken und richtet sich auf. Er schaut in die Richtung, in die Sophia verschwunden ist. Er strafft die Schultern, aber er sieht Antonio nicht an.

»Wir werden alles verlieren, wenn wir den Flamenco wieder in unser Leben lassen. Ich habe gewusst, dass dieses Tanzduell eine blöde Idee ist! Du weißt nichts vom Flamenco oder darüber, wie die Dinge hier laufen!«, beschuldigt er mich.

Ich bin wütend im Namen von Miguel und Sophia. Der Zorn und die Ungerechtigkeit wühlen mich auf. Ich bin zwar selbst keine Mutter und werde wahrscheinlich nie eine eigene Familie haben, aber das Feuer in meinem Inneren brennt und lässt sich nicht ignorieren.

»Und du weißt eindeutig nichts darüber, was es heißt, Eltern zu sein!«, rufe ich lauter als je zuvor. Es ist heraus, bevor ich nachdenken kann. Meine Wangen glühen, und meine Augen blitzen. Als ich Antonio ansehe, weiß ich, dass ich ihn verletzt habe. Dass ich etwas Schreckliches gesagt habe. Das alles hat nichts mit mir zu tun. Ich bin nicht die Mutter dieses Jungen, ich bin bloß auf der Durchreise. »Es tut mir leid. Ich habe es nicht so gemeint. Es geht mich gar nichts an, es tut mir wirklich leid.«

»Deine Freunde«, erwidert Antonio bedächtig, »die, die wollen, dass du dich um ihre Bar kümmerst. Ich glaube, es wäre am besten, wenn du jetzt zu ihnen fährst. Meinst du nicht? Miguel kann deine Spülschichten übernehmen. Da kann er wenigstens nichts anstellen.«

Das muss er mir nicht zweimal sagen. Ich laufe zur *finca,* um ein bisschen Kleidung zusammenzupacken und mich von der Katze Ana zu verabschieden. Ich weine heiße Tränen der Wut in ihr weiches Fell.

»Und du hast dir den Alarmcode auch ganz sicher eingeprägt? Und vergiss nicht, wenn die Kühlschranktür klemmt, sprich Spanisch mit ihr. Darauf reagiert sie besser.«

»Macht euch keine Sorgen!« Ich winke lächelnd, als Harold langsam anfährt. Brenda hat das Fenster runtergelassen und will noch in letzter Sekunde sichergehen, dass sie nichts vergessen hat. »Los mit euch! Viel Spaß! Ich komme zurecht. Genießt die Zeit zu Hause mit eurer Familie.«

Als sie endlich weg sind, drehe ich mich um, bleibe stehen und lasse die Bar auf mich wirken. Die Cortijo Ana kommt mir sehr weit weg vor. Welten entfernt. Die Butterfly Bar ist wahrscheinlich nicht größer als das Wohnzimmer meiner Eltern, aber jetzt gehört sie mir ganz allein! Na ja, wenigstens für eine Woche. Und in drei Wochen – nach Olivias Party – wird sie mir richtig gehören.

Ich halte meine Gelddose in den Händen und betrachte sie. Inzwischen ist sie ziemlich voll, und das Trinkgeld wird auch helfen. Fast geschafft. Ich stelle die Dose neben die Kasse, dann verteile ich die Stühle um die Tische auf der Terrasse und arrangiere sie ein wenig um, damit mehr Bewegungsfreiheit entsteht. Brenda ist bestimmt einverstanden. Vor ihrer Rückkehr kann ich es auch wieder rückgängig machen.

Dann kontrolliere ich die Theke – die Kaffeemaschine, die Zapfanlage für Bier und Sangria, die Spirituosen – und bin bereit fürs Geschäft.

»Ach, mein erster Kunde!«, sage ich, als Craig hereinkommt und mich überrascht ansieht. Er gibt mir ein Begrüßungsküsschen, und ich bringe ihn auf den aktuellen Stand über Brendas und Harolds Reise nach England.

»Dann bist du also hier. Wie fühlt es sich an?«

»Fantastisch!«, antworte ich. »Sag nichts! Du möchtest ein Glas Weißwein mit jeder Menge Eis!«

»Braves Mädchen! So, als wäre es schon deine Bar.« Er nimmt seine Geldbörse mit Reißverschluss aus seiner Herrenhandtasche. »Trink was mit mir«, sagt er, und ich lache.

»Danke, ich halte mich an Kaffee.«

Während die Kaffeemaschine gurgelnd zum Leben erwacht, nehme ich ein großes Glas für Craigs Wein aus dem Regal. Beim Zubereiten und Servieren der Getränke ertappe ich mich im Laufe des Tages immer wieder dabei, wie ich in Gedanken den Rhythmus der *sevillana* zähle ... *Un, dos, tres.*

Als am Abend die letzten Gäste gegangen sind – zum Abendessen, in ihre Ferienwohnungen und in die Clubs –, stapele ich die Stühle, lasse den Rollladen herunter und schließe die Tür ab. Nachdem ich mir ein großes Glas Wein eingeschenkt habe, steige ich die Treppe zu der kleinen Wohnung hinauf. Sie ist zum Bersten voll mit Deko, aber das vordere Fenster geht aufs Meer hinaus, eine atemberaubende Aussicht, an der ich mich gar nicht sattsehen kann. Meine Gedanken wandern wieder zur Cortijo Ana. Wie es Miguel wohl geht? Und Sophia? Ist Valentina jetzt noch wütender, weil ich nicht mehr da bin und die Scheidung nicht so bald stattfinden wird? Lässt sie ihren Frust an Miguel aus?

Schuldgefühle plagen mich, wenn ich daran denke, dass ich Miguel alleine gelassen habe; außerdem habe ich ein schlechtes Gewissen, wenn ich daran denke, dass Antonio und ich uns auf der Kirschplantage beinahe geküsst hätten. Valentina ist zwar nicht meine Freundin, aber sie hat es ganz sicher nicht verdient, dass ich mich an ihren Freund ranmache. Ich weiß ganz genau, wie sich das anfühlt, weil mir Olivia mit Tom genau das angetan hat. Meine Gedanken wandern zu Antonio, der die Last der ganzen Welt auf den Schultern trägt und wohl bald seinen Hof und seine Pferde verlieren wird. Die Katze Ana fällt mir ein: Ob sie sauer ist, dass ich nicht da bin? Und obwohl ich erschöpft bin und am liebsten sofort ins Bett möchte, recke ich den Kopf, drücke die Brust raus und beginne zu üben. Ich kann nicht anders. Ich habe keine Ahnung, ob ich diesen Tanz je tanzen werde, doch ich kann dem Drang nicht widerstehen – ich sehne mich nach der Befreiung und der Energie, die ich daraus schöpfe.

In den nächsten Tagen verfalle ich in eine einfache Routine, ähnlich wie in der Zeit auf dem Bauernhof, und wieder bin ich dankbar dafür. Sie hält mich davon ab, über die Geschehnisse nachzugrübeln. Ich stehe auf, bereite die Bar vor und öffne sie; am Abend, als die frühabendlichen Gäste zum Abendessen gehen, überprüfe ich die Vereinbarungen mit den Lieferanten für die Party und beantworte Olivias Flut an E-Mails zu Themen wie Fotograf und Farbe der Servietten. Da ich hier unten am Hafen bin, kann ich alles persönlich absprechen.

Danach fange ich an zu üben. Ich habe bemerkt, dass der Boden in der Bar besonders gut für das Aufstampfen geeignet ist. Die körperliche und geistige Anstrengung des Tanzens sorgt dafür, dass ich nachts nicht wach liege und ständig darüber grübeln muss, wie es am Ende der Woche weitergehen wird. Kann ich zurück zum Hof? Wird das Tanzduell stattfinden? Werde ich die Menschen dort je wiedersehen?

An einem Abend, als ich gerade schließen will, ist das große Bierfass leer. Ich muss es austauschen. Es hat keinen Sinn, bis morgen damit zu warten, wenn die Gäste schon da sind. Ich gehe in den Keller und versuche mich zu erinnern, was ich tun muss. Die Arbeit ist schwer und anstrengend, und ich bin erschöpft, aber ich glaube, ich habe es geschafft, das neue Fass anzuschließen. Ich schnappe mir eine Kiste Tonic Water, trage sie hinauf in die Bar und stelle sie bei den Regalen ab. Sieht so aus, als seien meine Muskeln kräftiger geworden. Das muss vom Gießen der

Kirschbäume kommen, denke ich. Oder vom Flamenco? Ich verdränge den Gedanken und gehe zum Zapfhahn, um das Fass anzuzapfen, wie Harold es mir gezeigt hat. Dabei zischt und spritzt der Zapfhahn und durchnässt mich mit Bier.

»Verflixt!« Ich bin erschöpft und nass von Kopf bis Fuß. Das hat mir gerade noch gefehlt! Vielleicht sollte ich mir heute mal einen freien Abend ohne Flamenco gönnen. Einfach nur duschen und danach vor dem Fernseher abhängen. Eine richtige Pause.

Aber als ich die Stühle draußen zusammenräumen will, spaziert eine laute, leicht verlottert wirkende Gruppe junger Leute in zerrissenen Jeans, verwaschenen T-Shirts und Lederjacken auf die Bar zu. Sie sind ungefähr in meinem Alter, vielleicht ein bisschen jünger. Ich kann jetzt noch nicht zumachen, denke ich, das Geschäft muss ich mitnehmen. Ich möchte Brenda und Harold zeigen, dass ich die Bar problemlos allein führen kann. Und das bedeutet, dass sie bei ihrer Rückkehr eine gut gefüllte Kasse vorfinden sollen.

Ich wasche mir Hände und Arme, drehe meine Haare zusammen und binde sie hoch, was nun geht, weil sie stark gewachsen sind, und ignoriere den großen Bierfleck auf meinem T-Shirt. Es ist ein milder Abend. Die Tage und Nächte werden zunehmend wärmer, und meine Haut glänzt von der schweißtreibenden Tätigkeit.

Die Gruppe zieht sich Stühle heran und setzt sich laut lachend und scherzend um einen Tisch. Ich mustere sie kurz. Eine Frau kommt mir bekannt vor, groß, blond, in ausgefransten Jeans-Shorts. Ich schnappe mir ein Tablett und fülle eine Schale mit Erdnüssen. Woher kenne ich diese Frau? Lange, gebräunte Beine mit Fußkettchen ... wer ist sie? Vielleicht finde ich es heraus, wenn ich die Bestellung aufnehme. Ich straffe die Schultern und hebe den Kopf an, als ich auf die blonde Frau zugehe. Aber sie sitzt nicht auf einem Stuhl, sondern auf dem Schoß eines Mannes. Er ist groß, trägt verwaschene Jeans mit Löchern und unterhält sich mit seinem Nachbarn, fast verdeckt von der blonden Mähne des Mädchens.

»Was kann ich euch bringen?«, frage ich.

In diesem Moment passieren zwei Dinge. Erstens: Ich erkenne die junge Frau. Und zweitens: Der Mann, auf dessen Knien sie sitzt, dreht sich um, und meine ganze Welt gerät ins Wanken. In meinem Kopf läuten Alarmglocken und teilen mir mit, dass es sich nicht um eine Übung handelt. Das ist es! Der Moment, auf den ich seit Wochen hoffe und warte, um den ich gebetet habe.

»Beti?«, sagt er überrascht. »Ich dachte, du wärst ... woanders.«

»Hallo, Will«, erwidere ich. Mein Mund fühlt sich ganz trocken an.

40. Kapitel

Er steht so schnell auf, dass die blonde Frau zu ihrem Ärger beinahe von seinen Knien fällt.

»Ich dachte, du wärst weg ...« Er sieht sich um. Offensichtlich hat er nicht damit gerechnet, mich hier zu sehen, in der Bar, die wir gemeinsam übernehmen wollten. »Wow, dann ... dann hast du ... du weißt schon, du hast es geschafft?«, stammelt er schockiert. »Ich hätte nicht gedacht, na ja ... dass du das durchziehst. Ganz allein, wie ...« Er verstummt.

Ich antworte nicht. Ich muss erst verarbeiten, dass Will direkt vor mir steht. Er sieht aus wie immer, nur ein bisschen gebräunter. Obwohl ich ihn auf dem falschen Fuß erwischt habe, ist er nach wie vor der lebenslustige, unbeschwerte, charmante Will in seinem Rolling-Stones-T-Shirt und mit den geflochtenen Armbändern. Ohne die steifen Anzüge, die er bei der Arbeit trug, ist er sogar noch attraktiver. Der Mann, den ich heiraten, mit dem ich eine Familie gründen, mit dem ich diese Bar führen wollte. Bierfässer austauschen, Tische abräumen, Kasse machen und nach einem anstrengenden Arbeitstag noch einen Absacker mit Blick aufs Meer genießen. Ich hatte mir ganz bestimmt nicht vorgestellt, dass wir uns einmal wie vollkommen Fremde gegenüberstehen würden, während seine neue Freundin neben uns vor Wut kocht.

»Das ist Freya«, sagt er schließlich und versucht es klingen zu lassen, als wäre es die natürlichste Sache auf der Welt, obwohl man ihm deutlich ansieht, wie unbehaglich er sich fühlt. Gut, denke ich. Doch ich habe keine Ahnung, was ich nun tun soll. Laufe ich in die Bar, lasse den Rollladen runter und sage der Gruppe, dass wir geschlossen haben, oder bleibe ich einfach stehen und fühle mich wie der letzte Idiot? Plötzlich höre ich Antonios Stimme in meinem Kopf: »Sei stolz!«, und im Hintergrund beginnt das Zählen. Durch das Geräusch seiner klatschenden Hände klingen die Worte, und ich hebe den Kopf ein bisschen an. Es ist schließlich nicht so, als hätte *ich* etwas falsch gemacht.

»Hi.« Freya streckt eine Hand aus und lächelt so selbstgefällig, dass ich das Kinn noch ein bisschen mehr recke, obwohl mir die Knie zittern wie Brendas Winkearme. Vor ein paar Wochen noch wäre ich wahrscheinlich weglaufen und heulend zusammengebrochen. Aber jetzt scheine ich stärker zu sein und fühle mich resoluter, so als gehörte ich hierhin. Ich sage nichts. Stattdessen straffe ich die Schultern, strecke die Brust heraus und finde mein Gleichgewicht, indem ich eine Hand in die Hüfte stemme. Und auf einmal fühle ich es. Ich bin stolz. Obwohl eine winzige Stimme in meinem Kopf mir erzählen will, dass ich lächerlich wirke, ist Antonios Stimme lauter.

»Das ist die Band.« Will deutet mit einer unbeholfenen Geste auf die Gruppe. »Die Band, mit der ich ...« Er verstummt und zieht seine Jeans am Bund hoch. »Ich dachte, du wärst irgendwo anders ... in einem Restaurant. Ich habe die Bilder gesehen, die Olivia online gestellt hat. Sieht super aus! Ich habe gemeint, da bist du nun, nachdem ich ...«

»Nachdem du mein Bankkonto geplündert und mit einer anderen abgehauen bist?« Ich schaue Freya an, die sich dem Anschein nach auch äußerst unwohl fühlt. Ich kann nicht fassen, dass ich das tatsächlich ausgesprochen habe! Ich habe keine Ahnung, woher das kam, aber es fühlt sich gut an.

»Warte! Ich kann es dir erklären ...« Er kommt auf mich zu, als wolle er mich außer Hörweite seiner Freunde bugsieren.

»Lass mich erst mal eure Getränke holen.« Ich habe alles unter Kontrolle und verschaffe mir eine Atempause. Mein Herz pocht heftig, und meine Knie sind immer noch weich, doch nach außen agiere ich überaus cool. »Sei stolz!«, wiederholt Antonios Stimme in meinen Kopf, und diesmal kann ich die Billigung darin hören.

Ich gehe von einem zum anderen, nehme die Bestellungen auf und notiere sie auf meinem Block. Ich kann mich nicht darauf verlassen, mir alles zu merken, wenn sich in meinem Kopf eine Art Autounfall abspielt. »Will ist zurück!«, schreit eine Stimme und kollidiert mit Antonios harschem Bellen.

Ich bin dankbar, dass meine Beine funktionieren, als ich in die Bar gehe. Die Bandmitglieder stecken die Köpfe zusammen und unterhalten sich leise. Will folgt mir und bleibt vor der Theke stehen. Mein Herz schlägt so laut, dass ich glaube, er müsse es hören. Es ist derart seltsam. So habe ich mir das nicht vorgestellt, er auf der einen Seite der Theke und ich auf der anderen. Ich nehme ein Glas und beginne, ein Bier zu zapfen.

»Meine Güte, Beti, wenn ich gewusst hätte, dass du hier bist, wären wir nicht gekommen. Ich meine … Oh Gott.« Er rauft sich die dunklen Haare, was für die strubbelige Bettfrisur sorgt, an die ich mich so gut erinnere. »Ich hätte es dir nicht unter die Nase gerieben, wenn ich gewusst hätte, dass du hier bist. Ich wollte nicht, dass das alles passiert. Ich komme mir vor wie ein Vollidiot.«

Ich atme tief durch. Wenigstens fühlt er sich schlecht.

»Du siehst, ähm, richtig gut aus«, sagt er. »Aber das willst du bestimmt nicht von mir hören.« Er fährt sich wieder mit der Hand durch die Haare, die andere hat er in der Hosentasche vergraben. Unbehaglich sieht er sich um.

Will ist hier und sagt mir, dass ich gut aussehe. Er hat Notiz von mir genommen. Mein verräterisches Herz macht einen kleinen Satz, aber ich schweige. Ich kann nichts sagen, in meiner Zunge ist ein Knoten.

»Also …«, beginnt er vorsichtig, »machst du das hier mit jemandem zusammen?«

Ich sollte eigentlich mit dir zusammen hier sein!, hätte ich am liebsten geschrien. *Du hast mein Geld und meine Träume gestohlen!* Stattdessen antworte ich: »Nein, nur ich allein.« Ich schulde ihm schließlich keine Erklärung.

Er nickt ein bisschen zu heftig. Meine Hände zittern, und der Schaum auf dem Bier läuft über und rinnt am Glas hinunter. Doch Will scheint es nicht zu bemerken. Er ist zu sehr damit beschäftigt, sich umzusehen und seine Gedanken zu ordnen.

»Hör mal, Beti.« Er dreht sich wieder zu mir um. »Es tut mir leid, wirklich. Ich bin … ich bin in Panik geraten. Ich wusste nicht, wo mir der Kopf steht, ich hab dich im Stich gelassen. Du bist der letzte Mensch, der es verdient, so behandelt zu werden. Ich schäme mich dafür, aber ich habe kalte Füße bekommen – wegen allem. Ich habe das Geld genommen, es verspielt, und dann bin ich abgehauen. Ich weiß, wir haben immer darüber gesprochen, uns hier niederzulassen und zusammen ein neues Leben zu beginnen, als es dann allerdings so weit war, bin ich durchgedreht. Mein Gott! Ich war so ein Idiot. Ich hatte alles und habe es mir durch die Lappen gehen lassen …«

Er sieht mich an – diese vertrauten Augen, dieses vertraute Gesicht. Mein Will. Doch mir fehlen die Worte. Wie kann ich ihm sagen, dass ich trotz allem, was er getan hat, so weitermachen möchte wie vorher?

»Ich gebe dir das Geld zurück, Beti. Ich werde alles dafür tun. Schau …« Er zieht seinen Geldbeutel aus der Gesäßtasche, nimmt dreißig Euro heraus und hält mir die Scheine hin. Ich betrachte das Geld. Dreißig Euro! Was für eine Frechheit! Ich nehme das Geld nicht, ich kann nicht. Eine Hand habe ich am Zapfhahn, in der anderen halte ich ein Glas.

Er legt das Geld auf die Theke. »Das ist bloß ein Anfang. Ich habe Arbeit. Ich kann dir das Geld zurückzahlen, ich brauche nur Zeit.«

»Arbeit? Hier?« Die Worte entschlüpfen mir ohne mein Zutun.

»Mit der Band im Club. Die Saison beginnt bald. Wir haben heute Nachmittag mit dem Besitzer gesprochen.«

Mein Gehirn verarbeitet mühsam die Tatsache, dass Will hier ist. Will ist hier, und meine aus den Fugen geratene Welt scheint sich wieder zu stabilisieren. Aber sie wird erneut durchgerüttelt, als mir klar wird, dass es nicht bloß um das Geld geht. Er ist mit einer anderen Frau hier. Er ist nicht zu mir gekommen.

»Und Freya?«, bringe ich schließlich hervor.

»Freya, ja ... wir sind irgendwie zusammengekommen ... nachdem wir beide Schluss gemacht hatten ...«

»Nachdem du mir eine Nachricht geschrieben hattest, meinst du?« Das Feuer in mir beginnt wieder zu lodern, die Flammen schlagen immer höher, als wäre in mir eine Sicherung durchgebrannt.

»Ich hätte dich anrufen sollen ... oder warten. Dir erzählen, was ich getan habe. Ich bin einfach in Panik geraten und weggelaufen ... Hör mal, Beti, wenn ich die Uhr doch nur zurückdrehen könnte ... Ich bin so ein Idiot!«

»Ja, das bist du«, sage ich unwillkürlich und betrachte seine verwuschelten Haare und die um Verzeihung bittenden blauen Augen. Als sich unsere Blicke begegnen, ist es, als ob ein Kompass sich wieder auf der Ausgangsposition einpendeln würde.

»Alles in Ordnung?« Freya schlendert mit aufreizend schwingenden Hüften in die Bar und sorgt dafür, dass Will herumwirbelt. Draußen hat die Band ihr lautes, übermütiges Geplänkel wieder aufgenommen, als sie eine Gruppe vorübergehender Einheimischer begrüßen, denen sie offenbar zuvor schon mal begegnet sind. Alles und jeder in Spanien ist laut, habe ich festgestellt. Es liegt daran, wie sie sagen: *Ich hasse dich, ich liebe dich, ich bin glücklich, ich bin traurig.* Sie sagen es laut und deutlich und lassen nicht zu, dass sich etwas anstaut.

»Ich dachte schon, du hättest dich verlaufen.« Freya lächelt und wickelt sich förmlich um Will, der so aussieht, als fühle er sich genauso unbehaglich wie ich.

»Nein, ich habe nur bei der Vorbereitung der Getränke geholfen. Komm, lass mich mal.« Er will um die Theke gehen und das Tablett ergreifen.

»Nein, danke«, sage ich energisch und weise ihn damit in seine Schranken. »Es ist gut, ich komme alleine zurecht.« Und das habe ich auch geglaubt – dass ich gut allein zurechtkomme, hier in der Butterfly Bar –, bis er wieder aufgetaucht ist!

»Du scheint dich hier richtig zu Hause zu fühlen«, sagt Will mit einem Lächeln der Bewunderung und des Bedauerns, als Freya wieder raus zu den anderen geht.

»Das tue ich auch«, antworte ich. Und das meine ich so.

Ich bringe das Tablett nach draußen, verteile die Getränke und lege die Rechnung auf den Tisch. Dann kehre ich in die Bar zurück, nehme das Geld, das Will auf die Theke gelegt hat, und stecke es in meine Gelddose. Sie sieht inzwischen recht gut gefüllt aus.

Ich beobachte die Gruppe draußen vor den Glastüren. Freya hält Wills Hand, was mich ein bisschen benommen macht. Das ist die Hand meines Verlobten, die Hand, die fünf Jahre lang mir gehört hat! Doch jetzt sind wir wie Fremde. Will sieht aus, als würde er zuhören, und lacht im richtigen Moment, aber dann wirft er plötzlich einen Blick durch die offenen Türen auf mich, und alles fühlt sich wieder an wie früher. Ich schnappe nach Luft, und mein verräterisches Herz macht einen Satz. Verdammt! Ich bin ganz und gar nicht über ihn hinweg. Ich glaube, ich liebe ihn immer noch.

Sie bleiben nicht auf einen zweiten Drink. Als sie aufstehen, gehe ich hinaus, um die Gläser abzuräumen. Freya dreht sich um und schaut Will an, der noch zurückbleibt, als die anderen sich zum Gehen wenden.

»Ich komme gleich nach«, sagt er mit starker Bristoler Färbung zu ihr. Freya wendet sich zögernd ab und folgt der Gruppe. Sie lacht mit ihnen und gibt sich ein bisschen zu viel Mühe, so zu wirken, als wäre sie mit der Welt im Reinen. Langsam schlendert die Gruppe auf die offenen Türen des Pink Flamingo zu.

»Beti, es tut mir so leid«, sagt Will rasch und greift zu meiner Überraschung nach meiner Hand.

»Was denn?« Ich höre meine eigene kräftige Stimme und erkenne sie kaum wieder. »Dass du mein Geld gestohlen hast, dass du mich betrogen hast, dass du meine Träume zerstört hast?« Die letzten Worte bleiben mir beinahe im Hals stecken, doch ich recke das Kinn. Ich habe entdeckt, dass die Tränen auf diese Weise nicht kullern.

»Alles.« Sein Blick wird sanft. »Ich würde alles dafür tun, es wiedergutzumachen.«

Ich betrachte sein vertrautes Gesicht, das Gesicht, das ich fünf Jahre lang jeden Morgen beim Aufwachen gesehen habe. So oft habe ich in den vergangenen acht, fast neun Wochen, seit er weg ist, davon geträumt. Er mag zwar ein Idiot sein, aber immerhin war er mein Idiot! Vielleicht habe ich deshalb seine Sachen aus dem Apartment aufbewahrt: die Batman-Socken, das Haarwachs und die anderen Dinge, die nach wie vor unten im Kleiderschrank in der *finca* liegen. Weil ich noch nicht richtig loslassen konnte.

Er drückt meine Hand, wünscht mir Gute Nacht und dreht sich um, um den anderen zu folgen. Als er noch einen Blick über die Schulter wirft, sieht er aus wie ein begossener Pudel. Am liebsten wäre ich ihm hinterhergelaufen, um ihm zu sagen, dass alles gut wird. Wir bekommen das hin, ich habe einen Plan. Aber als er die Gruppe erreicht, legt Freya besitzergreifend den Arm um ihn und schenkt mir einen Blick, der mich in meine Schranken weist.

Ich trage die leeren Gläser ins Haus, schnappe mir ein Tuch und wische den Tisch ab. Die Bandmitglieder haben sich vor dem Club versammelt, wo sie reden und scherzen. Freya hat sich bei Will untergehakt. Ich bleibe stehen und schaue rüber. Er hat den Kopf gesenkt und beteiligt sich nicht. Ich frage mich ... ich frage mich, ob er es ernst gemeint hat. Ob er tatsächlich zu dem zurück möchte, was wir zusammen hatten. Möchte er, dass alles so wird, wie wir es geplant haben? Könnte es sein ... gibt es eine Chance, dass er diesen Teil unserer gemeinsamen Geschichte ausradieren möchte, dass wir es eines Tages als vorübergehende Phase betrachten werden? Dass wir unser Leben hier in der Butterfly Bar leben, wie wir es uns ausgemalt hatten?

Ich spüle die Gläser, wiederhole im Geiste seine Worte und versuche, zwischen den Zeilen zu lesen. Gibt es etwas, was mir sagt, dass er mich vermisst? Er hat gesagt, er würde alles tun, um die Uhr zurückdrehen zu können. Aber was denke ich mir nur? Er ist inzwischen mit Freya zusammen. Wie man sich bettet, so liegt man. Wut steigt in mir auf. Er hat mich im Stich gelassen und mein Konto leer geräumt, und jetzt taucht er hier mit der Frau auf, mit der er noch in derselben Nacht, in der er mich verlassen hat, im Bett gelandet ist. Was denke ich mir bloß? Auf keinen Fall sollte ich ihn zurückwollen.

Ich lasse die Gläser ins Spülwasser plumpsen. Es ist zu heiß, doch das ist mir egal; es lenkt mich von meinem Herzschmerz ab. Wills Anwesenheit hat alles wieder aufleben lassen. Ich habe geglaubt, mir ginge es gut und ich wäre über ihn hinweg. Aber was, wenn das nicht der Fall ist; was, wenn er trotz alledem der Richtige ist? Als ich kaltes Wasser laufen lasse, brennen meine Hände. Der Schock lässt mich zittern. Ich lasse die Schultern hängen, mein Kopf sinkt auf die Brust, und ich weine die Tränen, von deren Existenz ich gar nichts gewusst habe.

Plötzlich höre ich ein Geräusch, und mein Herz macht einen Satz. Jemand hat die Bar betreten. Es gibt nur eine Person, die mir in den Sinn kommt, und sie ist während der letzten Stunde schon dort gewesen und hat mir keine Ruhe gelassen. Was, wenn es Will ist? Was, wenn er mir noch etwas zu sagen hat? Oder ist er zurückgekommen, um mir mitzuteilen, dass Freya und er ein richtiges Paar sind? Vielleicht will er mir Fotos von dem neuen Heim zeigen, das er mit ihr zusammen kaufen will, für ihre zukünftigen Kinder und den Hund, den ich immer haben wollte. Oder könnte es sein … könnte es sein, dass er zurückgekommen ist, um mir zu sagen, dass er einen Fehler gemacht und nun begriffen hat, dass ich die Richtige bin?

Mein Herz pocht wie verrückt. Ich nehme ein Handtuch und wickele es mir um die Hand, dann wische ich mir die Tränen aus dem Gesicht. Ich will nicht, dass er mich so sieht.

»Wir haben geschlossen, tut mir leid!«, rufe ich und hoffe, dass er weggeht und irgendwann wiederkommt, wenn ich nicht so schrecklich aussehe; hoffentlich versteht er nicht, dass es seinetwegen ist.

Aber es antwortet niemand.

»Ich kann jetzt nicht reden, Will. Komm morgen wieder«, sage ich und schiebe mich näher an die Tür.

»Ich bin nicht gekommen, um etwas zu trinken«, sagt eine raue Stimme. Mir bleibt fast das Herz stehen.

Es ist nicht Will, ganz und gar nicht.

41. Kapitel

»Antonio?«, frage ich. Plötzlich ist es mir egal, wie ich aussehe. Ich komme aus der Küche – ich fühle mich sehr unbehaglich. Die Scham darüber, dass wir uns beinahe geküsst hätten, lässt meine Wangen brennen, und mein Groll wegen des Streits um Miguel ist so frisch, als wäre er noch im Gange. Antonio scheint sich genauso unwohl zu fühlen wie ich. Wir starren uns quer durch die Bar an, und meine Wut kocht wieder hoch. Warum ist er hier? Plötzlich schießt mir ein Gedanke durch den Kopf, der meine Wut schlagartig verpuffen lässt.

»Antonio, was ist los? Ist etwas mit Miguel?« Rasch durchforste ich sein Gesicht nach einem Anhaltspunkt.

»Miguel geht's gut«, sagt er und nickt zur Bekräftigung. Meine Panik verebbt. Doch dann runzelt er besorgt die Stirn. »Ganz anders als dir, wie es aussieht.« Er stellt den kleinen Koffer, den er mitgebracht hat, neben einem Tisch ab. »Ich bin gekommen, um mich zu entschuldigen. Du hattest recht. Ich bin kein guter Vater. Es tut mir leid, dass ich dich angeschrien habe. Ich möchte dich bitten, zurückzukommen.«

Mein Herz schlägt einen Salto rückwärts, genau wie bei Wills Auftauchen.

»Genau genommen war es Miguel, der mich aufgefordert hat, zu dir zu gehen.« Ich höre das Lächeln in seiner Stimme. Der gute alte Miguel, er hat mehr Verstand als wir alle anderen. »Ich habe mich bei ihm entschuldigt, außerdem habe ich Sophias Familie besucht. Aber ich muss darauf bestehen: Auf meinem Land wird kein Flamenco getanzt. Ich kann nicht riskieren, Miguel an diesen Tanz zu verlieren. Nicht, wo ich ihn gerade erst wiedergefunden habe. Ich möchte ihn doch nur beschützen, aber ich habe es falsch angepackt.«

Zwei Männer entschuldigen sich an ein und demselben Tag bei mir, denke ich und hole zitternd Luft. Ich versuche zu lächeln, zucke allerdings stattdessen zusammen.

»Was ist los, was ist mit dir?« Er kommt um die Theke herum, und ich halte ihn nicht auf, wie ich es mit Will gemacht habe.

»Nichts, nichts, ich habe mir bloß ein bisschen die Hand verbrüht«, antworte ich und halte das Handtuch fest.

Er will meine Hand nehmen. Zuerst weigere ich mich, doch er sieht mich streng an, bis ich aufhöre zu protestieren. Er löst das Handtuch und betrachtet aufmerksam meine Hand. Genau so hat er es mit der Wasserpumpe getan.

»Wie war das große Fallen? Ist es vorbei?«, frage ich in einem Versuch, mich selbst von seinem intensiven Blick abzulenken – und von der Tatsache, dass mein Inneres dahinschmilzt und ich nicht weiß, warum das so ist. Offensichtlich wirkt Wills Auftauchen immer noch nach.

»*Muy bien.*« Er schaut auf, lässt meine Hand aber immer noch nicht los. »Sehr gut«, übersetzt er. »Wir werden eine gute Ernte bekommen, eine richtig gute. Vielleicht gibt es dieses Jahr sogar genug Kirschen, um ein bisschen Kirschlikör zu machen.«

»Super!«, erwidere ich, einen Moment später geht mir allerdings plötzlich auf, dass ich nicht dabei sein werde. Ich werde hier sein, sage ich mir entschlossen, in der Butterfly Bar. »Dann musst du mir welchen vorbeibringen.«

Er sieht mich an, dann lässt er den Blick durch die Bar schweifen, sagt jedoch nichts zu diesem Thema. Stattdessen richtet er seine Aufmerksamkeit wieder auf meine Hand.

»Es ist nicht so schlimm. Hier, lass kaltes Wasser drüberlaufen.« Er bringt mich zum Spülbecken, dreht den Wasserhahn auf und hält meine Hand unter den Strahl. »So, erzählst du mir jetzt, was dich wirklich so aus der Fassung bringt?«

Er lässt meine Hand los und geht zur Theke, wo er die Brandy-Flasche findet – den guten unter der Theke. Er schenkt eine großzügige Menge der bernsteinfarbenen Flüssigkeit in zwei große, ballonförmige Gläser. Ich drehe den Wasserhahn zu und folge Antonio zum Tisch vor der Terrassentür, von wo aus man auf den Platz schauen kann. Er nimmt zwei Stühle vom Stapel und bedeutet mir mit einer Handbewegung, Platz zu nehmen.

Ich tue wie geheißen, obwohl ich keine Ahnung habe, warum. Ich weiß nicht, warum ich auch nur die Hälfte von dem mache, wozu Antonio mich auffordert. Warum habe ich ihn nicht aufgehalten, als er hinter die Theke gegangen ist? Das ist mein Platz, da gehört sonst niemand hin. Trotzdem setze ich mich. Meine Hand ist noch rot, brennt aber nicht mehr.

»Hier, trink das.« Er schiebt mir das Glas über die glänzende Tischplatte zu.

Ich nehme es und halte es gegen das Licht. Dahinter sehe ich, wie Will und Freya in den Club gehen. Plötzlich dreht Will sich um und schaut in meine Richtung. Meine Wangen brennen. Ich nehme einen großen Schluck Brandy, um mein Erröten zu verbergen, und muss husten. Antonio ist nichts entgangen. Er folgt meinem Blick hinüber zu Will, der gerade durch die Tür verschwindet. Er hat Freya eine Hand auf den Rücken gelegt, wie er es auch immer bei mir zu tun pflegte.

»Also?« Antonio greift nach seinem Glas. »Wer ist Will?«

Ich trinke noch einen Schluck, diesmal einen kleineren, und finde endlich meine Sprache wieder.

»Er war mein Verlobter … der Grund, warum ich nach Spanien gezogen bin. Der Grund, warum ich in deinem Restaurant gelandet bin. Der Grund, warum ich meiner Familie nicht beichten kann, dass ich alles verloren habe. Dass ich alles in den Sand gesetzt habe.« Ich nippe erneut an meinem Brandy und werfe einen weiteren Blick in die Richtung, wo Will eben noch stand.

»Er ist zurück«, stellt Antonio sachlich fest.

Ich nicke.

»Und nicht allein, so wie es aussieht.«

Diesmal nicke ich nicht.

»Und du willst ihn zurück?«, fragt er. Auf einmal schießen mir wieder Tränen in die Augen, und mein treuloses Herz schlägt schneller.

»Es ist zu spät.« Ich schüttele den Kopf und versuche, mich von meinen Plänen zu verabschieden.

»Tut es ihm leid?«, will Antonio wissen. Ich schlucke und nicke wieder.

»Aber wie gesagt, es ist zu spät.«

»Aber du würdest ihn wiederhaben wollen, wenn du könntest, auch noch nach allem, was passiert ist?«

Schweigen hängt zwischen uns.

»Ich will …«, krächze ich schließlich, und mein Herzschlag beschleunigt sich noch mehr. »Ja. Trotz allem. Ich glaube, ich …« Ich verstumme und versuche es noch mal. »Ich möchte, dass er Notiz von mir nimmt. Dass er mich ansieht wie früher. Ich möchte mein Leben zurück. Will, ich, diese Bar. Ich will allen zeigen, dass ich mein Leben im Griff habe.«

»Dann kann ich dir helfen«, sagt Antonio, schiebt die Gläser zur Seite, hebt den kleinen Koffer hoch und stellt ihn auf den Tisch.

»Wie denn?« Ich erkenne den Koffer wieder: das abgenutzte Leder mit den fleckigen bronzefarbenen Verschlüssen, die sich bloß mit Mühe öffnen lassen. Der Koffer war im Schuppen, als ich dort aufgeräumt habe.

»Du hast dich als hervorragende Flamenco-Schülerin erwiesen«, sagt er.

Wirklich?, denke ich überrascht.

Er lächelt. »Bei mehr als einer Gelegenheit hast du deine Leidenschaft bewiesen. Du hast gezeigt, dass du über *el duende* verfügst – an dem Tag, an dem du gegangen bist, auf der Kirschplantage.«

Ich erinnere mich nur zu gut an jenen Tag und werde vor Scham ganz klein in meinem Stuhl.

»Du besitzt das Herz und die Leidenschaft dafür. Es ist Zeit, dass du den letzten Teil des Songs lernst.«

»Bist du sicher? Willst du wirklich immer noch, dass ich es probiere?«

»Wir können uns nicht kampflos geschlagen geben. Du lernst diesen Tanz, und im Gegenzug«, er wirft einen Blick zu der offenen Tür des Clubs, »zeige ich dir, wie du deinen Freund zurückgewinnst. Abgemacht?«

Ich schaue ihn an. Kann ich wirklich mit Will wieder da anfangen, wo wir aufgehört haben? Mit dem Mann, den ich fünf Jahre lang geliebt habe. Mit dem Mann, der zwar einen Haufen Mist gebaut, aber – zugegeben – begriffen hat, was für ein Idiot er gewesen ist.

»Abgemacht?«, fragt Antonio noch mal und sieht mir in die Augen.

Ich nicke langsam. »Abgemacht.« Ein Lächeln breitet sich auf meinem Gesicht aus.

Dann sagt er: »Das Datum für das Tanzduell ist festgelegt worden.«

»Wie bitte?«

»Nachdem das große Fallen vorbei ist, wissen wir ungefähr, wann die Ernte stattfindet, nämlich in der zweiten Juniwoche. In etwas mehr als zwei Wochen. Das Tanzduell kann am Wochenende davor abgehalten werden. Dann haben wir es hinter uns, und ich kann mich voll und ganz auf die Ernte konzentrieren.«

»Aber das ist ja schon am nächsten Wochenende! An dem Wochenende, an dem die Party stattfindet!«

»Wir können es nicht mehr ändern.« Er schüttelt den Kopf. »Esmeralda und Felipe glauben jetzt schon, dass ich sie hinhalten will. Ich muss in der Lage sein, mich auf die Ernte zu konzentrieren und den richtigen Zeitpunkt zu erkennen. Das Tanzduell oder die Party dürfen die Ernte nicht beeinträchtigen. Nichts darf sie unterbrechen. Nicht wie letztes Mal ...«

»Letztes Mal?« Ich runzele die Stirn. »Was ist letztes Mal passiert?«

Er ignoriert meine Frage. »Es muss an dem Wochenende sein«, sagt er bestimmt und schüttelt wieder den Kopf.

Plötzlich fühle ich mich vollkommen unvorbereitet.

»Mach dir keine Sorgen. Wir sorgen dafür, dass sich der Tanz und die Party nicht ins Gehege kommen. Wie gesagt, niemand darf von dem Flamenco-Duell wissen. Wir ziehen das durch, wenn niemand sonst in der Nähe ist und alle in der Scheune abgelenkt sind. Niemand aus dem Dorf wird Verdacht schöpfen; sie werden glauben, der Lärm stammt von der Party. Sie wird die perfekte Deckung bieten.«

Mein Mund klappt auf und zu, aber es kommt kein Wort heraus.

»Ich habe dir ein Geschenk mitgebracht«, fährt er fort und greift nach dem Deckel des kleinen Lederkoffers. »Das wollte ich eigentlich in der Scheune suchen ... als ich auf Miguel gestoßen bin ...« Er verstummt und öffnet den Deckel. Dieser klappt auf und fällt auf den Tisch. Langsam nimmt Antonio den schwarzen Stoff heraus.

Ich halte die Luft an. Ich erkenne es auf Anhieb. »Das Kleid!«, stammele ich nur.

Als er es vorsichtig hochhält, ergießen sich die großen Volants mit den schmalen roten Kanten über den Tisch. Es ist das Kleid von dem Foto. Das Foto, das ich fallen ließ, als ich den Lagerraum ausgeräumt habe.

»Es hat meiner Großmutter gehört. Meine Großeltern waren, das habe ich dir ja erzählt, bekannte Flamenco-Tänzer. Meine Großmutter, na ja, sie war eine Art Rebellin. Sie überschritt Grenzen, verärgerte die Traditionalisten und begeisterte die Pioniere. Sie hat mir das Tanzen beigebracht. Sie war eine starke, stolze Frau. Manchmal sogar regelrecht Furcht einflößend!« Er lächelt und genießt es ganz offensichtlich, in seinen Erinnerungen zu schwelgen. »Der Flamenco lag ihr im Blut. Sie konnte ihn nicht aufgegeben. Also gründeten meine Großeltern die *peña*, den Flamenco-Club in der Scheune, und die Leute kamen von weither, um die beiden tanzen zu sehen. Ich bin damit aufgewachsen; es war Nahrung für meine Seele. Ich bin auch mit ihrer rebellischen Art groß geworden. Als ich ein junger Mann war, bin ich eine Weile mit Esmeralda herumgereist, aber als Miguel auf die Welt kam, wollte ich mich gerne niederlassen, damit er so aufwachsen konnte wie ich. Esmeralda beschloss allerdings, dass sie der Tradition treu bleiben und mit einem konventionelleren Tänzer herumreisen wollte.«

»Mit Felipe.«

Er nickt knapp und schüttet sich den Rest des Brandys in die Kehle.

»In jener Nacht in der *peña* hat sie mir gesagt, dass sie schwanger war und mit Felipe weggehen wollte. Zwischen Felipe und mir gab es einen heftigen Streit. Sie ist gegangen, und ich … na ja, ich bin völlig durchgedreht. Die Ernte hat quasi nicht stattgefunden. Meine Großeltern konnten es nicht allein schaffen, und ich war mehr als nutzlos. Um ein Haar hätten wir den Vertrag verloren. Die Dorfbewohner mussten einspringen. In jenem Jahr habe ich alle im Stich gelassen. Danach wurde der Club geschlossen und der Flamenco mit einem Bann belegt. Siehst du, ich bin schuld daran, dass kein Flamenco mehr getanzt werden darf. Und deshalb darf niemand wissen, was hier vor sich geht. Ich bin auf den örtlichen Handel angewiesen, und wenn sie glauben, dass ich wieder Ärger mache, werden sie mich meiden, und ich muss so oder so verkaufen. Die Pferde müssten woanders untergebracht werden. Momentan stehen meine Chancen sehr schlecht.«

Schweigen breitet sich aus. Als er dann wieder leise das Wort ergreift, prickelt meine Haut von Kopf bis Fuß.

»Aber du hast es drauf, diesen Tanz zu tanzen. Ich weiß, dass du es kannst. Wir müssen nur noch den Schlussteil lernen, der am gefühlvollsten ist. Es wird nicht leicht, doch du bekommst das hin. Du wirst lernen, eine Flamenco-Frau mit Stolz im Herzen und Leidenschaft im Bauch zu sein. Du wirst lernen, immer eine selbstbewusste Haltung an den Tag zu legen, und deine Betrachter einladen, dich anzusehen. Wir werden deinem Will beibringen, dass er dich anschauen, aber nicht berühren darf – egal wie sehr er dich begehrt –, bis du es ihm erlaubst. Er wird dich anflehen, ihn zurückzunehmen, dich um Verzeihung bitten und nie wieder den Wunsch haben, sich woanders umzusehen.«

Meine Haut steht jetzt regelrecht in Flammen. Ich brenne vor Vorfreude. Ich habe die Augen weit aufgerissen und atme flach. Meine Brust hebt und senkt sich.

»Werde eine Flamenco-Frau!«, fährt Antonio fort, und jedes Wort lässt mich ein bisschen lebendiger werden. »Du hast schon gezeigt, dass du es in dir hast. Erinnerst du dich, wie du dich auf der Kirschplantage gefühlt hast und wie du für Miguel eingetreten bist? Das ist Leidenschaft. Fühle sie. Setze sie ein.«

»Aber du hast mir doch gesagt, dass ich nichts von Flamenco verstehe«, sage ich leise. Es fühlt sich an wie die Ruhe vor dem Sturm, so als würde mir gleich die größte Überraschung meines Lebens bevorstehen. Mir ist schlecht, ich habe Angst, und ich bin aufgeregter als je zuvor.

»Ich habe mich geirrt, es tut mir leid. Wir stammen zwar nicht vom selben Baum, wir beide, haben allerdings dieselben Wurzeln. Wir haben geliebt und Verluste erlitten. Das musst du umsetzen. Lass ihn zu dir kommen, aber lass dich nicht berühren. Wie im Tanz: Lade ihn ein, zu dir zu kommen, und dann wende dich ab. Bis du weißt, dass er dich mehr will als das Leben selbst. Du wirst mir helfen, mein Zuhause zu behalten, und ich helfe dir, deinen Herzenswunsch zu erfüllen. So haben wir es abgemacht. Du willst ihn zurück? Ich werde dir zeigen, wie.«

Ich betrachte seine sanfter gewordene Miene und dann das Kleid.

»Ich weiß, dass meine Großmutter dich für würdig halten würde, dieses Kleid zu tragen.« Er hält es mir hin, und ich nehme es mit einem Kloß im Hals.

»Es ist wunderschön«, sage ich mit vor Emotionen bebender Stimme.

»Zieh es an!« Ein Lächeln breitet sich auf seinem Gesicht aus. »Mal sehen, welche Gefühle es in dir hervorruft.«

Ein Schauder läuft mir über den Rücken.

42. Kapitel

Ich gehe die Treppe von der Wohnung in die Bar so vorsichtig wie möglich hinunter, hebe die Volants des Rockes an und schlüpfe in die rot-weißen Schuhe, die Antonio für mich gekauft hat. Ich habe mir die Haare gekämmt und zu einem Zopf geflochten.

Der Rollladen der Bar ist geschlossen, die Stühle und Tische wurden an die Wände gerückt. Antonio hat kleine Teelichter aus dem Regal hinter der Bar angezündet und auf der polierten Theke und den Tischen verteilt, was dem ganzen Raum einen sanften orangefarbenen Schimmer verleiht. So sollte es aussehen, denke ich, und mein Magen stampft rhythmisch vor sich hin, als hätte er das Tanztraining ohne mich begonnen.

Antonio dreht sich um, als er mich hört, und ich könnte schwören, dass er bei meinem Anblick den Atem anhält.

»Du siehst wunderschön aus«, sagt er schließlich und hält mir eine Hand hin, um mich in die Mitte des Barbereichs zu führen.

Ich fühle mich wie ein Schmetterling: leicht, schön, mit Flügeln, die mich überall hintragen können.

»Danke. Auch dafür.« Ich hebe das Kleid leicht an und sehe mich um.

Er schenkt mir ein seltenes, jedoch sehr anziehendes Lächeln. »Du verdienst es. Du bist eine schöne Frau«, fügt er hinzu. Wieder beginnt mein Magen diesen seltsamen Tanz.

»So, an die Arbeit!« Er nickt knapp, und zum Klang der CD beginnen wir mit der Umsetzung der letzten Strophe. Im sanften Kerzenschein zeigt er mir die Schritte.

»Die dritte Strophe ist am aufwendigsten. Nach der ersten

Phase des Kennenlernens und der zweiten des Abtastens wird es nun leidenschaftlich. Hier setzen wir verstärkt das Fußestampfen und das innere Feuer ein.« Wir tanzen bei Kerzenschein, blicken uns in die Augen, bewegen uns umeinander herum, als wäre es die natürlichste Sache der Welt.

Plötzlich klopft es laut an der Terrassentür. Ich erschrecke mich zu Tode. Ist es Will? Valentina? Esmeralda? Haben die Dorfbewohner von unserem Plan erfahren, Flamenco zu tanzen?

»Was ist da drin los?«, höre ich eine vertraute Stimme fragen. Ich fühle mich, als wäre ich in Abwesenheit meiner Eltern dabei erwischt worden, wie ich eine Party schmeiße.

»Was ist das für ein Knallen, Harold?«, sagt eine zweite vertraute Stimme und lässt mich grinsen.

»Beti? Alles in Ordnung, meine Liebe? Keine Angst, wir kommen jetzt rein!« Der Rollladen klappert, als der Schlüssel ins Schloss geschoben wird und der Laden hochfährt. Vor den Terrassentüren stehen Harold und Brenda.

»Zum Teufel noch mal!«, sagt Brenda und sieht sich in der von Kerzenschein erleuchteten Bar um. Sie betrachtet mein Kleid, dann fällt ihr Blick auf Antonio.

»Ihr kommt einen Tag zu früh!«, kommentiere ich lachend. Ich bin so erleichtert, dass keine wütende Valentina vor der Tür steht, die glaubt, dass wir nichts Gutes im Schilde führen. Aber schließlich üben wir nur.

»Harold hatte die Nase voll«, erklärt Brenda und schiebt sich mit ihrer großen Strandtasche durch die Tür. »Das Bier hat nicht geschmeckt, das Wetter war schlecht, und wir waren erschöpft, weil wir täglich rund um die Uhr Kinder hüten mussten. Ich meine, ich liebe die Kinder und meine Tochter, aber es ist richtig harte Arbeit! Wir sind eigentlich nach Hause geflogen, um uns mal auszuruhen. Was ist denn hier los?« Wieder mustert sie mit scharfem Blick die Kerzen.

»Äh, na ja, wir trainieren. Es wird eine Überraschung für die Geburtstagparty meiner Cousine. Niemand darf etwas davon erfahren.« Ich hasse es, lügen zu müssen, doch mir fällt nichts anderes ein, um unser Geheimnis zu wahren. »Das ist Antonio von der Kirschplantage, auf der ich wohne und arbeite.« Antonio nickt Brenda und Harold zu.

»Freut mich, Sie kennenzulernen. Meine Lippen sind versiegelt.« Brenda zwinkert uns zu. »So, wer ist für einen Kirschlikör zu haben?« Sie gleitet hinter die Bar und wirkt, als wäre sie froh, wieder dort zu sein, wo sie hingehört.

»Ach, aus meinem Dorf.« Antonio nickt in Richtung der Flasche.

»Wirklich? Der ist hervorragend.« Brenda drückt die Flasche an sich.

»Ich hoffe, dieses Jahr gibt es mehr davon.« Antonio sieht wehmütig aus, und ich weiß, dass er hofft, bald überhaupt noch eine Kirschplantage zu besitzen. Er schaut Brenda und Harold an. »Schön, Sie beide kennenzulernen. Ich habe bereits viel von Ihnen gehört.« Dann wendet er sich an mich. »Valentina wartet bestimmt schon«, sagt er leiser. »*Buenas noches*, Beti.« Es ist wie an jenem Tag unter den Kirschbäumen, als ich mich von meiner Leidenschaft überwältigen ließ. Es fühlt sich an, als würden ein paar Feuerwerkskörper in meinem Bauch angezündet.

»*Buenas noches*«, antworte ich leise und schließe die Tür hinter ihm.

»Er wirkt nett«, sagt Brenda und nippt an ihrem Kirschlikör.

»Nett ist nicht der richtige Ausdruck, um Antonio zu beschreiben«, entgegne ich und räume unsere Gläser weg.

»Wie würdest *du* ihn denn beschreiben?«, fragt sie mich, während Harold zwei große Koffer hereinschleppt.

»Feurig, leidenschaftlich, fürsorglich – er würde für die Menschen und Tiere, die er liebt, alles tun.«

»Genau wie du, Harold.« Brenda lacht, dann fällt ihr Blick wieder auf das Kleid. »Ein tolles Kleid, Liebes, aber man könnte es noch ein bisschen aufpeppen. Wenn du möchtest, könnte ich mich darum kümmern. Ein paar künstliche Blumen, ein paar Troddeln ...«

»Um ehrlich zu sein, Brenda«, erwidere ich lächelnd, »ich glaube, ich mag es genau so, wie es ist. Ohne Schnickschnack. Ein bisschen wie ich.«

»In Ordnung, Liebes«, meint Brenda und wirft einen Blick auf ihre Uhr. »Es ist schon spät. Du bleibst heute Nacht besser hier. Um diese Zeit fährt bestimmt kein Bus mehr ...«

Nachdem wir uns kurz ausgetauscht haben, schlafe ich auf dem Sofa in der Wohnung ein. Diesmal zähle ich keine Schritte, sondern habe das Gefühl zu improvisieren. Doch ich tanze nicht mit Will, wie sonst immer in meinen Träumen – ich tanze mit Antonio, und wir schweben in der Luft.

Draußen in einer Seitenstraße in der Nähe des Hafens lehnt Antonio unter dem orangefarbenen Schein einer Straßenlaterne an seinem Pick-up. Auf diese Weise kann ich ihr helfen, ihren Verlobten zurückzugewinnen, denkt er, und dann verliebt sie sich nicht in mich. Sie darf niemals erfahren, welche Gefühle sie in mir geweckt hat, genauso wenig wie Valentina. Er musste sich auf Valentina konzentrieren. Er war nie der Mann gewesen, den sie sich wünschte. Wüsste sie von seinen Gefühlen für Beti, würde ihr das die Bestätigung liefern, dass er sich jahrelang vor einer festen Bindung gedrückt hatte. Aber selbst wenn er nicht mit Valentina zusammen wäre, könnte er Beti nichts bieten. Bereits in zehn Tagen hatte er vielleicht alles verloren – sein Zuhause und seine Lebensgrundlage.

Er holte tief Luft und verspürte plötzlich das starke Verlangen, auf seinen Hof zurückzukehren, die Nachtluft unter dem weiten

Himmel einzuatmen – und nicht von Betontürmen umgeben zu sein, die den Blick auf den Himmel versperrten und den Duft aus den Hügeln verdrängten. Er kletterte in seinen Wagen und verließ den Hafen. Dabei versuchte er, den Tanz mit ihr nicht ständig im Kopf zu wiederholen.

43. Kapitel

»Tschüss, Liebes! Danke für alles!« Brenda umarmt mich und gibt mir einen Kuss, bevor ich die Bar am nächsten Morgen mit meinem Rucksack verlasse. Ich sehe mich um, doch Will ist nirgends zu sehen. Wo er wohl steckt? Wir hätten uns gestern nicht getroffen, wenn der Streit auf dem Bauernhof nicht gewesen und Harold kein Heimweh bekommen hätte. Offensichtlich hat das Schicksal uns wieder zusammengeführt, und jetzt hat Antonio einen Plan für mich geschmiedet, wie ich alles, was ich je wollte, zurückgewinnen kann.

Als der Bus anhält, drehe ich mich um und werfe noch einen Blick auf die Bar. Ich kann schon unseren Facebook-Status vor mir sehen – Will und ich lächelnd vor der Butterfly Bar mit hoch gereckten Daumen: »Geschafft!« Nun muss ich meiner Familie doch nicht erzählen, dass ich schon wieder gescheitert bin.

Ich genieße die Fahrt auf der vertrauten Strecke vom Hafen hinauf in die Hügel. Als der Bus im Dorf anhält, wünscht der Fahrer mir sein übliches fröhliches »*Adiós!*«, und ich steige in der schmalen Gasse mit den weißen Häusern aus.

Die Frau aus dem Souvenirshop stellt die Tafel mit den Schals hinaus. Sie lächelt und winkt mir zu, als sie mich erkennt, und ich hebe grüßend die Hand. Dann begrüße ich den Café-Besitzer, der Tische und Stühle auf dem Platz arrangiert, und schlendere durch die Straße zwischen der Kirche und den weißen Torpfosten. Als ich an den Kirschbäumen vorbeispaziere, atme ich tief durch. Ich spüre, wie gut es tut, wieder hier zu sein. So, als käme ich nach Hause.

Die Katze Ana trottet den Pfad hinunter und miaut laut, als wolle sie mit mir schimpfen, weil ich so lange weg gewesen bin. Sie streicht um meine Beine, fleht mich an, sie zu streicheln, aber wenn ich mich zu ihr hinunterbeuge, flitzt sie davon. Sie ist wie eine Flamenco-Tänzerin, unnahbar, sich ihrer Schönheit allerdings bewusst. Sie neigt den Kopf, fordert mich auf, sie zu streicheln, doch dann huscht sie zur Seite, bevor ich sie berühren kann. Schließlich lässt sie zu, dass ich ihr den Kopf kraule, und schnurrt zufrieden. Ihre kühle Gleichgültigkeit hat sie abgelegt und lässt mich damit wissen, dass sie mir verziehen hat.

Als ich am Restaurant vorbeigehe, höre ich laute Stimmen. Ich strecke den Kopf durch die Tür, um Frank zu begrüßen, der mich unerwartet begeistert auf beide Wangen küsst. Sogar Bonita wirkt erfreut, mich zu sehen, ehe sie sich lautstark über Miguels mangelhafte Fähigkeiten als Spüler beklagt. Es überrascht mich, sie tagsüber hier zu sehen, bis Frank mir mit einer Grimasse erklärt, dass Bonita an Valentinas neuen Rezepten arbeitet.

»Sie sind unmöglich, diese Rezepte!«, ruft Bonita aus. »*No entiendo!* Ich verstehe sie nicht!« Sie verzieht das Gesicht und wischt sich mit dem Küchenhandtuch den Schweiß ab.

»Valentina hat ihr aufgetragen, diese Gerichte zu lernen, *toad in a hole* und *beef wellington* – sonst verliert sie ihren Job«, klärt Frank mich mit einem Schulterzucken und einem Kopfschütteln auf.

»Wie bitte? Aber das ist ja schrecklich! Kann ich helfen?« Ich stelle meinen Rucksack hinter der Tür ab.

»Können Sie diese Sachen kochen? Sie sind doch aus England«, sagt Bonita hoffnungsvoll.

Ich schüttele den Kopf. »Leider hat Kochen noch nie zu meinen Stärken gehört. Ich kann Burger in einem Grill mit Timer braten, aber das war es auch schon.«

Bonita lässt erneut die Schultern sinken, und Tränen laufen ihr über die Wangen.

»So viele Jahre arbeite ich bereits hier, praktisch mein ganzes Leben lang. Ich habe schon für Antonios Großeltern gekocht, bodenständige Gerichte, die meine Mutter mir beigebracht hat, aber jetzt … Das ist unmöglich!«

»Hören Sie, regen Sie sich nicht so auf. Vielleicht kann ich doch helfen. Ich habe unten auf dem Markt ein englisches Paar kennengelernt. Ich werde sie für Olivias Party engagieren, sie sind beide Köche. Sie veranstalten private Dinnerpartys für die Ferienhäuser, aber sie verkaufen auch auf dem Markt Tapas und selbst gekochte Gerichte für Urlauber. Sie würden bestimmt gerne aushelfen. Ich könnte sie fragen, ob sie vorbereitete Essensportionen liefern können, und die richten Sie dann auf Tellern an, als hätten Sie sie selbst gekocht. Niemand muss davon wissen, am allerwenigsten Valentina. Und für eine größere Bestellung könnte ich einen besseren Preis aushandeln. Das funktioniert bestimmt! Ich hätte noch einen Vorschlag: Als Gegenleistung könnten Sie ein paar von Ihren Kirsch-Mandel-Kuchen für die beiden backen!«

Bonitas Miene hellt sich auf, und sie wischt sich die Tränen aus dem Gesicht. »Es ist vielleicht nicht das, was die Gäste hier erwarten, aber das, was Valentina will. Und es könnte mir den Job retten«, sagt sie dankbar. »*Gracias*, Beti.«

Ich lächele ihr zu, greife in meinen Rucksack und nehme mein Handy heraus. Ich will den beiden Caterern schreiben, während ich den gewundenen Weg zu meiner *finca* hinaufstapfe. Doch plötzlich höre ich Tumult von der Pferdekoppel. Ich drehe mich um.

»Miguel? Bist du das? Alles in Ordnung?«

»Hey, Beti! Du bist zurück! Ja, alles gut«, ruft er, klingt dabei allerdings etwas angespannt.

Einen Moment später kommt er um die Ecke. Er sitzt im Sattel der grauen Stute Mamá und wird hin und her geworfen.

»Brr!«, ruft er und zieht an den Zügeln, als wäre es eine Wäscheleine. Dabei lehnt er sich so weit zurück, dass er beinahe nach hinten aus dem Sattel kippt. Ich greife nach den Zügeln, während Miguel sich zurechtsetzt und die Zügel kürzer greift.

»Hey! Super, dass du wieder da bist!«, strahlt er, obwohl er alles andere als sicher im Sattel sitzt.

»Es ist toll, wieder hier zu sein!«, erwidere ich und stelle fest, dass es der Wahrheit entspricht. Ich habe sie alle vermisst. »Was machst du da oben? Ich hätte nicht gedacht, dass du reiten kannst.« Ich halte das Pferd immer noch am Zügel und tätschele den wunderschön geschwungenen Hals unter der langen, welligen Mähne.

»Antonio braucht Hilfe. Also unterstütze ich ihn.« Er deutet mit einer Geste auf das Tier und purzelt wieder beinahe aus dem Sattel.

»Wirklich? Ich dachte, du hättest Angst vor Pferden.«

»Manche Dinge sind es wert, dass man für sie seine Ängste überwindet«, entgegnet er mit einem Augenzwinkern.

»Miguel, es tut mir so leid, was in der Scheune vorgefallen ist. Ich habe nicht nachgedacht, als Antonio die Richtung eingeschlagen hat. Es war alles meine Schuld. Ich war ... abgelenkt.« Mir fällt keine andere Erklärung ein für das, was sich zwischen Antonio und mir abgespielt hat. »Es tut mir leid, dass ihr nicht mehr tanzen könnt, Sophia und du. Ich finde, ihr seid die besten Tänzer, die ich je gesehen habe. Nicht, dass es schon viele gewesen wären, aber ihr wart ... na ja, ihr wart einfach umwerfend.«

»Mach dir keine Gedanken, Beti. Früher oder später wäre es sowieso passiert.« Auf einmal wirkt er niedergeschlagen.

»Was ist los?«, frage ich und schaue zu ihm hoch. Er seufzt tief auf.

»Es gibt einen Wettbewerb, ein paar Meilen entfernt. In einem Ort, in dem Flamenco getanzt werden darf!«, fügt er sarkastisch hinzu. »Pedro – das ist der Gitarrenspieler – ist der Meinung, wir sollten daran teilnehmen. Wir könnten damit anfangen, uns allmählich einen Namen zu machen, und vielleicht unsere Karriere beginnen. Aber wir können nicht hin.« Er lässt die Mundwinkel hängen und zuckt erneut mit den Schultern. »Antonio würde es niemals erlauben.«

Ich überlege kurz. »Ich könnte dich decken«, schlage ich vor. »Ich könnte sagen, dass du Kopfweh hast und früh ins Bett gegangen bist.«

Er schüttelt den Kopf. »Wir müssten übernachten. Es ist zu weit weg, und so spät abends gibt es keine Busverbindung mehr.«

»Du könntest früh am nächsten Morgen wieder hier sein«, sage ich. »Das wäre in Ordnung.« Und aufs Neue webe ich ein Netz aus Unwahrheiten! Aber es würde sich bestimmt lohnen. Es könnte für Miguel alles verändern. »Und Pedro glaubt, ihr hättet eine Chance?«

»Er sagt, wir hätten eine echte Chance, nicht nur bei diesem Wettbewerb, sondern auch als Tänzer in ganz Spanien. Er glaubt, wir sollten das ganze Programm durchziehen«, erwidert Miguel traurig.

Eine Welle der Begeisterung überkommt mich.

»Dann müsst ihr auf jeden Fall hin!«, sage ich.

Wieder schüttelt er den Kopf. »Unmöglich. Wir bräuchten Kleidung, Schuhe und Geld für die Busfahrt und die Unterkunft. Ich habe nichts, und Antonio kann ich nicht darum bitten. Nicht bei der momentanen Lage der Dinge. Er hat schon genug Sorgen mit den Pferden, der Kirschernte und dem Tanzduell …«

»Ihr müsst einen Weg finden. Sophie und du, ihr seid so gut. Bestimmt findet ihr eine Möglichkeit, euch euren Traum zu erfüllen, wenn ihr bei der Stange bleibt«, sage ich. Ich wünschte, ich könnte ihnen helfen.

»Und wie gesagt«, meint er bedächtig und zieht an den Zügeln, »manche Dinge sind es wert, dass man für sie seine Ängste überwindet.« Er zieht die Augenbrauen hoch, als wolle er mich mit seinem Willen dazu bringen zu verstehen, was er meint.

Ganz langsam fällt bei mir der Groschen. »Oh … und müsstest du weit reiten?«, frage ich.

»Hm«, meint er, »vielleicht nur bis zum nächsten Dorf.«

»Bis zu dem Dorf, wo Sophia wohnt?« Ich kann mir ein Grinsen nicht verkneifen. Miguel sieht plötzlich ganz besorgt aus – er hat eindeutig Angst, dass Antonio etwas mitbekommen könnte. »Nun, amüsier dich gut und pass auf dich auf«, sage ich. »Ich meine es ernst, sei vorsichtig!« Ich lasse die Zügel los, und Miguel reitet unsicher die lange Zufahrt hinunter.

»*Adiós!*«, rufe ich ihm hinterher. Er hebt kurz die Hand und greift rasch wieder nach den Zügeln, um irgendwie die Kontrolle zu behalten.

Ich lächele vor mich hin. Ich freue mich für ihn. Obwohl ich inzwischen verstehe, warum Antonio so gegen Flamenco eingestellt ist, bin ich froh, dass Miguel und Sophie weitertanzen. Es ist eine wunderbare Gelegenheit für ihn. Eine Möglichkeit, ein neues Leben zu beginnen, fern von Banden und fern von seiner Mutter. Das könnte seine Chance sein, seinen eigenen Weg zu finden, statt immer das zu tun, was andere von ihm erwarten. Er riskiert alles, um Sophia zu treffen und seinem Herzen zu folgen. Etwas, was auch ich schon vor langer Zeit hätte lernen sollen, statt ständig um die Anerkennung anderer zu kämpfen.

»Warte!«, rufe ich, ehe ich Zeit gehabt habe, gründlich nachzudenken. Ich laufe die Zufahrt hinunter. Der Rucksack hüpft auf meinem Rücken auf und ab, und ich umklammere Bonitas warmen, in Alufolie gewickelten Mandelkuchen. Ich gebe Miguel den Kuchen zum Halten, setze den Rucksack ab und öffne ihn. Dann nehme ich die Gelddose heraus und reiche sie Miguel. »Nimm das.«

»Was? Das kann ich nicht annehmen!« Er sieht aus, als wäre ich ein Pirat, der ihm Raubgut aufdrängen will.

»Du kannst. Und du musst. Das ist deine Chance, etwas aus deinem Leben zu machen. Nimm das Geld. Gib es für die Schuhe und die Kleidung aus und für das, was ihr sonst so braucht – Anmeldegebühren, Unterkunft und Lebensmittel. Und vergiss nicht zu essen!«, füge ich hinzu.

Er betrachtet die Gelddose. »Aber das ist doch für deine Bar, für deinen Traum. Deshalb bist du schließlich hergekommen«, sagt er leise.

»Und ich werde meinen Traum leben. Sobald die Party vorbei ist, wird Antonio mich bezahlen können, und alles wird gut. Harold und Brenda werden sicher verstehen, dass ich vorher nicht zahlen kann. Nachdem ich so viel gearbeitet habe, wird das Geld mehr als ausreichen. Nimm das Geld. Nimm es!«, sage ich beharrlich. Es fühlt sich gut an, Miguel bei der Erfüllung seines Traums zu unterstützen und gleichzeitig zu wissen, dass ich mir meinen eigenen Traum trotzdem erfüllen kann.

Er streckt eine Hand aus und nimmt das Geld. Das Pferd bleibt geduldig stehen.

»Jetzt geh und mach es! Schnapp dir deine Träume und lass sie nicht mehr los! Ich hätte das Gleiche schon vor Jahren tun sollen. Aber immerhin bin ich jetzt hier und sitze nicht mehr zu Hause und denke: *Ist es das?* und *Was wäre, wenn ich es getan hätte?* Man kann sein Leben nicht mit lauter *Was wäre, wenns?* vergeuden; man muss seinem Herzen folgen!«, fahre ich fort. Plötzlich ist mir heiß, und ich bin den Tränen nahe.

»Noch nie hat jemand so etwas für mich getan«, sagt Miguel, dann beugt er sich auf einmal vor, um mich zu umarmen. Ich muss ihn praktisch auffangen, damit er nicht ganz vom Pferd fällt. Als er wieder sicher im Sattel sitzt, verstaut er die Dose in der Tasche, die er sich diagonal um den Körper geschlungen hat. »Danke, Beti. Das werde ich dir nie vergessen. Irgendwie werde ich dir das Geld zurückbezahlen.«

»Los mit dir! Ihr werdet fantastisch sein«, erwidere ich. »Und bring mir das Wechselgeld wieder mit!«, rufe ich ihm hinterher, weil mir plötzlich einfällt, wie meine Mutter mich immer zum Einkaufen geschickt hat. Ich habe ihr das Wechselgeld nie zurückgegeben, und sie hat auch nie danach gefragt. Ich winke Miguel zum Abschied, dann drehe ich mich um und schreibe mit geschwellter Brust an die beiden Köche vom Markt, um ihnen Bonitas Anliegen zu schildern.

Als ich den letzten Abhang zur *finca* hinaufsteige und die Wärme der Sonne im Nacken und auf den Schultern genieße, blicke ich auf. Mein Herz macht einen Satz und schlägt schneller. Antonio wartet neben der Scheune.

»*Buenos días,* Beti.«

Ich werde rot. Ich weiß nicht genau, woran es liegt: daran, dass ich Miguel gerade ermuntert habe, weiterhin zu tanzen, oder daran, was ich für Bonita tue? Oder weil ich mich daran erinnere, wie es sich gestern Abend angefühlt hat, als ich mit Antonio getanzt habe – und an die Träume, die ich danach hatte?

»*Buenos días,* Antonio.« Ich drücke auf *Senden* und stecke das Handy in meine Tasche, neben mein großes vollgeschriebenes Notizbuch.

»Bist du bereit, da weiterzumachen, wo wir gestern Abend aufgehört haben?«, fragt er. Die Träume lösen sich auf wie der frühmorgendliche Nebel, der sich vor Sonnenaufgang zwischen den Kirschbäumen hindurchschlängelt. An die Stelle der Träume tritt etwas Greifbareres – Will. Beti und Will. Das perfekte Paar, wieder eine Einheit, ganz wie früher. Doch mehr als alles andere möchte ich diesen Tanz für Antonio und Miguel lernen, für ihr Zuhause und ihre Zukunft. Ich habe große Angst, aber dann fallen mir Miguels geheime Pläne ein, die er geschmiedet hat, um Sophia wiederzusehen. Manche Dinge sind es wert, dass man für sie seine Ängste überwindet, denke ich.

»Ich bin bereit«, antworte ich.

»Dann lass uns loslegen.« Er öffnet die Tür zu dem großen Raum, der nur darauf wartet, wieder von Musik und Tanz erfüllt zu werden. Pedro, der Gitarrenspieler, erwartet uns. Er sitzt neben dem Kamin, genau wie vor ein paar Tagen, als er für Sophia und Miguel gespielt hat.

»Hey, Pedro.« Ich schenke dem Mann, der Miguels Leben ein Ziel und einen Sinn gegeben hat, ein warmes Lächeln. Antonio muss unten im Hafenviertel gewesen sein, um ihn abzuholen.

»*Hola,* Beti.« Er grinst breit unter seinem großen weißen Schnurrbart hervor. Ein paar Zahnlücken sind zu erkennen. Seine rosigen Wangen sind mit weißen Stoppeln überzogen, passend zu seiner langen, gewellten Haarpracht. Sein Arm liegt quer über der Gitarre, die wiederum auf den kräftigen Oberschenkeln in der verwaschenen Jeans ruht. »Ich habe schon viel von dir gehört, Beti«, sagte er mit einem Zwinkern und entlockt der Gitarre mit einer schwungvollen Geste ein paar Akkorde. Ich habe Angst, sprühe aber gleichzeitig vor positiver Energie.

Rasch schlüpfe ich in meine Schuhe. Ich liebe das Gefühl, das sie mir geben. Sie sorgen dafür, dass ich mit erhobenem Haupt dastehe. Sie geben mir das Gefühl, es schaffen zu können.

44. Kapitel

Als hätte es meine Rückkehr gespürt, spuckt und stottert am nächsten Tag das Bewässerungssystem und gibt dann endgültig den Geist auf, wie man aus Antonios Wut schlussfolgern kann. Er beugt sich über die Pumpe, schreit vor lauter Ärger und tritt schließlich entnervt dagegen.

»Sieht so aus, als müssten wir die Bäume wieder von Hand gießen«, sagt er, nachdem er mich auf der Terrasse meiner *finca* gefunden hat. »Aber es dauert nicht mehr lange bis zur Ernte, höchstens zwei Wochen. Gleich nach dem Tanzduell in acht Tagen. Je länger die Kirschen auf dem Bäumen bleiben können, desto besser.« Er blickt zum Himmel, was er zurzeit ständig zu tun scheint, und prüft die Wolken und das Wetter.

In den nächsten Tagen stampfe und zähle ich mich durch die Kirschplantage, während ich den Schlauch auf die Bäume richte und gleichzeitig tanze. Wenn Miguel nicht gerade den Tankwagen zieht, klatscht er den Rhythmus und ruft gelegentlich »*Olé!*«, wenn er findet, dass ich gut war. Alle packen mit an. Antonio ist auch auf der Kirschplantage, überprüft, ob die Netze intakt sind, führt Reparaturen durch und hilft beim Gießen.

»Wenn diese Party vorbei ist«, sage ich und mache eine Kopfbewegung Richtung Scheune, »wirst du genug Geld für eine neue Bewässerungsanlage haben.« Ich mache mir eine mentale Notiz, die Getränkepreise für Gäste zu überprüfen, die etwas anderes als Sangria oder Wein trinken wollen. Die Bar allein könnte eine Goldgrube werden. »Olivia und Gav treffen übermorgen ein. Dann bekommst du den Scheck.«

»Wenn noch etwas übrig bleibt, nachdem ich das Honorar der Partyplanerin bezahlt habe«, erwidert er gereizt, aber ich weiß, dass er mich nur aufziehen will. Er hat wesentlich wichtigere Dinge im Kopf, wie beispielweise die Frage, ob er nächste Woche um diese Zeit noch einen Hof und ein Restaurant besitzen wird. Und das hängt auch von mir ab, wie ich weiß.

Ich übe, übe, übe, bis meine Arme schmerzen und meine Füße pochen, während ich nochmals alle Details mit dem Getränkelieferanten, den Caterern und den Unterhaltungskünstlern durchgehe und Olivias zahlreiche E-Mails beantworte, in denen sie mir mitteilt, wer welches Essen mag und wer mit wem nicht klarkommt.

Ich nehme Lieferungen von Tiefkühlgerichten von den beiden englischen Köchen entgegen, ohne dass jemand es mitbekommt – sehr zu Bonitas Erleichterung. Die Gerichte schmecken gut und sind genau so, wie sie sein sollen, auch wenn die einheimischen Gäste Shepherd's Pie und Würste mit Kartoffelbrei nicht wirklich schätzen. Nachdem alles in der großen Gefriertruhe verstaut wurde, weiß ich, dass Bonitas Job gerettet ist. Jetzt kann ich wieder üben, immer mit meinen roten Schuhen an den Füßen, die mir Mut und das notwendige Selbstvertrauen geben.

Als es bloß noch wenige Tage bis zur Party und zum Tanzduell sind, denkt Antonio unablässig an die Bäume und das Wetter, reitet herum, überprüft jeden einzelnen Baum und seine Früchte auf den Reifegrad. Miguel dagegen bereitet sich zusammen mit Sophia auf das große Tanzturnier vor.

»Wünsch mir Glück!«, sagt er, als er die Steintreppe der Wohnung hinunterschleicht und sich vor Antonio versteckt, der auf der Kirschplantage ist, die Äste zu sich heranzieht und die Kirschen untersucht.

»Ach, komm her.« Ich ziehe ihn zu mir und schließe ihn in die

Arme. »So, gib dein Bestes. Viel Spaß!« Ich bin überraschend gerührt. Als ich ihn loslasse, lächelt er.

»Danke, Beti, für alles!« Als er mir einen flüchtigen Kuss auf die Wange gibt, umarme ich ihn noch einmal. »Wir zahlen dir das Geld zurück, versprochen.«

»Hast du alles? Schuhe, Jacke, Adresse der Frühstückspension, Busfahrkarten für euch beide?«

»Jaja.« Er lacht, hört aber gleich wieder auf, um nicht Antonios Aufmerksamkeit auf sich zu ziehen. »Ich habe alles. Ich treffe mich mit Sophia unten am Hafen. Von da aus nehmen wir den Bus.« Besorgt verzieht er das Gesicht. »Was willst du Antonio erzählen?«

»Überlass das mal mir. Geh einfach!« Ich schiebe ihn sanft Richtung Zufahrt, und er lässt es sich nicht zweimal sagen. Mit dem Rucksack auf dem Rücken joggt er davon, dreht sich noch mal um, um mir zuzuwinken, dann verschwindet er zum Dorfplatz. Sobald er nicht mehr zu sehen ist, gehe ich zurück zur Kirschplantage zu Antonio.

»Habe ich da eben Miguel gehört?«, fragt er und mustert die Zweige.

»Ähm, ja. Er …« Einen Moment lang habe ich keine Ahnung, was ich sagen soll. »Er hat schlimme Kopfschmerzen. Ich glaube, es ist ein Migräneanfall.« Allmählich erwärme ich mich für die Geschichte. Obwohl ich Antonio gegenüber ein schlechtes Gewissen habe, freue ich mich sehr für Miguel. »Ich habe ihm gesagt, er soll ein paar Tabletten nehmen und sich gleich ins Bett legen. Er hat so viel gearbeitet, hier auf der Plantage und mit den Pferden.«

Antonio sieht mich mit seinen schokoladenbraunen Augen an und nickt zustimmend. »Auch wenn ich mir nicht sicher bin, ob er den Dreh mit dem Reiten schon raushat!«, erwidert er und lächelt träge. In seinen Augenwinkeln zeigen sich Lachfältchen. Ich lache mit ihm bei dem Gedanken an Miguel, der seine Reitkünste auf der sanften, treuen Stute verbessern will.

»Ich sehe später mal nach ihm«, meint Antonio beiläufig. Meine übermütige Stimmung erhält einen Dämpfer.

»Nicht nötig«, entgegne ich rasch. »Er hat gesagt, er will einfach nur schlafen. Morgen ist er bestimmt wieder auf dem Damm. Ich übernehme das abendliche Gießen.«

»Ich helfe dir. Du hast recht. Es bringt nichts, ihn zu stören. Der Schlaf wird ihm guttun.« Dann schaut er mich wieder an und fügt hinzu: »Danke, Beti, für alles.« Ich werde rot, weil mir bewusst ist, dass ich ihn hinters Licht führe. Tränen treten mir in die Augen. Ich werde den Bauernhof und die Menschen hier vermissen. Und so ungern ich es auch zugeben will, das schließt Antonio mit ein.

»Hier.« Er streckt die Hand aus, pflückt eine Kirsche von einem Ast, der sich unter der Last der Früchte biegt, und hält sie mir hin. Sie ist herzförmig, glänzend und leuchtend rot. »Probier mal!«, fordert er mich auf. »Das sind die Früchte unserer Arbeit. Im wahrsten Sinne des Wortes!« Wieder lächelt er. »Deshalb habe ich dich an deinem ersten Tag angeschrien, als du die Zweige gepflückt hast.«

»Es tut mir leid.« Mein Gesicht wird heiß.

»Du konntest es ja nicht wissen.« Er zuckt mit den Schultern. »Mir hat es auch leidgetan. Daher habe ich die Zweige vor deine Tür gelegt. Sie waren ohnehin bereits abgebrochen. Ich dachte, dann könntest du sie auch behalten.«

»Die Zweige vor meiner Tür, das warst du?« Ich reiße die Augen auf.

»Ja, natürlich. Wer sonst?«, fragt er verwirrt.

Ich werfe den Kopf zurück und lache. Ich wäre nie auf die Idee gekommen, dass er es gewesen sein könnte. Aber es gibt vieles an Antonio, was mir zu Beginn nicht aufgefallen ist. Zum Beispiel, dass ein so großer Mann wie er auf der Tanzfläche so anmutig sein kann. Er ist immer für mich da, sorgt dafür, dass ich nicht stolpere, und wenn es doch passiert, fängt er mich auf. Darum geht es in einer Partnerschaft – man ist füreinander da, falls einer stolpert und aufgefangen werden muss. Man muss sich hundertprozentig vertrauen. Seufzend denke ich, dass Valentina sich glücklich schätzen kann, so einen Mann an ihrer Seite zu haben. Plötzlich frage ich mich, ob es mit Will und mir auch so ist. Doch bevor ich den Gedanken weiterverfolgen kann, werde ich von Antonio unterbrochen.

»Komm schon, probier mal!«, fordert er mich derart eindringlich auf, als wolle er mir einen Flamenco-Schritt beibringen, und hält mir die Kirsche hin. »Sie sind so weit.«

Ich nehme die Kirsche. Als ich hineinbeiße, verteilt sich der Saft auf meiner Zunge. Es ist wie eine Geschmacksexplosion in meinem Mund. Die Frucht ist von außen fest und innen ganz weich. Und süß! So süß! Ich beiße ich die andere Hälfte und schließe die Augen. Das Fruchtaroma erreicht jeden Winkel meines Mundes. So sollte eine Kirsche schmecken. Ich habe noch nie etwas Vergleichbares gegessen. Diese Frucht schmeckt nicht wie die Kirschen, die ich kenne. Das hier ist ein ganz anderes Niveau. Ich fühle mich, als seien meine Geschmacksknospen gerade zum Leben erwacht ... ein bisschen wie der Rest von mir.

»Deshalb sind diese Kirschen so außergewöhnlich«, erklärt er. Als ich langsam die Augen aufschlage, stelle ich fest, dass er mich anstarrt. »Manchmal glauben wir, die perfekte Kirsche gekostet zu haben, bis wir eine finden, die etwas ganz Besonderes ist. Dann wissen wir mit absoluter Sicherheit, dass die anderen nur ein armseliger Abklatsch davon waren.« Er hält meinen Blick fest, und ganz kurz frage ich mich, ob er immer noch von Kirschen redet. »Sie sieht nicht anders aus als die anderen; sie ist weder größer noch besser oder intensiver in ihrer Farbe. Das, was drinsteckt, ist das, worauf es ankommt, und du weißt es, sobald du davon gekostet hast. Wie wenn man sich verliebt.« Er lässt meinen Blick nach wie vor nicht los, und jeder Teil von mir würde sich gerne an seine breite Brust lehnen und auf ewig dort bleiben. Aber ich tue es nicht. Ich schlucke und genieße immer noch das Aroma in meinem Mund. Obwohl ich die Kirsche aufgegessen habe, hat sich der Geschmack in mein Gedächtnis eingebrannt und wird mich für alle Ewigkeit daran erinnern, wie ich mich hier gefühlt habe. Wie etwas ganz Besonderes.

Habe ich mich auch so gefühlt, als ich mich in Will verliebt habe? Oder waren wir bloß von außen perfekt? *Du weißt es, sobald du davon gekostet hast,* höre ich Antonios Stimme in meinem Kopf.

Flüchtig denke ich an Miguel, der mit Sophia in den Bus steigt, und sende ein stummes Gebet zum Himmel, um Glück und Liebe für sie zu erbitten. Was sie haben, ist etwas Besonderes, wie die Kirsche – das spüre ich.

»Ich muss hoch zur Scheune, um mich zu vergewissern, dass alles fertig ist«, sage ich, obwohl ich am liebsten mit Antonio auf der Kirschplantage geblieben wäre. Ich erinnere mich an seinen heißen Atem nahe an meinen Lippen, als wir hier getanzt haben, doch mir ist klar, dass das ein Geschmack ist, den ich nie wieder kosten werde.

»Ich komme gleich nach«, sagt er und verschwindet Richtung Haus.

Ich mache die Tür auf und nehme mir einen Moment Zeit, um die Scheune zu betrachten. Alles ist perfekt und bereit. Wir haben den Raum komplett ausgeräumt und ihn sauber gemacht und geschrubbt, bis er blitzt. Die Tische sind arrangiert wie in einem Club, und in der Mitte gibt es Platz für die Darbietungen. Bei der Ankunft der Gäste werden Tapas und Sangria gereicht. Dafür habe ich Sophia und ihre Freundinnen als Kellnerinnen engagiert. Das habe ich Antonio nicht erzählt, aber da er sich nicht auf der Party blicken lassen wird, wird er es nie erfahren. Es ist ja nicht so, als wolle er mitfeiern!

Die Regale sind sauber und mit Gläsern gefüllt. Die Krüge für die Sangria stehen bereit. Der Schweinebraten ist bestellt. Ich werfe einen Blick auf meine Liste auf dem Tisch neben der Tür. Häkchen, Häkchen, Häkchen. Stolz überkommt mich, als ich mir vor Augen führe, was ich auf die Beine gestellt habe. So etwas kann ich richtig gut. Die vielen Jahre, in denen ich Verlobungspartys und Hochzeiten geplant habe, haben sich gelohnt! Ich kann Veranstaltungen organisieren. Ich lächele vor mich hin.

Und während Olivia und ihre Gäste Maxines Auftritt als Cher-Imitatorin genießen und danach tanzen werden, wird im Restaurant das Tanzduell stattfinden. Nur Antonio und ich und Esmeralda und Felipe. Ach ja, und Pedro, der Gitarre spielen wird, sowie ein paar Flamenco-Kenner, die die Jury bilden werden.

»Hey.« Antonio taucht leicht außer Atem neben mir auf. »Du hast hier großartige Arbeit geleistet.« Er bleibt stehen und nimmt alles in sich auf. »Es ist genauso wie früher. Hier.« Er hält mir etwas hin. Es ist das Foto, dessen Rahmen ich kaputt gemacht habe.

»Ich habe es reparieren lassen«, sagt er. »Ich finde, es sollte wieder an die Stelle, wo es früher gehangen hat.« Er zeigt auf die Wand oberhalb des Kamins.

»Das machst du«, antworte ich.

Ein Lächeln breitet sich langsam auf seinem Gesicht aus. Er nickt knapp, wie es seine Art ist, und wendet sich zum Kamin. Seine Schritte sind deutlich zu hören, als er durch den Raum geht, in dem schon seine Großeltern sich so oft aufgehalten haben. Er hängt das Bild an den leeren Haken, rückt es gerade und tritt zurück.

»Da hat es immer gehangen«, erklärt er. »Und da gehört es hin. Danke«, fügt er hinzu.

Erneut sieht er sich um, dann holt er tief Luft, als wäre das der Ort, an dem er sein Herz, seine Hoffnungen und seine Träume zurückgelassen hat. Er sieht mich an.

»Pedro wird morgen zur letzten Probe kommen. Zur Generalprobe in Kostümen. Wir können sie hier abhalten.«

Jetzt ist es an mir, zu nicken und zu lächeln. Ich begreife, dass es ihm viel bedeuten wird, noch einmal in diesem Raum und auf diesem Boden zu tanzen. »So, jetzt nimm Kontakt zu Will auf und sag ihm, dass du ihn treffen willst. Lade ihn zu deiner Party ein. Er soll dich in Höchstform erleben.« Von einer Sekunde auf die andere bin ich ein Nervenbündel.

Ich nehme mein Handy und schreibe eine Nachricht, lade ihn und die Band zu Olivias Party am Samstag ein. Das ist es ... ich werde endlich zum Ball gehen! Hoffentlich wird auch mein Prinz kommen. Meine Finger zittern, als ich auf *Senden* drücke und damit den Prozess in Gang setze, Will zurückzugewinnen und den Rest meines Lebens zu beginnen.

45. Kapitel

Am nächsten Morgen erlebe ich im Traum, wie Miguel und Sophia tanzen, aber dann bin ich es plötzlich, die sich da zur Musik bewegt, und es wirkt genauso natürlich und elegant wie bei den beiden. Ich bin im Obstgarten und tanze mit Antonio: *Stampf, stampf. Stampf, stampf.* Ich spüre seinen heißen Atem an meinem Hals, seinen starken Körper dicht vor meinem, während wir uns umkreisen. Ich schmecke immer noch das Aroma der Kirsche – das Gefühl und den Geschmack auf meinen Lippen, süß und fruchtig auf meiner Zunge, den Saft, der auch den letzten Winkel meines Mundes erreicht. Ein Gefühl von etwas ganz Besonderem.

Ich werde wach und schlage die Augen auf, doch das Stampfen hört nicht auf. *Stampf, stampf. Stampf, stampf.* Aber dann wird mir schlagartig klar, dass es gar kein Stampfen ist. Jemand schlägt gegen meine Haustür.

Ich streife einen kurzen Bademantel über und laufe zur Tür. Was mag bloß passiert sein, dass jemand den ganzen Weg zu mir gekommen ist? Ich reiße die Tür auf.

Es sind Miguel und Sophia. Ich ziehe sie ins Haus. Sie stolpern in die *finca,* wo Antonio sie nicht entdecken kann. Sie sind gesund und munter und erzählen mir vom Turnier, den anderen Tänzern – und von ihrem Sieg! Wir umarmen uns voller Freude, anschließend gibt Miguel mir einen Umschlag.

»Das ist unser Gewinn. Es ist nicht viel, tut mir leid.«

»Behalte das Geld.« Ich drücke ihm den Umschlag in die Hand. »Viel Spaß damit. Zahl mir das Geld zurück, wenn du mehr hast. Für mich ist es okay. Gav und Olivia kommen heute, dann bekomme ich meinen Lohn. Ich werde sogar ein spanisches Bankkonto eröffnen!«

Wir stehen in meiner kleinen Küche, strahlen uns an und umarmen uns. Ich freue mich so sehr für die beiden. Ich habe so ein Gefühl, dass sich die Dinge für uns alle bald ändern werden.

»Du bist so weit«, sagt Antonio, als wir später am Vormittag auf der Kirschplantage stehen. Sophia hat sich davongestohlen und ist in ihr Dorf mit den weißen Häusern zurückgekehrt, und Miguel und ich haben die Kirschbäume gewässert, während Antonio sich um die Pferde gekümmert hat. »Valentina hat gefragt, ob sie sich die Probe heute ansehen darf. Sie will sehen, wie hart wir gearbeitet haben. Es tut mir leid. Sie … sie will unbedingt, dass ich mich so bald wie möglich scheiden lasse. Macht es dir etwas aus?«

Auf einmal zittere ich wieder vor Nervosität. Man lasse mich eine Party für fünfzig Personen organisieren, und alles ist gut. Sogar ziemlich gut! Aber dieses Tanzduell … ich habe große Angst davor.

»Nein, das ist in Ordnung«, lüge ich.

Der Gitarrist Pedro trifft in einem sehr alten, ramponierten Fiat ein. Er steigt aus und nimmt seinen Gitarrenkoffer aus dem Wagen.

»*Buenos días.*« Er nickt und lächelt unter seinem buschigen Schnurrbart hervor. »Bereit für Samstag?«

»So bereit, wie ich es nur sein kann!«, antworte ich, obwohl ich mich nicht so fühle. »*Café?*«

»*Café, sí!*« Er nimm das Angebot an und fügt hinzu: »Und ein bisschen von Bonitas Mandelkuchen, wenn es geht?«

»Ich schaue mal in die Dose.« Lächelnd verschwinde ich im Restaurant.

Ich bringe Pedro den Kaffee und den Kuchen in die Scheune, wo er sich gerade einspielt. Danach gehe ich in meine *finca,* um mich umzuziehen. Es versetzt mir einen Stich, als ich daran denke, wie ich mein kleines Reich vermissen werde. Nach diesem Wochenende werde ich in die Wohnung über der Butterfly Bar ziehen. Ich schaue in den Badezimmerspiegel und stecke meine Haare hoch. Dann stecke ich eine rote Seidenblume hinein, die ich auf dem Markt erstanden habe. Sie passt farblich zu meinen roten Schuhen. Ich hole tief Luft. So bereit, wie ich es bloß sein kann. Auf der Terrasse beuge ich mich zu Ana hinunter und hoffe, dass sie mir Glück bringt. Ich schaue über die Kirschbäume hinweg, die auf die Ernte warten, und atme in tiefen Zügen die frische Luft ein.

Valentina wartet schon in der Scheune, als ich eintrete, und ich könnte schwören, dass sie nach Luft schnappt, als sie mich sieht. Doch sie hat sich rasch wieder gefangen.

»Sie haben dieselbe Figur und Größe wie Antonios Großmutter, wie ich sehe«, kommentiert sie und mustert mich von Kopf bis Fuß. »Mir wäre das Kleid jedenfalls zu groß gewesen.« Doch ihre Worte treffen mich nicht. Nichts trifft mich, wenn ich fürs Flamenco-Tanzen gekleidet bin. Ich fühle mich einfach wunderbar. Und mit meinen roten Schuhen bin ich bereit für alles.

»Du siehst wunderschön aus«, sagt Antonio von der Tür. Valentinas Kopf fährt herum, und ihre Nasenflügel blähen sich.

»Na ja, wenn Sie jetzt auch noch so gut tanzen wie seine Großmutter«, sagt sie mit einem leichten Naserümpfen zu mir, während sie sich in der Scheune umsieht, als liege ein übler Geruch in der Luft, »werden wir diese blöde Wette gewinnen. Dann können wir endlich heiraten. Ich könnte diesen Ort verwandeln, sein Schicksal verändern.«

Antonio antwortet nicht. Ein seltsames, unbehagliches Schweigen hängt in der Luft. Pedro wirft mir einen Blick zu und zieht die Augenbrauen hoch. Antonio starrt zu Boden, während Valentina durch die Scheune schlendert, die Hände in die Hüften gestemmt, und jeden Winkel inspiziert. Ich kann nichts in Antonios Gesicht lesen, aber ich spüre, dass er nicht glücklich ist.

Schließlich zuckt sie mit den Schultern. »Nicht schlecht. Ich werde den Raum anstreichen lassen, wenn es vorbei ist und Sie weg sind.«

»Was? Sie können diese Wände nicht streichen!« Ohne zu merken, was ich tue, strecke ich die Arme aus und zeige auf die Poster, die einst Veranstaltungen hier im Club ankündigten, und auf die vergilbten, alten Wände, die sich so warm und voller Leben anfühlen.

»Ich lasse sie anstreichen«, wiederholt sie. »In leuchtenden, modernen Farben. Vielleicht können wir diesen Raum für unsere Hochzeitsfeier nutzen.«

Antonio ballt die Hände zu Fäusten. »Wir sind hier, um zu tanzen, und nicht, um Farbkonzepte zu diskutieren«, sagt er brodelnd vor lauter Wut.

Miguel kommt herein, immer noch vor sich hin lächelnd, und setzt sich im kühlen Inneren der Scheune an einen Tisch. Er wischt sich mit dem Unterarm über die heiße Stirn und trinkt einen Schluck aus der Flasche Wasser, die er mitgebracht hat.

»Bereit?«, fragt Antonio mich leise. Als ich nicke, nehmen wir unsere Positionen ein. Ich zittere – ich weiß nicht, ob es an meiner Verärgerung über Valentinas Gleichgültigkeit gegenüber dem Vermächtnis von Antonios Großeltern liegt oder an meiner Angst, vor Publikum aufzutreten, auch wenn es nur aus wenigen Personen besteht.

»Du musst keine Angst haben«, flüstert Antonio, und ich schaue auf meine roten Schuhe hinunter.

Pedro beginnt zu spielen und zu singen, und ich hebe den Kopf, um Antonio in die Augen zu sehen. Ich fühle mich, als würde ich entweder gleich abheben oder eine Bauchlandung hinlegen. Als wir beginnen, zähle ich den Rhythmus im Kopf mit. Antonios Blick lässt mich nicht los. Ich höre den Gesang und das Gitarrenspiel, Miguels Klatschen und meinen eigenen Herzschlag, aber dann wird ein Stuhl mit einem Kratzen zurückgeschoben. Valentina ist aufgestanden, geht um uns herum und beobachtet uns prüfend, launisch und verdrossen. Ich gerate ins Stolpern.

»Tanz weiter.« Antonio hält mich fest und fordert mich auf, einfach weiterzumachen. »Fühl die Musik. Lass sie in deine Seele.«

Doch ich fühle bloß, dass Valentina mich mit stechendem Blick beobachtet und beurteilt. Ich versuche wieder zu zählen und mich auf meine Fußarbeit zu konzentrieren. *Un, dos, tres … un, dos, tres …* Aber es bringt nichts. Diesmal stoße ich mit Antonio zusammen, als ich mich in die falsche Richtung drehe. Mein Handrücken klatscht in sein Gesicht.

»Pah!«, sagt Valentina laut und wirft den Kopf zurück. Ich bleibe stehen.

Antonio lässt die Hand von seiner Wange sinken. »Hör mir zu, Beti. Sieh mich an.« Er nimmt meine Hände und bringt mich dazu, ihm in die Augen zu schauen. Ich stehe kurz davor, in Panik zu geraten. Ich glaube nicht, dass ich es hinbekomme. »Hör mir zu und vertrau mir«, sagt er entschlossen und lässt meine Handgelenke los. Er klatscht in die Hände und zählt: »*Un, dos, tres. Un, dos, tres*«, gleichmäßig und bestimmt, um mir den Rhythmus ins Gedächtnis zu rufen. »Okay?«, fragt er lächelnd und hält meinen Blick fest.

Ich sehe jede Linie seines Gesichtes. Die rote Stelle, wo meine Hand gelandet ist. Die vereinzelte Locke, die auf seiner Stirn tanzt. Die Hoffnung und den Zuspruch in seinen dunklen Augen. Es ist ein Blick, an den ich mich immer erinnern werde. Noch nie hat mich jemand so angesehen. Mir das Gefühl gegeben, der einzige Mensch im Umkreis zu sein. Das Gefühl, zwei Meter groß zu sein. Das Gefühl, er werde zur Stelle sein, um mich aufzufangen, falls ich straucheln sollte.

»Es ist sinnlos!«, ruft Valentina und schlägt die Hände über dem Kopf zusammen.

»Es glaube, es wäre am besten, wenn du gehst, Valentina«, sagt Antonio ruhig, ohne mich aus den Augen zu lassen.

»Gut. Bring das Mädchen dazu, härter zu trainieren. Du verlierst sonst alles! Ich komme zurück, wenn sie es richtig kann.«

Vor lauter Frustration brennen Tränen in meinen Augen. Doch bevor ich etwas sagen kann, wendet Antonio sich plötzlich ruckartig ab und marschiert auf Valentina zu.

»Es reicht!«, schreit er so heftig, dass ich zusammenzucke. Dann senkt er die Stimme und hat sich wieder im Griff. »Beti hat viel gearbeitet«, sagt er ruhig. »Sie macht das schon. Sie versteht, wo das alles herkommt.« Er deutet auf die mit Postern bedeckte Wand.

»Pah!«, macht Valentina wieder, denn sie merkt nicht, dass sie gemaßregelt wird. »Sie lebt in der Vergangenheit. Das alles muss modernisiert werden – das Restaurant und die Scheune.«

»Nein«, fällt er ihr ins Wort. »Ich glaube, dass *wir* in der Vergangenheit leben. Du und ich«, fügt er leise hinzu.

Sie wirft ihm einen scharfen Blick zu. »Sieh mich an, Antonio«, befiehlt sie ihm. Er legte den Kopf schief, und sie nickt langsam, als habe sie gerade etwas begriffen. »Du hast mich noch nie so angesehen, wie du sie eben angesehen hast.« Sie zeigt mit ihrem roten Fingernagel auf mich. Meine Wangen brennen.

»Es tut mir leid, Valentina«, sagt er. »Ich denke, es wäre besser, wenn du gehst.«

»Ich gehe. Ich bin im Restaurant.« Sie dreht sich um und reißt die Tür auf.

»Nein, ich meine, es wäre besser, wenn du für immer gehst.

Die Dinge haben sicher verändert, Valentina. Es tut mir leid. Ich möchte … etwas anderes.«

»Aber was ist mit dem Betrieb?« Sie schaut ungläubig, als hätte sie gerade ein anrückendes Gewitter am Horizont entdeckt.

»Seit all das angefangen hat …«, setzt Antonio an.

»Seit du angefangen hast, Flamenco zu tanzen … mit ihr!« Als Valentina auf mich zeigt, werde ich ganz klein und fühle mich, als hätte ich etwas angestellt. Aber ich habe nichts weiter getan, als tanzen zu lernen. Ich wollte bloß mein Bestes geben.

»Ja, seit ich wieder angefangen habe zu tanzen.«

»Du hast dich verändert. Ich dachte, du würdest endlich deine Bindungsangst überwinden und mich heiraten.« Ihre Nasenflügel blähen sich, als sie ihn anstarrt.

»Ich will jetzt andere Dinge, Valentina. Das Tanzen hat mir die Augen geöffnet. Ich fühle mich lebendig, hier drin.« Er klopft sich mit der Faust auf die Brust. »Du wolltest unsere Beziehung managen wie das Restaurant. Alles basierte auf praktischen Aspekten. Zu der Zeit fand ich es sinnvoll, aber jetzt … nun, ich glaube, wir sind nicht mehr die gleichen Menschen. Dieser Ort«, er sieht sich um, »das hier ist, was ich bin, und ich weiß nicht, ob das der Mensch ist, den du in mir sehen möchtest.« Er schaut sie an, seine Hand ruht auf seinem Herzen. Ich höre meinen eigenen lauten Herzschlag.

»Aber was ist mit dem Restaurant? Ich werde dort gebraucht. Ich leite das Restaurant!« Sie wirkt völlig durcheinander.

»Bonita wird zurechtkommen. Sie hat es früher geschafft, und sie bekommt es auch jetzt wieder hin. Außerdem steht die Ernte vor der Tür, bald werden alle verfügbaren Hände die Kirschen pflücken. Ich glaube, es wäre am besten, wenn du nun gehst.«

Sie starrt ihn an. Keiner rührt sich. Dann stößt Valentina einen hohen, frustrierten Schrei aus, stürmt aus der Scheune und läuft auf die Wohnung zu.

»Ich gehe ihr hinterher und vergewissere mich, dass sie in Ordnung ist«, sagt Miguel.

»Ich gehe auch und sehe nach, ob es noch mehr Kuchen gibt.« Pedro folgt Miguel den gewundenen Weg hinunter. Es herrscht Stille, mal abgesehen von meinem Herzschlag; dann dreht Antonio sich zu mir um und hebt langsam den Kopf.

»Wir haben noch einiges zu tun«, sagt er ruhig. In seiner Miene zeigt sich eine Mischung aus Trauer und Erleichterung, als wäre er endlich eine große Last losgeworden, die er lange mit sich herumgeschleppt hat. »Ich muss meine Existenz und mein Zuhause verteidigen.« Er deutet auf die Plantage.

»Willst du ihr nicht hinterhergehen?«, frage ich leise. Mein Herzschlag hat sich noch nicht beruhigt, und meine Hände zittern.

Er schüttelt den Kopf. »Valentina und ich haben schon eine jahrelange Achterbahnfahrt hinter uns. Vielleicht sollte es so sein, dass ich bis jetzt noch nicht auf eine Scheidung gedrängt habe. Vielleicht wusste ich im Grunde meines Herzens, dass die Dinge nicht richtig laufen. Aber erst jetzt habe ich begriffen, dass es an der Zeit ist, die Beziehung zu beenden. Nachdem ich diesen Ort so gesehen habe, ist mir klar geworden, dass ich mich nicht länger vor der Vergangenheit verstecken kann.« Er betrachtet die Poster an den Wänden, als hätten sie ihn in vergangene Zeiten zurückversetzt. »Als Junge habe ich immer hier unter dem Tisch gesessen und die Tänzer beobachtet. Niemand wusste, dass ich da war. Es fühlt sich an, als wäre es gestern gewesen. Ich kann nicht länger ignorieren, wer ich war oder wer ich bin. Valentina will mich zu jemandem machen, der ich gar nicht bin. Sie will diesen Ort zu etwas machen, was er gar nicht ist. Dieser Ort ist der Stoff, aus dem ich gemacht bin. Ich bin damit verwoben. Valentina hätte ihn modernisiert und ihm das Herz geraubt. Sie hätte die Vergangenheit übertüncht.« Er streckt eine Hand aus und legt sie an die vergilbte Wand. »Es ist Zeit, darauf zu hören, was mein Herz sagt. Es ist Zeit, den Weg einzuschlagen, vor dem ich mich so viele Jahre gescheut habe.«

»Aber was ist, wenn Valentina jemandem von dem Tanzduell erzählt?«

»Wir müssen jetzt einfach weitermachen. Wir müssen aufstehen und für das, was wir wollen, kämpfen. Du um deinen Verlobten. Und ich … nun«, er schluckt, »um alles, was ich hier habe.« Einen Moment lang hält er meinen Blick fest, und ich frage mich schon, ob er noch etwas anderes meint außer dem Hof, Miguel und den Pferden. Aber kaum ist der Gedanke aufgetaucht, verflüchtigt er sich schon wieder. »Ob wir nun gewinnen oder verlieren, jedenfalls werde ich nicht dafür verantwortlich sein, das Vermächtnis meiner Großeltern begraben zu haben. Dafür hast du mir die Augen geöffnet. So, jetzt lass uns noch mal diese *sevillana* tanzen.«

Mein Herz schlägt immer noch wie wild, als er sich vor mich stellt. Ich rieche seinen frisch geduschten Körper, und der Duft nach Zitronen und Tannennadeln vermischt sich mit der Wärme des Junitages.

»Hör diesmal zu. Hör darauf, was in dir ist, nicht darauf, was um dich herum vor sich geht.« Er nimmt meine Hand und legt sie mir auf die Brust, wo mein Herz so laut pocht, dass es sich anfühlt, als würde es gleich aus meiner Brust springen. »Achte auf den Rhythmus. Lausche, was hier drin ist. Wenn du es spürst, weißt du, dass du es verstanden hast. Du musst auf dein Herz hören, es wird dich nicht im Stich lassen. Vertrau mir.«

Als ich ihn ansehe, nimmt er seine Hand langsam weg. Dann beginnt er zu klatschen, und sein Blick lässt mich nicht los und erinnert mich daran, dass er mich nicht fallen lassen wird. Ich hebe das Kinn an, strecke die Brust heraus und lausche meinem Herzschlag, laut und deutlich, weil ich Antonio vertraue. Ich vertraue ihm mein Leben an, so wie er mir seines anvertraut.

46. Kapitel

Als der Tanz endet, stampfen wir den letzten Takt und bleiben atemlos und in Hochstimmung in der letzten Pose stehen. Wir wollen beide nicht, dass der Moment vorbeigeht.

»Du warst fantastisch!« Sein Gesicht leuchtet auf. »Siehst du! Mach es einfach genau so, und du wirst die Herzen der Juroren auf jeden Fall erreichen.« Er strahlt und steht ganz dicht vor mir, genau wie auf der Kirschplantage. Und einen verrückten Augenblick lang frage ich mich, ob er mich diesmal küssen wird und wie ich reagieren würde. Doch als das Rauschen des Blutes in meinen Ohren nachlässt, höre ich vor der Tür Aufruhr. Es klingt nach einer schrillen Frauenstimme und nach Miguel.

»Nein, tut mir leid, Sie können da jetzt nicht rein«, sagt Miguel entschlossen.

Antonio und ich lassen die Arme sinken, bleiben wie angewurzelt stehen und starren zur Tür. Ist es Valentina oder vielleicht jemand aus Sophias Familie, der ihre Beziehung zu Miguel nicht gutheißt? Füßescharren und Keuchen deuten auf ein Handgemenge hin. Plötzlich fliegt die Tür auf.

»Es tut mir leid«, sagt Miguel zu Antonio. »Ich habe versucht, sie aufzuhalten, aber sie meinte, es sei wirklich wichtig.«

»Bet? Bist du da drin?«

Ich erkenne die Stimme auf Anhieb. »Olivia? Du bist früh dran. Ich dachte, du rufst vom Apartment aus an.«

»Du meine Güte, auch das noch. Die herrschsüchtige Cousine!«, sagt Antonio halblaut und stemmt die Hände in die Hüften.

»Pst! Es ist ihre Party, die dich in die Lage versetzt, eine neue Pumpe zu kaufen!« Ich stoße ihn mit dem Ellbogen an, dann wende ich mich an Olivia. »Wie du sehen kannst, ist schon alles vorbereitet und organisiert.« Ich strecke die Hände aus, damit sie sieht, was ich aus dem Raum gemacht habe.

»Ach das …« Sie lässt den Blick durch die Scheune schweifen und schnappt nach Luft, als sie alles in sich aufnimmt. Die Menükarten auf den Tischen, die um die Sparren geschlungenen Lichterketten, die Geburtstagsgirlande rund um die Bar. »Es ist wunderschön!«, stößt sie hervor. Danach sieht sie mich wieder an und reißt die Augen auf. »Und du auch. Verdammt noch mal! Ich hätte nie gedacht, dass du dich so rausputzen kannst.«

»Ich probiere nur dieses … Kostüm an. Für morgen, um deine Gäste zu begrüßen. Alles ist so gut wie fertig. Die Caterer sind gebucht, ebenso die Musiker und die Kellnerinnen«, sage ich und begebe mich auf vertrauteres Terrain. »Ich ziehe mich bloß eben um, dann kann ich dich herumführen, wenn du möchtest.« Ich hebe die Rüschen meines Kleides hoch und zeige meine roten Schuhe.

»Es ist einfach … toll«, sagt sie leise. »Genau so, wie ich es mir erhofft habe.« Ihre Stimme schwankt.

»Hey«, sage ich. Meine Sorgen und die Anspannung sind wie weggewischt. Alles wird gut. Es gefällt ihr. Gott sei Dank! Ich habe es geschafft! Ob es dir passt oder nicht, Onkel Paul, denke ich mit einem breiten Grinsen.

Ich gebe Olivia ein Papiertaschentuch aus der Box, die ich auf einem Tisch neben der Tür platziert habe – für Reaktionen auf emotionale Reden oder für vom Tanzen schwitzende Gesichter. »Hast du Gav mitgebracht?«, frage ich. Ich überlege, ob er noch den Wagen parkt oder den Scheck ausstellt, mit dem das alles bezahlt wird. Ich warte darauf, dass sie sich die verweinten Augen abtupft und sagt, dass er auf dem Weg ist, als sie plötzlich in unkontrolliertes Schluchzen ausbricht und gegen meine Schulter sinkt. Instinktiv lege ich die Arme um sie und werfe Antonio einen Blick zu, während ich mich frage, was hier eigentlich los ist. Er zuckt mit den Schultern und wirkt genauso verwirrt wie ich.

»Lass es mich noch mal in Worte fassen …«

Wir sitzen auf der kaputten Bank auf der Terrasse meiner kleinen *finca*. Ich habe das Kleid und die Schuhe ausgezogen und bin wieder in Espadrilles, abgeschnittene Jeans und T-Shirt geschlüpft. Antonio hat Kirschlikör aus dem Restaurant mitgebracht und jedem von uns ein Glas gereicht.

»Gav und du …«, wiederhole ich langsam. »Ihr habt euch getrennt? Und die Party«, die Worte bleiben mir fast im Hals stecken, »findet nicht statt?«

»Mein Gott, ich kann es nicht fassen! Das ist so egoistisch von ihm! Und hier ist alles fertig.« Sie schluckt, als fielen ihr die nächsten Worte schwer. »Es tut mir leid, Bet. Du hast dir so viel Arbeit gemacht. Die Wahrheit ist, ich habe dein neues Leben gesehen, und … na ja, vermutlich war ich neidisch. Neidisch darauf, was du dir hier aufgebaut hast. Ich dachte, die Party würde mir das Gefühl geben, ein bisschen an deinem Leben teilzuhaben. Das ist vermutlich der Grund, warum Oma dir die Porzellankuh hinterlassen hat – sie wusste, du würdest etwas daraus machen.«

Plötzlich habe ich ein schlechtes Gewissen wegen meiner kleinen Notlüge. »Ach, Olivia … eigentlich bin ich es, die etwas gestehen muss. Dieses Restaurant …«

Antonio legt mir eine Hand auf die Schulter und bringt mich zum Schweigen. »Beti hat den Hof wieder zum Leben erweckt. Sie hat daraus gemacht, was er heute ist.« Er schaut zur Scheune. »Sie ist das Herz und die Seele.«

Olivia fällt die Kinnlade runter. Ausnahmsweise mal fehlen ihr die Worte, als sie zu Antonios großer Gestalt aufblickt, die sich als Silhouette gegen die Sonne abzeichnet.

»Ich glaube nicht, dass jemand schon mal so etwas über mich gesagt hat«, meint sie schließlich. Als ihr aufgeht, dass sie die Worte laut ausgesprochen hat, presst sie die Lippen zusammen, zupft ihren Rock zurecht und nimmt die Schultern zurück.

Schweigend genieße ich die Freude über das Lob. Das Gefühl seiner warmen Hand auf meiner Schulter verleiht mir Kraft.

»Mom und Dad erwarten eine Party mit vielen Gästen.« Olivia besinnt sich wieder auf die wichtigen Dinge. »Sie haben alle über Facebook informiert. Ich weiß nicht, was ich machen soll.«

»Deine Eltern kommen auch?«

»Ja.« Sie nickt nüchtern. »Und deine.«

»Wie bitte? Oh Gott …«

»Oh, tut mir leid, das sollte eigentlich eine Überraschung werden«, antwortet sie, klingt aber nicht so, als würde sie es tatsächlich bedauern. Offensichtlich bemitleidet sie bloß sich selbst.

»Nun, es ist auf jeden Fall eine Überraschung.« Sie werden nicht nur erfahren, dass ich keine Bar in Spanien habe; nein, sie werden ebenfalls herausfinden, dass Will mich verlassen hat und ich nach dem Wochenende wahrscheinlich nicht mal mehr weiß, wo ich schlafen soll!

»Okaaaayyyy!« Ich versuche, meine Gedanken zu sortieren und zu überlegen, was als Nächstes passieren muss, bevor ich mich mit den schwerwiegenderen Konsequenzen befassen kann. Was um Himmels willen soll ich Harold und Brenda sagen, die so gut zu mir waren und darauf warten, dass ich die Kaution zusammenbekomme, damit sie ihr neues Leben in England beginnen können? Und was ist mit Antonio, der gerade die größte Einnahmequelle der Saison verloren hat? Wenn ich nicht mal eine Party auf die Beine stellen kann, wie kann ich da hoffen, ein Tanzduell zu gewinnen, wodurch er sein Zuhause, seine Lebensgrundlage und seine Pferde behalten könnte? Ich habe ihn im Stich gelassen. Es wird keine zusätzlichen Einnahmen geben. Kein neues Bewässerungssystem.

»Entschuldigt mich, ich muss mich um die Pferde kümmern«, sagt Antonio knapp, stellt die Likörflasche auf den Tisch und wendet sich zum Gehen. Ich hätte am liebsten die Arme um ihn gelegt und ihm gesagt, dass ich ihn zwar in Bezug auf die Party hängen gelassen habe, das aber nicht bedeutet, unsere Chancen beim Tanzduell zu vermasseln. Aber kann ich ihm das wirklich versprechen? Ich bin vollkommen aufgewühlt, als ich ihn den Weg hinunterlaufen sehe. Ich denke an die Begeisterung, die mich inzwischen jedes Mal erfasst, wenn wir zusammen die *sevillana* tanzen. Gleichzeitig bin ich tieftraurig, weil ab Samstag alles vorbei sein wird. Ich werde mich nie wieder so fühlen wie während des Tanzens mit ihm. Miguel lehnt immer noch an der Terrassenmauer, schaut über die Kirschplantage und kaut gedankenverloren auf der Unterlippe.

Ich streiche mir nervös über die Oberschenkel. »Nun, dann muss ich den Entertainern und den Caterern absagen. Wir können sie nicht bezahlen. Natürlich sind dann die Anzahlungen futsch. Aber ich muss ihnen so früh wie möglich Bescheid geben.«

»Huhuhuhuuuu!« Olivia heult plötzlich wie ein Teenager, der einen Wutanfall bekommt, und putzt sich heftig die Nase. »Ich habe gedacht, er macht mir einen Heiratsantrag. Hier auf der Kirschplantage, wenn alle zusehen. Es wäre perfekt geworden! Der beste Antrag ever! Was um alles in der Welt werden die Leute über mich sagen?«

»Sag ihnen ... sag ihnen einfach, es gäbe eine Planänderung und die Party fände nicht statt. Wenn sie echte Freunde sind, werden sie es verstehen.«

»Das werden sie nicht. Die meisten sind ohnehin Freunde von

Gav – na ja, eher Angestellte. Sie kommen übrigens trotzdem nach Spanien. Er hat unten am Strand eine Party für sie gebucht. Eine Firmenfeier, die er von der Steuer absetzen kann. Offensichtlich gibt es Oben-ohne-Barmädchen.«

»Gibt es die?« Ich reagiere gereizt. Was ich geplant hatte, wäre viel stilvoller geworden. Es versetzt mir einen Stich, als mir klar wird, wie viel Spaß es mir gemacht hat, diese Party zu organisieren – obwohl ich anfangs gar keine Lust dazu hatte. Ich würde mich darum reißen, noch mal so etwas zu tun. Vielleicht sollte ich in die Eventplanung gehen. Irgendetwas muss ich mir schließlich einfallen lassen, nachdem ich die Butterfly Bar nun doch nicht übernehmen kann. Ich bin völlig ausgebrannt.

»Wann genau ist das passiert, Olivia?« Ich seufze.

»Kurz bevor wir zum Flughafen aufbrechen wollten. Er hat dann seinen Flug umgebucht, um mit seinen Freunden fliegen zu können. Ich wusste nicht, was ich tun sollte, also bin ich einfach ins Flugzeug gestiegen und trotzdem hergekommen. Ich werde zur absoluten Lachnummer.«

Nicht so sehr wie ich am Samstag, wenn ich so schlecht tanze wie vor Valentina, denke ich. Damit wäre nicht nur das Bewässerungssystem verloren, sondern auch der ganze Hof. Miguels und Antonios Zuhause. Antonio arbeitet jetzt da unten mit den Pferden und macht sich Gedanken, was passieren wird, wenn wir nicht gewinnen. Wohin werden sie gehen? Wird es ihm gelingen, die Stute und das Hengstfohlen zusammen unterzubringen? Mein Herz zieht sich zusammen. Ich habe die Butterfly Bar verloren, aber für ihn steht noch viel mehr auf dem Spiel. Das Zuhause und die Sicherheit von Menschen und Tieren hängen von ihm ab.

»Ich weiß nicht mal, wo ich übernachten soll«, sagt Olivia schniefend. »Gav ist im Apartment. Ich habe mir ein Taxi genommen. Mein Koffer steht unten auf dem Parkplatz.«

Ich seufze wieder tief auf. »Hol deine Sachen und spring erst mal unter die Dusche. Es mag zwar nicht das sein, woran du gewöhnt bist, aber es wird dich erfrischen. Ich frage Harold und Brenda, ob sie eine Pension kennen, wo du für die paar Nächte bis zu deinem Rückflug unterkommen kannst.«

Sie steht auf, um die Stufen zu dem gewundenen Weg hinunterzusteigen. »Wird es da WLAN geben?«, fragt sie.

Ich verdrehe die Augen. »Vielleicht wäre es am besten, wenn du dich eine Weile von den sozialen Medien fernhalten würdest«, sage ich, während ich mich frage, warum ich Olivia je einschüchternd gefunden habe.

Sobald sie weg ist, tauschen Miguel und ich einen Blick. Er weiß ganz genau, was ich denke.

»Es tut mir so leid, Beti. Die Anzahlungen … Ich habe dein Geld ausgegeben, und nun hast du nichts mehr!« Er steckt die Hand in die Tasche und zieht den Umschlag mit dem Gewinn heraus. »Hier, nimm das. Ich bestehe darauf!«, sagt er mit Tränen in den Augen. »Was wirst du jetzt machen? Am Samstag musst du die Kaution für die Bar hinterlegen.«

»Behalte das Geld, Miguel. Es ist nicht genug, um mir aus der Patsche zu helfen. Es ist in Ordnung. Nun kann ich bloß noch auf ein Wunder hoffen.« Ich denke an Harold und Brenda. Sie haben all ihre Wünsche und Träume in mich gesetzt. Bei dem Gedanken an die Menschen, die ich im Stich lasse, wird mir übel.

Miguel lässt den Blick wieder über die Kirschplantage schweifen und lehnt sich an die handgefertigte Brüstung. Niemand sagt etwas – wir verlieren uns beide in unseren Gedanken. Schließlich dreht er sich um.

»Ich habe da eine Idee …« Seine Augen funkeln, und er sieht genauso aus wie sein Vater, nachdem wir unseren Tanz beendet hatten und noch alles möglich erschien. Ich klatsche innerlich in die Hände und rufe stumm »*Olé!*«, während ich vor Aufregung zu zittern beginne.

»Das können wir nicht machen!«

»Oh doch!« Er reißt die Augen auf, während die Idee Gestalt annimmt. »Es ist die einzige Antwort. Pedro wird uns helfen, die Nachricht zu verbreiten, und ich bin überzeugt, dass alle kommen wollen!«

»Aber es verstößt gegen das Gesetz!«

»Es verstößt nicht gegen das Gesetz. Der Tanz wurde nur mit einem Bann belegt, und zwar von einem Priester, der gar nicht mehr lebt.« Miguel steht auf und deutet mit ausgestreckten Armen auf den verschlafenen Dorfplatz. »Ein bisschen wie dieses Dorf!«

Er hat recht. Im Grunde meines Herzens weiß ich, dass er recht hat. Ich sehe ihn an. Er ist so viel älter als seine siebzehn Jahre, und dennoch ist er noch ein Junge, auch wenn er seit seiner Ankunft auf dem Hof reifer geworden ist.

»Meinst du, dass die Leute wirklich Lust haben zu kommen?«, frage ich.

»Sieh mal!« Er führt mich in die Scheune zurück. »Sieh dir die Poster an den Wänden an. Mein Vater war ein bekannter Flamenco-Tänzer. Aus dem ganzen Land sind die Leute gekommen, um ihn tanzen zu sehen. Und sie werden kommen, wenn sie hören, dass er wieder tanzt. Pedro hat mir von seinem Ruf und seiner Karriere erzählt. Er war sehr beliebt. Außerdem war er als Pferdeflüsterer bekannt, *el susurrador de caballos.*«

»Der Pferdeflüsterer. So habe ich ihn genannt, als ich zum ersten Mal miterlebt habe, wie er mit dem Hengstfohlen arbeitet.«

»Er ist genauso berühmt für seine Arbeit mit Pferden wie für seinen Tanz. Schau mal!« Miguel deutet auf die Poster, und ich erkenne auf den verblichenen Fotos Antonios Gesicht unter einem breitkrempigen Hut. Dieses entschlossene Kinn und die zusammengezogenen Augenbrauen würde ich überall erkennen.

»Wenn wir verbreiten, dass der Pferdeflüsterer zurückkehrt, werden sie mit Freuden zahlen!«

Sogar ich bin gespannt auf die Rückkehr des Pferdeflüsterers. Und ehrlich gesagt, haben wir eine Wahl?

»Nur damit ich dich auch wirklich richtig verstehe: Du schlägst vor, Eintrittskarten zu verkaufen und eine richtige … wie heißt es noch mal?«

»*Peña*«, erklärt er. »Eine *peña* abzuhalten. Genau wie früher. Nicht für Touristen, sondern für die richtigen Kenner und Liebhaber des Flamencos. Wir hauchen der Scheune wieder Leben ein. Die Eintrittskarten werden an der Tür verkauft.«

Ich sehe mich um. Es wäre wunderbar, wenn dieser Raum wieder genutzt würde.

»Wir könnten Poster im Hafen aufhängen!«, schlage ich vor. Allmählich glaube ich, dass diese Idee tatsächlich gut sein könnte. Sie wächst und wächst wie das Anschwellen der Musik und das Schnellerwerden der Schritte, wenn der Tanz Fahrt aufnimmt.

»Ja! Und das hier einsetzen.« Er wedelt mit seinem Handy. »Die sozialen Medien.«

»Aber was ist mit Antonio? Er bekommt einen Tobsuchtsanfall.«

»Er wird es nicht erfahren. Nicht, bevor es zu spät ist. Wenn wir ihn einweihen, sagt er nein. Aber wir haben bloß diese eine Chance! Entweder wir nutzen sie, oder wir verlieren alles. Du deine Bar, wir unser Zuhause.«

»Und Harold und Brenda müssten ihren Traum begraben, nach England zu ziehen. Sie sitzen quasi schon auf gepackten Koffern!«

»Auf die Weise kann auch das Tanzduell durchgeführt werden. Niemand im Ort wird von dem Tanzduell erfahren, offiziell ist es ja die Party deiner Cousine. Antonio kann nach wie vor versuchen, den Hof zu retten, und du bekommst eine Chance, die Bar doch noch zu übernehmen. Es ist auf jeden Fall einen Versuch wert!«

»Und ich muss vor allen tanzen? Vor allen Zuschauern, die kommen werden?«, frage ich. Ich beginne vor Nervosität zu zittern.

Er nickt bedächtig, sagt aber nichts. Und obwohl meine Angst von Sekunde zu Sekunde wächst, nicke ich ebenfalls. Ich muss es versuchen.

Olivia stößt mit ihrem riesigen pinkfarbenen Koffer, der über die Grasbüschel hoppelt, zu uns. Sie ist verschwitzt und außer Atem.

»Ich kann Mom und Dad nicht erreichen«, sagt sie und hält ihr Handy mit der freien Hand hoch. »Ich weiß gar nicht, was ich ihnen sagen soll. Ich bin noch nie verlassen worden. Und sie haben sich so darauf gefreut, vor ihren Freunden zu glänzen!«

»Nun, warte mal ab. Vielleicht gibt es trotzdem eine Party, die für Gesprächsstoff sorgen wird!«, antworte ich und werfe einen Blick auf Miguel, der gerade auf Facebook unterwegs ist.

»Echt jetzt?«, sagt Olivia und umarmt mich heftig. »Ach, ich wusste, dass ich mich auf dich verlassen kann, Bet! Du bist spitze! Ich wusste, dass du mich nicht hängen lässt. Danke, dass du das für mich tust.«

»Oh, ich tue es nicht für dich, Olivia«, kontere ich gelassen. »Ich tue es für mich … und für die Menschen, die ich lieb gewonnen habe.«

Sie erwidert meinen Blick ausdruckslos, aber ich bin mir ziemlich sicher, dass wir uns verstanden haben. Wenn sie nur wüsste … ich bin vielleicht im Begriff, den größten Fehler meines Lebens zu begehen. Wenn ich nun versage, werden alle meine Fehler sehen. Es muss nach Plan laufen – ansonsten werde ich alle enttäuschen. Nichts kann das Ganze jetzt noch aufhalten, und ich habe schreckliche Angst davor.

47. Kapitel

»Was? Nein! Das geht nicht! Nicht an diesem Wochenende!«, rufe ich aus.

Antonio steckt sein Handy in die Brusttasche seines offenen karierten Hemdes, unter dem er ein weißes T-Shirt trägt. Er steht neben der Pferdekoppel. Miguel und ich begleiten Olivia und ihre Koffer hinunter zum Dorfplatz, von wo aus sie mit dem Bus zum Hafen fahren wird. Antonio hat eine Hand gehoben, um uns aufzuhalten und uns die jüngsten Neuigkeiten mitzuteilen.

»Es muss sein. Die Ernte muss vorgezogen werden, sie muss sofort beginnen. Nächstes Wochenende ist zu spät. So sind diese Dinge eben. Es ist starker Regen vorhergesagt. Die Kirschen müssen gepflückt werden, sonst ist die Ernte ruiniert. Ich brauche Erntehelfer, alle müssen zur Kirschplantage kommen. Und ich meine wirklich alle.« Er sieht Olivia fest an. Diesmal hat Olivia keine Zweifel, wer hier das Sagen hat.

»Aber die P... P... Party?« Ich kann es mir gerade noch verkneifen, *peña* zu sagen.

»Welche Party? Es wird keine Party geben, weil es kein Geld gibt, mit der sie bezahlt werden kann«, blafft Antonio. Olivia kreischt auf. »Und das Tanzduell muss auch abgesagt werden.«

Ich kann kaum fassen, was ich da höre. Die Leute rechnen jetzt mit der *peña*. Die Nachricht wird bereits verbreitet. Sie erwarten, dass der Pferdeflüsterer wieder tanzen wird!

»Nein«, antworte ich, »das kannst du nicht machen! Das würde so aussehen, als könntest du es nicht, als hättest du aufgegeben. Du wirst die Wette verlieren! Und den Hof!«

»Ich kann es nicht riskieren, die Ernte aufs Spiel zu setzen. Ich kann dieses Dorf nicht noch mal im Stich lassen. Vielleicht wäre es besser, wenn der Hof einen anderen Eigentümer bekäme. Jemanden, der ein neues Bewässerungssystem bezahlen kann. Jemanden, der sich besser um das Land und seine Geschichte kümmern kann«, sagt er niedergeschlagen.

»Nein, Antonio! Du liebst diesen Ort! Niemand könnte ihn lieben wie du«, platze ich heraus. Ich will ihn bestärken und ihm Mut machen. Er dreht sich um und sieht mich an, sagt jedoch nichts. »Wie lange dauert die Ernte normalerweise?«, will ich wissen.

»Ungefähr eine Woche«, erwidert er nüchtern.

»Und wie viel Zeit haben wir jetzt?«

»Zwei Tage«, sagt er so ausdruckslos wie zuvor. »Samstagabend soll der Regen einsetzen.«

»Können die Dorfbewohner helfen?«, schlage ich vor.

Er schüttelt den Kopf. »Sie müssen ihre eigene Ernte einbringen. Wir sitzen alle im selben Boot.« Er geht zum Schuppen neben der Koppel, trägt einen Stapel Holzkisten heraus und stellt sie ab. Dann mustert er den bedeckten Himmel.

Ich hole tief Luft. »Wenn ich Pflücker auftreiben kann und wir es schaffen, die Ernte einzubringen, dann kann das Tanzduell stattfinden, oder?«

Er kneift die Augen zusammen. »Wenn du Pflücker organisierst und wir die Kirschen pflücken können, dann werden wir tanzen.« Er wirft Olivia einen Blick zu, die – was selten genug vorkommt – schweigt.

»Miguel, sag den Leuten, sie sollen kommen, um am Samstag bei der Kirschernte zu helfen.« Ich nicke ihm bedeutungsvoll zu und deute auf sein Handy. »Hier, lass mich mal.« Ich nehme ihm das Telefon aus der Hand, tippe »Kirschernte-Festival« ein und gebe es ihm zurück.

Antonio mustert uns stirnrunzelnd.

»Keine Sorge, Papa. Die sozialen Medien sind etwas Wunderbares. Wir werden Pflücker organisieren.« Miguel grinst mich an und beginnt zu schreiben. Antonio starrt ihn verblüfft an, weil sein Sohn ihn endlich Papa genannt hat.

Ich habe das Gefühl, das Gewitter spüren zu können, das im Anmarsch ist. Mir ist heiß, mein Kopf ist schwer, und ich habe Kopfschmerzen. Ich will einfach, dass alles vorbei ist. Ich weiß nicht einmal, ob überhaupt jemand kommen wird. Wir können nichts weiter tun, als die Nachricht in der Flamenco-Welt zu verbreiten. »Der Pferdeflüsterer tanzt wieder. Kommt her, nehmt an der Kirschernte teil und seht ihn tanzen!« Vielleicht ist die ganze Mühe umsonst, vielleicht kommt niemand, und dann bekommen wir auch kein Geld zu sehen. Und wenn Antonio herausfindet, was ich getan habe, oder die Einheimischen es irgendwie erfahren, dann kann es knüppeldick kommen.

»Also, dann fangen wir mal an zu pflücken.« Ich klatsche in die Hände und versuche, meine Nerven in den Griff zu bekommen.

Für den Rest des Tages knöpfen Miguel, Olivia, Bonita, Frank, Antonio und ich uns eine Reihe Kirschbäume nach der anderen vor. Wir tun uns paarweise zusammen: Einer arbeitet oben auf der Leiter, der andere pflückt die niedriger hängenden Kirschen. Kaum jemand spricht. Nur die Vögel auf den Stromleitungen zwitschern, als beobachteten sie Köche bei der Arbeit, die ein lange ersehntes Mahl zubereiten. Die Wolken werden dichter. Alle paar Minuten werfen wir prüfende Blicke zum Himmel. Valentina ist nicht zu sehen, doch ihr Auto steht noch auf dem Parkplatz. Vermutlich packt sie gerade ihre Sachen und wird bald aufbrechen. In der Ferne sind andere Familien zu hören, die das Gleiche tun wie wir – Kirschen pflücken, um die Ernte zu retten.

Wir arbeiten, bis wir die Kirschen an den Bäumen in der Dunkelheit nicht mehr erkennen können. Als wir die Kisten voller

Früchte mit schmerzenden Muskeln gestapelt haben und vollkommen erschöpft sind, serviert Bonita uns eine fantastische Tortilla. Wir essen draußen auf der Terrasse. Um uns herum ist es stockdunkel. Bonita teilt das riesige Kartoffelomelett und legt jedem von uns ein großes Dreieck auf den Teller. Wir nehmen uns von dem Salat, knackige Blätter in wunderbarem Olivenöl. Ich esse einen Bissen der köstlichen Eierspeise. Zwar bin ich fast zu erschöpft, um zu kauen, aber das Ei zergeht mir beinahe auf der Zunge. Die Zwiebeln schmecken süß wie Karamell, die Kartoffeln sind butterweich. Abgerundet wird das Ganze durch die Petersilie, die Bonita vor der Hintertür gepflückt hat. Auf meinem Teller bleiben Kräuteröl und Butter zurück, die ich mit einem Stück *pan rústico* auftunke, von außen knusprig und von innen fluffig wie ein Kissen.

Nachdem ich meinen Teller geleert habe, lehne ich mich wohlgesättigt zurück. Ich werfe Bonita einen Blick zu.

»Ich habe keine Ahnung, wie Sie das hinbekommen haben, obwohl Sie beim Pflücken geholfen haben, Bonita.«

Sie strahlt. »Es ist immer Zeit, um für die, die wir lieben, zu kochen«, antwortet sie mit einem zufriedenen Lächeln und schaut in die Runde.

Frisch gestärkt von der wunderbaren Mahlzeit haben wir wieder genug Kraft, um uns zu unterhalten. Wir sprechen über die Ernte und die diversen schmerzenden Körperteile. Sogar Olivia wirkt wie verwandelt. Alle plaudern munter, außer Antonio, der in grüblerischem Schweigen versunken ist, als trage er die Last der Welt auf den Schultern.

Später schließen wir die Cortijo Ana. Als Antonio Olivia ein freies Bett in seiner Wohnung anbietet, empfinde ich einen seltsamen Stich, während ich mich frage, ob sie versuchen wird, die Lücke zu schließen, die Valentina hinterlassen hat. Das geht dich nichts an, schelte ich mich selbst. Einfach lächerlich, sich damit zu beschäftigen. Ich bin völlig übermüdet, und meine Gefühle sind durcheinander.

Ich schleppe mich im Licht meines Handys zu meiner *finca*. Kleine Fledermäuse flitzen vor mir her, als wollten sie mich nach Hause lotsen. Als ich im Bett liege, versuche ich mir Wills Gesicht vorzustellen. Ob er wohl zum Tanzduell kommen wird? Doch meine Gedanken kehren trotz meiner Bemühungen immer wieder zu Antonio und seiner besorgten Miene zurück. Ich wünschte, ich könnte ihm versichern, dass alles gut wird, doch das kann ich nicht. Ich habe keine Ahnung, ob Erntehelfer auftauchen werden und ob ich diese Wette für ihn gewinnen kann.

Ich sitze kerzengerade im Bett. Es ist Samstag. Heute ist es so weit! Draußen ist es noch dunkel, und ich frage mich, ob ich überhaupt geschlafen habe – es fühlt sich an, als wäre mein Kopf erst vor fünf Minuten auf das Kopfkissen gesunken. Aber nein. Ein Blick auf mein Handy sagt mir, dass es Zeit ist, aufzustehen. Heute ist der Tag. Wir müssen die Ernte einbringen, damit das Tanzduell stattfinden kann. Es ist ein Wettlauf gegen die Uhr. Soll ich mein Kleid und die Schuhe bereitlegen? Nein, ich will das Schicksal schließlich nicht herausfordern. Wir müssen noch jede Menge Kirschbäume abernten. Ich weiß nicht, wie wir das schaffen sollen, bevor es anfängt zu regnen, falls wir keine Unterstützung bekommen.

Als der Tag anbricht, versammeln wir uns auf der Terrasse vor dem Restaurant, trinken starken Kaffee und essen Brot mit Butter und hausgemachter Kirschmarmelade, die Bonita in einem Korb von zu Hause mitgebracht hat. Ein starker Wind bläst und rauscht in den Bäumen. Ich bin zu nervös, um etwas zu essen, doch Bonita besteht darauf. Der Geschmack der Marmelade – süß und fruchtig – ist himmlisch. Sogar Olivia ist schon wach – na ja, zumindest ist sie auf den Beinen. Sie wirkt, als wäre sie weit außerhalb ihrer Komfortzone. Antonio hat ihr offensichtlich klargemacht, dass für Dinge wie Duschen und Schminken keine Zeit ist; es gibt Arbeit, die unbedingt erledigt werden muss. Olivia hat ihm gehorcht. Sie sieht aus wie Patsy aus der Sitcom *Absolutely Fabulous*: Die Haare stehen ihr zu Berge, und in den Augenwinkeln finden sich verschmierte Reste ihre Make-ups vom Vortag. Wie ein Foto in ihrem jetzigen Zustand wohl auf Facebook ankommen würde?, frage ich mich amüsiert.

»An die Arbeit!«, befiehlt Antonio, als sich das erste Tageslicht über den Hügeln auf der anderen Seite des Tals zeigt. »Der Regen soll bei Sonnenuntergang einsetzen. Wir müssen die Ernte einbringen!«

Ich schlucke schwer. Miguel und ich tauschen einen Blick und hoffen, dass die Nachricht, die er verbreitet hat, Früchte tragen wird. Ich werfe einen Blick zum Parkplatz. Aber nach der momentanen Lage der Dinge gibt es nur uns und unzählige Kirschen, die gepflückt werden müssen. Der Wind pfeift mir um die Ohren, und ich setze meine Kapuze auf. Keiner sagt etwas. Sogar Olivia spürt die Brisanz der Lage. Antonio marschiert zum Schuppen. Die Pferde wurden bereits gefüttert und mit Wasser versorgt. Antonio holt die Obstkisten heraus und verteilt die Holzleitern. Als wir uns zur Kirschplantage aufmachen, rutscht mir das Herz in die Hose. Nie im Leben können wir alle Kirschen ernten, ehe der Regen heute Abend einsetzen wird.

Bedrückt stellen wir die Leitern auf und arrangieren die Obstkisten. Der Wind streicht durch die Bäume, bläst uns ins Gesicht, neckt und verspottet uns. Die Pferde spüren, dass etwas in der Luft liegt, und galoppieren mit fliegendem Schweif über ihre Koppel. Der junge Hengst tanzt und bockt natürlich am wildesten von allen.

Mit Anbruch der Morgendämmerung rollt ein verbeultes rotes Auto auf den Parkplatz. Quietschend öffnen sich die Türen in ihren verrosteten Angeln, und drei junge Leute steigen aus. Der Mann auf dem Fahrersitz klappt den Sitz nach vorne, damit die junge Frau auf dem Rücksitz auch aussteigen kann. Sie gibt ihm eine Gitarre. Der Fahrer schaut sich um und lächelt. Alle sind farbenfroh gekleidet, die Männer in Hemden aus weichem Stoff und die Frau in einem mehrlagigen Rock. Sie frösteln im Wind und holen rasch Jacken und Pullis aus dem Kofferraum.

»Wer ist das denn?« Antonio runzelt die Stirn.

Sie sind gekommen. Die Leute kommen! Miguel und ich tauschen einen Blick und wären am liebsten vor Freude auf und ab gehüpft. Vielleicht schaffen wir doch noch, die Ernte einzubringen, das Tanzduell durchzuführen und den Hof zu retten.

Als ein zweites Auto auf den Parkplatz fährt, macht mein Herz einen regelrechten Freudensprung.

»Beti? Wer sind diese Leute?«, will Antonio wissen.

»Pflücker!«, verkünde ich.

»Wie bitte?«

»Pflücker. Du brauchst welche, und diese Leute sind gekommen, um bei der Ernte zu helfen!«

»Ihr habt Erntehelfer organisiert?« Er wirkt verblüfft. Er schaut von den jungen Leuten zu mir, und dann beginnt er zu strahlen. Mein Herz stampft den vertrauten Rhythmus, den Rhythmus der *sevillana*, den Rhythmus des Liebespaares. *Hör auf!*, schimpfe ich mit mir selbst. *Denk an Will!* Wenn Antonio recht hat, werde ich heute Abend wieder mit meinem Verlobten zusammen sein!

»*Gracias*«, sagt er und wendet sich den Kirschbäumen zu.

»Antonio ... wenn wir genug Pflücker haben, können wir dann heute Abend tanzen?«

Er wirft mir einen Blick zu und nickt knapp. »Wenn die Kirschen geerntet sind, werden wir tanzen.« Er zieht los, um mehr Kisten zu organisieren, und ich sehe ihm lächelnd hinterher.

Miguel läuft zu den Erntehelfern, um sie zu begrüßen.

»Ist er das? Ist das der Pferdeflüsterer?«, höre ich sie fragen. Als Miguel in Antonios Richtung schaut, erkenne ich, wie stolz er auf seinen Vater ist.

»Ja, das ist er.«

»Und stimmt es tatsächlich? Wird er wieder tanzen?«, fragt das Mädchen. »Wir haben im Internet gelesen, dass man sich hier bei Sonnenaufgang treffen soll.«

Miguel nickt. »Sobald alle Kirschen gepflückt sind, wird er tanzen.«

»Ich habe von diesem Ort gehört. Meine Großeltern haben mir davon erzählt. Ich hätte nie gedacht, dass hier noch mal eine *peña* stattfinden würde.«

»Es ist ein Geheimnis. Wenn die Touristen es herausfinden, gibt es keinen Platz mehr für echte Flamenco-Kenner«, verkündet Miguel ernst. »Also: kein Sterbenswörtchen verraten.« Und sie nicken begeistert.

Eifrig lauschen die jungen Leute den Anweisungen und gesellen sich dann zu den anderen Pflückern auf der Kirschplantage. Miguel macht sich daran, weitere Flamenco-Anhänger zu begrüßen. Mein Herz hüpft vor Aufregung und Furcht. Was habe ich getan? Denn wenn Antonio vor all diesen Leuten tanzen wird, dann tue ich es auch! Ich bin so nervös und benommen, dass ich das Gefühl habe, ich könnte abheben und fliegen und mich zu den Vögeln auf der Stromleitung gesellen. Immer mehr Autos treffen ein, und Miguel erzählt allen Neuankömmlingen die gleiche Geschichte. Die *peña* muss ein Geheimnis bleiben. Wenn alle Kirschen geerntet sind, wird der Pferdeflüsterer tanzen.

Mir ist ganz schwindelig vor Begeisterung, weil unser Plan aufgegangen ist. In dem Moment fährt ein großer schwarzer Leihwagen auf den Parkplatz, und Onkel Paul und Tante Rita steigen aus. Ich habe Olivia und ihre Geburtstagsparty beinahe vergessen, und meine Laune ist schlagartig im Keller.

48. Kapitel

Ich beobachte, wie Onkel Paul den Gürtel über seinem Kugelbauch zurechtrückt und die Umgebung in Augenschein nimmt wie ein Aasgeier, alles um ihn herum nach totgefahrenen Tieren absucht. Tante Rita auf der Beifahrerseite sieht fast so aus wie Olivia heute Morgen: verwirrt und als hätte sie den falschen Weg eingeschlagen, in ihrem Fall allerdings mit frischem Haarspray und makellosem Make-up. Dann öffnen sich die hinteren beiden Türen, und meine Laune schnellt in die Höhe wie bei einer Achterbahnfahrt.

»Mom! Dad!« Ich verliere die Fassung, laufe auf die beiden zu und werfe mich ihnen in die Arme. Der gesamte Stress der vergangenen Wochen, der sich in mir angestaut hat, bricht aus mir heraus. Ich lege den Kopf an Moms Hals und atme den vertrauten Geruch nach Sonnenblumen und Seife ein.

»Hallo, mein Liebes«, sagt sie mit schwankender Stimme. Mein Dad legt einfach die Arme um uns beide. Wenn er könnte, würde er uns sicher im Kreis schwingen, wie er das immer getan hat, als ich noch ein kleines Mädchen war. Schließlich hole ich tief Luft, reibe mir die Nase und richte mich auf. Olivia ist ebenfalls zum Parkplatz gekommen; jetzt tritt sie vor und küsst ihre Eltern leicht und fast ohne Berührung auf die Wange.

»Das ist also der Ort, von dem wir gehört haben.« Onkel Paul blickt sich um und inspiziert die Umgebung, als wäre er ein potenzieller Käufer auf der Suche nach Mängeln, damit er den Preis drücken und ein Schnäppchen machen kann.

»Kann ich irgendwo eine Sangria bekommen?«, fragt Tante Rita hoffnungsvoll.

»Noch mehr Erntehelfer?« Antonio, der nicht mehr so angespannt wirkt, stößt zu der kleinen Gruppe hinzu.

»Ja, das ist der Ort, Papa! Ist es nicht fantastisch?« Olivia ignoriert Antonio einfach. »Ich konnte es anfangs kaum glauben.«

»Antonio, das sind meine Eltern.« Ich blende Olivia und Onkel Paul aus und mache Mom und Dad mit Antonio bekannt. Antonio tritt vor und schüttelt erst Mom und dann Dad die Hand.

»Ich dachte, du wolltest unten am Hafen eine Bar mieten«, sagt meine Mom leise. »Wo ist Will?« Sie sieht sich suchend um.

»Es gab eine kleine Planänderung«, antworte ich. »Ich erkläre es euch später«, füge ich hinzu.

»Da hast du dir aber einen schönen Grundbesitz angelacht«, unterbricht Onkel Paul, der sich wie J. R. Ewing aus *Dallas* anhört. »Aber es ist ein gutes Stück von den Touristenhochburgen entfernt! Was ist mit dem Lokal am Hafen passiert? Und wo ist dein Verlobter?«

»Dieses Anwesen ist nur ein Teil von Betis wachsendem Imperium«, schaltet sich Antonio ein. »Sie hat hier Wunder gewirkt. Aber jetzt los, die Zeit arbeitet gegen uns! Wir müssen pflücken!«

Mein Mom wirkt irritiert, folgt Antonio aber trotzdem zur Kirschplantage, wo sie sich mit Dad, Onkel Paul und Tante Rita zu den anderen Erntehelfern gesellt, die fröhlich die Bäume abernten. Inzwischen laufen jede Menge Leute zwischen den Kirschbäumen herum: junge und alte, sogar ganze Familien. Alle unterhalten sich lebhaft. Auch die Kinder helfen mit. So wie früher, denke ich.

»Das ist eine sehr ungewöhnliche Party«, sagt Onkel Paul zu Tante Rita.

»Gibt's irgendwo Sangria?«, fragt Tante Rita wieder.

Das nächste Auto rollt auf den Parkplatz, und drei junge Frauen mit Schlapphüten aus Stroh und passenden Sonnenbrillen klettern heraus. Ich erkenne sie auf Anhieb: Es sind die Mädchen vom Flughafen, Olivias Freundinnen. »Wow! Das ist toll!«, ruft eine von ihnen aus. »So ... authentisch!«

»Wenn's blöd ist, können wir immer noch zu Gavs Party an der Strandbar fahren«, meint eine andere. Mir stellen sich die Nackenhaare auf.

Doch ich beruhige mich sofort wieder, denn hinter ihnen entdecke ich Harold und Brenda.

»Wir haben Miguels Nachricht auf Facebook gesehen«, erklärt Brenda. »Klang so, als wäre es etwas Besonderes. Wir dachten, vielleicht könnt ihr Hilfe gebrauchen. So weit oben bin ich noch nie gewesen – es ist toll hier! Sieh mal, Harold, richtige Kirschbäume!«

Im Nu finden sie sich auf der Kirschplantage wieder und mischen sich unter die Familien und die Flamenco-Liebhaber, die von weither angereist sind, um den Tänzer zu sehen, von dem sie so viel gehört haben. Trotz der dichter werdenden Bewölkung und dem sich verdunkelnden Himmel liegt Begeisterung in der Luft, die an elektrische Spannung erinnert.

»Bonita!«, rufe ich. »Wir brauchen jede Menge Paella! So viel wie möglich! Und Ihren Mandelkuchen.«

Sie winkt glücklich mit ihrem Küchenhandtuch und strahlt über das ganze Gesicht. »*Sí!* Mandelkuchen! Mit Kirschen!« Sie freut sich wie ein Schneekönig, verschwindet in Richtung Küche und nimmt ihre altangestammte Wirkungsstätte wieder in Betrieb. Alle, sogar Antonio, wirken zufrieden, und ich habe unwillkürlich das Gefühl, dass wir beinahe am Ziel sind. Wir werden es schaffen.

Am späten Nachmittag wimmelt es zwischen den Kirschbäumen von Leuten, die pflücken und sich unterhalten. Auf einmal beginnt jemand zu singen. Andere stimmen ein, klatschen und rufen aufmunternd. Es sind Flamenco-Klänge, und Antonio erstarrt.

»Was hat das zu bedeuten?!« Der Bürgermeister des Dorfes, der Bäcker, betritt den Parkplatz. Antonio eilt hinüber, um ihn zu begrüßen, und mit ihm seine Frau, seine Töchter, den Wirt des Cafés, den Besitzer des Andenkenladens, den Dorfschullehrer und den jungen Priester. »Ich habe Gesang gehört. Wir alle haben Gesang gehört.« Misstrauisch blickt der Bäcker sich um. »Wir sind gekommen, um herauszufinden, was hier vor sich geht.«

»Die Leute singen nur, während sie die Kirschen ernten.« Antonio deutet mit einer ausholenden Geste auf die Pflücker, die am Hang verstreut sind und Kisten, Eimer und sogar die Falten ihrer Röcke mit Kirschen füllen. Sogar Onkel Paul und Tante Rita, die endlich ihre Sangria bekommen hat, helfen mit. Und Dad ist offensichtlich ganz in seinem Element und arbeitet mit den drei jungen Leuten zusammen, die als Erste eingetroffen sind. »Habt ihr eure Kirschen schon geerntet? Bevor der Regen einsetzt?«, fragt Antonio den Bürgermeister und nickt zum dunkler werdenden Himmel.

»Fast. Diese Gemeinderatsmitglieder« – er deutet auf die anderen Dorfbewohner – »und ich wollen uns nur eben vergewissern, dass nicht etwa Flamenco getanzt wird. Wir wollen keine Wiederholung dessen, was letztes Mal passiert ist.« Misstrauisch sieht er sich wieder um, als wolle er mit seiner großen Nase Ärger erschnüffeln.

»Kein Flamenco«, bestätigt Antonio mit seinem üblichen Kopfnicken. »Nur Pflücken.«

»Es ist eine Geburtstagsfeier für meine Cousine«, erkläre ich. »Sie genießen einen Hauch spanisches Leben.« Ich zwinge mich zu einem höflichen, charmanten Lächeln, das ich bei meiner Arbeit in dem Burger-Restaurant gelernt habe. »Sie können gerne mitfeiern, wenn Sie möchten«, füge ich mit gekreuzten Fingern hinzu.

Die Neuankömmlinge sehen sich um, kneifen immer noch argwöhnisch die Augen zusammen und wechseln Blicke.

»Es ist lange her, seit so viele Menschen hier im Ort waren«, meint der Bürgermeister.

»Papa, wir sind doch mit unseren Bäumen schon fertig. Wir könnten hier helfen«, sagt eine seiner Töchter.

Ihre Schwester lässt sich nicht zweimal bitten, schürzt ebenfalls ihre Röcke und läuft den Hügel hinauf. Der Rest der Gruppe ist offensichtlich beruhigt und wendet sich zum Gehen.

Als wir ihnen hinterherschauen, werfe ich Antonio einen kurzen Blick zu. »Die Ernte wird eingebracht, keine Sorge. Wir schaffen es.« Er versucht sich an einem Lächeln, das meinen Magen einen Salto schlagen lässt. Aber er wirkt nach wie vor nervös, blickt sich um und taxiert suchend die Straße, als erwarte er jemanden. Und ich weiß genau, auf wen er wartet. Gerade als die Dorfbewohner wieder gehen, braust ein Campingbus über die schmalen Kopfsteinpflasterstraßen und biegt auf den Parkplatz der Cortijo Ana ein. Das drohende Gewitter ist eingetroffen.

49. Kapitel

»So … da sind wir.« Esmeralda schenkt mir ein süßliches Lächeln, als sie aus dem Camper steigt – gefolgt von Felipe und einem weiteren Mann. Sie trägt ein türkisfarbenes Kleid mit goldenen Bordüren und Rüschen an den Schultern. Felipe ist ganz in Schwarz gekleidet, abgesehen von einem blauen Gürtel und blauen Applikationen an Hemd und Hose. Sein Hemd hat Rüschen an den Handgelenken.

Antonio sagt nichts. Ich drehe mich zu den Erntehelfern um, die immer noch arbeiten und singen. Bonita hat ihnen belegte Brötchen mit Serranoschinken und Käse serviert und den ganzen Tag lang Wasser und starken Kaffee bereitgestellt. Natürlich gab es auch ihren berühmten Kirsch-Mandel-Kuchen. Die Ernte ist beinahe abgeschlossen, und zwar keine Sekunde zu früh. Der Himmel ist nachtschwarz und passt zu Antonios finsterer Miene.

»Das ist Gonzalo.« Antonio macht keine Anstalten, ihm die Hand zu schütteln. »Gonzalo ist Kirschbauer, genau wie du«, fährt Esmeralda fort. »Er besitzt viele Höfe in der Gegend.«

»Und was haben Sie hier zu suchen, wenn die Ernte eingefahren werden muss?« Antonio hebt das Kinn und deutet auf seine Kirschplantage. Die Obstkisten werden zu dem wartenden Anhänger am Fuße der Felder getragen, wo Miguel das Aufladen koordiniert.

Zuerst sagt niemand etwas; dann leckt sich Esmeralda über die roten Lippen. Felipe grinst.

Esmeralda sagt: »Gonzalo möchte den Hof kaufen … wenn ich ihn heute Abend von dir gewonnen habe!« Sie spricht, als wolle sie Antonio das Herz durchbohren. Gonzalo betrachtet die Bäume und geht darauf zu, um einen genauer zu inspizieren.

»Und was wollen Sie damit anfangen?«, fragt Antonio mit einem halben Lachen.

»Als Kirschplantage weiterführen natürlich«, antwortet Gonzalo, nachdem er die Bäume in der Nähe flüchtig gemustert hat.

»Nun, das ist doch schon mal was! Wenigstens müsste der Ort nicht für meine Dummheit büßen ... falls ich verliere«, fügt Antonio hinzu. »Was nicht passieren wird.« Er richtet sich stolz auf, und ich spüre, wie ich das Gleiche tue. Er ist viel größer als Gonzalo und auch deutlich breiter.

»Aber ich werde eine andere Kirschsorte anbauen«, fährt Gonzalo mit missbilligend verzogenem Mund fort.

»Wie bitte?« Antonio verliert die Fassung, und sein Pokerface verschwindet. Hinter ihm wischen sich die Pflücker die Hände ab und feiern ihre Arbeit.

»Ich kultiviere eine Sorte, die viel früher erntereif ist. Sie wirft deutlich mehr Profit ab als diese alten Sorten.« Gonzalo deutet mit einer Kopfbewegung auf den Baum neben ihm.

Antonio versucht, diese Information zu verarbeiten. Am liebsten hätte ich seine Hand genommen, um ihm zu versichern, dass ich an seiner Seite bin. Dass er nicht allein ist und ich ihn auffangen werde, falls er stolpert. Aber das kann ich nicht. Ich bin nur noch heute Abend hier, dann bin ich weg. Hoffentlich folgt der Obsthof nicht meinem Beispiel.

»Nein!« Er hebt die Stimme. »Was ist mit der Genossenschaft, mit der Gemeinde? Sie brauchen meine Kirschen, um die Quote für den Supermarkt zu erfüllen. Ohne meinen Beitrag können sie die Quote nicht erreichen. Ohne mich, ohne diese Kirschen werden sie nichts haben!«

Esmeralda zuckt gleichgültig mit den Schultern, wie eine Katze, die das Schicksal einer Maus in der Hand hat. Felipe grinst breit.

»Nie im Leben werden Sie meinen Hof bekommen!«, brüllt Antonio.

Ich fühle mich in die Enge getrieben, genau wie damals, als Olivia und ihre Freunde mich als Kind schikanierten. Aber ich bin nicht mehr auf dem Schulhof. Ich bin nicht mehr das Mädchen, das ich damals war. Diesmal werde ich mich durchkämpfen … oder – in diesem Fall – durchtanzen.

50. Kapitel

Gerade als die letzten Kirschen auf den Anhänger geladen werden, der sie zur Abpackhalle auf der anderen Seite des Dorfes bringen wird, kracht ein Donnerschlag, und große, schwere Regentropfen fallen vom Himmel. Die Leute kreischen entsetzt und gleichzeitig entzückt. Miguel steigt zum Fahrer auf den Traktor, um sich zu vergewissern, dass die Kirschen sicher abgeliefert werden.

»Hier entlang!«, rufe ich und zeige den Weg hinauf, wo Sophia gerade die Türen der Scheune neben meiner *finca* öffnet. »Es gibt Kirschlikör und Sangria für alle.« Ich strecke den Daumen hoch, woraufhin Sophie lächelt und die Geste erwidert. »Bald gibt es Paella!«, teile ich den Helfern mit, die rasch den Weg hinauflaufen, einschließlich meiner Eltern, Onkel Paul und Tante Rita. Alle lachen und halten sich die Arme über den Kopf, um sich gegen den Wolkenbruch zu schützen.

Ich bleibe kurz im Regen stehen, schließe die Augen und lasse mich durchnässen.

»Die Kirschen sind also geerntet und in Sicherheit.« Als ich die Augen aufschlage, steht Antonio neben mir. Der Traktor mit dem Anhänger fährt gerade vom Hof und biegt auf die Straße ein. Der Regen trommelt den Rhythmus meines Herzschlags auf den trockenen Boden, als Antonio mich ansieht. Ich streiche mir eine nasse Haarsträhne hinters Ohr. Am liebsten hätte ich ihm erzählt, was ich denke und fühle. Dass ich mich, wenn ich mit ihm tanze, lebendiger fühle als je zuvor.

Er ergreift meine Hand, läuft mit mir zur Terrasse und zieht mich aus dem Regen. Dann dreht er sich zu mir um und hält mich an den Armen fest, als wolle er etwas sagen. Mein Herz hämmert inzwischen.

»Du hast das geplant, stimmt's? Diese Leute sind nicht nur hier, um die Kirschen zu pflücken, hab ich recht?« Er nickt in Richtung Schuppen. Die Gewitterwolken sind überall, auch in meinem Inneren. »Du hast das getan! Obwohl du wusstest, dass es ein Geheimnis bleiben muss!«

»Ich habe es nicht wirklich geplant. Man kann sogar sagen, dass es sich um die am wenigsten geplante Veranstaltung handelt, an der ich je beteiligt war. Ich habe keine Ahnung, was passieren wird, und ich habe schreckliche Angst.«

»Du treibst mich zur Weißglut, Beti! Ich könnte mein ganzes Geschäft verlieren, wenn sie mitbekommen, was du getan hast. Niemand wird mehr in mein Restaurant kommen.«

»Es tut mir leid. Aber wie Miguel mir gesagt hat, manche Dinge sind es wert, dass man für sie seine Ängste überwindet. Dieser Junge ist weiser, als man ihm zutraut.«

Ich schaue hinüber zum Campingbus, wo Esmeralda, Felipe und ihr Gast sich auf das Tanzduell vorbereiten. Orangefarbener Lichtschein und laute Flamenco-Musik dringen aus dem Inneren. Antonio folgt meinem Blick. Ist das das Zuhause, das sie Miguel bieten wollen? Wird so sein Leben aussehen, wenn wir heute Abend verlieren?

»Erzähl mir ganz genau, was los ist, Beti«, fordert er mich leise auf.

Ich sehe mich um, erkenne aber, dass ich keine andere Wahl habe.

»Die Wahrheit!«, sagt er deutlich lauter.

»Ich … Miguel hatte die Idee, und ich habe zugestimmt, weil es die einzige Möglichkeit war. Er wollte eine *peña* organisieren, einen heimlichen Tanzabend. Es werden Eintrittskarten verkauft.

Er wollte …« Ich wähle meine Worte sorgfältig, um nicht zu verraten, dass ich Miguel Geld für das Tanzturnier gegeben habe. »Er wollte den Fehlbetrag decken, der durch die Party entstanden ist. Viele Menschen möchten dich wieder tanzen sehen und sind bereit, dafür zu zahlen. Sieh nur, wie viele gekommen sind.«

»Aber sie sind gekommen, um bei der Ernte zu helfen.«

»Wir haben gesagt, es wäre ein Kirschernte-Festival.« Ich seufze, weil ich weiß, dass ich die Karten auf den Tisch legen muss. »Wir haben gesagt, wenn sie bei Tagesanbruch eintreffen und pflücken helfen, gibt es am Abend die *peña*. Und das hat sich herumgesprochen.« Ich breite die Arme aus. »Ich dachte, damit wäre auch Olivia geholfen, denn auf die Weise bekäme sie ihre Geburtstagsparty in Spanien, und zwar wirklich authentisch. Ich dachte, dass wir mit dem Tanzduell davonkommen, wenn wir das Ganze als Party für meine Cousine deklarieren, ein einmaliger spanischer Themenabend, den ich organisiert habe.«

Als er mich ansieht, schmilzt mein Inneres dahin wie ein Eis am Stiel in der Sonne. Ich warte darauf, dass er explodiert und mir zu verstehen gibt, wie viele Schwierigkeiten ich ihm bereitet habe.

»Du bist eine bemerkenswerte Frau, Beti«, sagt er schließlich sanft und schiebt mir eine nasse Haarsträhne hinters Ohr. Was von meinem Inneren noch übrig ist, explodiert wie ein Satz Feuerwerkskörper. »Und was ist für dich bei der Sache drin?«

»Na ja, du kannst mir dann hoffentlich meinen Lohn auszahlen, und dann kann ich die Kaution für die Bar hinterlegen.« Ich schlucke. Was ich wirklich will, ist, mir diesen Kuss zu holen, der mir damals auf der Kirschplantage verheißen worden war. Ich möchte ihn auf meinen Lippen spüren und schmecken. Ob sein Kuss wohl so süß schmecken würde wie die Kirsche, an deren Geschmack ich mich noch deutlich erinnere?

»Und?«

Ich möchte ihm gerne sagen, dass ich es für Miguel und für ihn tue. Aus verschiedenen Gründen bedeuten mir die beiden sehr viel. Miguel ist für mich wie ein kleiner Bruder, auf den ich aufpasse und den ich liebe. Und Antonio … nun, er ist so viel mehr für mich geworden als bloß mein Chef und Tanzlehrer. Er …

»Beti!«, ruft jemand und zerstört damit die Magie des Augenblicks. Es ist Will, der gerade aus einem ramponierten Ford Transit steigt. Der Rest der Band ergießt sich ebenfalls aus dem Wagen, inklusive einer missmutigen Freya. »Beti!«, ruft er wieder durch den Regen.

»Ach, ja.« Antonio lässt meine Arme los, als habe er erkannt, dass es sich um gestohlenes Gut handelt. »Dein abtrünniger Verlobter.« Er senkt den Blick, dann sieht er mich wieder an. »Ich erinnere mich. Das ist es, was für dich drin ist. Also … wir haben Arbeit zu erledigen«, sagt er. Auf einmal ist er wieder mein Flamenco-Lehrer, und mir ist so schwindelig, als hätte ich Walzer getanzt. »Es ist Zeit zu tanzen«, fährt er fort. »Es ist Zeit, das zu erreichen, was wir beide wollen.« Mit großen Schritten überquert er die Terrasse und tritt hinaus in den strömenden Regen.

»Beti!« Will stürmt mit einem breiten Lächeln die Stufen herauf auf mich zu.

»Du bist gekommen?« Ich schaffe es, ihn anzulächeln.

»Ich habe deine Nachricht erhalten. Und hier sind wir.« Er deutet auf den Rest der Band mit Freya, die die Arme verschränkt hat. »Ich dachte, du brauchst vielleicht eine Band!«, fährt er mit dem vertrauten Funkeln in den Augen fort.

»Geht schon mal in die Scheune. Es gibt Getränke, und Bonita wird bald das Essen servieren. Mom und Dad werden sich sehr freuen, dich zu sehen.«

Er lächelt immer noch, als er zusammen mit der Band durch den Regen zur Scheune läuft.

Ich verschwinde in meiner *finca*, um mich umzuziehen. Vorher drehe ich mich kurz um, um zu Antonios Wohnung zu schauen, aber ich kann ihn nicht sehen. Ich stehe kurz davor, alles zu bekommen, was ich wollte. Will. Die Bar. Warum bin ich nicht außer mir vor Begeisterung? Warum quäle ich mich stattdessen mit Gedanken über Antonios Gefühlslage? Warum habe ich solche Angst, ihn zu enttäuschen? Warum nimmt er so viel Raum in meinem Kopf ein, dass ich an nichts anderes mehr denken kann?

Von der *finca* aus kann ich hören, wie die Party nebenan an Fahrt aufnimmt. Musik spielt, und die Gäste unterhalten sich angeregt. Draußen rumpelt der Donner, und Blitze erhellen den Himmel mit ihren gezackten Strahlen. Die Lichter flackern immer wieder mal und gehen an und aus. Ich dusche mich, vielleicht zum letzten Mal, in dem kleinen Duschbad, dann nehme ich das Kleid und halte es vor mich. Langsam schlüpfe ich hinein und schminke mich sorgfältig. Schließlich öffne ich den alten Schrank, um meine Schuhe herauszuholen. Genau wie bei Dorothy sind es die Schuhe, die mir helfen, meinen Weg zu finden, zurück zu Will und der Butterfly Bar. Ich bücke mich … aber sie sind nicht da! Ich suche den Schrank ab und schaue unter das Bett. Während ich die ganze *finca* auf den Kopf stelle, gerate ich in Panik. Ohne meine Schuhe kann ich nicht tanzen! Sie sind nicht da, sie sind verschwunden!

»Antonio!«, rufe ich zur Wohnung hoch. Ich bin barfuß die Abkürzung direkt durch die Kirschplantage gelaufen; die Haare kleben mir am Kopf, und mein Kleid ist völlig durchnässt. Der Himmel leuchtet wieder auf, und ein Donnerschlag kracht. »Antonio!«, rufe ich wieder. Aber er antwortet nicht. Wo ist er? Ist er davongestürmt, weil er sauer ist, dass ich die *peña* ohne sein Wissen organisiert habe? Hat er mich allein gelassen? Warum hat sich seine Miene so verfinstert, als Will aufgetaucht ist? Was, wenn alles umsonst gewesen ist?

In dem Moment höre ich das Donnern von Pferdehufen auf dem Weg durch die Kirschbäume hinter der Pferdekoppel, und Antonio erscheint auf seinem Pferd neben der Cortijo Ana. Seine ungebärdigen Locken sind nass vom Regen, und Tropfen hängen wie Kristalle an den Strähnen rund um sein Gesicht.

»Wo warst du?«, frage ich. Ich weiß, dass es mich eigentlich nichts angeht, aber ich kann nicht anders. »Ich dachte, du wärst weg, weil du sauer bist wegen der *peña*.«

»Ich musste den Kopf freibekommen und meine Gedanken sortieren, um rauszufinden, was das Beste ist. Der Bürgermeister und die anderen sind wieder da, sie haben die Musik gehört. Außerdem sind ihnen Gerüchte zugetragen worden, sagt Miguel. Ich habe ihn hingeschickt, um ihnen mitzuteilen, dass ich auf dem Weg bin. Was ist los? Warum bist du hier unten?« Er schaut auf meine Füße. »Wo sind deine Schuhe?«

»Sie sind weg«, antworte ich mit ausgebreiteten Händen.

»Wie weg?«

»Ich ... ich weiß es nicht. Ich glaube ... na ja, jemand muss sie gestohlen haben. Jemand, der nicht will, dass ich tanze«, füge ich hinzu.

Er antwortet nicht. Seine Miene verfinstert sich. »Du steigst besser auf«, sagt er schließlich und reitet auf Suerte auf mich zu.

»Oh, ich kann nicht ...«

»Du musst keine Angst haben.« Er streckt mir die Hand hin. »Miguel hat recht. Manche Dinge sind es wert, dass man für sie seine Ängste überwindet. Wie du gesagt hast, er hat mehr Verstand als jeder andere. Lass uns weiterkämpfen.« Er beugt sich herunter, und ich strecke mich, um seine Hand zu erreichen. »Ich möchte meinen Hof und mein Zuhause retten, das ist richtig. Aber ich will auch dich glücklich machen, Beti. Kannst du mir folgen?«

Zitternd vom Regen, der mir ins Gesicht prasselt, nicke ich.

»Stell deinen Fuß auf meinen«, fordert er mich auf, und ich tue, wie geheißen.

»Los geht's!« Mit einer raschen, fließenden Bewegung zieht er mich vor sich in den Sattel. Seine langen, starken Arme halten mich fest. Dann macht er ein klickendes Geräusch aus dem Mundwinkel. Suerte braucht kaum Ermunterung, um den Hügel hinauf auf die von Lichterketten erhellte Scheune zuzupreschen. Wir ducken uns unter den Zweigen der abgeernteten Kirschbäume hindurch. Ich spüre den Rhythmus der Pferdehufe unter uns, und mein Herz schlägt endlich ebenfalls in seinem eigenen natürlichen Rhythmus.

Als wir die Hügelkuppe erreichen, höre ich laute Stimmen. In der Tür stehen Esmeralda und Felipe. Sie hat die Hände in die Hüften gestemmt und ist in eine hitzige Unterhaltung mit dem Bürgermeister vertieft. Will ist ebenfalls da und versucht, in die Scheune zu gelangen, wird jedoch von den vor der Tür versammelten Einheimischen daran gehindert. Als wir näher kommen, endet die Unterhaltung abrupt, und alle drehen sich um und blicken uns entgegen.

»Verdammt noch mal!«, ruft Onkel Paul, der sich durch das Gedränge zur Tür geschoben hat.

Will dreht sich um und entdeckt mich auf dem Rücken des Hengstes. Die Rüschen meines Kleides fallen über die Schultern des Pferdes. Will bleibt der Mund offen stehen.

»Es tut mir leid, ich kann euch nicht reinlassen«, sagt der Bürgermeister. Er tritt vor und hebt eine Hand. »Ich kann nicht zulassen, dass dieser Tanz stattfindet. Wir haben gehört, dass hier heute Abend eine *peña* abgehalten werden soll. Ich kann das nicht erlauben! Flamenco ist in diesem Dorf geächtet.«

»Dieser Tanz war seit Generationen Teil dieses Ortes. Es ist Zeit, dass wir sein Lied wieder hören«, erwidert Antonio von hoch oben aus dem Sattel.

»*Olé!*« Ein zustimmender Ruf dringt aus der Scheune, und die Leute klatschen und jubeln voller Erwartung. Ich erhasche einen Blick auf meine Eltern, und auch Olivia strahlt vor Vorfreude. Will kann den Blick nicht von mir lösen.

Antonio springt aus dem Sattel und nimmt meine Hand, um auch mir herunterzuhelfen.

»Ich wusste gar nicht, dass du reiten kannst.« Will tritt in den Regen hinaus und betrachtet mich immer noch voller Staunen.

»Ich auch nicht«, entgegne ich. »Man weiß gar nicht, was man alles kann, bis man es richtig will.«

»Du siehst toll aus!«, sagt er mit funkelnden Augen. »Richtig toll, Beti. Hier hast du dich also versteckt. Ich habe versucht, dich zu finden. Ich war in der Bar, aber das Paar dort wollte mir nicht sagen, wo du bist. Ich wollte dich unbedingt finden, um dir zu sagen ... na ja, alles, was mir so durch den Kopf geht. Wie dumm ich war. Wie sehr ich dich liebe.«

Mein Herz schlägt einen Trommelwirbel, und mir wird schwindelig, als ich die Worte höre, auf die ich so gehofft habe. Er hat mich gesucht! Antonio dagegen macht ein finsteres Gesicht.

»Beti, geh schon mal rein«, sagt er und zeigt hinter Will.

»Nein!«, widerspricht der Bürgermeister.

»Lassen Sie sie vorbei!« Antonios Augen blitzen, und Suerte tänzelt nervös auf der Stelle. Zögernd machen die Männer mir Platz.

Ich werfe einen Blick auf Will. Wieder betrachtet er mich mit ... nun ja, ehrlich gesagt, mit Bewunderung und Begehren. Ich kann mich nicht erinnern, dass er mich schon einmal so angesehen hat. Ich brauche meine ganze Willenskraft, um den Kopf zu heben, wie Antonio es mir beigebracht hat, meinen Rock zu raffen, die Schultern zurückzunehmen und in die Scheune zu gehen.

Mit wackligen Knien stehe ich mitten im Raum, die Rüschen meines gerafften Rockes in den Händen, Knöchel und Füße nackt. Alle schauen auf meine Füße, und ein Flüstern läuft durch die Menge. »Sie tanzt barfuß!« Ich wünschte, ich hätte meine Schuhe. Ich weiß, dass ich es schaffen könnte, wenn ich sie an den Füßen hätte. Und wie Antonio es mich gelehrt hat, hebe ich eine Hand, um sie in die Hüfte zu stemmen, sodass der Rock sich bis über mein Knie hebt. Das Gemurmel verstummt, während alle mich ansehen. Eine Woge der Angst und der Erregung erfasst mich.

Ich hebe den Kopf noch ein bisschen mehr an und spüre die Kraft, die mir das verleiht. Die Fliesen unter meinen Füßen sind kalt. Ich weiß wirklich nicht, wie ich das ohne meine Schuhe hinbekommen soll. Ich richte den Blick auf Antonio, der Miguel Suertes Zügel in die Hand gedrückt hat und nun auf mich zukommt. Er überragt alle anderen anwesenden Männer, und seine Schultern wirken in dem eng anliegenden schwarzen Hemd noch breiter als sonst. Eine Welle der Erregung durchläuft die Zuschauer in der überfüllten Scheune. Sie teilen sich Stühle, stehen herum, manche sitzen im Schneidersitz mit kleinen Kindern auf dem Schoß auf dem Boden. Viele trinken Kirschlikör oder Sangria, aber es sind so viele Leute, dass Sophias Freunde es kaum schaffen, alle mit Getränken zu versorgen. Olivia und meine Familie sehen ergriffen aus. Onkel Paul macht Fotos. Die Atmosphäre ist elektrisch aufgeladen.

Um mir nicht nachzustehen, hebt Esmeralda ihre Röcke und geht zusammen mit Felipe langsam auf mich zu. Sie wendet den Blick nicht von mir ab. Ihre dunklen Haare sind hochgesteckt und mit einer türkisfarbenen Feder geschmückt, die zu ihrem Kleid passt.

»Das ist mein Mädchen!«, höre ich meinen Vater hervorstoßen. Kurz lasse ich den Blick schweifen. Will sieht mich immer noch an und ist ausnahmsweise sprachlos. Freya versetzt ihm einen harten Rippenstoß und lässt ihn dann mit wütender Miene stehen, um sich zur Band zu setzen. Sie lässt sich auf den Schoß des Bassgitarristen plumpsen und kontrolliert hin und wieder, ob Will es bemerkt hat. Will hingegen lässt mich keine Sekunde aus den Augen, und ich spüre, wie die Nervosität zurückkehrt. Doch als ich zu Antonio schaue und versuche, mein inneres Gleichgewicht wiederzufinden, versperrt die Gruppe der einheimischen Männer unter der Führung des Bürgermeisters ihm den Weg.

»Lasst mich vorbei! Ich warne euch«, sagt Antonio gefährlich leise. Im Raum ist es so ruhig, dass wir jedes Wort und jeden einzelnen Regentropfen auf dem Dach hören können.

»Nein, Antonio! Das kann ich nicht zulassen. Sie kennen die Regeln. Kein Flamenco – er ist mit einem Bann belegt worden. Dieses Gebäude wurde vor vielen Jahren geschlossen«, schimpft der Bürgermeister.

Antonio sieht ihn an. »Sie haben recht. So war es. Und jetzt sind die Türen wieder geöffnet worden.« Als er mir einen kurzen Blick zuwirft, gerät mein Herz leicht ins Stolpern. »Wenn Sie mich nun entschuldigen würden, Sie befinden sich auf meinem Grund und Boden. Entweder bleiben Sie zur *peña* und spüren den Flamenco, ansonsten gehen Sie bitte.«

»Nein! Ich erlaube es nicht! Der Flamenco ist im Dorf verboten.«

»Von einem Priester, der schon vor langer Zeit gestorben ist. Das war die Vergangenheit. Wir sind im Hier und Jetzt, die Dinge haben sich verändert.«

»Nichts hat sich verändert«, meldet sich ein anderer Mann aus der Gruppe zu Wort.

»Alles verändert sich.« Antonio seufzt, als wäre er der Unterhaltung überdrüssig. »Jetzt lasst mich vorbei.« Doch die Männer stehen wie eine Mauer und rühren sich nicht vom Fleck.

»Sie kennen die Regeln. Wir wollen keinen Ärger wie beim letzten Mal. Damals hat die Ernte fast nicht stattgefunden.«

»Aber die Kirschen sind gepflückt! Die Ernte ist in Sicherheit. Keine Existenzgrundlage steht auf dem Spiel – außer meiner eigenen.«

»Es ist Zeit, dass dieser Hof verkauft wird und einen neuen Besitzer bekommt. Einen Besitzer, der keinen Ärger will«, mischt sich Esmeralda ein.

»*Ich* will keinen Ärger!« Antonios Augen funkeln vor Wut. Die Männer weichen leicht zurück.

»Was meint sie mit verkaufen?«, fragt der Bürgermeister verwirrt.

Antonios Augen schießen immer noch Blitze. »Ich tanze um mein Leben, ich kämpfe dafür. Wie eine weise Person vor Kurzem gesagt hat« – er schaut zu Miguel, der inzwischen in die Scheune zurückgekehrt ist – »sind manche Dinge es wert, dass man für sie seine Ängste überwindet. Dieser Hof hat meinen Großeltern gehört. Sie haben die Leidenschaft des Flamencos hergebracht, weil sie diesen Tanz liebten. Sie liebten das, wofür er steht. Es gibt einen Grund, warum er auch Feuertanz genannt wird. Es geht um das Leben der Menschen, ihre Leidenschaft, den Schmerz und den Ausdruck von Liebe!« Er sieht mir in die Augen, und mein Herz schlägt eine Antwort auf seine Worte.

»Mein lieber Schwan, was für eine Show! Dagegen kann man den Pink Flamingo vergessen, dieser Ort hat einfach alles«, sagt Brenda zu Harold.

»Einfach fantastisch! Ich poste das jetzt live auf Facebook!«, meint eine von Olivias Freundinnen, obwohl sie zwischen einem großen Mann mit einem Kind auf dem Arm und einem überfüllten Tisch eingequetscht ist. »Das schlägt alle anderen Dreißiger, auf denen ich gewesen bin, und das, obwohl Lula Hamilton Wasserski-Akrobaten aufgeboten hat. Und dieser Kirschlikör ist einfach ein Traum!«

»Verkaufen? Wer verkauft? Warum? Und an wen? Ist der Käufer jemand, der die Kirschplantage weiterführen will? Doch hoffentlich kein Bauträger!«, stößt der Bürgermaster voller Panik hervor.

»Gonzalo ist Kirschbauer«, sagt Antonio und zeigt auf den Mann. »Er würde den Hof gerne kaufen, aber die Bäume ausreißen und eine neue Sorte Kirschbäume pflanzen, deren Kirschen früher reif sind, um einen größeren Gewinn zu machen.«

Alle Anwesenden schnappen nach Luft.

»Wenn ich also nicht an diesem Tanzduell teilnehmen kann, wird mein Hof an den Höchstbietenden verkauft. An Gonzalo.«

»Ich würde den Hof gerne kaufen«, wirft ein wohlhabender Gemeindevertreter ein, woraufhin Antonio praktisch die Zähne fletscht. Der Mann zieht sich rasch in den Schatten zurück.

»Warten Sie mal! Das ist doch Betis Restaurant«, höre ich meine Mutter sagen. Mir rutscht das Herz in die Hose – wie soll ich das bloß erklären?

»Genau, es gehört ihr und diesem Will. Wollen Sie damit etwa sagen, dass sie das hier gar nicht leitet? Dass alles nur ein Haufen Lügen war?«

»Ach, halt den Mund, Paul!«, sagen meine Eltern zu meiner absoluten Überraschung einstimmig. Ich bekomme zum ersten Mal mit, dass sie ihm Kontra bieten – und ich bin stolz auf sie. Ich weiß, wie viel Mut man dafür braucht.

Antonio drängt sich durch die Gruppe Männer und marschiert auf Onkel Paul zu, den er deutlich überragt. Paul wirkt auf einmal wie ein kleiner Mann, ein sehr kleiner Mann.

»Alles, was ich momentan habe, habe ich Beti zu verdanken.« Er wirft Miguel, der ihm gefolgt ist, einen Blick zu. »Sie ist die reichste und großzügigste Frau, die ich kenne.«

»Hast du das gehört, Rita? Sie hat ein Vermögen verdient! Ich wette, mit dieser Porzellankuh, die meine Mutter ihr hinterlassen hat!«, faucht er.

Antonio bringt ihn mit einem finsteren Blick zum Schweigen. Mein Onkel wird ganz klein auf seinem Stuhl.

»Genug jetzt!«, verkündet Esmeralda. »Niemand schert sich um diese Engländerin. Lasst uns anfangen. Lasst uns sehen, ob du eine Flamenco-Tänzerin aus ihr gemacht hast oder sie nur wie eine billige Puppe aus einem Souvenirladen verkleidet hast.«

»Spricht sie von Beti?«, fragt meine Mutter. »Unterstehen Sie sich, so über meine Tochter zu reden! Sie hat mehr Schneid, als Sie sich nur vorstellen können!« Mom hat so viele Jahre lang ein schlechtes Gewissen wegen des Glücks gehabt, das Dad und sie miteinander gefunden haben. Sie hat es immer im Stillen genossen und wollte es Onkel Paul nicht unter die Nase reiben. Daher hat sie zugelassen, dass er ständig laut mit seinen Errungenschaften prahlte. Und nun ist sie hier und verteidigt wie eine Löwin das, was ihr am meisten bedeutet: ihre Familie.

Esmeralda lächelt sie höhnisch an.

»Wagen Sie es bloß nicht, meine Mutter noch mal so anzusehen!«, sage ich kalt. »Sehen Sie sie nicht an, sprechen Sie nicht mit ihr. Haben Sie mich verstanden?«

Dann drehe ich mich langsam zu Onkel Paul um und hebe das Kinn.

»Nein, dieser Hof gehört mir nicht.«

Er grinst nach dem Motto: *Hab ich es doch gewusst.*

»Aber es geht im Leben nicht darum, was man besitzt, sondern darum, wer man ist«, fahre ich fort. Sein Grinsen verblasst, als alle Blicke sich auf ihn richten. »Du hat zwar ein doppelt so großes Haus wie meine Eltern, ein Auto so groß wie ihr Wohnzimmer, aber meine Mom und mein Dad sind doppelt so wertvolle Menschen, wie du je einer sein wirst. Denk nur daran, in wessen Haus du immer Weihnachten verbringen willst. Und zwar nicht, weil es voller teuer Möbel steht, sondern weil es voller Liebe ist. Sie haben das gefunden, wonach wir alle unser ganzes Leben lang suchen: Glück. Und es steckt nicht in den Häusern, die wir besitzen, oder in den Partys, die wir besuchen, oder in den Urlaubsreisen, die wir unternehmen; nein, es steckt hier drin!« Ich lege die Hand auf mein Herz. »Wie ich schon gesagt habe, es geht darum, wer man ist. Und ich weiß endlich ganz genau, wer ich bin.«

»Mein Gott! Sie ist einfach wunderbar!«, höre ich Maxine zu Craig sagen. Ich habe nicht mal bemerkt, dass sie eingetroffen sind; ein warmes Gefühl steigt in mir auf, weil sie gekommen sind.

»Ich dachte, du hättest gesagt, deine Cousine wäre ziemlich lahmarschig«, meint eine von Olivias Freundinnen.

»Ich finde sie unglaublich!«, wirft eine andere ein.

»Ich wünschte, ich wäre auch so«, sagt die dritte. Olivia lächelt unbehaglich.

»Braves Mädchen!« Mit Tränen in den Augen steht mein Dad auf und klatscht.

Antonio sieht mich mit Stolz und einem Hauch seiner Leidenschaft im Blick an. Mein Herz schlägt laut den vertrauten Rhythmus. Er nickt mir knapp zu.

Ich zögere.

»Hast du Angst?«, flüstert er mir ins Ohr. Ich spüre seinen heißen Atem auf der Haut und erschaudere voller Erwartung.

»Was, wenn ich es vermassele?«, antworte ich leise und richte meine ganze Aufmerksamkeit auf ihn.

»Denk immer daran, hier drauf zu hören«, erklärt er und legt seine Hand über meine auf mein Herz. »Hör auf dein Herz, dann kann nichts schiefgehen.«

»Aber meine Schuhe.«

»Erinnere dich an den Tanz auf der Kirschplantage. Ruf dir ins Gedächtnis, wie es sich angefühlt hat. Nicht die Schuhe tanzen, sondern du. Denk an das Gefühl.«

Ich schließe die Augen und bin wieder dort, mitten auf der

Kirschplantage. Oh, ich bin bereit zu tanzen! Das bin ich wirklich. In meinem Bauch tobt ein Feuer. Ich habe meine Oma enttäuscht, als Will sich mit meinem Geld aus dem Staub gemacht hat. Auf gar keinen Fall darf ich jetzt Antonio enttäuschen. Ich kann nicht zulassen, dass er seinen Besitz verliert. Ich kann nicht zulassen, dass er Miguel verliert. Ich schlage die Augen wieder auf und betrachte das Kleid. Ich tue das für Antonio, für Miguel und für meine Oma, die immer an mich geglaubt hat. Überall um uns herum blitzen Handy-Kameras auf.

»Esmeralda, warum fängst du nicht an und zeigst, was für eine hervorragende Tänzerin du bist?«, schlägt Antonio großzügig vor, nimmt mich an die Hand und führt mich an den Rand der Tanzfläche.

»Nein!«, ruft der Bürgermeister.

»Ich habe es Ihnen bereits gesagt«, kontert Antonio, »entweder lassen Sie den Flamenco zu, oder Sie gehen. In diesem Dorf haben wir die Vergangenheit schon zu lange ausgeschlossen – aus Angst, wie sie die Zukunft beeinflussen könnte. Wir haben den jungen Leuten ihr Erbe verweigert. Sie verlassen das Dorf und ziehen an die Küste, wohin die Menschen kommen, um unsere Kultur in Nachtclubs auf billigen Flamenco-Bühnen zu sehen. Wir haben darum gekämpft, unsere Kirschbäume und die Sorte am Leben zu erhalten, weil sie Teil unserer Landschaft sind, aber genau das ist Flamenco auch! Also, wollen Sie sich zurückerinnern, wie er sich anfühlt, oder möchten Sie lieber gehen?«

»Ich möchte ihn fühlen!«, sagt die pummelige Tochter des Bürgermeisters.

»Ich auch!«, ruft ihre Schwester, und die beiden lassen sich am Rand der Tanzfläche nieder.

»Und ich auch!«, meldet sich die Frau des Bürgermeisters zu Wort.

»*Sí!*«, sagt seine achtzigjährige Mutter und versucht, sich ebenfalls auf den Boden zu setzen, muss sich dann aber auf einen Stuhl in der Nähe helfen lassen.

»Sie sind ein guter Obstbauer, Antonio. Ich will nicht, dass dieser Hof an jemanden verkauft wird, dem er gleichgültig ist«, lenkt der Bürgermeister ein.

»Dann lassen Sie mich meinen Hof und mein Zuhause retten.«

»Jeder andere Obstbauer könnte das tun, was du tust«, wirft Esmeralda ein. »Miguel hat jetzt in das Landleben hineingeschnuppert; er wird nur zu gerne bereit sein, mit mir zu gehen. Er hat sicher begriffen, dass sein Leben auf Reisen ein besseres sein wird als das eines einfachen Kirschbauern.«

»Miguel hat natürlich das Recht zu wählen.« Antonio dreht sich zu seinem Sohn um und sucht seinen Blick. Die beiden sehen sich an, als schafften sie eine Bindung, die sich nicht auflösen wird – unabhängig vom Ausgang des Tanzduells. Schließlich wendet sich Antonio wieder Esmeralda zu. »Ich werde dafür sorgen, dass er eine Wahl hat. Du nimmst mir den Hof nicht weg. So, lasst uns tanzen!«

Er nickt Pedro zu, der – umgeben von Lichterketten – am Kamin sitzt. Der Trommler neben ihm beginnt auf der eckigen Kiste zwischen seinen Beinen den Rhythmus zu schlagen. Bumm-bumm. Bumm-bumm.

Die Menge verstummt.

Esmeralda hebt den Kopf und stolziert in die Mitte der Tanzfläche. Mein Herz klopft so laut, dass ich kaum höre, wie der Trommler zu singen beginnt, die Geschichte eines Lebens, die von Kampf, Träumen, Sehnsucht und Leidenschaft handelt. Ich fühle jedes Wort und sehe zu, wie Esmeralda die Ellbogen anhebt, die Hände kreisen lässt und die Finger einzeln abrollt. Das ist zwar nun der Anfang, aber ich habe keine Ahnung, wie das Ganze enden wird.

51. Kapitel

Das Publikum applaudiert und bejubelt die ausgefeilte Fußarbeit und das komplizierte Klatschen des Tanzes, wesentlich komplexer als bei unserem Flamenco. Esmeralda und Felipe beenden ihre Darbietung mit einer schwungvollen Geste, dann genießen sie nickend und lächelnd den Beifall der fachkundigen Zuschauer. Doch nun steigt die gespannte Erwartung im Raum spürbar. Der Pferdeflüsterer hat nicht mehr getanzt, seit dieser Saal geschlossen wurde. Die Spannung und die Erregung sind greifbar. Ich zittere am ganzen Körper.

»Spür das Feuer in deinem Herzen und in deiner Seele und nutze es«, flüstert Antonio mir ins Ohr. Ich schließe die Augen und blende die Gesichter um mich herum aus. »Erinnere dich an den Tanz auf der Kirschplantage«, fährt er leise fort. »Fühle die Energie unter deinen Füßen. Spüre die Energie hier, zwischen uns.«

Ich bin mir seines Körpers ganz nah vor mir sehr bewusst. Es ist, als warte in mir eine Rakete darauf, abgeschossen zu werden und den Nachthimmel zu erleuchten.

Als Antonio Pedro zunickt, beginnt die Musik. Antonio schaut mir in die Augen, zieht mich mit seinen dunklen Augen in den Bann und transportiert mich zur Kirschplantage. Ich beginne zu tanzen. Ich zähle nicht mehr, ich tanze, spüre die Musik und will nicht, dass sie je wieder aufhört. Ich halte Antonios Blick fest, wohl wissend, dass er mich nicht fallen lassen wird. Als wir die dritte Strophe erreichen, fühle ich mich vollkommen lebendig und im Reinen mit mir. Ich fühle mich mehr wie ich selbst als je zuvor. Mir wird klar, dass ich hier neben Antonio am glücklichsten bin. Das Herz schlägt mir bis zum Hals. Ich bin in Hochstimmung und fühle mich, als würde ich fliegen – und am liebsten würde ich nie wieder landen.

Dann höre ich es: den Applaus, das Klatschen, den Jubel. Die Leute sind aufgesprungen. Mom und Dad, sogar Onkel Paul. Der Bürgermeister und seine Töchter. Alle klatschen, es gibt Rufe wie »*Olé!*« und »*Bravo!*« und »Los, Bet!« von Olivia. Ich sehe Will, der genau so schaut, wie ich es mir jahrelang gewünscht habe – als wäre ich alles, was sein Herz begehrt. Endlich nimmt er wieder Notiz von mir. Ich bin die Frau, in die er sich vor Jahren verliebt hat … und ein Gedanke huscht mir durch den Kopf, wie Blütenblätter, die vom Wind erfasst werden. Bin ich das wirklich?, lautet der Gedanke. Und dann verschwindet er wieder.

Esmeralda marschiert mitten auf die Tanzfläche und wendet sich an die Musiker.

»Ihr habt die beiden Tänze gesehen«, sagt sie. Es wird still im Raum. »Ich muss dir gratulieren, Antonio. Ich habe nicht geglaubt, dass du dem Mädchen etwas beibringen kannst. Dafür verdienst du Anerkennung.«

»Hey!«, ruft meine Mutter wieder mit ihrer neuen Stimme, laut und stolz.

»Aber unser Tanz war eindeutig wesentlich komplizierter und perfekter in der Ausführung – also sind wir die Gewinner dieses Tanzduells«, verkündet Esmeralda. Sie mustert die beiden Musiker rechts und links von Pedro, die Sachverständigen, die er mitgebracht hat.

»Du wolltest, dass ich sie im Tanzen unterrichte und ihr einen Tanz beibringe. Das habe ich getan. Wir haben gewonnen«, kontert Antonio.

»Pah! Eine *sevillana*. Das ist gar kein richtiger Flamenco, es ist ein Volkstanz!«, faucht sie geringschätzig. »Um den wahren Flamenco zu lernen, braucht man Jahre. Er kann nicht von einem

Anfänger getanzt werden. Du hast verloren!« Sie hebt eine Hand und will ihn in seine Schranken weisen.

Die Menschen im Raum stecken die Köpfe zusammen und beginnen zu diskutieren.

Antonio geht mit erhobenem Kopf und Kinn auf Esmeralda zu. Neben ihr wirkt er wie ein Riese. Wieder breitet sich Stille aus, die Atmosphäre knistert förmlich vor Anspannung. Ich beiße mir auf die Lippe und kann kaum noch atmen.

»Du magst zwar technisch gesehen alle Bewegungen und Schritte beherrschen«, sagt er langsam, »aber Beti verfügt über das gewisse Etwas, das du nie haben wirst ... sie hat den *duende*, die Seele. Du kannst zwar die Schritte tanzen, aber Beti fühlt sie. Man kann den *duende* nicht lernen, man kann ihn auch nicht unterrichten. Entweder man hat ihn oder eben nicht ... und Beti hat ihn eindeutig. Was ihr hier gesehen habt, war wahrer Flamenco.«

Esmeralda verliert auf einmal die Fassung und stößt einen frustrierten Schrei aus.

Felipe tritt neben sie. »*Wir* haben den wahren Flamenco getanzt. Eurer war nicht echt ...«

»Nicht echt?« Antonio fällt ihm ins Wort und zieht die Augenbrauen hoch. »Fragt doch die Zuschauer, wie echt er war, ob sie ihn hier gefühlt haben«, er legt eine Hand auf die Brust, »in ihrer Seele. Das ist wahrer Flamenco!«

Die Zuschauer brechen wieder in Jubel und Applaus aus. Esmeralda lässt den Blick schweifen, dann zeigt sie auf die Band. »Ihr seid die Sachverständigen«, sagt sie. »Sagt es ihm! Er kann uns nicht besiegen.«

»Bei der Wette ging es darum, ihr einen Tanz beizubringen«, erwidert Pedro lächelnd. »Er hat getan, was von ihm gefordert wurde.«

»Aber ist die *sevillana* nun Flamenco oder bloß ein Volkstanz?«, fragt der Mann an der Trommel.

»Wie können die Musik und der Tanz in modernen Zeiten überleben, wenn wir uns dem Neuen nicht öffnen?«, meint der zweite Gitarrenspieler. Und plötzlich explodiert der ganze Raum, jeder will seine Meinung loswerden. Es wird wie wild gestikuliert, mit den Armen gerudert und auf Spanisch gerufen. Die Musiker sind ebenfalls aufgestanden. Zuschauer umringen Antonio und Esmeralda und äußern ihre Meinungen laut und alle gleichzeitig.

»Ich verstehe nicht, was hier vor sich geht!«, rufe ich Miguel zu.

»Manche sagen, euer Tanz war kein traditioneller Flamenco, andere stimmen Antonio zu, der sagt, dass es eher um die Seele des Tanzes geht, den *duende*, als nur um die Schritte. Sie können sich nicht einigen, wer recht hat.«

Ich halte es nicht mehr aus. Den Lärm, das Geschrei, das Gestikulieren. Ich könnte es nicht ertragen, wenn Antonio den Kürzeren ziehen würde. Plötzlich ist mir warm, richtig heiß, und mir wird schwindelig. Ich schiebe mich durch die Menge, laufe auf die Tür zu und stürme ins Freie, hinaus in die Abendluft.

»Beti, warte!«, ruft mir jemand hinterher, doch ich bleibe nicht stehen, sondern laufe weiter zur Kirschplantage. Wenigstens hat es aufgehört zu regnen. Alles ist nass und fühlt sich frisch an. Wie der Beginn eines neuen Tages, sauber und rein. Ein Neubeginn. Ich bleibe barfuß unter den abgeernteten Bäumen stehen und atme die kühle Luft ein. Die Bäume wirken leichter und aufrechter, nachdem sie von ihren Früchten befreit wurden. Jetzt ruhen keine Erwartungen mehr auf ihnen, sie können einfach nur Bäume sein.

Ich schließe die Augen und fasse mir an den Kopf – ich habe es vermasselt. Alles war umsonst. Was nun? Ich zwinge mich, den Kopf zu heben und die Augen zu öffnen.

Die Wolken verschwinden allmählich, und dahinter taucht die untergehende Sonne auf. Atemberaubende Farben breiten sich am Himmel aus, feuriges Rot, warme Orangetöne und strahlendes Gelb leuchten am Horizont und erfassen auch die Kirschplantage.

Plötzlich höre ich hinter mir ein Rascheln und fahre herum.

»Will?«, sage ich überrascht.

»Ich habe dich gerufen«, antwortet er. Er lächelt. »Du warst fantastisch. Die Beti, die ich in Erinnerung habe, die Beti, in die ich mich verliebt habe.« Er kommt auf mich zu. Seine Schuhe und der Hosensaum sind nass vom langen Gras.

Wieder meldet sich die Stimme in meinem Kopf. Bin ich tatsächlich dieselbe Beti? Oder bin ich eine vollkommen andere Person geworden? Jemand, der sich nicht mehr darum sorgt, was andere von ihm halten könnten; jemand, der Dinge tut, weil sie ihm etwas bedeuten, und nicht, weil er glaubt, dass sie von ihm erwartet werden. Jemand, der auf sein Herz hört.

»Zieh sie aus.« Ich deute mit einem Nicken auf seine nassen Schuhe.

»Wie bitte?« Er wirkt verwirrt.

»Zieh sie aus, dann kannst du den Rhythmus der Erde spüren. Alles hat seinen natürlichen Rhythmus, jeder Ort und jedes Lebewesen. Du musst bloß auf dein Herz hören statt auf deinen Verstand.«

»Okay …«, sagt er unsicher, schlüpft aber dennoch aus seinen Schuhen und streift die Socken ab. Er hüpft von einem Fuß auf den anderen. »Kalt, ah!« Er hüpft weiter, dann kommt er direkt auf mich zu und nimmt meine Hand. Ich warte darauf, dass mein Herzschlag sich beschleunigt. Ist es das? Hat unser Tanz tatsächlich funktioniert? Möchte er mich um jeden Preis zurückhaben?

»Du hast wirklich fantastisch getanzt«, wiederholt er.

Ein Lächeln breitet sich auf meinem Gesicht aus, verblasst jedoch sofort wieder. Aber ich habe es vermasselt, denke ich und lasse den Kopf hängen. Er legt mir einen Finger unters Kinn und hebt meinen Kopf an. Ich blicke auf und sehe das vertraute Gesicht ganz dicht vor meinem.

»Ich weiß, dass das, was ich getan habe, falsch war, Beti. Das mit dem Geld und mit Freya. Und mir ist jetzt auch klar, was für ein Idiot ich gewesen bin. Ich hätte bleiben sollen, ich hätte dich niemals verlassen dürfen. Ich habe mich wie ein Arschloch benommen«, sagt er. Ich muss durch die Tränen, die mir über die Wangen rollen, lachen. Er fährt fort: »Ich habe nie aufgehört, dich zu lieben, ich habe einfach Angst bekommen. Bin in Panik geraten. Und nachdem ich abgehauen war, dachte ich, na ja, dass du mich bestimmt nie wiedersehen willst. Aber als du mich dann eingeladen hast, heute Abend herzukommen, habe ich mich gefragt, ob du vielleicht genauso fühlst wie ich. So, wie ich empfinde, seit ich dich neulich in der Butterfly Bar gesehen habe. Ich muss ständig daran denken …«, er schluckt, »dass es vielleicht noch eine Chance für uns beide gibt.«

»Beti?«, höre ich Olivia von der Scheune aus rufen. »Deine Mom schickt mich, um zu sehen, ob du okay bist. Sie steckt hinter einem Tisch fest, diskutiert über den wahren Flamenco und kann nicht raus.«

Die Farben des Sonnenuntergangs schieben sich langsam über den Himmel auf uns zu und verdrängen die restlichen Wolken.

Ich hole tief Luft und zögere kurz. Ist es das, was ich wirklich will? Denn falls es so ist, muss ich nun zugreifen.

»Denk darüber nach, Beti, wir könnten immer noch ein Traumpaar werden. Du und ich. Hier in Spanien. Irgendwie werden wir das Geld schon auftreiben. Und deine Eltern lieben mich!«, versucht er zu scherzen.

»Es könnte sein«, ich werfe einen Blick auf die wohlgefüllte Scheune, in der nach wie vor heiß diskutiert wird, »es könnte sein, dass ich das Geld bereits zusammenhabe.« Miguel hat fast allen Anwesenden Eintrittskarten verkauft.

»Beti?«, ruft Olivia wieder.

Will sieht mich an, plötzlich wieder ganz ernst. »Ich habe dich nie richtig gefragt, aber an dem Abend in der Butterfly Bar ist mir klar geworden, was ich tun muss.« Seine Augen sind mir so vertraut, doch weckt sein Blick Feuer und Leidenschaft in mir? Ich bin mir nicht mehr so sicher. Vielleicht haben mich das Tanzduell und die darauf folgende Auseinandersetzung ja aus dem Gleichgewicht gebracht. Ich sollte wieder ins Haus gehen und nach Antonio und Miguel sehen. Ich wende mich zum Gehen.

»Wir reden später.«

»Nein.« Er hält mich am Handgelenk fest. »Ich muss das jetzt machen.« Er kniet sich in das nasse Gras.

»Ist alles in Ordnung mit dir, Will? Hast du Schmerzen?« Besorgt frage ich mich, ob sich wohl ein Arzt unter dem streitenden Haufen Menschen befindet.

»Beti?« Er blickt zu mir auf und zuckt zusammen, als die Nässe durch seine Jeans dringt. »Das hätte ich schon vor Jahren tun sollen – dir zeigen, wie viel du mir bedeutest. Aber besser spät als nie.«

»Huch!« Olivia, die auf der Suche nach mir ist, atmet scharf ein. »Er macht dir einen Antrag! Einen richtigen Heiratsantrag! Hier auf der Kirschplantage! Genau das habe ich eigentlich von Gav erwartet!«, sagt sie und schluchzt auf, als sie an alles denkt, was sie verloren hat.

»Beti, willst du mir die große Ehre erweisen, mich zu heiraten? Ich liebe dich, und nachdem ich dich heute Abend gesehen habe, habe ich begriffen, dass ich dich nie wieder gehen lassen will.« Er greift in die Brusttasche und zieht ein Schmuckkästchen heraus, in dem sich ein goldener Ring mit einem winzigen Diamanten befindet. Er hält ihn hoch, damit ich ihn betrachten kann. Auf einmal muss ich an mein Geld denken, das er beim Pokerspiel verloren hat, und frage mich, wie er es sich leisten konnte, einen

Ring zu kaufen. Rasch verdränge ich den Gedanken wieder. Das hier ist genau das, was ich mir immer erträumt habe. Oma würde sich sehr für mich freuen, oder etwa nicht? Das ist es, was ich mit Antonios Hilfe zurückgewonnen habe. Das ist es, was Olivia unbedingt auch wollte.

Ich betrachte den Ring, der den Ring meiner Oma, den ich schon seit so vielen Jahren trage, ersetzen soll, und warte darauf, dass mein Herz vor Freude einen Satz macht und glücklich vor sich hin pocht. Aber stattdessen hat es mir die Sprache verschlagen. Olivia schluchzt leise vor sich hin, als sie von einer Freundin, die sich auf die Suche nach ihr gemacht hat, in die Scheune zurückgeführt wird.

»Würde es dir etwas ausmachen, wenn ich jetzt aufstehe?«, fragt Will und schwankt auf seinem Knie hin und her. Er verzieht leicht das Gesicht, als sich der nasse Fleck auf seiner Hose weiter ausbreitet.

»Nein ... ich meine, natürlich.« Nachdem ich ihm auf die Füße geholfen habe, legt er die Arme um mich.

»Ist das jetzt ein *Nein* oder ein *Natürlich?*« Das Lächeln erstirbt auf seinen Lippen. »Lass es uns tun. Lassen wir all das hinter uns.« Er zieht mich an sich. Immer noch warte ich darauf, dass sich mein Herzschlag beschleunigt. »Lass uns allen zeigen, dass wir immer noch Beti und Will sind, wie geplant. Lass uns die Bar übernehmen. Mit deinem Organisationstalent ... ich meine, sieh dir bloß an, was du heute Abend auf die Beine gestellt hast. Und mit mir an vorderster Front ...«

»Es hat mir gefallen, selbst an vorderster Front zu sein«, sage ich plötzlich zu meiner eigenen Überraschung.

»Aber ja, natürlich.« Er zögert, dann lächelt er wieder. »Wir werden ein Team sein. Bitte, Beti, lass uns da weitermachen, wo wir aufgehört haben.«

»Und was ist mit Freya?«

»Ich habe ihr gesagt, dass es vorbei ist. Unsere Lebenswege haben sich einfach nur kurz gekreuzt«, erklärt er etwas pathetisch. Unter anderen Umständen hätte es sich vielleicht romantisch angehört, doch hier zwischen den Kirschbäumen kommt es ein bisschen kitschig rüber.

»Meinst du das ernst? Willst du das wirklich?«, frage ich, nachdem ich meine Gedanken sortiert habe.

»Mehr als alles andere!« Er strahlt über das ganze Gesicht und sieht mich an wie zu Beginn unserer Beziehung. »Das ist die Beti, in die ich mich verliebt habe.«

Ich versuche, mir jene aufregenden Nächte ins Gedächtnis zu rufen: die Energie, die Chemie, das Liebesspiel – oder war es einfach nur Sex, unbekümmerter Spaß, bevor das wirkliche Leben uns einholte in Form von Mietzahlungen, Mahlzeiten aus der Mikrowelle und Diskussionen über den Abwasch? Habe ich mich auf die Organisation unserer Hochzeit gestürzt, weil ich die Tatsache nicht wahrhaben wollte, dass wir uns gar nicht lieben?

»Um ehrlich zu sein, Will, ich glaube nicht, dass ich noch die Beti bin, in die du dich verliebt hast. Ich glaube, ich bin eine ganz neue Beti.«

»Ich nehme sehr gerne die ganz neue Beti«, erwidert er und küsst mich endlich. Seine vertrauten Lippen berühren meine, wie ich es mir seit Wochen gewünscht habe. Zu guter Letzt bekomme ich alles, was ich wollte. Das Geld für die Bar und Will an meiner Seite, der mich küsst und begehrt. Das muss bedeuten, dass wir füreinander bestimmt sind – dass er trotz allem der Richtige ist.

Ich lausche auf mein Herz, um seinen Rhythmus zu erspüren. Warte darauf, dass es zum Leben erwacht wie bei meinem Tanz mit Antonio. Doch es passiert nichts. Ich lausche erneut. Komm schon, Feuerwerk, wo bist du? Diese große Rakete, die sich gerade auf den Abschluss vorbereitete, während ich mit Antonio tanzte – wo ist sie jetzt? Immer noch nichts. Ich schlage die Augen auf und sehe Wills Gesicht, seine Haut, seine Wimpern und hinter ihm die vor dem feuerroten Himmel untergehende Sonne. So strahlend, dass sie wie ein Signal wirkt und mich daran erinnert, dass etwas dahinter liegt, etwas anderes.

Er zieht sich zurück und grinst träge. »Können wir nun bitte aus diesem nassen Gras gehen?« Er lacht und nimmt meine Hand.

»In einer Minute«, antworte ich und folge ihm nicht, als er an meiner Hand zieht. Fragend legt er den Kopf schief. »Ich brauche jetzt eine Minute«, sage ich. »Ich komme dann nach. Ich muss nur einen Augenblick nachdenken, um das alles zu verarbeiten.«

Ich betrachte den aufklarenden Himmel, dann drehe ich mich um und sehe Will hinterher. Seine lässige Art zu gehen. Alles, was ich wollte, liegt direkt vor mir. Jetzt. Ich muss bloß zugreifen.

»Es geht im Leben nicht darum, was man besitzt, sondern darum, wer man ist.« Meine eigenen Worte stürmen auf mich ein. Ich schaue zur Scheune, wo immer noch mit wilden Gesten und erhobenen Stimmen diskutiert wird. Es geht nicht um die Butterfly Bar oder darum, Will zurückzugewinnen. Mir wird klar, dass es nie darum ging. Es ging darum, zu mir selbst zu finden. Und nun stehe ich hier bei Sonnenuntergang oberhalb der Kirschplantage und denke, dass ich genau das vielleicht gerade geschafft habe.

Ich berühre meine Lippen, die Will gerade geküsst hat. Sie fühlen sich kalt an. Dann lege ich die Hand über mein Herz, und während ich seinem Rhythmus lausche, formen sich die Worte langsam in meinem Kopf. Er ist nicht der Richtige – endlich gestehe ich es mir ein. Eine dicke Träne rollt mir über die Wange – für alles, was hätte sein können. Doch schlussendlich sind wir nicht füreinander bestimmt.

Als ich wieder zur Scheune blicke, trifft es mich wie der Blitz. Ich weiß, wer der Richtige ist … aber will er mich auch?

52. Kapitel

Ich hebe meinen langen Rock an und laufe zur Scheune, so schnell ich kann. Antonio steht mitten im Raum, seine wilden schwarzen Haare fallen ihm in die Augen. Seine breiten Schultern sind gestrafft, die Hände zu Fäusten geballt.

»Beti«, meine Mom winkt mir zu. »Es ist schrecklich aufregend!«, sagt sie, völlig gefangen von den dramatischen Ereignissen. »Besser als *Big Fat Gypsy Weddings!*«

»Antonio!« Ich lege die Hände trichterförmig um den Mund und versuche, mir über den Lärm Gehör zu verschaffen. Als jemand einen Stuhl umstößt, schreit eine Frau auf. Allmählich wird es ungemütlich. Ist so etwas letztes Mal passiert, als man den Flamenco mit einem Bann belegt hat? Ich kann nicht zulassen, dass Antonio meinetwegen seinen Hof verliert. Mein Herz sagt mir laut und deutlich, was ich zu tun habe.

»Nein! Stopp!«

Alle drehen sich zu mir um und sehen mich an. In der Menge öffnet sich ein Korridor für mich, und ich gehe auf Antonio zu und stelle mich neben ihn.

»Dieser Mann hat mir in den vergangenen Wochen alles beigebracht«, fange ich an. »Nicht nur die Tanzschritte und die richtigen Bewegungen, sondern auch, wer ich bin. Er hat mich gelehrt, mir keine Gedanken darüber zu machen, was andere Menschen denken mögen. Er hat mir gezeigt, dass es im Leben nicht darum geht, was man besitzt, sondern darum, wer man ist. Und dass man das Leben nicht planen kann; man muss einfach dem für einen abgesteckten Weg folgen, dem natürlichen Rhythmus. Ich habe gelernt, dass man auf sein Herz hören muss, um herauszufinden, wer der Richtige ist ... auch wenn man nicht damit gerechnet hat.« Ich schaue meine Eltern an, die sich ineinander verliebt haben und seitdem den Preis dafür zahlen. »Ich habe erkannt, dass man sich nicht gegen die Liebe wehren kann, wenn sie einem begegnet; man muss einfach danach greifen.«

Antonio dreht sich langsam um und sieht mich an. Der Streit über den Tanz ist beinahe vergessen, als sich die Aufmerksamkeit des ganzen Raumes auf mich richtet.

»Ich habe begriffen, dass ich mich in den nervigsten, verdrießlichsten, hitzköpfigsten und unberechenbarsten Mann verliebt habe, den man sich bloß vorstellen kann. Und es ist mir egal, ob wir auf einem Bauernhof leben oder unter freiem Himmel schlafen müssen, solange ich nur mein Leben mit ihm teilen kann. Aber ich weiß, dass ich nicht dagegen ankämpfen kann.« Ich wende mich an Esmeralda: »Er hat mir Flamenco beigebracht, wie Sie gefordert haben. Er hat das Feuer in meinem Herzen für diesen Tanz entfacht und die Flammen hochschlagen lassen. Er hat mich gelehrt, auf meine Seele zu hören.«

Im Raum bleibt es mucksmäuschenstill.

»Sie ist ein tolles Mädchen, deine Bet«, höre ich Onkel Paul flüstern. Damit erschüttert er mich bis ins Mark.

»Das ist sie«, stimmt mein Dad stolz zu. »Das war sie immer schon und wird es immer bleiben.«

»Wie rührend!«, spottet Esmeralda. »Aber trotzdem hätte er einen traditionelleren Tanz auswählen müssen.« Sie wirft den Kopf zurück. »Ich schlage vor, Sie halten sich da raus. Hier geht es um eine Familienangelegenheit. Der Hof wird heute Abend verkauft.« Während sie das verkündet, hebt sie die Hand.

Die Menschen schnappen nach Luft, und die Diskussionen beginnen von Neuem.

»Wartet!« Ein Ruf bringt die Stimmen wieder zum Schweigen.

Die Menge in der Nähe der Tür teilt sich, und Miguel kommt in seinem Flamenco-Anzug herein, dem neuen, den er für das Tanzturnier erstanden hat. Er sieht toll aus! Unglaublich attraktiv. Meine Augen brennen vor Stolz. Er hält Sophie an der Hand. Sie trägt ein wunderschönes blau-weißes Kleid, schlicht, aber atemberaubend. Nicht so üppig und auffallend wie Esmeraldas Robe. Das Paar sieht fantastisch aus. Ich halte mir die Hände vor den Mund. Antonio atmet scharf ein – hoffentlich aus den richtigen Gründen. Jedenfalls macht er keine Anstalten einzugreifen.

»Wenn das hier eine Familienangelegenheit ist, dann bin ich doch auch Teil dieser Familie, nicht wahr?« Miguel starrt seine Mutter an, die offensichtlich vorübergehend die Fassung verliert. »Und dieser Hof ist ebenso mein Schicksal wie deines. Es geht um das Vermächtnis meiner Familie, habe ich recht?« Er sieht Antonio an, dessen Augen sich mit unvergossenen Tränen füllen. Er will etwas sagen, bringt allerdings kein Wort heraus. Miguel fährt fort: »Und als Teil dieser Familie will ich ebenfalls tanzen!«

Sophie meldet sich zu Wort, wunderschön und selbstsicher. Ihre Schüchternheit ist komplett verschwunden. »Miguel und ich haben Flamenco getanzt. Wir wissen, dass wir das nicht hätten tun dürfen, aber wir kamen nicht dagegen an, was unser Herz wollte«, sagt sie leise, jedoch mit fester Stimme.

»Ihr denkt vielleicht, ich bin noch nicht bereit für diesen Tanz«, greift Miguel den Faden auf, »aber ich habe Schmerz und Leid erlebt, und ich habe die Liebe gefunden und ein Leben, für das ich kämpfen möchte. Auch ich habe das Feuer in meiner Seele entdeckt!« Er hält den Blick seines Vaters fest. Antonio nickt langsam und lächelt zustimmend.

»Ich wäre stolz, euch tanzen zu sehen«, bringt er schließlich mit rauer Stimme hervor.

»Das war so nicht vereinbart!«, widerspricht Esmeralda. »Der Hof wird verkauft, und du, Miguel, kommst zu mir zurück. Du kannst auf der Tournee mit uns tanzen und eine Rolle übernehmen.«

»Und ich habe kein Mitspracherecht?«, fordert Miguel sie heraus.

»Nein, du musst tun, was wir für das Beste halten!« Sie nickt in Felipes Richtung.

»Lasst den Jungen tanzen!«, ruft Antonio mit dröhnender Stimme.

Daraufhin senkt sich Stille über den Raum.

Miguel wirft Pedro einen Blick zu und nickt, dann führt er Sophia auf die Tanzfläche. Alle treten zurück, um Platz zu machen. Die Kerzen flackern, als spürten sie die besondere Atmosphäre, und bereiten den Boden für die junge Generation.

Mit dem Gesang setzt das Stampfen der Füße ein, und die beiden zeigen der Welt, was in ihren Herzen steckt. Ich habe das Gefühl, dass ich gleich vor Stolz platze, als ich an der Seite von Antonio den Tanz des Paares beobachte. Noch nie im Leben bin ich glücklicher gewesen.

53. Kapitel

Der Applaus und die anerkennenden Rufe sind ohrenbetäubend, als der Tanz schließlich endet. Antonio tritt vor und umarmt seinen Sohn. Die beiden drücken sich lang und heftig, und das sagt alles darüber, was sie füreinander empfinden. Dann nimmt Antonio Sophias Hand, drückt einen Kuss darauf und sagt ihr, wie stolz er auf die beiden ist. Und anschließend nimmt er Miguel noch mal in den Arm.

Esmeralda kommt näher.

»Du bist ein guter Tänzer. Offensichtlich haben wir dich gut unterrichtet«, behauptet sie. Antonio will schon reagieren, doch er hält sich zurück und überlässt Miguel das Reden.

»Ich tanze, weil ich auf mein Herz und meine Seele höre«, sagt er und entkräftet damit ihre Behauptung. »Und es gibt einen Menschen, der für Sophia und mich da war, der uns bestärkt und unterstützt hat, unsere Träume zu leben. Dieser Mensch hat uns sogar alles gegeben, was er besaß, um uns zu helfen.« Er streicht mit den Händen über seinen Anzug. »*Gracias*, Beti, von ganzem Herzen.« Er beugt sich zu mir herunter und zieht mich in die Arme – und ich könnte nicht stolzer sein, wenn er mein Sohn wäre.

Die Leute drängen sich heran, um dem Paar zu gratulieren. Die aufgehenden Sterne von morgen, sagen alle, sowohl die Traditionalisten als auch die Fortschrittlicheren. Sogar Gonzalo klopft Miguel auf die Schulter. Als Handys gezückt werden und Blitzlichter den Raum erhellen, weiß ich, dass der Auftritt schon auf den sozialen Medien verbreitet wird.

»So, wir haben eine Entscheidung getroffen!«, ruft Pedro. »Die Gewinner sind Miguel und Sophia. Hoffentlich sehen wir sie in Zukunft noch sehr oft tanzen!«

»Und!« Miguel steigt auf Pedros Stuhl und versucht, die applaudierenden Zuschauer zum Schweigen zu bringen. »Wenn ich das richtig verstanden haben, habe ich gerade einen Bauernhof gewonnen.«

Antonio wirkt für einen Moment fassungslos, aber dann nickt er zustimmend. »So war die Wette«, sagt er.

Miguel strahlt über das ganze Gesicht. »Ich möchte den Hof meinem Vater übergeben, dem Pferdeflüsterer, unter drei Bedingungen: die Kirschsorte bleibt immer dieselbe …«

»*Sí!* Natürlich!«, brüllt Antonio.

»Ich kann bleiben und hier leben, solange ich will.«

»Natürlich!« Auch Antonio strahlt.

»Und diese Scheune wird wiedereröffnet als Treffpunkt für Flamenco-Begeisterte, damit Tänzer selbst auftreten und andere Tänzer tanzen sehen können, wie zu Zeiten meiner Großeltern.«

Diesmal ist Antonio so gerührt vor Glück, dass er kaum sprechen kann. »Sí!«, bringt er schließlich hervor, voller Stolz und Liebe für seinen Sohn. Dann wendet er sich an mich: »Du hast das alles möglich gemacht, Beti … *Gracias.*« Mit einem ganz sanften Ausdruck in den Augen sieht er zu mir herunter.

Als plötzlich eine Glocke geläutet wird, bewegen sich alle nach draußen, um zu sehen, was los ist.

Es ist Bonita. Sie steht an der Hintertür des Restaurants und ruft alle zum Essen: »Paella!«

Wir schnappen uns Kerzen und Laternen von den Tischen und wandern wie eine Reihe Glühwürmchen den Weg zur Terrasse hinunter. Auf einem langen Tisch warten zwei riesige Pfannen voller Paella. Wir verteilen die Kerzen und Laternen überall auf der Terrasse. Ich sause zur Scheune zurück, hole die Lichterkette und werfe sie über den am nächsten stehenden Baum, während Pedro bereits seine Gitarre zückt.

Esmeralda steht mit Felipe neben ihrem Camper. »Wenn du jetzt nicht mitkommst, wirst du nie wieder ein Zuhause bei mir haben«, sagt sie zu Miguel.

»Sein Zuhause ist hier, und zwar ein Leben lang«, wirft Antonio ein. Er steht neben Miguel, der Sophias Hand hält. »Miguel?«

»Ich bleibe bei dir, Papa«, antwortet Miguel und legt Antonio den Arm um die Schulter.

Als die roten Rücklichter des Campers begleitet vom Quietschen der Reifen auf der Zufahrt verschwinden, spazieren Antonio und Miguel gemeinsam zur Terrasse.

»Es tut mir leid. Es war bestimmt nicht einfach, sich entscheiden zu müssen«, meint Antonio.

»Ich musste keine Entscheidung treffen, Papa. Es war hier drin«, antwortet Miguel, lässt Sophias Hand kurz los und klopft sich mit einem sanften Lächeln auf die Brust.

Gitarrenmusik spielt im Hintergrund, während die Gäste essen und sich unterhalten. Mom sitzt bei Craig und spricht mit ihm über Sophias Kleid. Dad unterhält sich mit Harold, der eine große Schale Paella vertilgt und verkündet, dass er in seiner ganzen Zeit in Spanien noch nie etwas Vergleichbares gegessen hat. Ich muss lachen, als ich ihn sagen höre, dass er in Zukunft Hernando genannt werden möchte. Bonita bietet Gonzalo etwas von ihrem Kirsch-Mandel-Kuchen an. Olivia und ihre Mädelsclique sitzen mit Brenda und einer Freundin von Sophia zusammen, die in der Scheune bedient hat. Die Freundin gibt spontan eine Flamenco-Stunde und zeigt ihnen, wie man die Hände rollt, beginnend mit den kleinen Fingern, und dabei die Ellbogen anhebt. Dann setzt die Trommel ein und es wird gesungen. Alle Anwesenden beginnen zu klatschen, als Sophia und Miguel sich auf die Tanzfläche mitten auf der Terrasse begeben. Sogar Suerte tänzelt herum und trottet mit wehender Mähne, den kleinen Hengst im Schlepptau, über die Koppel.

»Ich verstehe jetzt, warum Sie das tun mussten; ich entschuldige mich, dass ich Bedenken hatte«, sagt der Bürgermeister und nimmt Antonio am Arm. Sie beobachten gemeinsam, wie Miguel und Sophia den Töchtern des Bürgermeisters die *sevillana* beibringen. Alle machen mit, auch der Lehrer und der junge Priester. Frank tanzt mit meiner Mutter, danach mit Rita und Maxine. Bonita strahlt, während sie mit Gonzalo tanzt. Die Jungs der Band finden sich gut in die Flamenco-Musik hinein.

»Beti?« Neben mir steht auf einmal Will und betrachtet die Tänzer. »Ich nehme an, es ist ein Nein. Wir sind nicht wieder zusammen, oder?«, sagt er mit einem resignierten Seufzen und hängenden Schultern.

»Es tut mir leid«, antworte ich und meine es auch so. »Ich wollte wirklich, dass es funktioniert. Ich wollte, dass du wieder Notiz von mir nimmst, mich ansiehst wie früher. Zumindest dachte ich das, aber es war nicht richtig. Tja, so ist das Leben.«

»Könnte ich noch mal probieren, dich zu küssen?«

»Nein!« Ich lache überrascht auf, als er sich zu mir beugt, und hebe abwehrend eine Hand. »Wir haben es vielleicht gewollt, aber man kann sich nicht aussuchen, in wen man sich verliebt. Du wirst die Richtige irgendwann finden.«

In dem Moment fährt ein kleines rotes Auto auf den Parkplatz. Valentina steigt aus und starrt auf den Trubel im Restaurant. Sie nimmt die Musik, den Gesang, die lächelnden Gesichter und die großen Teller voller Paella wahr. Dann marschiert sie auf mich und Will zu.

»Wer ist das?«, erkundigt sich Will im Flüsterton. »Meine Güte! Die sieht ganz schön sauer aus!«

»Pst!«, mache ich, als Valentina die Stufen heraufsteigt und vor mir stehen bleibt.

»Sie! Sie haben das gemacht!« Es ist keine Frage, sondern eine Feststellung. »Sie hatten ein besseres Gespür als ich. Sie haben es – und ihn – verstanden, besser als ich!«

»Es tut mir leid, Valentina. Ich habe das nicht geplant«, erkläre ich.

»Ich weiß«, erwidert sie leise. »Hier.« Sie streckt die Hand aus – an ihren Fingern baumeln meine Flamenco-Schuhe. »Ich habe sie genommen. Es tut mir auch leid. Ich dachte ... ich dachte, wenn Sie nicht tanzen könnten, dann würden Sie sich auch nicht verlieben. Er hat sich jedenfalls auf den ersten Blick in Sie verliebt. Ich habe es sofort gewusst – es war die Art und Weise, wie er Sie angesehen hat. Ich konnte nichts dagegen tun, egal, was ich auch probiert habe.«

Mir stockt der Atem, und ich sehe mich suchend nach Antonio um, der genau im selben Moment nach mir Ausschau hält.

Ich nehme die Schuhe.

»Danke, aber ich habe sie gar nicht gebraucht.«

»Gut. Ich bin froh darüber. Sie sind nach Spanien gekommen und haben gefunden, wonach Sie gesucht haben. Es ist vielleicht nicht das, was Sie anfangs im Sinn hatten, aber vielleicht hat es ja Sie gefunden. Schließlich ist es das, wonach wir alle suchen.« Sie zieht die Augenbrauen hoch und sieht Will an.

»Ähm ... darf ich Ihnen etwas zu trinken holen?«, bietet Will an. Er ist wieder ganz der alte, charmante Will. Valentina nimmt das Angebot an. Die beiden machen sich miteinander bekannt und spazieren zur Bar. Ich wünsche Will alles Glück der Welt. Er und ich waren einfach nicht füreinander bestimmt. Ansonsten hätten wir schon vor langer Zeit Nägel mit Köpfen gemacht. Will war nicht der Richtige, doch er war Teil meiner persönlichen Entwicklung, und ich würde nichts anders machen.

Das ganze Dorf ist anwesend, tanzt, klatscht und dreht sich im Kreis. Die achtzigjährige Mutter des Bürgermeisters ist eine verdammt gute Flamenco-Tänzerin – sie tanzt, als wäre sie wieder achtzehn.

»Die beste Party aller Zeiten!«, sagt Onkel Paul, während Rita und er sich ebenfalls an einer *sevillana* versuchen. »Wir sollten zu Hause einen Kurs besuchen.«

»Sehr gerne«, antwortet sie. »Wir haben bereits seit Jahren nichts mehr zusammen gemacht.«

»Hey! Bet!«, ruft er mir über die Schulter zu. »Das war großartig! Ich wusste immer schon, dass du so etwas auf die Beine stellen kannst. Ich schätze mal, dass ich es war, der dir den notwendigen Impuls gegeben hat, weil ich dir ständig so hart zugesetzt habe.« Er lächelt, hebt die Arme und sieht zu, wie Rita sich um ihn herumschlängelt. Typisch Onkel Paul, denke ich. »Hoffentlich weißt du, dass ich nur ... na ja ... vielleicht hätte ich nicht ...« Er verstummt, aber ich glaube, das könnte gerade eine Art Entschuldigung gewesen sein. Ich traue meinen Ohren nicht! »Du solltest stolz auf Bet sein!«, ruft er meinem Dad zu.

»Oh, das sind wir!«, antworten meine Eltern im Chor. »Und Paul?«, fügt mein Dad hinzu. »Sie heißt Beti; alle, die sie kennen und lieben, nennen sie Beti.« Und ich weiß, dass die beiden in diesem Moment endlich damit aufgehört haben, sich schlecht zu fühlen wegen etwas so Natürlichem wie ihrer Liebe.

Meine Eltern tanzen, als hätten sie ihr ganzes Leben nichts anderes getan – sie finden unwillkürlich in den gleichen Rhythmus. Ihre Gesichter strahlen vor Glück, wenn ihr Blick auf mich fällt. Ich erzähle ihnen die ganze Geschichte von Will und dem Geld und wie ich schließlich hier gelandet bin. »Deine Oma wäre verdammt stolz auf dich«, sagt Dad und zieht mich an sich. Ich weiß, dass er recht hat. Ich habe es geschafft, Oma, denke ich. Ich stelle mir ihr lächelndes Gesicht vor und muss ebenfalls lächeln.

Nachdem die letzten Wolken sich verzogen haben, wird der ganze Himmel schließlich feuerrot und orange. Das Dorf feiert weiter. Und Antonio nimmt mich an der Hand und führt mich von der lebhaften Menge fort durch die Kirschplantage zu meiner *finca*. Als wir die wackelige, alte Veranda erreichen, wo die Katze Ana schläft und uns ignoriert, drehen wir uns um und betrachten den wunderbaren Sonnenuntergang über den Kirschbäumen, der uns in seinen warmen Widerschein einhüllt. Dann dreht Antonio sich um, berührt sanft meine Wange und senkt seine Lippen auf meine. Die Rakete in meinem Bauch, die bereit und startklar ist, hebt endlich mit leuchtenden Lichtern, Funken und zu romantischen Gitarrenklängen ab. Ich spüre wieder den Geschmack jener ersten süßen Kirsche auf den Lippen und will, dass es nie wieder aufhört.

Antonio öffnet die Tür der *finca* und führt mich wortlos zum Bett. Als wir uns zwischen den nach Kirschbäumen duftenden Laken lieben, weiß ich, dass ich endlich angekommen bin.

54. Kapitel

Antonio und ich sitzen auf der Restaurantterrasse und zählen die Einnahmen der *peña* des Vortages. Einige der Besucher sind in den frühen Morgenstunden aufgebrochen, während andere in ihren Autos und Campingbussen auf dem Parkplatz übernachtet haben.

»Es ist genug für deine Bar«, stellt Antonio fest. »Nicht nur für die anfängliche Miete und die Kaution, sondern für die ganze Pachtsumme!« Er schiebt die Geldtasche über den Tisch auf mich zu, zwischen den Kaffeetassen, den Backwaren und einer großen Schale mit saftigen Kirschen.

»Aber ich will gar keine Bar mehr«, erwidere ich und denke voller Sorge an Harold und Brenda. Wie soll ich ihnen die Neuigkeit beibringen? Aber ich weiß zum ersten Mal in meinem Leben ganz genau, was ich tun möchte. Ich schiebe die Geldtasche zurück. »Ich will eine neue Wasserpumpe und neue Rohrleitungen für die ganze Kirschplantage!«

»Nein, eine Bar!« Er stupst die Tasche wieder in meine Richtung und legt seine Hand auf meine.

»Eine Wasserpumpe!« Ich will die Hand heben, aber er hält sie fest und lacht.

»Es war doch dein Traum, eine Bar unten am Hafen zu führen. Das hast du mir erzählt. Beti's Bar.«

»Dinge ändern sich. Träume ändern sich. Das, von dem man glaubt, dass man es will, ist nicht zwingend auch das Richtige.«

»Wie wäre es mit einer Wasserpumpe *und* einer Bar?«, wirft Miguel ein und zeigt auf die Scheune.

Wir wechseln einen Blick und lächeln – wir sind uns einig, dass Miguel eindeutig mehr gesunden Menschenverstand besitzt als wir beide.

»Bist du sicher, dass es das ist, was du willst?«, fragt Antonio mit gerunzelter Stirn.

»Ja«, antworte ich. Seit ich heute Morgen in seinen Armen aufgewacht bin, weiß ich, wo ich sein möchte. Noch nie bin ich mir einer Sache so sicher gewesen.

»Wirst du dann wieder so ein dickes Notizbuch brauchen – wie für Olivias Party?«

Ich muss lachen. »Nein. Es wird keine Moodboards oder Planungsakten mehr geben. Ich habe gelernt, dass sich das Leben nicht planen lässt. Ich werde künftig meinen Instinkten vertrauen. Wie wäre es, wenn wir uns einfach darauf einlassen, was das Leben für uns bereithält … und für den Moment leben und nicht für die Pläne für morgen?«, sage ich. Er beugt sich lächelnd über den Tisch und küsst mich genauso zärtlich wie letzte Nacht. Bei der bloßen Erinnerung beginnt mein ganzer Körper zu prickeln. Bisher habe ich versucht, alles in meinem Leben vorauszuplanen, und habe sogar im Geiste Listen aufgestellt, warum Will der perfekte Partner für mich gewesen wäre. Doch alles im Leben folgt seinem natürlichen Rhythmus; man muss nur darauf hören.

»Solange es nächstes Jahr ein Flamenco-Fest gibt. Eine Feier im Anschluss an die Kirschernte, ja?«, fügt Miguel hinzu.

»Abgemacht!« Wir strahlen ihn beide an.

»Der Flamenco folgt zwar einem strengen Muster und einem Rhythmus, aber es geht auch darum, das zu tun, was sich gerade richtig anfühlt … eine perfekte Kombination, findest du nicht auch?« Als Antonio mich ansieht, spüre ich, wie die Rakete für einen Neustart vorbereitet wird.

»Absolut.«

»Dann bleib bei mir. Willst du mich heiraten?«, sagt er plötzlich und ergreift meine Hände. »Esmeralda hat mir gerade geschrieben, dass sie die Scheidung eingereicht hat.«

»Ich ... ich ... Aber wir haben doch gerade erst beschlossen, dass wir keine Pläne mehr machen wollen!« Ich lache vor Überraschung und Aufregung laut auf.

»Nein, keine Pläne. Was brauchen wir mehr? Alle, die uns etwas bedeuten, sind hier.« Er schaut von mir zu Miguel, der aussicht, als würde er gleich vor Glück platzen. Endlich habe ich das Gefühl, eine eigene Familie zu haben. »In den vergangenen drei Monaten habe ich dich gut kennengelernt, Beti Winter, und ich möchte den Rest meines Lebens mit dir verbringen. Mit dir und deinen verrückten Ideen!« Er lächelt und fügt dann etwas ernster hinzu: »Nachdem ich dich endlich gefunden habe, Beti, will ich keinen weiteren Tag ohne dich verbringen.«

»Aber ich dachte ... ich meine, als du mit Valentina zusammen warst, wolltest du keine feste Bindung eingehen«, erwidere ich. Mein Mund ist so trocken, als wäre er voller Sand. Ich kann Antonio nicht ansehen.

»Vielleicht lag es daran, dass ich der richtigen Frau noch nicht begegnet war. Mein Herz sagt mir, dass das hier richtig ist. Ich spüre es.« Er legt die Faust auf seine Brust und hebt mit der anderen Hand mein Kinn an, sodass ich ihn ansehen muss. Mein Herz reagiert und schickt eine laute Nachricht zurück. »Ich weiß jetzt, welche Freude eine feste Bindung bringen kann.« Wieder sieht er Miguel an, und die beiden tauschen ein Lächeln. Danach wendet er sich erneut mir zu. »Denk drüber nach«, sagt er und wirkt auf einmal besorgt. Aber ich brauche keine Bedenkzeit – ich weiß, dass er recht hat. Keine Pläne, nur die Menschen, die mir am meisten bedeuten, sollen dabei sein, wenn ich diesen Mann heirate; diesen Mann, der mich zur Weißglut treibt, diesen brummigen, liebenswerten, leidenschaftlichen Mann.

»Ja!«, sage ich leise. Dann lauter: »*Sí!*« Wir stehen beide auf, und er hebt mich hoch und schließt mich in die Arme. Miguel fährt sich mit dem Handrücken über die Augen. Bonita und Frank kommen heraus, um zu sehen, was der Tumult zu bedeuten hat. Frank holt eine Flasche Kirschlikör und verteilt gerade die Gläser, als ein Auto auf den Parkplatz einbiegt. Onkel Paul, Rita und meine Eltern steigen aus, gefolgt von Olivia. Sie sind gekommen, um mir für den großartigen Tag zu danken. Bonita bringt mehr Kaffee und Kirschlikör, außerdem einen Teller mit ihrem wunderbaren Kuchen.

»Danke«, sagt Olivia und geht auf uns zu. »Du hast mich wirklich gerettet!«

»Du meinst, ich habe dafür gesorgt, dass du dein Gesicht wahren konntest!« Im Nachhinein kann ich darüber lachen.

»Die Fotos haben auf Facebook wie eine Bombe eingeschlagen. Sieh mal!« Sie wedelt mit ihrem Handy. »Ich habe schon Hunderte von Likes bekommen! Ich schulde dir was.«

»Nein, tust du nicht. Ich bin einfach froh, dass es dir gefallen hat«, antworte ich und lächele über ihre geistlose Bemerkung und ihren Mangel an Taktgefühl.

»Weißt du, das hat es wirklich!« Sie holt tief Luft. »Du hast stets dein eigenes Ding durchgezogen, Beti, du bist nie mit der Masse gegangen. Das habe ich immer schon bewundert.«

»Wirklich?«, erwidere ich misstrauisch. »Ich glaube, ich habe zu viele Jahre damit verschwendet, mir Gedanken darüber zu machen, was andere denken könnten.« Ich denke an das Leben, das jetzt vor mir liegt, und bin unglaublich dankbar. Ich weiß nicht, was das Leben für uns bereithält, wie beispielsweise die Ernte nächstes Jahr ausfallen wird, doch ich weiß, dass ich es mit dem Mann zusammen erleben werde, den ich liebe.

»So hat es aber nie gewirkt. Und hör mal, wegen der Sache mit Tom. Es tut mir leid, weißt du.« Und sie sieht tatsächlich so aus, als wolle sie sich entschuldigen.

»Danke«, antworte ich. »Ich bin sicher, wir hätten irgendwann gemerkt, dass wir nicht zusammenpassen. Vielleicht hast du das Ganze nur beschleunigt.«

Sie streckt die Arme aus und umarmt mich steif. Ihre spitzen Wangenknochen treffen auf mein Gesicht, während sie gleichzeitig ihr Handy checkt. Ich schätze, zu mehr Wärme und Zuneigung ist Olivia einfach nicht fähig. Sie mag zwar jede Menge Likes haben, aber ich bevorzuge echte Liebe und Leidenschaft, denke ich, als ich mich aus der ungeschickten Umarmung löse. In dem Moment sehe ich über ihre Schulter noch ein Auto auf den Parkplatz fahren.

»Ich muss mit diesen Leuten reden«, entschuldige ich mich. Plötzlich bin ich so nervös wie an meinem ersten Tag hier, als diese entzückenden Menschen mir eine Rettungsleine zugeworfen haben. Ich muss mit ihnen sprechen und versuchen, ihnen die Lage zu erklären. Ich laufe auf sie zu, als sie gerade aus dem Wagen steigen.

»Das war eine großartige Veranstaltung gestern!«, sagt Harold.

»Hi, Harold.«

»Hernando!«, berichtigt er und bringt mich damit zum Lachen. Doch Brenda wirkt plötzlich nervös.

»Liebes, wir möchten mit dir reden«, sagt sie und ringt die Hände, sodass ihre Ringe sich um ihre Finger drehen. Mein Herz zieht sich zusammen. Sie wollen aufbrechen. Sie wollen, dass ich ihnen die Kaution übergebe, damit sie ihr neues Leben in England beginnen können.

»Ich möchte auch mit euch reden«, sage ich. Ich muss es ihnen so rasch wie möglich beibringen. Hoffentlich werden sie mich nicht hassen. »Die Sache ist die …«, setze ich an.

»Es ist schwierig, aber …«, sagt Brenda.

»Ich möchte die Butterfly Bar nicht mehr pachten.« Ich zwinge mich, die Worte auszusprechen, dann starre ich die beiden verlegen an.

»Wir wollen die Butterfly Bar nicht aufgeben«, sprudelt Brenda gleichzeitig hervor und sieht mich mit aufgerissenen Augen besorgt an.

Wir blicken uns länger an als nötig und verarbeiten, was die jeweils andere gesagt hat, dann brechen wir beide in Lachen aus.

»Wir wollen nicht weg. Der gestrige Tag hat uns so gut gefallen. Als wir aus England zurückgekommen sind, haben wir allmählich realisiert, dass wir dort nur unbezahlte Babysitter waren. Wir möchten viel lieber, dass unsere Familie zu Besuch kommt und einen richtigen Urlaub bei uns verbringt.«

»Wir sind hier zu Hause«, wirft Harold ein. »Und der Brexit kann mich mal. Da müssen sie mich schon holen kommen und hier wegschleppen. Ich bin inzwischen mehr spanisch als britisch. Und was da ein Bier kostet! Nein, von jetzt an bin ich Hernando, und ich bleibe hier.«

Wir stimmen alle zu, dass das ein perfekter Name für ihn ist und er nirgendwo hingehen sollte.

»Ich habe übrigens auch Neuigkeiten.« Ich erzähle es ihnen, und als alle vor Entzücken kreischen und applaudieren, wachen müde Flamenco-Tänzer auf und recken und strecken sich in ihren Autos und Campern, die immer noch auf dem Parkplatz stehen. Bonita kocht noch mehr Kaffee, und der Bürgermeister und seine Tochter bringen Tabletts voller Gebäck. Als dann noch einer der jungen Männer seine Gitarre hervorholt, beginnt die Party von Neuem.

»Ich koche noch mal Paella und backe jede Menge Kirsch-Mandel-Kuchen!«,« sagt Bonita. »Wie früher Antonios Großmutter.«

»Ich helfe mit!«, ruft meine Mom zu Bonitas Freude aus. Eine Schülerin!

»Und ich helfe Miguel«, meint mein Dad. Miguel hat eine Kirscherntelelter geholt und hängt Lichterketten in den Bäumen entlang der Zufahrt auf. Genauso habe ich mir das vorgestellt, als ich zum ersten Mal die Zufahrt entlangging.

Während die Katze Ana sich zwischen den Bäumen hindurchschlängelt und zufrieden schnurrt, hilft Olivia Frank dabei, die Bar in der Scheune aufzufüllen.

Antonio lächelt mir zu und zieht mich an sich. »Ich glaube, das Ganze wird gerade zu einer Familienangelegenheit!«, sagt er. Als er den Kopf senkt und mich küsst, wünsche ich mir, dass er nie wieder damit aufhört.

Wir sammeln unsere Kräfte, und schon während die Nachricht sich verbreitet, beginnt die Fiesta von vorne. Wir tanzen, trinken, essen und feiern die Kirschernte und die Neuanfänge. Alles, was ich mir wünsche, ist genau hier, und ich werde jede Minute davon genießen. Endlich habe ich aufgehört, für morgen zu planen – stattdessen lebe ich für das Heute. Du willst wissen, was mich beschäftigt, Facebook? Mich? Ich bin Beti Winter, ich gehe nirgendwohin, und das ist genau der Ort, an dem ich sein möchte. *Olé!*

Dank

Zunächst danke ich Katie Fforde und Caroline Sanderson dafür, dass sie ihre Liebe zum Flamenco mit mir geteilt haben. Danke auch, dass ihr mich eurer großartigen Flamenco-Lehrerin, Vicki Clifford, vorgestellt habt. Wir verbrachten einen wunderschönen und inspirierenden Flamenco-Tanzabend in Stroud. Danke, Vicky, dass ich am Folgetag am Tanzunterricht teilnehmen durfte. Ich habe es geliebt! Obwohl ich mir selbst auf die Zehen getreten habe! Alle Fehler im Buch rund um das Thema Flamenco gehen allein auf mein Konto. Aber ich lege euch eindringlich nahe, es mal mit einem Flamenco-Kurs zu versuchen, wenn ihr euch in Form bringen wollt – egal wie alt oder fit ihr seid. Ihr werdet euch fantastisch fühlen!

Um dieses Buch zu schreiben, brauchte ich auch Unterstützung in Bezug auf Kirschen. Ich danke Emily Livesey, *fruit manager* bei Lower Hope Cherries in Hereford, die meine zahlreichen Fragen beantwortet und mich auf neue Ideen gebracht hat. Auch hier gilt, dass eventuelle Fehler im Bereich Kirschenanbau ganz allein auf meine Kappe gehen. Hoffentlich bringt das Buch euch dazu, in der Kirschensaison wunderbare dicke dunkelrote Kirschen zu kaufen!

Danke an James Villa Holiday für die wunderschöne Villa in Cómpeta, Andalusien. Es war unglaublich friedlich dort. Die Worte flossen mir in der Casa Nobleza leicht aus der Feder! Der Ausblick war fantastisch und der Pool einfach himmlisch. Der perfekte Ort, um Inspirationen für das spanische Bergdorf in *Ein Sommer voller Schmetterlinge* zu finden.

Mein Dank gilt ebenfalls meinem wunderbaren Friseur Xan von Xan's Hair Studio für die Gespräche über Pferde, die mich auf die Idee brachten, den wunderschönen Hengst ins Spiel zu bringen. Oh, und danke für die pinkfarbene Strähne! Ich liebe sie!

Und zu guter Letzt ein dickes Dankeschön an meine reizende Lektorin Christina Demosthenous für die Begleitung auf meinem Weg. Viel Glück und alles Gute auf deinem eigenen Weg, für den du dich nun entschieden hast. Die mutigsten Entscheidungen sind oft die besten!

Jo

x